MUL 01
年終
END
5
a 2 3 1
NUL 00

HAP PY

STYPE INITIAL UNIT
A TYPE UNIT
D TYPE UNIT

H APP Y
DOO MS DA Y

末日快樂

NUL-00
MUL-01
STR-Y TYPE 307a231

DO OM
S DAY

CONTENTS

CHAPTER 74 陰暗面

都是報應。

他絕對是餓暈了頭，才會開始考慮唐亦步有沒有吃飯這種愚蠢的問題。阮閑在十分鐘後想了想，認定哪怕主腦打到家門口，唐亦步也能做到叼著麵包去應戰，說不定還能擠出時間多抹兩層花生醬。

想到花生醬，他更餓了，脾氣也越發暴躁。

最後一點寶貴的自由浪費在了猜測唐亦步的伙食上——要是阮閑還能操縱自己的身體，肯定要往桌子上捶兩拳。

然而現在他不能。

十分鐘前，他還沒朝藍天白雲感慨完，眼前景物便一晃，變為昏暗的房間。「自己」正在翻看電子紙上的資訊，手邊放著一杯味道難聞的茶，鬼知道裡面泡了什麼東西。

但茶旁邊還有一碟綠豆糕，這讓人精神一振。阮閒心神安定了些，伸手去抓綠豆糕，結果手反而拿起了那杯味道怪異的茶，灌進嘴裡。

很意外的，那茶聞起來刺鼻了點，喝起來卻沒有太強烈的味道。清淡的苦澀在他口腔裡漾開，阮閑聽見自己發出兩聲渾濁的咳嗽。

那聲音不是他的，那隻手也不是他的。

不需要鏡子，阮閑看得出來。那隻手上滿是皺紋和乾裂，一看便屬於老人。他本人也不會選擇品味這麼糟糕的服裝——這具身體上套滿誇張的衣物，像株髒兮兮的聖誕樹，連腳下都踩著一雙變成灰色的綠毛絨拖鞋。

室內裝潢也是，四面八方掛滿零碎的小東西，將本來就不大的房間塞得滿滿的。髒汙的掛飾上積了灰，塑膠玩偶發黃變形，捕夢網的空隙裡結了灰色的蛛網。那種熱鬧不是設計師精心營造出的溫馨熱鬧，更接近拾荒老人的儲藏室——花花綠綠堆出強作溫馨的感覺，很是生硬。

這些都是他用眼角餘光看到的。

在被那隻手餵下第二口茶水後，阮閑迅速搞清了自己目前的狀態。主腦比他想像的更為謹慎，它根本沒留下半分可以自由發揮的空間給他。

影像等外物的影響到底有限，人與人終究無法完全理解彼此。直接用記憶和感情做武器，理論上更加有效。至少換做是自己，他絕對會這麼幹。

但阮閑沒想過主腦能這麼損——比起把他人的記憶片段強加於自己，主腦直接把他的意識扔進了別人的身體。

「這一天」是已經發生過的既定事實。作為一段確定的資料，身體原主人照常行動，沒有被阮閑這個外來者影響。

一句話概括，他被囚禁在了一具自己無法使用的身體裡，只能被迫看第一人稱紀錄片，還是附加各種感情影響的那種。

有那麼一瞬間，阮閑簡直以為自己的小動作被發現了，才得硬吃這麼大的虧——他很清楚，之前那些沒日沒夜往腦子裡灌的慘狀，興許是比任何診斷都要殘酷且實際的「測試」。主腦根據他的反應建立起評判體系，然後根據結果進行合適的處理。

讓阮立傑體面地崩潰一下無傷大雅，真的逼瘋他卻沒有任何好處，主腦肯定會拿捏好程度。

畢竟它無法像剝栗子一樣弄到「阮立傑」的能力和記憶，讓他誠心歸順是最好的方法。

作為名義上的「機械生命專家」，阮立傑不僅能夠立刻暴露唐亦步那邊的武裝實力等級，還能在更好的資源支持下繼續研究，讓主腦坐享其成。

再理想一點，搞不好他還能看情況玩個雙面間諜，趁 NUL-00 不注意時背後捅一刀。

阮閑在心裡嚴肅地坑了幾分鐘唐亦步後，不得不面對現實——阮立傑，一個價值觀尚可，只是被唐亦步迷了心竅的普通學者。面對這麼一個對手，主腦給的定制方案仍然小心到氣人。

現在他的思想被困在一個老頭的外殼裡，被迫觀賞末日前老人家的一天，連提前拿塊綠豆糕吃都做不到。

但既然主腦強迫他看這些，這位老人肯定不是一個單純悠閒度日的閒人。

阮閑只得被迫吞下一口口苦澀的茶水，在老人的視野裡拚命挖掘資訊。

這裡位置很高，房間的建材卻十分粗糙，看上去不像樓房，更像在高處臨時搭建的自製小屋。透過薄薄的玻璃，繁華的城市近在咫尺。阮閑愣了幾秒——這個時期，MUL-01 本應託管了大半部分社會運轉規則，監管手法不至於這樣粗糙。

阮閑恨不得將看到的一切都裝進腦子裡。就算無法自己行動哪怕一步，他也得在這些細節上挖出點情報。

屋內有塊挺顯眼的空間。廢舊的機械扣著一把泛著髒汙油光的座椅，幾乎要完全蓋住椅背。機械上滿是烈火燒焦的痕跡，斷掉的電線從破口處向外戳出。上面的指示燈明明滅滅，這玩意應該還開著。

主腦的記錄很完美，阮閑能感受到老人心中的麻木和鬱悶，也能感受到他關節和胸口的陣陣疼痛。好在這是阮閑格外擅長的領域——壓抑本性、忍耐疼痛。他沒有因為這境況新增多少壓力，只是越來越餓。

老頭沉默地坐在那裡喝茶看書，直到門被敲響。

「梁叔。」女人扭著孩子的耳朵進了門，「老樣子。」

那孩子急得要死，朝女人的手腕和小臂又抓又咬。「我不！我好不容易才出去玩了一趟——」

「先付錢。」喉嚨處傳來一陣乾枯的疼痛，阮閑算是知道老人為什麼拚命喝茶了。

女人點點頭，腕環在門口處卡片大的機械上一掃。老人站起身，拍拍身上的塵土，抓住那孩子，直接把他塞進座椅。整個過程一氣呵成，這具枯瘦的軀體裡還留了不少力氣。

「妳昨天來過三回了。」老爺子嘟嘟囔囔，「老是這麼幹對腦子不好。」

「小孩子懂啥。」女人掀掀眼皮，「誰記得自己一天二十四小時都幹了啥啊？讓他以為自己睡了個午覺算了，這個死東西，自己跑到城邊去玩，生怕我們不被發現。行了，現在他知道之前我都是騙他的，知道城裡是個好地方，我能不摳掉點記憶嗎？」

「那就午覺。」老頭沒啥心思和她聊天，滿心的「無所謂」簡直要滲進阮閑的腦子裡，這些消極的情緒侵蝕力格外強。

半個匣子模樣的機械發出噴氣聲，門敞了又關。老頭挪到操作螢幕前，慢悠悠地操作著。小男孩則被牢牢縛在椅子上，很快就沒了反抗的動靜。沒過多久，機械門再次敞開，小男孩在椅子上昏睡，只剩胸口平靜的起伏。

「成了。」老人心裡沒什麼情緒起伏。「他只會覺得自己睡了個午覺，哪都沒去。」

女人點點頭，沒再囉嗦，抱著孩子出了門。

隨著太陽升起，老頭這裡熱鬧了起來。阮閑突然覺得此處有點像地下血站，不過買賣的不是血液，是記憶。有人花錢把它們弄出來，有人收錢把它們複製出去，想弄出來的居多，來兜售的少見。

想扔掉記憶的人各式各樣，有穿著暴露的男女，有情緒瀕臨崩潰的病人，也有最初那種以此管教孩子的父母。來賣記憶的只有一個——阮閑整個上午一口綠豆糕都沒吃到，在他餓得快要瘋掉的時候，一個男人怯生生地進了門。

「他們說你這裡可以買賣記憶。」男人打扮不錯，可惜一副畏畏縮縮的樣子。「這難道不是違法……」

阮閑能感受到老人面部肌肉的繃緊，不快的情緒猶如冰冷的泥漿，瞬間將他淹沒。

「這臺機子只要運轉，主腦就能找得到。上面那些大人物都懶得要它來管，你在這廢什麼話？滾滾滾。」

「不不，我沒別的意思。」男人連忙擺擺手，擦了把額頭上的汗。「梁叔您好，我是……呃，剛搬過來的……」

「我是老了，可沒瞎。」老人語氣仍然不好，冰冷的情緒依舊包裹著阮閑。「賣是吧？你想賣啥？」

「我是普蘭公司的員工……原來是普蘭公司的員工。」那人抓著布料不錯的外套，「我……」

「我不關心，來這的人都那麼回事。沒病沒災的，誰會搬來這種地方。」老頭堵了他的話，「賣不賣，一句話。」

「我有很不錯的童年記憶，還有幾段優質戀愛經歷。」那人忙說。「我想賣一份，就要一萬，只要能先繳納一部分違規罰金，我就能離開這裡了。行行好，幫個忙。」

「一份一萬？這裡油水真那麼多，我早到市裡搞正規的雞尾酒了，還要你這沒保障的東西？」老人啐了口，「什麼童年什麼戀愛都省了，得要刺激點的，而且我這最多能出一千五。」

男人呆在當場，排在他後面的幾個人開始罵髒話。

「不賣就別擋著我做生意。」老人又啐了口。

「我……我賣。」男人似乎想到了什麼，臉漲成了豬肝色。「我賣就是了。就是那個，梁叔啊，我之前在普蘭聽說了，不正規的記憶操作可能導致人格資料混在一起。我想一次多賣幾份，您看有沒有什麼辦法避免……」

「現在你還擔心這個，要擔心也是買你記憶解悶的人擔心。」老人不冷不熱地答道，「你呢，頂多記憶被翻出來的時候難過點——不過我得提醒你，我這設備是不行，複製一次傷一次腦子，就像嚼甘蔗，第一次甜得很，第二次嚼碎渣，第三次就沒味了。就算你之後想起來那些事，也高興不起來了。」

他朝男人咧嘴：「人沒點盼頭可活不下去。你要想一下子賣夠錢，但又沒點好想法撐著，保證你一出門就想弄死自己。這樣吧，我幫你複製個十段，再幫你弄份好東西進去，讓你有那麼點希望——一萬，十段記憶複製，一次記憶注入，不二價。」

男人一咬牙，應了。

這大概是上午發生的唯一一件大事。中午到了，老頭把門一關，不再營業。他坐回靠窗的椅子上，終於捏起一塊綠豆糕，塞進嘴裡。

頭昏眼花的阮閑總算鬆了口氣。

這幾個小時帶給他的資訊不少。顯然，在叛亂前的時代，社會結構雖然有改變，但那些該有的東西永遠都有。

只不過最開始，人們在鬥獸場看真正的生與死。後來這些體驗被搬上戲臺、螢幕，最後甚至不需要真正的人來出演，只要軟體合成就好。

最終大家還是把手伸向了最後的結果——直接剝取記憶和體驗。

阮閑還記得唐亦步提過的「死罐頭約定」，大叛亂前最後的記憶法。既然專門將非法記憶交易提上了檯面，想必當時一定出現了相當不妙的狀況。

接下來，阮閑很快親身感受到了這些「狀況」。

老頭從箱子底下掏出幾個金屬罐，跑去那臺記憶操作機械邊，朝罐子裡嗤嗤打出一杯液體，隨後丟了幾個髒兮兮的金屬球進去。阮閑熟悉這個操作，他這是要搞杯自製的記憶雞尾酒。

他能感受到老人頭腦裡的興奮，那些記憶是從那個普蘭員工的腦子裡榨出來的，完全新鮮。老頭將乾瘦的腿放在矮凳上，整個人癱上椅子，開始享用那些記憶。

感受共通的情況下，阮閑立即就察覺了不對勁。

如果說他們在玻璃花房試過的記憶雞尾酒是清澈的果汁，老頭弄進腦袋的更像是沒濾過的果醬。它們黏著太多東西，除了單純的影像和情感，某些特定的思維鑽進顱骨，將腦子攪得天翻地覆。

有一瞬間，阮閑對面前的一切感到悲觀，懶得動彈，強烈的自我否定快要將他碾碎。隨後他才意識到，那些思路不是他的——一部分人格資料正在融入老人的腦子。

而後者就像個酗酒的酒鬼，快樂地接受了它們，感受那些激烈到幾乎要讓人精神分裂的思維碰撞，以及瘋狂湧入的記憶。

被剝離出的記憶也不算乾淨，回憶夾雜著回憶，主題只能算大致明確。一切粗糙而強烈，震得人大腦顫抖，好在阮閑剛剛得到了點進食的滿足感，他扛住了。

然後從中找到了一根細細的絲線。

就在老頭半張著嘴，目無焦距地瞧著天花板時，阮閑從那位曾經的普蘭員工記憶裡撈出一小片碎片。它模糊而破碎，不值得一提，卻猶如一顆飄進油桶的火星。

關於如何更好地對付 MUL-01 這方面，阮閑突然有了思路。

他看到了虛擬螢幕上的最新地圖。那段記憶裡，男人正開著車，朝某個目的地趕去，朝虛擬螢幕投出的地圖投以短暫的一瞥。

這一瞥就足夠了，阮閑抓住了第一片拼圖。

他不會被這套「被禁錮在他人體內，被迫觀看陰暗現實」的刺激方案擊沉，相反，若是主腦決定將這些糟糕的碎片塞給他，自己能從中淘出金子。

身為「機械生命專家」的阮立傑沒有這個能力，但身為 NUL-00 的製造者，阮閑對 MUL-01 的相關特性再熟悉不過。

二一〇〇年十二月三十一日。

主腦的核心硬體幾年前就被人安置好了。若是要讓它有著影響全球的能力，硬體必然要占挺大一塊地方，地理條件上也會精挑細選。如果收集夠足夠的資訊，他能夠計算出它的位置。

不過有個前提——主腦沒有將自己的主要硬體移動。

這就要看大叛亂的動機了。

阮閑提振精神，捕捉著那一個個本該變成刀刃的記憶碎片。

太陽在天空劃出一道弧線，大叛亂隨夜幕來臨，世界陷入一片混亂。下一刻，時間重置，太陽再次升起，阮閑在另一位記憶交易者體內醒來。這次他沒有半分迷茫，只有冷靜和喜悅。

既然主腦想等他崩潰，他會「崩潰」的。不過在那之前，他得在這片折磨人但含金量不低的情報海裡暢遊一陣子。

等發現自己的「背叛」，不知道唐亦步會有什麼反應，阮閑的心情有點複雜。

……希望他到時候可別哭。

唐亦步在車頂為自己臨時搭了個小躺椅，他伸直兩條腿，從不知道哪個盒子裡弄了塊襯布當眼罩，懶洋洋地曬著太陽。空氣濕度剛好，他舒服得每個毛孔都要張開了。

舒適地躺了片刻，他去摸放在手邊的水果，結果只摸到空盤子。

唐亦步的心情一下子晴轉多雲，隨即多雲轉陰。

自從阮閑離開身邊，他開始下意識尋找放鬆的方法。最初的興奮持續了最多十二小時，半天後，失落感漸漸占了大頭。溫暖的陽光、香甜的水果能暫緩煩惱，可惜它們的效果著實短暫。

「看見了沒？」

見唐亦步像肉墊戳了刺的貓那樣走來走去，神情委靡。余樂喀嚓啃了口水果，朝季小滿解釋。

「當初我被我姐壓著戒菸，就像那樣，一模一樣。」

季小滿的目光飄過余樂口袋裡的菸，皺起臉。唐亦步聽見了兩位同行者的評論，但無視了他們，繼續惆悵地踱步。

他們沒有立刻離開這座城市，反而在市郊停住腳步。季小滿又做了個干擾感知的遙控小車，余樂興致勃勃地操縱它衝向難以偵測的密林地帶，好引開秩序監察的注意。

在城市邊緣大鬧了一番，主腦會偏向認定他們急著逃脫，進而搜尋他們的目的地。唐亦步決定停下來，阮教授也沒有反對。

這做法頗像藏在凶案現場的凶手，怎麼瞧怎麼不正派。好在一行人裡除了阮教授，沒別的人和正派這詞沾邊。

除了誤導主腦，他們還有個比較悲傷的原因——快沒存糧了。

能吃的零食都被大家——主要是唐亦步——掃蕩一空，剩下的只有味道十分不怎麼樣的營養劑，除非別無選擇，沒人願意吃它。連鐵珠子都不愛嚼它的包裝。

只剩一個大腦的阮教授不需要進食，但剩下的四位還要吃飯。

突破包圍防線後，他們實際上沒走太遠——仲清關於湖的回憶比想像中有用。他的家人當初在那裡度假，那是一片新興建築區，走田園風格路線。

儘管有主腦盯著，他們無法潛入室內弄點吃的，不過摸些瓜果還是安全的。

唐亦步看得出來，季小滿前段時間對自己的團隊地位頗為擔憂，但現在她大概沒啥想法了。她拆了幾個武器和接收器，將它們臨時改造成瓜果處理設備，過幾天還要改回去。

在這種比較偏門的領域，他和阮教授只能提供點理論支援，季小滿一個人累得夠嗆。

仲清則開心得要命，他像隻老鼠般在菜園邊溜來溜去，每次都能偷摘不少食物回來。余樂負責把它們切條切塊切片，處理成占地不大的蔬果乾。

根據阮教授的說法，在主腦降低戒嚴程度前，他們還得在這待上一陣子。

這些時間足夠唐亦步琢磨自己的不對勁了。

之前他不是沒和阮閑分開過。十二年前，阮閑每天都會有十個小時以上不在機房。唐亦步太熟悉這種分離的感覺了，「依賴」是他最先理解的情感之一。

然後他們被那場謀殺分開。

那之後他也會時不時想到阮閑，想到曾經那些日子。那個時候他沒有太多特別的感覺，或許有悔恨和遺憾，但他沒有太多思念。

發生過的事情就是發生過，歷史無法重寫。思念沒有什麼價值，他曾經這樣想過，活得也相當恣意。正如他清楚，阮閑對於離開的決策很是合理——如果得不到確定的答案，兩人間的猜忌和顧慮早晚要燒盡一切。

可現在他很想他，沒有任何道理，且毫無益處。

道理他都明白，偏偏就是管不住自己的腦子。他喜歡阮先生貼著自己坐下時的熱氣，對方睡著時的吐息，甚至那人眼裡的對抗情緒。唐亦步原以為自己求的是S型初始機在身邊的安心感，如今他有了充足的替代品，心裡仍然空落落的。

難受。

唐亦步一腳踢飛鞋邊的石子。

真的挺難受。

一邊蹦蹦跳跳的鐵珠子興致勃勃地將它撿回來，唐亦步再次將石頭踢飛。

如果阮先生不打算背叛，被主腦發現要怎麼辦？暴露S型初始機的身分怎麼辦？他不怎麼擅長戰鬥，唯一可取的只有射擊，可是他都把血槍留下了……

鐵珠子以為這是某種遊戲，又一次叼回石頭。唐亦步彎腰摸摸它的殼，苦悶得要命。

鬼知道現在他心裡是什麼情緒，這份情感正在他的肚子裡熬湯，熬的都還是帶毒的配料。腐蝕性的蒸氣穿過他的內臟，蒸進他的腦子，唐亦步甚至能聽到自己的骨頭咕嘟咕嘟響。他全身都不舒服，焦躁到不行。

這是愛嗎？

唐亦步試圖藉由資料比對來分析感情模型。這本該是個從無到有的確切問題，可他連它的起始之處都無法確定。

於是他更鬱悶了，更別提這課題他還做過，鬱悶裡隱隱出現一絲悲愴。

阮教授在一旁看唐亦步用腳蹂躪地面，時不時大歎一口氣、抓耳撓腮，終於忍不住了——他很確定，不管面前的人工智慧在想什麼，都和他們正面臨的戰爭沒啥關係。

「我需要聯繫關海明。」阮教授表示。

找到分心事的唐亦步頓時來了精神：「你要聯絡他，現在？」

「按照原來的計畫，我需要到達森林培養皿。」阮教授說，「我無法在主腦的地盤上做太大的動作，荒野又可疑。你們猜得不錯，刺殺機械確實在培養皿裡。」

「嗯哼。」唐亦步完全不意外。

「這計畫不能用了，我考慮過這種情況——培養皿可能被大清洗，刺殺機械可能臨時出問題，雖然機率相當小，但仍然不是零。」阮教授活動著三隻金屬腳，靈活地避開虎視眈眈的鐵珠子。

「……別告訴我你還有備用的機器。」唐亦步表情有點複雜。

「我沒有那麼多資源。」

阮教授猜到了他的想法。

「仿生人秀場那個只是個感知擴大器，花架子而已。大叛亂開始七年來，我就只有弄出這麼一臺刺殺機器。備用的是有，我把它儲存在死牆附近。它是攜帶式的，只是……」

「只是？」

「勝率比刺殺機械低不少，對外部條件要求更高，你要承擔的壓力也更大。沒有其餘大腦的支持，它的威力要小不少。」阮教授說道，「說實話，我不清楚阮閑想要什麼。逼我用備用計畫，你的生存率只會降低。」

唐亦步表情如常。

「聯絡關海明能讓我們更方便地拿到它。」

見唐亦步沒什麼表示，阮教授繼續。

「然後……恐怕我們還要多聯繫幾個人了。」

「我只有一個問題想問。」唐亦步思考了片刻，「關於刺殺機械的原理，阮閑能知道多少？」

「他算是你和 MUL-01 核心邏輯的真正創造者。我在製造 MUL-01 時增加了不少特殊演算法，范林松負責了推演限制部分，但刺殺搭載的病毒程式確實是針對核心邏輯，他應該能猜出一二。硬體的設計來自我……不，他之前的專案積累，總體來說，他大概能估出五分。」

「我明白了。」唐亦步笑了笑。

「如果你知道什麼我不知道的，我建議情報共用。」

「我也不清楚他想幹什麼。只是現在我知道，他至少心裡有數。」

阮教授打量了他片刻：「無論他多麼有數，也不可能憑空變出能摧毀主腦的病毒程式。」這使得對方這次的離開更像是背叛，如果阮閑真的歸順了主腦，他們會陷入前所未有的劣勢。

「所以才有意思。」唐亦步又咧咧嘴，「我會全力支持你的，阮教授。」那笑容不似作偽。

與關海明的通訊很快連通，關醫生正在喝湯，差點把勺子吞下去。

「二三一？」他心有餘悸地放下勺子。「你旁邊那個是什麼？上次在車裡我也有看到一眼……」

「是你要找的人。」唐亦步愉快地表示，抱起鐵珠子，好阻止它趁機去咬阮教授。「他有話要和你說。」

關海明吞了口唾沫，眼看還沒回過神。他上上下下打量了片刻不高的小機械，表情變幻莫測，半分鐘後才放鬆下來。唐亦步懷疑他把它錯認成了某種傳訊機器。

「海明。」阮教授沒有做解釋，開門見山。「抱歉這麼久沒聯繫，詳情我待會說明。過兩天會有人去你那邊的死牆附近取東西，需要你們幫忙掩護。這件事情非常重要，不容有失。」

「明白。」關海明神情嚴肅起來。「我會安排好的。」

他們並沒有交換具體細節，唐亦步揚起眉毛。

「既然您又開始活動……您是不是找好合適的地方了？」關海明含糊地問。

這個倒是容易懂，唐亦步心想。這是在問他們是不是有了新的指揮中心。

「嗯。」阮教授平靜地表示，「我現在待的地方就挺不錯的。」

砰的一聲，唐亦步手一鬆，鐵珠子嘎了一聲，沉悶地砸上地面。

「你確定嗎？」他滿腹狐疑地問道，在主腦的城郊建立新的反抗軍指揮中心，唐亦步不確定這是不是阮教授自暴自棄的表現。

三腳小機械沉默了片刻。

「我確定。」阮教授說。「反正不需要太多人。」

唐亦步慢慢吸了口氣，瞟了眼在遠處烘南瓜片的兩位，還有抱著葡萄吃的仲清，又將視線轉回阮教授身上。某個角度上來說，這個人還真有幾分「阮閑」的意思。

在劍走偏鋒方面，兩人是真的相像。

這是好事，唐亦步如此說服自己——既然自己摸不到頭腦，主腦八成也很難猜到這方面。

他們搞不好比想像的更安全。

他有預感，這次戰爭很可能走向一個前所未有的奇妙方向。

CHAPTER 75 寶貴資料

城郊的田園區異常廣闊。它毗鄰大片打理用心的森林，深重的秋意將樹海變成金紅色，格外漂亮。和森林避難所的樹林不同，這裡的樹林裡不會突然躥出兩隻腹行蠊，裡面的生態狀況維持得極好，無論是普通生命還是機械生命，都鮮見強大到破壞平衡的掠食者。

樹林由機械護林員打理，那東西名字叫護林員，形象卻和人類沒有半點相似之處。它被噴塗了迷彩，身形像鹿，卻多了兩條任意伸縮的前肢，動作靈巧而敏捷。

樹林邊緣散落著屬於人的房屋，大多被果樹和花田包圍。向日葵在陽光下金得刺眼，熟透的果實掉到地上，變成螞蟻的盛宴。無論怎麼看，這裡都不適合作為反抗計畫的起始點——假設他們真的有個反抗計畫的話。

為了確保能更安全地通話，阮教授格外小心地指揮季小滿製造通訊加密儀。余樂在保養自己的車，順便規劃可供長期停留的地窖。唐亦步拐來幾個護林機器人，建設速度快得驚人。

太陽下山前，秩序監察在附近掃蕩了四次。不過偽裝靜止的目標顯然比掩藏行動中的目標簡單，搜查全被阮教授用感知迷彩糊弄了過去。

那臺三腳機械一直保持著安靜，直到夜晚降臨、通訊加密儀投入使用，阮教授才再次開口。

在護林機械的幫助下，他們得到了一個像模像樣的地窖。車子已經被藏好，地下通風正常，在遮蓋好入口後，余樂熟練地打開提燈。

唐亦步和仲清一人捧著一袋果乾，嘴裡喀喀地啃著。累了一天的季小滿窩在角落坐著，她戴好兜帽，睏得直點頭。

「今天真夠嗆。」余樂用筷子戳著湯鍋裡的湯，壓低聲音。「我們要在這待幾天？」

「待很久。」透明的液體槽內，盛放著大腦的黑盒子緩緩浮動。他們看不到那捧粉白色的器官，密封的黑盒子讓三腳小機械有種機器特有的冰冷感。

余樂揚揚眉毛：「主腦要搜那麼久？我是沒啥意見，這裡吃的還挺多，就是搞不到肉。」

「你們說好帶我出城的！」仲清不幹了。

「我會用五天把這裡打理好，這期間我們暫時分開。余先生，我需要你去森林避難所附近，幫我取點東西回來。你可以帶著季小姐和仲清，順道把仲清送往地下城。」

仲清滿意地吸了口湯。

「你和小唐兩個人留在這？說真的，我答應幫你忙，但我也不會蠢兮兮地送死。讓我把小唐也帶上唄，說不定我們還能找找小阮的消息。」老余把盛好的湯遞給季小滿，年輕女孩在發黃的緊急照明燈下昏昏欲睡，手差點伸錯方向。

余樂怕她燙到自己，歎了口氣，自己將湯放在她倚著的小桌上，又額外放了杯冷水。

「你那個什麼知覺迷彩，太遠了用不了吧？我們出城就只能靠自己了，萬一被發現，小唐能派上些用場。」余樂拍拍褲子上的土，離開了半睡半醒的季小滿。「而且沒了仲清，我們就沒了『望遠鏡』。要是下次主腦再攻過來，我們可沒那麼長的準備時間。」

仲清白了余樂一眼。

「反抗軍一向沒有仲清這樣的……人才，我們還是堅持了很久。」阮教授打開完工的通訊干擾儀。隨後他將三隻機械腳往泥地一戳，三腳機械開始變換形態。張開的部件讓他有點像擁有多雙翅膀的鳥。

地窖的樣式變了。

它的原料只有土石、木頭、藤蔓和乾草。三腳機械的光線掃過整個空間，隨後就像覆上一層面具，整個空間變成了裝修完備的指揮中心。

金屬底板緊密拼接，牆上嵌著厚厚的鋼釘。其中一面土牆變成了巨大的液體槽，數個看不出種族的生物身影漂浮其中。老余嘶地抽了口氣，用手戳了戳離自己最近的那面牆——他的手指仍然感受到了壓實的泥土，而不是冷冰冰的金屬。

阮教授在偽裝這裡的真實狀況。余樂收拾好表情，指尖搓了搓幹掉的泥。

隨後被偽裝的是阮教授自己。

一個人影出現在三腳小機械的位置，比他們認識的那個阮閑瘦削些。他們所熟悉的那位「阮教授」安靜地坐在不存在的輪椅上，不知道為什麼，余樂總覺得他看起來比那個小小的機械要孤獨。

唐亦步禮貌地退後幾步，站在陰影裡。

在這場偽裝的最後，數片虛擬螢幕被投影在半空。這次出現的不只是關海明，還有另外十幾位他們不熟悉的人。

那可能是反抗軍的高層，余樂剛想叫醒季小滿，卻發現她並不在原來的地方。他試探地伸出手去，手指摸到了柔軟的皮膚，隨後指尖傳來一陣劇痛。

余樂這才發現，不知不覺中，自己也成了偽裝技術下的透明人。他剛才八成戳到了季小滿的臉，她直接咬了他一口。

想來也是，既然阮教授打算偽造自己的身體狀況和環境，他們自然不能出鏡。

「老師。」看到熟悉的景象，關海明沒再含混地說話，直接打上招呼。

「這兩年你都到哪裡去了？」一個男聲從另一片虛擬螢幕中傳來。「老阮，玩消失不是這麼玩的。都說老範被他們逮住了，你知道大家多擔心你嗎？」

「最近二十個月，我們都自己撐自己的。三三七培養皿多惡劣你知道——」

「老範呢？你到底有沒有找到他？」

「……」

伴隨著震驚和喜悅，人們的問題滾滾而來。那個讓人熟悉又陌生的「阮閑」舉起一隻手，示意所有人安靜。不需要阮教授專門隱藏，唐亦步自己站進死角。他抱著雙臂，饒有興趣地瞧著面前的一切。

「今天先向大家報個平安。」他很是平靜地表示，「或許有人已經聽說了，我聯繫上了NUL-00。是的，他還存在，並且融合了我們一致認為被銷毀的A型初始機。」

虛擬螢幕彼方又是一陣激烈的討論。

「這就是我消失這麼久的原因。在確定NUL-00的立場前，我不允許任何消息走漏出去。現在主腦拿到了部分情況，大家不用對這些消息太過緊張。」阮教授的投影表示。

「接下來的五天，我們會對現況進行分析和討論，調整對付主腦的對策。每一秒過去，MUL-01都在變強。如果不儘快出手，我們的勝算只會越來越小。」

唐亦步雙腳夾著鐵珠子，確保它不會跑到虛擬螢幕的攝影範圍內。阮教授還在繼續，聲音充滿堅定感和恰到好處的安撫，誰聽了都會覺得他已經勝券在握。

但正如阮教授所說，他真的只做了個回歸致辭，除了透露了幾個主腦已經知道的情報，他沒洩露任何額外資訊。與會的反抗軍倒是心情不錯，看起來多多少少都鬆了口氣。

為時半小時的交流過後，阮教授逐一關閉虛擬螢幕，只留下了關海明。

三腳機械恢復原樣，余樂和季小滿的身影露了出來——季小滿緊捏湯碗，已經沉沉睡著了。余樂站在她身邊，好讓她不至於倒下，將湯灑在自己的衣服上。

「通訊調試？」關海明看上去神清氣爽。

「順便觀察一下情況。二二零七、七一二三、五零四四這三座培養皿的指揮部已經叛變了。」阮教授語調凝重，「自願或被控制，總之不能再用。海明，啟用那三座培養皿的備用連絡人。」

關海明看起來有點驚訝：「老師，最近這邊在戒嚴，各種活動都會受到限制。等我們這邊籌備完成，我們可以最後再通知他們……」

「不行。我們需要二二零七培養皿的思維交換器，七一二三的飛行器戰隊，還有五零四四的高壓縮能源。」阮教授聽起來格外堅定，「這還只是必不可少的東西，備用物品列表很長。」

「……」關海明消化了一下這些話，又瞄了幾眼站在不遠處余樂和季小滿。「如果可以的話，我想和您直接聯繫。您能正常使用這個通訊機器人，環境應該還安全……」

「我就在這裡。」阮教授說道。

「什麼？」

「我就在這裡，海明。你看到的就是『我』……當然，只有腦部。我記得這技術還是你為自己開發的，我只是改進了一下。」阮教授的語調輕快起來，「我早晚得告訴你，這副身體能讓我去人類去不了的地方，也極難被主腦偵測。後續安排計畫的時候，我們需要考慮到這一點——必要的話，我可以滲入前線。」

關海明愣愣地坐著，他的眼圈紅了。

有人手忙腳亂地遞上毛巾，唐亦步認出了丁澤鵬的身影。關海明似乎暫時無法承受自己看到的東西，他離開了虛擬螢幕的範圍，他們面前只剩堆滿文件的桌子，外加一把空蕩蕩的椅子。

還有畫面外壓抑的哽咽聲。

「他需要點時間來接受這些。」阮教授看著空無一人的虛擬螢幕，「按照反抗軍的定義，我已經不算人了。」

「你可以再複製一個外殼，把腦子塞回去嘛。」余樂摸摸下巴上的胡渣，打破尷尬的氣氛。

「做不到，為了適配這臺機械，我的腦已經接受了不可逆轉的改造。」阮教授輕笑一聲，「要完全恢復人身，我唯一的選擇只有粉碎大腦，提取全部記憶和思維……再將它輸入新的軀體。鑒於我的 DNA 已經被自己污染，只能從阮閑那裡取細胞來複製，就這樣再拼出一個『人』來。這做法聽起來熟悉嗎？」

老余不說話了。

記憶、情感、肉體、機械。將它們排列組合，有如拼圖般拼出來，這正是 MUL-01 一直在做的事情。這一路上，阮教授給人的感覺一直很輕鬆，連唐亦步都以為他有後手。

但他已經為自己宣判了死刑。

機械會老化，離體太久的器官會衰竭。就算用最先進的技術去保存它，面前的三腳機械最多也只能活動十年。

「你這麼搞……」余樂的表情有點糾結。

「我不需要同情。」阮教授的聲音裡仍然帶著笑意，「人類必須贏，為此我可以犧牲一切。要是這個『一切』裡偏偏沒有我自己，未免也太丟人了。」

「我沒同情你，我嚇得要死。」余樂拍拍胸口，「我得換換看法了，你比小阮嚇人。」

「就算你這麼說，該把你推出去的時候，我還是會把你當卒子推出去。余先生，如果你想退出，現在還來得及。」

「……瞧你說的，我不要面子啊？」

「我不記得你要過。」唐亦步毫不留情地補充，「在關海明恢復前，我想先確定一下我的問題。阮教授，你不打算讓我去護送余樂他們，是想讓我自己去找阮先生吧。」

他搓搓手，身上還帶著果乾的酸甜味道。

「我和你是唯二有能力潛入主腦城市的人，而你無法自保，太早出現不是好事。另一方面，無論你的經驗多豐富，你也做不到盲猜阮先生的計畫。如果我沒猜錯——這五天，你打算在這裡進行前期準備，余樂他們去取物資。我去找阮先生，和他交換一下情報……或者確定他的叛變情況。」

「是。」阮教授的回應簡潔有力。

唐亦步整個人如同一顆氣球，眼看著就要飄起來：「我沒意見。」

「不過在你走之前，我必須盡可能瞭解阮閑的計畫。」阮教授無視了飄飄然的唐亦步，「據你瞭解，如果他沒叛亂，他——」

「我不知道。」唐亦步愉快地表示。「阮先生一直那個樣子，他知道起點、目的，也知道手段，就差把它們串起來的過程。他和你不一樣，不一定會做『最合理』的事情，我向來猜不透他的想法……關於他的計畫，我知道的不比你多，甚至可能還比較少。

「但我會找到他的，他跑不掉。畢竟他給我的課題，我剛剛才摸到點頭緒。」

唐亦步收了果乾袋，在上面打了個漂亮的蝴蝶結，興致格外高昂。

「而且我有個不得了的新發現——在挺久之前，我戀愛了，我得讓他幫忙確定一下時間點。這可是相當寶貴的資料。」

余樂一口氣卡在嗓子裡。

就在半天前，唐亦步還一副悶悶不樂的模樣，現在反而恢復了無憂無慮。余樂總有種錯覺，那仿生人活像是在墟盜船上瘋狂工作一年半載，終於得空休假的墟盜船員。

他們好像是在參與事關人類文明生死存亡的大事吧？這小子明顯心不在焉。

余樂有點懷疑，若當初投入市場的不是MUL-01，而是面前這玩意，人類說不定會以另一種方式滅亡——唐亦步抓重點的能力能把人活活氣死。

相比目瞪口呆的余樂，阮教授那邊很是淡定：「看來我們達成了共識，還請你早點找到阮閑。」

「等等等等。」余樂指了指旁邊一臉迷茫的仲清。「直接在他面前講沒關係嗎？他不是裝了那個什麼……電子腦輔助還是啥玩意的，聽不得某些關鍵字？」

「暫時沒問題，我還沒解開對他的感知干擾。他聽不見我們說話，也看不見真正的情況。」阮教授表示，「NUL-00，你打算什麼時候動身？」

「馬上。」就在余樂插嘴的空檔，唐亦步已然全副武裝——他的背包被果乾塞得鼓鼓的，簡易凝水器掛在背包的一側，嘎嘎直叫的鐵珠子被放在網袋裡，掛在背包的另一側。除了用於掩人耳目的武器，鉤索、煙霧彈等小玩意整齊地掛在他的腰帶上，使得唐亦步看起來活像個大號的人形聖誕樹。

「……你不覺得你槍帶太多了嗎？」余樂鬱悶地問，「給我們這些凡人多留點行嗎，你好歹撈到了初始機，這有必要？」

簡直像是長腿的核彈用水果刀防身。別說A型初始機，就算普通人帶上這些，也足夠在廢墟海那種混亂的地方橫著走了。

「有備無患。」唐亦步嚴肅地理了理掛滿各種小玩意的腰帶。

余樂把臉埋進雙手，用力抹了兩把：「……行吧，你讓我有點懷念過去了。」

「當墟盜頭子的過去？」

「七歲那時第一次出去郊遊的過去。」

這時候就能看出誰更有真正的領袖氣質了——阮教授掃了唐姓聖誕樹一眼，不予置評。

「五天。」等唐亦步炫耀完，阮教授再次出聲。「五天後，無論你回來與否，我都會進行下一步行動。」

話是這麼說，唐亦步清楚自己沒有多少選擇。他可能比阮教授更想把 MUL-01 踢出遊戲——對方在為一個看不見摸不著的理想奮鬥，自己可是確確實實為了保命。阮教授對他來說是相當重要的一步棋，他不能也不會放任對方亂走。

可能這就是文獻中關於「愛情和必要工作」的衝突問題，唐亦步在心裡嚴肅地打了個勾。隨後他又往口袋裡裝了幾顆橘子，沒管濃重的夜色，爽快地從地窖裡爬出去，瞬間沒了影。

「我們可是要休整的。」余樂指了指季小滿，瞧向阮教授。「最早也要明天才能行動，還要討論武器準備、路線規劃，可能出現的問題以及預防措施。去森林培養皿那邊要走一天多，再算上去地下城的時間，今天我得通宵和你商量商量。」

談到正事，余樂的語調沉穩起來。

「沒問題。」見唐亦步沒了蹤影，阮教授的語調裡多了絲不易察覺的解脫。「……放鬆點，余先生，我們的勝率在理論上上升了不少。」

「怎麼說？」

「主腦瞭解我，我也瞭解它。我們會推算彼此後幾十步，甚至百來步做法。」盛放大腦的黑匣嘟嚕嘟嚕吐出一串泡泡。「……現在我仍然瞭解主腦，但我們自己會怎麼走，如今我最多只能推算出三四步。」

「……」

「所以我有那麼一點期待。」阮教授表示。

這可能是比較文雅的說法。余樂往季小滿的方向扔去一張薄毯，朝阮教授挑起眉毛。他總覺得對方在幸災樂禍——看老對手吃癟是件很爽的事，他親身經歷過，對此深有體會。

「那我們最好別浪費手裡的牌。」余樂瞥了眼持續迷茫的仲清，「這小子怎麼辦，你總不能一直這樣用感知迷彩干擾他。」

「只針對他一個人的話，一晚沒什麼問題。這是在保護……」

說罷，兩個人都噎住了。

仲清自己摸去他們裝雜物的工具袋，捏了兩個耳塞出來，大義凜然地塞住耳朵。隨後他用帽子遮住大半個腦袋，為自己套了個眼罩。那小子扯了虛虛蓋在季小滿身上的毯子，在牆角把自己裹成一個繭。

「我對你們的事情沒興趣。」耳朵被堵住，他特別大聲地說道。「我還不想被滅口，你們可以把我眼前的馬賽克去掉了——滿眼馬賽克太難受啦！我睡了晚安，不用回答，我什麼都聽不到！我只是個無辜的未成年人。」

毯子突然被抽走，季小滿從睡夢中驚醒。她俐落地擺出戰鬥姿勢，雙眼還帶有剛睡醒的迷茫。

「……」余樂突然覺得阮教授也沒有他自稱的那麼可靠，他開始對「最多推算出三四步」這個說法產生深深的懷疑。

不過算了，想想現況——兩個人類，一個大腦外加一個病毒聚合體，把自己藏在臨時地窖裡，試圖推翻擁有世界級資源的主腦。他們甚至還有自信聊聊勝率，積極心態總歸使人長壽。

然而這個七拼八湊的臨時團隊裡，此刻心態最好的無疑是阮閑。

被困在他人的意識中，無力做出任何動作。對於大多數人來說，這無疑是件恐怖至極的事情。更別提宿主的情緒會時不時將人捲入，讓人逐漸混淆自我的邊界。

阮閑處理這類問題，方法稱得上簡單粗暴——凡是激烈的情緒，一律不是他的。

唯一能困擾他的問題只剩饑餓。

這是第幾個人了？阮閑打量著面前缺少燈光的地下室，他在各個非法記憶處理者身上輾轉已久，跨越無數國界，宿主數量多到忘了計數。

外界時間可能還不到一天，但在體感上，他在二一〇〇年十二月三十一日已經困了幾個月。在主腦的眼裡，要有這樣的意志力，自己怕是愛唐亦步愛到發瘋。

眼前的一切或許不是社會最糟糕部分的縮影，而是整個社會的縮影。

來做交易的人涵蓋了各個階層，雖說記憶雞尾酒吧異常紅火，人們還是會刻意追求那些沒有篩乾淨、帶有原先主人部分人格的記憶。它能讓人麻痺，讓人逃離，讓人短時間內變成另一個人，以至於有人試圖用它來「修正」自己或他人的性格。

非法記憶丟棄更為常見。大到至親好友的離去、一段感情的崩潰，小到與陌生人生出丁點摩擦，都有人專門將它們從腦子裡挑乾淨，省得它們影響美好的一天。

雖說不被法律認可，這顯然已經成了優於菸草和酒精的消遣方式。

然而即使如此，社會仍然正常運轉，並未出現衰敗的跡象。要說和他認知中的有什麼不同——記憶與人格的片段移植、以及軀殼與器官的機械更換已經成了普遍現象。法律在努力發展，卻完全追不上相關商業市場膨脹的速度。

除去少數倫理領域的學者在質疑，最明顯的後果，其實只有一項。

人們開始變得異常自我且尖銳。

既然不愉快的記憶可以剔除，那麼在製造不愉快時，很少有人願意收手。在這短短的時間裡，阮閑至少接觸過幾百份類似的記憶——只要和對方稍有不和，人們可以毫無顧忌地出手。無論是朝對方胸口來兩刀，還是趁機發洩一天內的不滿。

身體傷害可以治癒，痛苦的記憶也可以去除。只要不把人弄死，懲罰往往不會太重，代價小得驚人。至於意見的不同，更是可以忽略不計——只要將對方的聲音從自己腦內刪除就好，省得煩心。深知對方也會這樣做，也鮮有人去注意所謂的禮節了。

好在與此同時，越來越少的工作需要人們共同完成。社會在以一個奇異的形態前進，法條被修改了一遍又一遍，阮閑一時間不知道該怎樣去評價這個方向。

所有概念都在模糊、混雜。人們就像煮爛的稀粥，人格彼此嵌入，彼此間卻又異常疏遠。不過至少它們能讓他明白，主腦並不是為了「調整瀕臨崩潰的人類世界」才出手的。

技術人員的一瞥、普通市民的短暫停留、老人在荒漠邊緣焦渴地前進，他將他們眼中的世界刻進腦海——這幾個月來，阮閑抓住了足以推算主腦位置的情報，他接下來需要器械來輔助計算，以及從其他途徑再次確定主腦的動機。

哪怕再待下去，阮閑自認也撈不到多少資料。或許該「崩潰」一下，離開這裡了。

只不過就剩一個問題，阮閑嚴肅地思考——自己是要以「機械生物專家」的身分工作，可他對機械生命的瞭解只有皮毛，或許他該再待一段時間……

肺裡突然一陣火燒火燎的痛楚，阮閑從液體槽中爬起，咳出淡藍色的藥液。

他被強制拉出了「夢境」。

是露餡了嗎？還是……

「晚上好。」唐亦步正在他面前，那仿生人身上都是血，帶著硝煙和泥土的味道。他一隻手正拉著阮閑光裸的手臂，用的力氣極大。

阮閑張張嘴，但沒能成功發出聲音。

「……我很抱歉，阮先生。」唐亦步輕聲說道，表情很是複雜。他一隻手拿著槍，冰冷的槍口頂住阮閑的額頭，隨後他像是想到了什麼，又將它移動到阮閑的胸口。「我沒辦法把你救走。」

完蛋了，無數念頭瞬間掃過阮閑的腦海。

如果他是阮立傑，他或許會因為眼下的情況難過，可惜他並不是。更何況就算唐亦步想滅自己的口，那傢伙根本不會用槍，會直接把自己的腦袋扭下來捏碎。

而且他還有決定性的證據——面前這位「唐亦步」，身上一點食物的味道都沒有，他聞得出來。

可阮閑還是出了一身冷汗。

主腦這招玩得不錯，這位「唐亦步」異常逼真。它挑了他精神本應瀕臨極限的時候來了這麼一手，可謂誅心。但對於「阮閑」來說，他擔心的是另一個層面上的心碎——

主腦大概是想讓這位「唐亦步」在剛開幾槍時被打斷，再從死亡邊緣拉回他，從而徹底軟化他的精神防線。然而面前這東西要是真的開槍，他的心臟會不慌不忙自己長好。

到時他可就徹底暴露了。

必須迅速做出決斷，阮閑的腦筋飛快轉動。他深吸一口氣，伸出雙臂，將面前的「唐亦步」摟進懷裡。

「我願意為你死，親愛的。」阮閑用盡全力表演著，面上一副虛弱卻堅韌的模樣，內心毫無波瀾。「但我得到了很好的情報。關於你和阮教授計畫的事情，我想會有用……在你開槍前，我得先告訴你……」

果然，「唐亦步」停住了動作。

阮閑捏了把冷汗，剛打算繼續，卻被面前的景象噎住了嗓子。

不遠處，另一個唐亦步身上綴滿亂七八糟的小玩意，表情複雜地貼著玻璃窗。他就那樣扒在玻璃上，緩緩滑下，逐漸滑出他的視野。阮閑甚至從那表情裡看出了一點驚恐的味道。

水果和鮮肉的味道直沖鼻腔。

……事情麻煩了，他麻木地想道。

CHAPTER 76 第一次交鋒

唐亦步心情無比複雜。

阮閑的所在地離那座城市不算太遠。按照A型初始機近乎不講道理的前進速度來看，若是他走兩者間的直線距離，連一天都用不到。

難點是找到阮閑。

離開主腦的城市範圍，人工建築幾乎再無蹤影。他必須穿過茂密的樹林，追蹤空氣裡微弱的訊號變化，一點點尋找最合理的前進方向。唐亦步翻遍了周圍可能的主腦據點，藉由種種蛛絲馬跡追尋阮閑可能的去向。好在他的想法和主腦類似，不至於在下判斷上太過優柔寡斷。

饒是如此，唐亦步仍然在附近繞了幾個大圈子。他花了整整三天半才找到阮閑的位置，果乾快吃完了，可他還是給阮閑留了一小袋柿餅。它是老余做得最成功的東西，甜滋滋的，味道很是不錯。

他想讓阮先生也嘗嘗。

阮閑留的罐頭占了他上衣的暗袋，唐亦步把包好的柿餅小心地放進外套口袋。幾袋果乾可無法滿足A型初始機需要的熱量，他開始自己捕獵——森林裡的動物不少，填飽肚子沒問題。只不過怕煙氣被主腦發現，唐亦步只得像林中野獸一樣撕開獵物的身體，取食生肉。

他時不時會嗅嗅那袋味道香甜的柿餅，出乎意料的，分享它的渴望擊敗了他的食欲。唐亦步驚訝地發現，自己居然沒有多少吃掉它的衝動。

唐亦步沒有再睡，他馬不停蹄地奔波數天，終於找到了一個訪客日誌有點意思的據點

——悄悄潛入系統後，他對比了過往兩年的人數記錄和人員分布，努力計算了一通，終於確定這裡最近來了位不能自由活動的「客人」。

於是他花了半天來解析據點的保衛情況，終於在離期限只剩不到三十小時的時候，成功找到了阮閑所在的建築。

拍了拍在網袋裡不滿掙扎的鐵珠子，唐亦步壁虎似地貼上牆，開始朝建築高層爬。不時有巡邏機械飛過，他得繃緊每一根神經，分出七八分精力來應付那些倒楣的東西。

就這樣，漫長的四天後，他終於到達了目的地。

唐亦步有點奇妙的興奮，他扒著玻璃爬上，探出頭，剛打算查看一下房間內的情況——就瞧見半裸的阮先生坐在液體槽中，正在用力擁抱「自己」。

心裡那點奇妙的興奮頓時被震驚碾碎，唐亦步腳一滑，吱溜吱溜地朝下滑了一整層樓，差點被巡邏機械逮個正著。

阮先生絕對能感知到他，唐亦步感受到了對方的目光。他剛趕到時，他的阮先生似乎正在和那個冒牌自己交談，可惜那層玻璃的隔音效果著實不錯，唐亦步所在的角度也看不到阮閑的口型。

不過主腦還在用「自己」應對阮閑，看來他的阮先生暫時還沒背叛他。不管主腦玩的是什麼花樣，阮先生肯定能嗅出哪個才是真正的自己。唐亦步嚴肅地思考著，又開始艱難地往上爬。

阮閑的神經都快繃斷了。

他可不會自大到認為主腦是個在分心狀態下還能成功應付的敵人。要是他在這漏了餡，他們兩個雖說不至於被輕易幹掉，但在被敵人完全包圍的情況下，S型初始機的底牌很可能會暴露。更糟的是，他們會立刻喪失原本就不多的情報優勢。

他收緊雙臂，儘量抱緊懷裡的主腦版唐亦步，並將下巴放在對方肩膀上。他一手溫柔地按住對方後頸，好確定主腦不至於突然回頭看。

阮閑本人則死死盯住面前的玻璃牆。

如同從海面緩緩浮出的海獺，唐亦步一臉肅穆地緩緩冒頭，再次回到了他的視野內。阮閑恨不得把他按回去，可惜時間有限，他不敢抱面前的仿冒品太久。

唐亦步八成掌握了監控的視角，可哪怕監視器不會第一時間發現唐亦步，肯定也有不少正對著自己。阮閑連口型都不敢比，只得暗暗使了個眼色，隨後快速回歸狀態、應付主腦。

可唐亦步雙手扒住玻璃窗的邊緣，繼續一臉嚴肅地黏在窗外，打定主意要看這場戲。那仿生人甚至挪了挪位置，找了個更好的角度，好看清楚阮閑的口型。

阮閑忍住翻白眼的衝動。

「你聽我說。」他「深情」地對主腦說道，一副虛弱的模樣，語速極快。「我被扔進夢境了，主腦試圖擊垮我的精神。我現在還有點混亂……但是我從那些記錄裡翻出了能夠增幅刺殺機器力量的情報。」

「你心跳得很快。」主腦版唐亦步歎了口氣，沒有挪動槍口。「我們還有點時間，你可以先放鬆半分鐘，阮先生。」

廢話，他的心臟都快彈出喉嚨了——

窗外的唐亦步由雙手扒窗改成了單手扒窗，他用空出的手摸出一包冒著果香的袋子，正朝自己邀功似地晃動。而鐵珠子抓住了這個機會，它掙脫網袋，邁著小腿爬到唐亦步頭上，和那仿生人一起積極圍觀。

天知道這裡是幾樓，阮閑暗暗在心裡發誓，等自己離開這個鬼地方，絕對要把窗外那兩個玩意換一頓。

「非法記憶操作師之間流行著固定的範本，其中有幾份在全世界都很受歡迎。他們沒有用登記機器操作，官方沒有太詳盡的記錄。」

阮閑一臉悲情和解脫。

「為了交易那些記憶資料，他們自己弄出了一套規避主腦監視的奇特演算法。我還記得其中幾個架構，我這就口述給你……」

儘管理由是他隨便找的，但真實性毋庸置疑。只要將刺殺機械的存在暴露出去，就足以讓主腦上鉤了。橫豎它本來就沒打算現在就處死自己，見自己這副「深情」的模樣，阮閑不相信它能忍住多敲點情報的衝動。

畢竟某種意義上，它算是和唐亦步一個模子刻出來的。

果然，主腦露出了些掙扎的模樣。

「我明白。」阮閑苦笑，「就算我不會背叛你，主腦早晚也會找辦法弄出我腦子裡的訊息。這樣吧，亦步。再給我一點時間，至少讓我多從這裡打探點消息出來。」

他抓住面前「唐亦步」的雙手，誠懇地直視著對方的眼睛。

「我的能力還有點用，主腦不會一下子來硬的。我會先假意順從，拖拖時間，多打聽點事情。等它出現這方面的苗頭，你再動手……好不好？」

阮閑用盡全力偽裝自己——一旦成功，他能爭取到一段相對平和的時間。主腦會假扮唐亦步來套更多阮教授陣營的資訊，自己也會有選擇地給出實情。只要拖得時間夠長，能接觸到外界，自己就能繼續下一步計畫。

他抓緊主腦的手，雙手微微顫抖，眼裡的堅定和希望倒不是偽裝出的。主腦偽裝的唐亦步保持沉默，很難看出它在想什麼。

窗外的唐亦步臉上的表情越發僵硬。他瞄了眼房內兩人緊握的雙手，單手從小布包裡撕了塊柿餅，不滿地咀嚼起來。

「……好。」主腦版唐亦步做了個深呼吸，前傾身體，眼看要吻上阮閑的額頭。「真奇妙，我也想多見你幾面。你真的是我見過最特殊的人類，阮先生。」

窗外唐亦步高速咀嚼柿餅，臉頰微微鼓起。

阮閑後背冒起一片雞皮疙瘩。確實很奇妙，他想。自己全身心都在抗拒這個親昵的舉動，就算對方有著和唐亦步一模一樣的臉。像是他的身體在這一秒變直了。

好在液體槽裡的混合液打濕了他的皮膚，讓他的冷汗不至於太明顯。

「我會再來見你的。」主腦版唐亦步對他點了點頭。「他們現在約莫已經發現你醒過來了……待會等人過來，你只要表達自己的崩潰就好，他們會按照精神崩潰引起的軀體掙扎來處理。」

「嗯。」阮閑朝主腦笑了笑，面部肌肉有點抽搐。

希望主腦能留點時間給他，好讓他和唐亦步交流交流，他想。

唐亦步應該確信他不會認錯人，那麼他肯定知道這些只是逢場作戲。但他們面對的終歸是主腦，而一切才剛剛開始。唐亦步不可能沒事過來散步，阮閑知道他想要什麼——那仿生人絕對是來打聽計畫的。

可惜眼下他們根本無法順暢交流。

見狀況穩定，窗外的唐亦步終於開始快速比口型，小聲地碎念問題。而主腦也不是容易打發的對象——房間內的「唐亦步」剛站起身，阮閑便聽到了不遠處的嗡嗡警報。

MUL-01 當真連個針縫都不願意留。

「我得走了。」主腦版唐亦步表示，「我會再來看你的，阮先生。」

而窗外那位倒楣蛋顯然也逃不過這一劫。這警報顯然是來真的，巡邏機械大軍正在逼近。他的 NUL-00 朝他遺憾地撇撇嘴，再次順著玻璃滑下，離開了阮閑的視野。

阮閑一個人坐在溫暖的液體槽中，心情極其複雜。

他得到了一個好消息和一個壞消息。

好消息很簡單，他勉勉強強撐過了這次交鋒，不至於被主腦一槍擊中胸口，再慘烈地暴露身分。壞消息也很簡單——

他的 NUL-00 似乎出了點毛病。

在剛剛那短暫的數秒之內，阮閑本以為唐亦步會做出些警告，或者對自己擅自行動表示不滿。哪想那仿生人嚼完一片柿餅，將剩下的放回口袋，口型格外清晰。

「我戀愛了。」

唐亦步嚴肅地表示，鐵珠子也在逐漸逼近的警報裡嚴肅地嘎了聲。

「阮先生，你是什麼時候愛上我的？你認為我是什麼時候愛上你的？我想要儘量詳盡的資料參考——」

人生頭一回，阮閑恨不得主腦的巡邏機械來得再快點。

唐亦步的身影消失在窗外，看外界巡邏機械的反應，他八成沒被發現。阮閑氣悶歸氣悶，他可不希望唐亦步真的栽在這裡。

主腦——或者說那個由主腦操控的傀儡——早已離開房間，並且做足了戲份。巡邏機械的隊伍在夜空排出一道道完美的弧線，很像那麼回事。眼下這房間空空如也，阮閑也終於能鬆口氣。

這房間不算太大，一半以上的空間被提供末日「夢境」的機械占滿，從設計上來看沒有半點符合人類審美的地方。

他的上下左右擠滿了米色的管道，其間不少白色的軟性材料在微微顫動，如同活物。天花板垂下不少阮閑猜不出用途的軟枝條，而他所在的液體槽被魷魚頭形狀的灰色材料半包覆。

阮閑摸了摸，液體槽的四壁既不光滑，也不規則，不太像人造物。

這臺特殊的機械活像隻盤踞大半空間的外星異獸。

……或者它根本就是「活」的。

阮閑伸出一條濕淋淋的手臂，撫摸離自己最近的機械外壁。堅硬的金屬就像螃蟹的殼，讓他看不到太多的內部構造。

剛剛才被唐亦步放鬆下來的神經再次繃起——如果這就是主腦目前的機械生命研究水準，自己離暴露比想像中的還要近。在他夢境中的幾個月內，他沒發掘太多與機械生命相關的情報。這個詞頂多出現在記憶的邊角，屬於某段持續時間不長的新聞，或者某條短暫枯燥的通報消息。

而在非法記憶操作者那裡，他頂多能接觸到社會中下層的來客。至少在阮閑的印象中，他沒有接觸過多少和機械生命沾邊的人。街道上也鮮見類似的產品，它就像其餘前沿技術一樣，遠遠沒到普及至民眾生活中的地步。

而自己馬上就要冒充一位機械生命專家。

阮閑做了個深呼吸，抱起雙膝，將鼻子埋在膝蓋間，整個人蜷縮起來。這個姿勢可以確保他的表情不被拍到——這回他是真的開始緊張了。

策略博弈是他擅長的範圍，阮閑也非常擅長騙人。然而人類被騙大多是因為各種欲望，從這方面來看，主腦是最糟糕的欺騙對象。

一如既往，他成功活下來了，接下來才是最難的部分。

緊張的情緒讓他的血液凝結成冰，肺彷彿被人用手掐住。阮閑卻感受到了一股奇妙的快感——之前他和喜愛挑戰極限運動的人群沒有半點共鳴，如今卻理解了他們。貼在房間四壁的不規則機械仿佛朝他擠壓而來，他的腦子在難題前以最快的速度運轉。

可與此同時，他嘗到了某種新的恐懼。

若是換成幾個月前的自己，他會樂於全身心浸入這種陌生的刺激中。眼下他卻開始強烈擔憂一件從未困擾他的事情——萬一出了差錯，自己是不是真的會死在這裡？

在最開始實行這個計畫的時候，這擔憂還被阮閑壓在心底，眼下它越發濃重。

他從未如此反感死亡。阮閑想像過自己的死，自從跌進這個瘋狂的世界，他一向喜歡擦著死亡邊緣行動。並非自毀或求救，那些行為裡甚至沒有太纖細的念頭。

或許是往昔的韁繩勒得太緊。一朝鬆懈，他開始完全憑喜惡行事。

若他真的背負了那個玩笑似的魔鬼詛咒，他不會死。如果他不慎死去，那也只是預想之中的某個可能性，他能接受它。生不是件特別的事，死也不是。

他曾那樣想過。

液體槽裡藥物的濃重味道直嗆鼻腔，阮閑能嗅到房間內這個疑似機械生命所散發的怪味、監視器的金屬味、滑動門上的潤滑油味、刺入皮膚的細針帶出一點點血腥味。各式味道混在一起，又重又澀。其中只有一種味道格格不入——一絲柿餅的甜香殘留著，阮閑從龐雜的洪流中捉到了它，感覺好了一點。

現在他的「生」變得特別了些，他突然不太能接受料想中的死亡了。

「我戀愛了。」唐亦步不久前這樣宣布。

哪怕是在這樣糟糕的幻境裡，阮閑還是忍不住勾起嘴角。那仿生人不會隨隨便便下這種結論，天知道在那之前唐亦步自己悄悄糾結了多久。

奇妙的感覺。

阮閑做了幾個深呼吸，終於把呼吸節奏調整了過來。就在這時，一臺助理機械飄了進來。它的託盤上放著柔軟的浴巾、衣物和熱騰騰的淡綠色飲料。阮閑剛把視線投過去，它便自己發了聲。

「您的記憶體驗被意外中斷，強行重連會損傷您的大腦。您將擁有一晚的休息期，請您今晚做出決定——是歸順主腦，開始為主腦做事。還是躺回這裡，繼續進行記憶體驗？」

浴巾是烘過的，還帶著暖融融的溫度，柔軟得不像話。衣物似乎是這裡的制服，除了必要的內衣外，只有兩件寬鬆的白衣褲。

阮閑抓緊時間表現自己的絕望——他抓住那杯淡綠色飲料，將它往喉嚨裡灌去。

那杯東西稍稍有點黏稠，像是兌了太多蜂蜜的水，嘗起來清甜溫暖。一杯下了肚，阮閑歎了口氣，整個人下意識放鬆了不少。裡面絕對添了安神的藥劑。

大叛亂前，那些非法的記憶操作者並不算富裕，抑或是主腦根本不打算為他安排富裕的宿主。他的飲食糟到了極點，要不是阮閑之前習慣了吃營養劑為生，光是那些從垃圾處理場弄出來的食物就夠他受的。

一頓棍棒後給一顆糖，看來這樣的做法還沒過時。

正如他所想，當他回到那個囚禁他的房間，一切仍然美好而舒適。窗外仍然是美麗的森林景象，床綿軟到讓人落淚。床頭的牛奶杯和點心盤早就被人收走了，換成了一托盤豐盛的晚餐。

阮閑一點都不客氣，他毫無形象地將食物塞下肚，在床上躺了半宿，隨後坐起身。

「能帶我去你們的工作區看看嗎？」

他把這話說得吞吞吐吐，帶了點刻意過頭的緊張。

負責監視他的助理機械沒有提問，像是早就知曉了如何應對這個情況。它帶著他再次走出門。

這次門外不再是二一〇〇年的街道，而是貨真價實的走廊。阮閑深吸一口氣，握緊拳頭。若是什麼都不調查就貿然投降，那未免也太過不自然。何況他有更重要的事情要做——

必須趁所謂「打探情報」的藉口期間，先做做機械生物的功課。

不知道繞了幾個彎，助理機械帶他在一面牆前站定。下個瞬間，整面牆變得透明。阮閑不由地屏住了呼吸。

「您可以在這裡得到您想要的所有援助，不需要擔心研究資金短缺。MUL-01對於擁有才能的人一向重視。」助理機械見縫插針介紹，「您可以盡情地研究。我們清楚，現在您並不認同主腦的做法。其實主腦樂於接受意見，只要您給出的提案擁有足夠的說服力。」

助理機械的語調裡多了點人味。不得不說，配上眼前的景象，這說法真的很誘人。

透明牆的另一端是個廣闊的空間，像是一整層樓被徹底打通。不少身穿研究服的人在忙碌，每個人都有恰到好處的個人空間，設備也是阮閑從未見過的先進款式。

虛擬螢幕在異常整潔的房間內飛舞，為了平衡房內太濃重的白色，不少柱狀植物陳列槽嵌在天花板與地板之間，設計得極為漂亮。

再遠處也有休息和交談的地方，這裡比起正規研究室，更像是哪裡的豪宅被臨時改裝成研究場所，卻又去除了所有可能礙手礙腳的部分。每個人臉上的表情都相當輕鬆，阮閑沒有找到任何憂慮的痕跡。

「不存在強制工作的情況，更多的工作只會帶來更好的待遇。但如你所見，最基本的待遇也很是不錯，這裡的人追求的不是簡單的吃飽穿暖，他們在構造人類真正的未來。」

然而此時阮閑的注意力全部集中一件事物上面。

在這近乎完美的環境中，有些奇妙的生物在行動。它們大多由金屬包覆，有的在輔助研究者，有的在用嘴巴處理研究廢料，少部分正泡在運作中的觀察槽內。那些東西乖順而安靜，如同有了自我意識的工具。

對於普通機械來說，它們的動作裡有很多不必要的靈巧成分。那十有八九是機械生命。

「您可以根據自己的喜好製作機械生命，只要不是危險度過高的品種就好。」

讀取到了阮閑的視線方向，飄在空中的助理機械再次出聲。

「如果想要特定品種的活體材料，可以向研究室主管申請。」

「……我只是看看。」阮閑說。

「當然。」那東西補充。「相信我，阮先生。這裡會有你想要的一切。」

並非如此。

說白了，他對研究根本沒有太大的興趣，從事這一行只不過是最符合理性的判斷。阮閑特別想要的東西著實不多，他很確定自己最想要的那個不會在這裡。

不知道唐亦步現在躲在哪個邊邊角角，考慮到阮教授不會因為少了他一個就停止行動，那仿生人目前大概也不是特別空閒，他們的會面八成有個時限。

「我再考慮考慮。」阮閑細心記下房內所有機械生命的特徵，隨後才「猶猶豫豫」地拒絕。

「……我也是不得不說這些空話。」見重點談話結束，助理機械的聲音變得活潑起來。「阮先生，其實我是這間研究室的主管。說實話，我尊重您對感情的執著，但我希望您能嘗試一下從不同角度看看世界，給 MUL-01 一個機會。」

透明牆另一端，一個五官頗為端正的中年人朝他招招手。那人拉下口罩，表情很是友好，甚至充滿生機。

「如果您拿不定主意，我隨時都可以和您談談……如果您不介意的話。」聲音繼續從助理機械中傳出。「不需要太緊張，如果您不願意，我不會本人過去。等一下這東西會跟您一起回房間，我們可以繼續用它交流。」

阮閑瞥了眼那人的手——他正在撫摸一隻機械生命，手法看起來頗為老練。

「……好。」他故意停頓片刻。「我還沒有答應你們的意思，我只是有點問題想要確認。」

「沒問題。」

「另外，我希望你能夠本人過來……我不太習慣和機器對話。」他得看到對方的肢體語言，才能更準確地解讀這位未來的上司。

「樂意之至。」那人爽朗地笑了。

然而等十分鐘後，阮閑回到房間，他突然發現了一絲不對勁——自己的床底，正有一絲柿餅甜味幽幽飄出來。

「怎麼了，阮先生？」跟在背後的人問道。

「沒什麼。」阮閑費了好大勁才維持住表情的平穩，「請進吧。」

在阮教授的感知迷彩失效前，余樂成功衝出城郊。

考慮到離他們佯裝逃脫已經過了段時日，搜索重心轉移，守城的秩序監察數量不多。余樂專門挑了不好走的地方前進，一路上有驚無險。

車內只有三個人。

季小滿仍然坐在副駕駛座，仲清一人獨占了車子的後排座位。他一直嚷嚷著要他們帶他走，等車子終於離開城市範圍，他卻安靜了下來。

「地下城是個怎樣的地方？」仲清躺在車後座，眼睛盯著車頂。

「能活下去的地方。」季小滿說。

「嗯。」仲清沒啥精神地嗯了聲。

車內一陣尷尬的沉默，見有小孩子在，余樂也不好放歌詞太露骨的歌。他隨便找了首曲子播，將車開得更快了點。裝甲越野車揚起一陣塵土，快速朝地下城的方向奔去。

按照計畫，他們需要先把仲清送到地下城，剛好趁機考察下戒嚴的具體情況。隨後余樂會帶著季小滿一個人去森林培養皿附近，取好阮教授需要的東西，再直接回到阮教授那裡。

表面上是個合理的計畫，余樂卻直覺哪裡不對勁。

「能換首歌嗎？」仲清突然出聲，打斷了余樂的思路。

「怎麼了，你不喜歡卡洛兒．楊？」

余樂挑起眉毛，透過後視鏡瞄著仲清。阮閑和唐亦步向來喜歡這位歌手，為此他不得不湊了不少歌，專門建了個撥放清單。此時車內正在播放她的《灰色故鄉》，一首溫柔憂傷的曲子，余樂不覺得哪裡有問題。

「想聽點別的。」仲清拒絕和老余對視，他扭頭看向窗外。「換個男歌手吧。」

奇怪的要求。

不過余樂心裡有事，不至於在這些小事上和一個孩子計較。他伸出手，艱難地翻出一首歌詞還算得體的歌——男歌手在他的音樂庫內可是相當稀有。

「怎麼了？」季小滿側過臉。

「沒啥，平時沒存多少男人的歌。」余樂還以為她嫌自己挑歌的時間太長。

「不，你心不在焉。」季小滿聲音很小，她垂下目光。「那天阮教授到底跟你說了什麼？那段時間我實在太累，沒聽進去多少。你告訴我會在車上說……你是在擔心那些事嗎？」

余樂將那首歌設了循環播放，狠狠抽了口氣：「算是吧。」

「我以為事情挺順利。」

事情是挺順利，余樂想，但他們未必是這份「順利」的一部分。

既然阮教授知道NUL-00可能還存在，拉攏唐亦步可以理解。但這和他想像中的末日領袖有點不同——哪怕是沒受過精英教育的自己，也知道不能把雞蛋放在同個籃子裡。阮教授雖然嘴上說有備用方案，但現在看來，那備用方案和唐亦步似乎也有幾分關係。

不然阮教授根本沒必要跟著他們。

阮教授並非走投無路，那天他們都看見了，他在世界各地還有無數同伴。余樂敢確定，無論他選擇哪位作為保護傘，都能得到比現在更優越完備的指揮條件。最貧瘠的培養皿也會有基本的物資供給，而他們只剩一輛快被吃空的車。更別提阮教授和他們遠遠算不上熟悉。

現在的阮教授沒有多少戰鬥力，他為什麼要跟著他們？唐亦步和另一個阮閑怎麼看都不是溫和可靠的同伴。

太奇怪了。

從之前的交流看來，唐亦步是被阮教授一步步引到面前的。對方既然有這種心機和手腕，肯定不會簡單地被壓制住。

然而他只曉得部分理由。余樂瞄了眼一臉疑惑的季小滿，開始整理回憶——

唐亦步離開的那一晚，地窖裡沒了別人。余樂在商量行程時坦蕩地提出了疑問。

「小阮就這麼跑了，你不在意？」

那個該死的小機械只會吐泡泡，余樂完全看不出對方是什麼表情。可想想那黑盒子裡的東西，他下意識將態度擺得端正起來。

「我攔不住他。」阮教授輕描淡寫地回答。

「但唐亦步可以，你可以把自己的猜測提前告訴唐亦步。」余樂表示，「從二零九五年到二一零零年，你扮演阮閑扮演了五年，你肯定比我們所有人都瞭解他。如果你真的想要阻止，哪怕是一點點猜想……不，哪怕沒有任何證據，你也可以提醒小唐注意這件事。」

「分開對他們有好處。」阮教授沒有正面回答這個問題。

「是嗎？你看剛才唐亦步那副開心樣，他恨不得直接飛過去。我看不出分開能有什麼好處。」

「你真以為他們在順利戀愛？」阮教授反問回去。

「……這我就不懂了，我又沒跟男人交往過。」更別說使用男性身體的人工智慧。

「如果他們繼續待在一起，對我們來說才不是好事。我想阮閑也看出了這一點。唐亦步確實開心，你不覺得他比前陣子開朗了不少嗎？」

阮教授的三腳機械跳上小折凳，隨後又跳上桌子，一隻金屬腳喀喀地敲著桌面。

「他現在能情緒平穩地分析感情，說白了是因為其他疑問已經在『進程中』的狀態了。阮閑自己跑去主腦的陣地，這和極限測試差不多——如果阮閑在主腦手下仍然沒有背叛，今後也不會出現能讓他『背叛』唐亦步的極限狀況。所以唐亦步暫時不會再糾結這個問題，他只要等待結果就好。」

「……小阮還真拚。」余樂咂舌，「但無論怎麼說，這都過頭了吧。他自己找死我管不了，但萬一主腦搞定了他，他把大家都拉下水……」

「他會的。」

「什麼？」

「他會背叛我們的。」阮教授心平氣和，就像在聊天氣。「唐亦步或許真的對他有些和『戀愛』相關的感情，但其中占有成分居多，只要結果沒出來，他不會真的交出自己的信任。

「至於阮閑，他本來就對原本的社會不太滿意，也不是會為了情感觸動去親身冒險的類型。他離開唐亦步，一方面是因為這是解決兩人問題的最佳選擇，另一方面是……如果他解決不了問題，那裡會是最適合他的地方。我不否認他對唐亦步的愛，但在我看來，他更傾向於用那份愛滿足自己。」

「……」余樂一時間不知道該怎麼接這個話。「可他們看起來還挺……」

「你談過戀愛吧，余先生？你應該清楚其中的基本——凡是正常的愛，都在要求一定形式的回應。哪怕不去主動追逐，在對方回應的那一刻也會更加愉快。但就我的觀察看來，阮閑似乎完全不計較唐亦步的回應問題。」

「我知道，他們是都有點不正常。」余樂撓撓頭皮，「說白了，我也沒辦法理解愛上自己造出的東西是怎麼個愛法，但凡事都有第一次，太絕對也不好吧？再說了，這和小阮背不背叛我們有什麼關係？」

「因為我對 MUL-01 有信心。」阮教授的聲音裡有一絲笑意，「它很快就會發現，唐亦步是『阮立傑』唯一感興趣的事物。如果它願意把唐亦步作為籌碼，阮閑說不定會接受。理由很好找——NUL-00 的容器是電子腦，主腦只要複製走他的全部資料就能進行學習，不一定非要毀掉他。」

阮教授沒說下去，但余樂足以猜出接下來可能的發展。

只要主腦想辦法消除A型初始機，或者乾脆給唐亦步的電子腦換具長相一樣的外殼。在擁有絕對資源優勢的前提下，它未必不能留下他。

余樂開始不確定阮閑會不會答應這交易了。

如果交易成立，唐亦步一定會被嚴密控制。若他是個正常人，這段感情絕對會完蛋……可那是把活命當成頭等大事的人工智慧，知曉自己有機會活命，唐亦步絕對會偽裝起來，安份地和阮閑過日子，同時尋找東山再起的渺茫機會。

但對於阮閑來說，除了生活更加安穩，一切都沒有變化。他根本不在意對方的回應，這一點在此時變得有點可怖。

余樂想著想著，表情開始難看起來。阮教授見對方猜出了八九成，十分自然地繼續。

「……這樣的交易成立後，阮閑會全力為主腦工作。我想他也考慮到了這一層，之所以沒有主動向主腦提出要求，八成是在顧忌身分暴露。但我想，這個交易的成立只是時間問題。」

余樂吞了口唾沫。「明明知道會這樣，你還是放唐亦步去刺探阮閑的計畫？」

「NUL-00 對感情問題的儲備還不夠，他算不出這些，這是必要的經歷。」阮教授說道，「不到萬不得已，NUL-00 絕對不會屈從主腦。他很清楚，自己的存在對主腦永遠都是個威脅，不可能自願交出主動權。他和阮閑在這個問題上的矛盾不可調和，我必須讓 NUL-00 全心全意為我們戰鬥。」

是了，一旦知道阮閑的打算，唐亦步一定會選擇儘快消滅主腦，把自己的創造者奪回來——至於奪回來後會怎麼樣，余樂不願意去想。

「所以說到底，你在用『阮閑的逃走』換取『唐亦步百分之百的合作』。」余樂總結道，聲音乾澀。

先一步放棄部分勝率的換子行為，一筆划算的買賣——如果那兩人都在這裡，先不說感情問題，他們兩個加起來破壞力就夠大了，未必願意聽阮教授指揮。

「現在唐亦步不在這裡，我就直說了。接下來的計畫，我會以阮閑的背叛為前提進行規劃。」

「萬一唐亦步那邊出了差錯呢？」余樂不知道說什麼好，但他就是想找話反駁一下。事情的發展讓他全身都不舒服。

「我不可能把寶貴的時間全放在未必存活的 NUL-00 身上。他確實能大幅提高勝率，但絕對不是計畫的核心——無論哪一套計畫，都是如此。」阮教授說，「現在是再次集結反抗軍的時候了，余先生。」

裝甲越野車駛過河床，車子顛簸起來，讓回憶中的余樂被迫回到現實。

他要怎麼告訴季小滿呢？

哪怕他們見過這世上最危險的東西，最了不起的人。他們四人加起來，最多也就是這段歷史的配角。這從一開始就是阮教授和主腦的戰役，他們最多被當成棋盤上的棋子，根本沒有多少主動插手的機會。

……而且再次見到阮閑時，他很可能是他們的敵人。

「也沒有那麼不順。」余樂最終這樣告訴季小滿。「不是什麼大事，等到了地下城再說吧。」

仲清沉默地坐在後座。車上沒了鐵珠子嘎嘎的叫聲、阮教授的吐泡聲、唐亦步的咀嚼聲，也沒了阮閑和唐亦步偷偷摸摸交談的氣音。少了四道身影，越野車上顯得有些空蕩。

余樂突然感到一絲悲哀。

CHAPTER 77 戀愛？

時間正值傍晚，窗外不時傳來喧鬧的人聲。阮閑倒了兩杯水，將其中一杯遞給面前的人。

「胡書禮。」

阮閑理論上的未來上司接過杯子，對他笑了笑。他禮貌地坐上床對面的客椅，阮閑則坐到床邊，垂下的衣襬遮住了床底的一部分空隙。

「阮立傑。」阮閑友好地回應，空氣裡柿餅的味道越來越濃。

「我知道你，主腦把你的檔案給了我。」胡書禮有種非常打動人的氣質，並非阮教授那種領袖氣息，這位研究者只會給人一種感覺——他很誠懇。「年輕的人才，難得。阮先生，個人來說，我非常期望你能夠加入我們。」

他喝了口水，繼續微笑道。

「你現在的狀態不太好……我會和主腦申請，就用今晚來做決定還是太倉促。我可以再幫你爭取一天，明天白天你可以跟著我看一下這邊的情況，明晚再好好做決定。人得睡個好覺，頭腦才清醒。」

這番話也滿是誠意，沒有任何做作的成分。胡書禮真的是這樣想的。

「你……您有和主腦提意見的許可權？」

「我說過，只要邏輯合理，說服力充足，主腦不會拒絕。」胡書禮一副「請隨便問」的表情，坐姿很放鬆。「這不是面試，阮先生。無論您做出怎樣的選擇，我個人都很理解。作為一個過來人，我只是想看看能不能幫上你的忙。」

「過來人。」阮閑慢慢咀嚼著這三個字，沒有著急表態。作為一個剛從循環的末日裡爬出來的人，他也不該一下子倒出太多疑問。

「我原來是阮閑的支持者。」胡書禮坐直了。「後來我改了主意。」

「為什麼？」

來了來了，阮閒心想。這個人八成要開始關於現狀的倫理討論，現身說法來動搖自己。他總得接個話，流程還是要走的。可胡書禮再次開口的時候，說的完全不是那麼回事。

「因為我和我太太分手了。」胡書禮說。

阮閑：「……」他是真的沒料到這個。

「你是不是以為我要對你講大道理？」胡書禮暢快地笑了起來，「很遺憾，事情就這麼簡單。聽說你也在戀愛，我一下子又想起這回事來了。」

阮閑開始抓不到這場對話的走向了，這是主腦的安排嗎？面前這個人似乎是真的在隨便找話題聊。同一時間，有什麼東西在戳他的腳後跟，他深切懷疑那是床下的唐亦步。

「人是很容易被洗腦的。我不打算跟你理論什麼，我只希望你能多花點時間四處看看，不要走我當初走的彎路。」胡書禮表示，「我還在阮教授那邊時，也是把感情放在了第一位——別看我這樣，我是個很沒追求的人。說句實話，哪有那麼多人為『全人類』怎樣怎樣奮鬥啊，大多數還不是追求吃飽穿暖，不用替老婆孩子擔心。」

說罷他的視線放空了片刻，像是在回憶過去。

「然後呢？」阮閑很給面子地繼續問。

「我太太病了。我是機械生物方面的專家，對醫學沒什麼瞭解。她的情況比較麻煩，阮教授那邊治是能治，治療設備只有在某個挺遠的培養皿裡有。她撐不了那麼遠。但是如果我帶著我的技術投奔主腦，主腦能輕輕鬆鬆把她治好。」

「你想把她帶走。」

「是啊，然後被她痛罵了一頓。」胡書禮的笑容苦了些，「我只想要她活著，至少對我來說，什麼理論都比不過她的命。但她死也不能接受。我還能怎麼辦呢，看她死在我面前嗎？反正就那樣吵了幾年，我只想救她，她也想……怎麼說呢，矯正我這種墮落的想法。時間久了，多深的感情都磨沒了。」

說罷他聳聳肩：「分手歸分手，本來我過來只想氣氣她，結果事情沒有我想得那麼糟。只是有些人沒辦法接受時代的變更，堅決抵制新技術。類似當初的極端環保分子，當你是其中一員的時候，你很難感覺到哪裡不對。」

對方的語調語重心長起來，透出一點微妙的說服力。

唐亦步倒不會出現這種讓他兩難的情況，阮閒心想。那仿生人仿佛對他的腳後跟產生了莫大的興趣，正戳得起勁。氣氛有種莫名的放鬆感——胡書禮雖然是主腦的人，卻沒有卓牧然那樣讓人不喜的傲氣，這天聊得不算難受。

「我的情況基本上就這樣了，沒啥驚天動地的大事。」胡書禮接著這個話題繼續聊著，換了個稱呼。「小阮，你是怎樣想的？關於你喜歡的人。就我聽到的情況，他還挺了不得的。」

……看來這位胡先生是打定主意將話題輕鬆到底，他本來還指望對方換個話題。

這問題一出現，唐亦步戳腳跟的動作頓時停下。阮閒有點頭疼，他準備了很多應對的答案，卻沒有料到會在主腦的陣營裡撞上這個問題。

「我……」阮閑少見的卡住了。

嘴上卡住，他的腦子卻瞬間給出了答案。

他喜歡唐亦步的眼睛、面孔、說話的方式，唐亦步能讓他毫不勉強地笑出來，讓他感覺到活著可以是件愜意的事情。更別提從很久之前開始，那仿生人就一直陪伴在自己身邊。就像一劑麻醉藥，阮閑鮮少再感受到痛苦，剩下的只有無邊的愉悅和新鮮的刺激。

這是阮閑下意識的想法，可不知為何，他無法將它順暢地說出口。按理說，這種說法不會洩露多少唐亦步的特徵，他不會介意在主腦面前說出來。

……不是談話環境的問題，哪裡不對勁。

阮閑舔了下有點乾裂的嘴唇，他發現自己在奇妙的角度被這問題擊中了——直覺告訴他，這不是能在唐亦步面前說出來的話。或許是在那些關於末口的記憶裡浸泡了「數月」，或許是柿餅的香氣太過甜膩。

唐亦步那句「我戀愛了」，現在還在他的耳邊迴響。那個時候唐亦步看起來非常開心。然而阮閑不是很舒服地發現，在對「為什麼愛他」的第一反應中，那些甜美絲線的末端只有他自己——安全的自己，滿足的自己，自以為能駕馭這份感情的自己。

這樣的狀況有點熟悉，他似乎在哪裡見過。

阮閑下意識朝地板的方向看了眼，就算他知道唐亦步絕對不會露出半點身影。對方身上帶著柿餅微澀的甜味，他能聽到鐵珠子被按住的輕響，唐亦步淺到聽不清的呼吸，以及蓬勃有力的心跳。

那麼說謊怎麼樣？對話還是要進行下去的，他對自己的說謊技巧有自信。如果在這個問題上拖太久，正在監視的主腦絕對會發現不自然的地方。

他可以隨便找幾個藉口。假如人工智慧想要征服一個人類，它們肯定會將收集到的情報進行綜合分析、有意識地執行針對方案，沒幾個人能抵抗那樣的完美情人。

阮閑拿起水杯，用喝水的動作拖延思考時間。可他的大腦卻完全不聽使喚，順著新發現逕自繼續。

……關於唐亦步，他是怎麼想的？

唐亦步讓自己感覺到喜悅和愉快，起初他只是將這些感情壓在心裡，努力從對方身上汲取令自己放鬆的蜜汁。而在得知那曾是他的NUL-00後，阮閑必須承認，他感受到了一絲狂喜。

因為這代表他能夠馴服對方，他具有優勢，他是他的主導者——只要略施小計，就能把唐亦步留在自己身邊。自己對時間的流逝沒什麼概念，唐亦步卻早已回不去十二年前。明明知道這一點，他還是下意識想要把唐亦步按回NUL-00的位置。

那個無法離開他的NUL-00。

「阮先生，你是什麼時候愛上我的？你認為我是什麼時候愛上你的？」

真是個要命的問題。

他是什麼時候愛上唐亦步的呢？自己忙著安撫他、誘導他，執著於把他留在自己身邊，差點忘記了在廢墟海上的那支舞。

阮閑將水杯裡的水慢悠悠地喝完，放下了杯子。

就目前的狀況看來，預防機構對自己的評價不無道理。他確實有點問題……比如自私得要命這一點。

「我喜歡的人是個怎樣的人？我沒辦法回答你這一點，胡先生。」

「別緊張，就隨便聊聊而已。不願意說的話不用勉強。」胡書禮連忙說，「我知道那是NUL-00，如果你覺得談這個不合適——」

「我自以為是地愛他。」阮閑突然說，「怎麼說呢……要說最喜歡的地方，他是我見過最自由的人，我憧憬那樣的自由。」

主腦在看著，阮閑清楚這一點。這世上沒有比實話更容易迷惑人的武器——這下他「癡情追隨者」的形象算是牢固了。

胡書禮露出個禮貌的疑惑表情。

「我也說不清。本來我以為自己想得非常明白，現在反而頭暈得要命。」阮閑笑得越發燦爛，「對不起，我現在腦子挺亂的……可能是之前流覽那堆記憶的副作用吧。我得先睡一覺，空一空腦袋。你不介意的話——」

阮閑站起身，做出個送客的姿態。

「沒問題，沒問題。你還是先休息休息吧，明天我們再聊。既然腦袋不清楚，那就別急著做決定，四處看看也不會虧什麼。」

胡書禮像是料到了這個情況，語調仍然禮貌，沒有半點氣急敗壞或者強行繼續的意思。

「小阮，晚安。」

「晚安……以及胡先生，我這裡還有一件事。」

「嗯？」

「我愛的人不叫 NUL-00，」阮閑說，帶著某種奇妙的解脫感。「他有名字，他叫唐亦步。」

胡書禮一頭霧水地離開了。深知主腦不會放鬆監視，阮閑沖了個熱水澡，將睡衣穿得鬆鬆垮垮的，再次坐到床邊，做出一副凝視窗外夜色的模樣。

現在看來，時間只過了三四天。在主腦刻意營造的夢境中，他卻在他人的頭腦裡待了幾個月。太久沒能主動行動，連重新操控手指的感受都有些陌生了。好處也有，被關在蛋白質監牢的漫長時光中，他列出一個個計畫，反復打磨。

首選計畫、備用計畫，備用計畫失敗後的備用計畫，用於見機行事的補充行動。他一遍遍計算細節，只為達到那一個目標——他要唐亦步活下來，然後得到他。

最好的情況，他能夠促使阮教授擊敗並抹殺主腦。這樣最好，在一切結束後，他們有的是時間來處理彼此間的感情問題。

最糟的情況，主腦優勢太大，必定會戰勝阮教授。那麼他會尋得DNA干擾劑，徹底切斷主腦複製自己的可能，然後利用能得到的資源製造出唐亦步已死的假像。他是NUL-00的製造者，雖說無法偽造出一個一模一樣的精密器械，但他只需要一個破損的殘骸。只是這種程度，他還是能夠做到的。

隨即他需要重構造一部分和NUL-00一樣的核心程式和演算法，在機械殘骸中留下必要的資料。主腦得到了「NUL-00」的屍體，也滿足了學習的目的，自然不會起疑心、繼續進行追蹤。

而要做到這一點，他自己必須留在主腦的陣營，為這場追捕出力，從而達到插手「追蹤NUL-00」的目的。

為了以防萬一，唐亦步不會知情。這足以被稱為背叛了。

因為他知道，唐亦步八成不會同意這個做法。主腦會因此變得更強，從根本上強於唐亦步。一旦再次暴露，那仿生人的處境會更加危險，一點勝算都不會有。

阮閑將這做法定位為走投無路時的底牌，一切全看這場戰爭的風向。

在考慮這個方案時，他確實感到了一點不舒服。唐亦步在他面前流淚的模樣揮之不去，那時他首先感受到不是成功捉住對方感情的喜悅，而是些微的恐慌。

可能那就是預兆吧。

阮閑笑了起來，他突然覺得現況很是滑稽——他以得到唐亦步為目的擬定戰術，已經走下了這麼多步，卻一陣心血來潮，想要赤腳踏上路邊的荊棘，走向失控的未知。

真奇妙，沉浸在秩序社會的夢裡，他忙於計算一個個行動的可行性和風險，完全沒有考慮其他事情。而眼下他回到了現實，卻因為一陣心血來潮的感情分析，準備親手推翻之前不分日夜壘砌的漂亮沙堡。

阮閑凝視空氣的目光柔和了些，柿餅的甜味將他裹住、托起，讓他整個人暖和起來。雖然在這當口調整計畫可以說是魯莽、亂來、將嚴謹的作風拋去九霄雲外……但它感覺上像個正確的選擇。

無妨。去他的壓箱底計畫，現在他只有一個目的──他只能贏，不管合理與否。

橫豎秩序早已不存在，自己想幹什麼就幹什麼。

阮閑突然理解了唐亦步的心情。在他把個人計畫的可行性堆得老高後，突然發現前提條件有點問題，沒有比這更尷尬的情況了。他攏了攏微微濕潤的頭髮，保持雙腳著地的姿勢，就著床沿直接朝後一躺。

破碎的情感慢慢落地，他終於成功剖開自己的心。

阮閑找到了之前那種微妙的熟悉感，他差點做出和母親一樣的事情。他確實愛唐亦步，也確實珍惜 NUL-00 帶來的溫暖。而為了把一切都牢牢抓在手裡，他試圖無視唐亦步那些鋒利的、危險的部分，執意將他認作自己想像中的樣子。

就像他的母親，她多麼想要個正常的孩子。

阮閑舉起一隻手，看著手部健康的皮膚和活動自如的手指。他的母親是個正常人，而自己可能無法算在那個範疇裡，他們卻犯了一樣的錯誤。虧他還以為自己看得足夠清楚。

前所未有的輕鬆感突然攫住了阮閑。在這一刻，他明明沒有偽裝，卻非常「正常」。明明深陷敵陣，他卻平和得隨時都能睡過去。

或許他的 N……唐亦步早就看穿了這一點。

興高采烈地往自己身上貼好「自私」和「遲鈍」兩個標籤，阮閑搖了搖腳。天色徹底暗了下來，窗外的聲音盡數消失，唐亦步又開始戳他的腳跟。

天知道現在他有多想抱抱他，阮閑忍下衝動，停住了腳的擺動。

「**現在可以回答我的問題了嗎？**」見阮閑一陣子沒反應，唐亦步的書寫有點小心翼翼的意思。

沒了耳釘，阮閑思索片刻，沒有回應。

「**我干涉了這裡的監控，主腦的防衛系統很先進，我們每個小時只能有十分鐘。**」唐亦步意識到了這一點，立刻補充。「**以防萬一，我就不出來了。**」

「關於戀愛的那個問題？」

「✔」唐亦步在他的腳踝後打了個勾。

「第一次動心是在廢墟海跳舞的時候，」阮閑坦白地答道。「至於愛上你……現在想來，我也不清楚，但應該在你哭鼻子之前。」

「……」那仿生人在他腳後跟用力戳了六個點。

「戳我也沒用，說不清就是說不清。」阮閑這次答得理直氣壯，聲音裡帶著笑意。

隨後他腳後跟一陣刺痛，阮閑高度懷疑唐亦步把手換成了鐵珠子的嘴。他差點笑出聲。

「**作戰計畫呢？**」恨恨收回鐵珠子後，唐亦步再次寫道。

「還沒細想。本來我搞不好會坑你一把呢，親愛的。但我現在沒這想法了——總之我會想辦法贏，我們一起期待吧。」

「**？？？**」唐亦步像是受了驚嚇，書寫問號的手指有點顫抖。「**沒有細節、隨機應變我能理解。大概的思路就好，我可以試著計算一下，我們必須提高勝率。**」

「我不關心勝率，我只關心你。」阮閑說，「大概的思路也沒有——我剛才否定掉了至少一打備用計畫，必須重新構思新的。」

唐亦步像是嚇傻了，他半天沒動彈一下。

「**我能爲你做個腦部檢查嗎？**」半晌後，他委婉地表示。

「不能。」阮閑說，「我沒事，只是被主腦按在二一零零年十二月底過了幾個月，我還不至於因為這點事就崩潰。倒是你，留在這裡實在太危險了。」

「可是你聽起來不對勁。」

「我想通了一些事。」阮閑說道。「一些很久都沒想通的事情，現在的我比之前所有狀態加起來都要好。」

雖然不認同母親的做法，但那些情感不再讓他無法理解、觸不可及。他正懷抱著屬於自己的愛，努力踏上不一樣的路。或許一切沒有他想的那樣複雜，也沒有一個統一的理論可以解釋——人總會做些蠢事，凡人從來如此。

什麼都沒問到手的唐亦步鬱悶了。阮閑能聽見床底輕輕的啃食聲，那仿生人又在吃東西。

「別掉屑屑。」阮閑細心地提醒。

「你不能什麼都瞞著我。」唐亦步猛戳他的腳跟，**「我的課題總要繼續，我好不容易才有這麼個近距離研究情感的機會。」**

「我可以分享我的一部分發現。」阮閑心平氣和地表示，「比如我愛的不是NUL-00，是唐亦步。比如我不想當你的父親——我之前不是，現在不是，以後也不會是。」

「NUL-00」和「NUL-00的創造者」，這個關係將他們綁在一起，如今它卻成了他面前最大的阻礙。

唐亦步是怎麼想的呢？

他真的「愛」自己嗎？還是說，他只是見到了獨一無二的珍稀標本，想要徹底占有呢？十二年前的糾纏影響的不只是他一個人，將那份偏執帶到今天的，也不只他自己。

好在阮閑知道要怎樣抓到那個答案。

阮閑藏不住臉上的笑意，不過他猜那會是個壞笑。

有趣的是，當他使出渾身解數將唐亦步留在身邊時，對於這些無關性命的情報，阮閑巴不得知無不言、言無不盡。現在他卻不想那麼幹了，唐亦步猛戳他腳跟也挺有意思。

他不要將風關在籠子裡了，他要風自己撲過來。

「**我聽不懂**。」唐亦步委委屈屈地扯他的鞋跟，期待「父親」像以往一樣耐心解答。

「那可真是太遺憾了。」阮閑語調越來越輕快，「當你想叫我的名字的時候，八成就能懂了。」

「**明天你會告訴我嗎？**」

「不會。」

接著他就聽到唐亦步在床下不滿地噴氣，阮閑從未笑得這樣暢快。

「時間有限，我先回去了。」見阮閑沒有軟化的意思，唐亦步憤憤表示。「**我會自己繼續想想的，阮先生**。」

那仿生人鑽出了床底，懷抱著鐵珠子，一副氣鼓鼓的樣子。阮閑坐起身來，仔細端詳著唐亦步，他從未看得這樣仔細過。

唐亦步顯然誤會了這注視。他嗖地掏出懷裡的小布袋，將最後一個柿餅塞進嘴巴，兩三下吞下肚，隨後嚴肅地瞪著阮閑。「我原本打算把它給你。」他強調。

「……也原本打算在床底待一晚。」頓了片刻，唐亦步有點失落地嘟囔。

阮閑伸出一隻手，掌心仔細地撫過唐亦步的面頰。隨後他站了起來，吻了那仿生人一個措手不及。

他嘗到了柿餅的濃郁甜味。

「我還是偷到了。」阮閑彎起眼睛，「快走吧，亦步。順便注意安全——要是你現在就被主腦抓到，我會很難辦的。」

唐亦步思考過很多可能性，阮閑的反應卻不是其中任何一種。他短暫地失去掌控局面的能力，只能任由阮閑來主導談話。他完全不知道阮先生在想什麼，這感覺異常陌生。

這種陌生感讓他汗毛倒豎，唐亦步說不清這感覺是好還是不好。

他無法確切地定義它，但鑒於阮先生剛剛把自己的心動瞬間講出來，唐亦步清楚要如何形容它——

他們在懸空的廢墟上舞蹈，帶著試探、親昵和警戒。兩個人都踩著節拍、循著曲調，在安全區域內研究和理解彼此。可就在不久前，阮閑鬆開了他的手，面帶微笑張開雙臂，從廢墟邊緣主動躍了下去。

唐亦步摸摸嘴唇，上面似乎還帶著那個吻的溫度。他連嘴巴裡柿餅的甜味都感覺不到了，微妙的恐懼和奇異的興奮一同襲擊了他。

這直接導致他在跨越圍牆時絆了一跤，差點被巡邏機械發現。

無論是阮閑的行為還是話語，他統統無法理解。唐亦步只知道，雖然丟失了十二年的時光，如今被囚禁的男人不是他在機房熟悉的那個人。

他看到的不再是落雪的墓碑，而是在冬日森林裡燃起的火。

唐亦步的思維瘋狂轉動，他一邊朝阮教授所在的地點前進，一邊就著獵物的生肉思考這次失敗的試探。唐亦步用牙撕扯軟嫩的肉，新鮮的血抹了滿嘴，他卻渾然不覺。

這不符合常理。

唐亦步開始質疑自己每一個判斷。按理說，父親就像他所預料的那樣行為脫了軌——在事情變得更惡劣前，他應該迅速將阮閑帶回並粉碎腦部，把尚未徹底失控的人格永久存儲。

無論是獨特的思維方式，最為私密的記憶，還是對方對自己的那份感情。

然後他可以把父親再帶回世間，無數次帶回世間。在這方面，有了S型初始機的支持，他有自信做得比主腦好——只要重點處理腦部就好，父親的身體本來就不容易被破壞。只要他做得足夠好，父親的軀殼能維持原樣，最為適當的思維狀態也會變成資料，隨自己永生。

無論那個人多少次走上錯誤的道路，他都能藉由更換「完美狀態的大腦」來重啟他。阮閑會變成他最珍貴的收藏，他會分出足夠的感情對待那個人。對方永遠是最珍貴的，最特殊的，他會確保父親能以這種方式永遠活下去。

天知道他想了多少次，唐亦步將每一個細節都考慮得很好。

然而這是他第二次下不了手。

第一次是在仿生人秀場地下基地，他剛確認父親身分不久。第二次則是現在，他傻乎乎地什麼都沒做，聽話地開始往回走。

唐亦步大口咀嚼野鹿的生肉，喉嚨有些發酸。

自己一定是出問題了，他想。順便拚命從腦海裡為自己找藉口——比如他已經考慮到了這些，卻完全不想折回去帶走阮閑。他腦子裡有一堆情感程式尖叫著反對，而他甚至不知道為什麼。

唐亦步不走了。

原本他腳踩樹枝，正在林中快速穿梭。下一秒他便像隻被槍擊落的鳥，啪嘰躺上草地。深夜的森林一片漆黑，他只能在樹葉的縫隙間看到一點星星。唐亦步解開π的網袋，囑咐它自己在附近遛遛。

分心分出的精力不夠了，他需要一個安靜的環境，把這個問題好好想清楚。

唐亦步一隻手抓著尚未吃完的鹿肉，嘴上還叼著一塊。他試圖用血和鮮肉的味道將嘴裡古怪的甜味去掉，可那甜味越來越灼熱。

空氣裡野桂花的香氣讓那絲香甜越發牢固。

或許就是這樣的狀態差異，讓唐亦步眼前一亮——如果他將種子保存下來，他永遠只能帶回種子。眼下阮先生的狀態更像冷硬的種子結出致命的花蕾，他展現出一個全新的狀態。這狀態要求極其複雜、無法重現的成因，而他是潛意識怕自己將這寶貴的花破壞掉。

這個理論不錯。

唐亦步歡天喜地地坐起身，決定繼續前進。可他很快又被自己大腦扔出的新證據擊倒，重新躺了回去。

還是不對，他根本不知道這變化是不是正常的。阮先生的異常首先讓他擔憂，而吸引力是另一回事。

為什麼不動手？

萬一阮先生真的背叛自己，從各種意義上講，他都虧得要死。無論是考慮自身的安全、還是資料的寶貴程度。從隨便哪個角度來看，他都該立刻阻止對方衝動無謀的行為。

……為什麼就是動不了手？

唐亦步就那樣躺著，直到把那塊生肉慢慢吃完，他也沒想出什麼更為合理的解釋。於是他只得拍拍身上的草葉，捉起不滿的鐵珠子，帶著滿腦袋問號回到了阮教授的據點。

五天過去，地窖比他離開時要堅固了不少。阮教授直接將地窖空間拓展到了湖底，讓它變得更難偵測。唐亦步琢磨了片刻那些蟻穴似的通路，帶著一身血跡和失魂落魄的表情走到阮教授面前。

三腳小機器還是那副老樣子，阮教授自然地躲過 π 的突襲，對一身亂糟糟的唐亦步吐出一大串泡泡。

「是鹿血。」唐亦步無精打采地表示。「阮先生很好，但我什麼都沒問到。」

「什麼都沒問到？」

「他不對勁。」唐亦步比劃著，委屈又冒上來了。儘管他對面前這個假冒的阮閑毫無興趣，不得不說，那副沉穩倒是更接近他記憶中的阮閑。「他的行為模式開始向π靠攏了。」

「……」阮教授沉默了幾秒，「精神狀態？」

「精神狀態和身體狀態都沒問題，情緒狀況良好。」唐亦步垂頭喪氣地繼續。「他看起來甚至有點開心，我猜不出他的打算。」

「既然情報不足，就先把這個問題放在一邊。」阮教授表示，「既然阮閑先生精神狀態不錯，也能和你順暢交流，起碼能證明他暫時沒有被洗腦、或是腦部功能被干涉。如果他有自己的打算，並且不想告訴我們，那我們按照自己的步調走就好。」

「合理。」唐亦步甩甩頭，他的選擇也變得相當有限——除了和阮教授認真合作，把不太對勁的阮先生光明正大地帶回來，他似乎沒有更多辦法。

「余樂和季小滿的情況？」整理好情緒，唐亦步快速進入狀態。

「這就是我要拜託你的事情，NUL-00。按理來說，他們現在理應回到附近了，我這邊卻沒有任何發現。我已經通知了附近的反抗軍進行搜尋，暫時還沒什麼結果。」

「你要我去找他們？」唐亦步挑起眉毛，「我以為你不是真的在意他們。」

他們一起走沒多久，而且無論是季小滿還是余樂，都遠遠算不得阮教授的狂熱崇拜者。不管怎麼看，阮教授都不會相信那兩個人。

「我拜託他們去取我存放在森林避難所附近的東西，你應該記得。」

「那不是障眼法嗎？」

如果那是能夠左右戰場的重要道具，阮教授不會把它們交給兩個連反抗軍都算不上的人。阮教授在其他培養皿仍有勢力，如果換成唐亦步要取走它，他會派幾支最為親信的隊伍去取，然後將真貨隱藏在其中一隊之中。

余樂和季小滿雖然能力非常不錯，但這關乎信任問題，他們只能當障眼法的道具。

「既然你這麼想，主腦、卓牧然……甚至余樂，八成也會這麼想。」阮教授三隻機械腳在地面上戳來戳去，「我確實安排了一些用來偽裝的隊伍，不過詳情現在沒必要解釋，我自有安排，你去了就知道——你和那兩人一起行動了很久，就算你去尋找他們，也不會顯得太過不自然。」

「可以。」唐亦步稍加思索，「不過我要足夠的乾糧、能夠偵測他們行進路線的設備。順便還要一個根據我的需求進行改裝的通訊機器。」

說罷，他將自己的腕環取了下來。

「當初地下城的人給了阮先生加密聯絡程式，為了以防萬一，他在我這裡做了備份。我猜這東西的通訊距離有限，我需要更強悍的訊號發射器——你這邊不缺零件吧？都拿出來，我自己挑。」

阮教授答應得相當爽快。

理論想起來輕鬆，親手組裝這東西依舊是個精細作業。沒有阮閑的感知力和季小滿的經驗，唐亦步雖然將每一個參數爛熟於心，組裝的速度還是有點緩慢。

不過這倒是個收集資料的好機會。

阮教授雖然滿腦子和阮閑不一樣的記憶，更像普遍定義下的正常人。但他仍然和阮閑分享著同一套遺傳資料，肯定還是有些相似之處。

「……你問我，你為什麼無法按計畫保存他？」阮教授的聲音有點變調，要不是他只剩下腦子，唐亦步猜他的表情一定很精彩。

「是的。」唐亦步正咬著一顆精細的零件，語調含混。「他對我說的話，我也破例告訴你了……這可是相當貴重的情報，你得給我你的看法。」

盛放大腦的黑盒子冒出一大串細密的氣泡，阮教授似乎不是很想回答這個問題。

「他不喜歡我叫他父親，一方面是因為他對父親這個詞沒什麼好印象，一方面是不想讓他在我心中的地位太特殊——畢竟那個時候我還有上市的計畫，而他的身體未必能撐到專案成功。」唐亦步皺著眉，「可是現在他還不願意，我不明白。

「而且無論是『父親』還是『阮先生』都是我們之間的特殊稱呼，我很喜歡。他也對它們有反應——在我們進行親密行為時，他對這兩個詞的軀體反應完全不同。」

阮教授：「……」

在阮閑那裡意外碰壁，他以為唐亦步會跟自己討論些戰爭相關的嚴肅問題。眼下唐亦步的態度夠嚴肅了，議題卻完全不是他想的那回事。

「『當你想叫我的名字的時候，八成就能懂了』……假設我沒理解錯，他現在想讓我叫他的名字。我叫過一次，當時也沒懂。」唐亦步對阮教授的複雜內心毫無察覺，繼續認真地指出。「MUL-01 出過類似的問題嗎？我是說，無法執行自己的計畫這種。」

阮教授：「我們沒有你們那樣的……呃，關係。資訊參考價值可能有限，但它確實問過我類似的問題。」

見自己名義上的「兄弟」也出過類似的 bug，唐亦步立刻精神一振。

「它一直在收集世界每一個角落的資訊，某一天它提出了疑問。和你的狀況有點相似……它想知道人類對於現階段那些『永生手段』和記憶治療的態度。它的想法也和你接近，軀體狀況完全一致，腦在實體層面——其中包含特有的感情、思維方式、記憶的前提下——也完全一致，人可以被認定是『確定個體』。」

「不是嗎？就算把條件放寬——如果我給這個電子腦換個容器，阮先生認的肯定也是新容器。重點是資訊的百分之百一致……」

「它發現有些人不認同這一點，包括我，於是提出了疑問。」阮教授打斷了唐亦步的話。「當時我可能回答了錯誤的話。」

唐亦步眨眨眼。

「我告訴它，人們基本上不可能在這件事上取得一致的看法。同樣的問題還有很多，就算它認定所有現象都會有對應的答案，至少我的想法不會變。然後它連著嘖了五天五夜的論證資料，試圖說服我。」

阮教授沉默了片刻。

「我告訴它，它沒有必要這麼做。就算說服了我，它也無法逐一說服所有人。人們各有各的極限，各有各的世界，這樣沒什麼不好。」

「然後呢？」

「然後它再也沒有問過我任何問題。」阮教授說，「那是很久之前的事情了。」

「唔。」唐亦步思考了片刻，「情況果然完全不同，看來我只能自己計算自己的問題了。」

「完全不同？」

「是啊，我這邊是自己出了 bug。」唐亦步把最後一個元件按進通訊機。「我也大概清楚二一零零年左右是什麼情況，軀體、記憶的管理措施一直處於混亂狀態，相關法規的發展速度完全趕不上相關技術出現的速度。如果主腦的看法和我類似……」

啪的一聲，隨著零件歸位，通訊機徹底完成。

「……結合你給出的答案，我會傾向認為人類的社會發展形勢出現了 bug。」

阮教授難以置信地將視點轉向那雙金色的眼睛。唐亦步的目光很平靜，他沒有在誇大事實，或者趁機開什麼人工智慧風格的玩笑。「怎麼說？」

「這是你們教給我們的東西。研究物種的時候，總會有社群相關的習性總結。我想想……

阮教授，假設你是動物保護機構的管理員，在發現某個野生群體漸漸出現和健康習性相悖的行為時，你會怎麼做？舉個例子，比如忽視自我食量搶奪食物、攻擊不該攻擊的個體、或是在飲水區進行排泄。」

唐亦步抹了抹嘴邊殘餘的血漬。

「牠們自己無法管理好自己，那麼將牠們收容進建築，進行觀察、隔離、研究和行為矯正，不是理所當然的事情嗎？你們也是這樣做的。」

「……你是想說，主腦這麼做是為了讓人類更好地延續？」

「當然不是。」

唐亦步奇怪地瞧了眼阮教授。

「是因為你的工作是管理員，合約告訴你要做這些。無論你有沒有這個層面的意識，喜歡或者討厭，都有責任這樣做。這是已經被證明的『既有成功經驗』——與其讓能力不足的個體互相干擾，不如由更加強大的管理者進行統一規劃。」

「……」

「而從客觀角度上看，無論是智慧還是生存能力，我和 MUL-01 都比自然人類強得多。」

唐亦步理直氣壯。

阮教授突然發出一陣低笑：「也就是說，如果你在 MUL-01 的位置，你也會做出一樣的事情？」

「不會。」唐亦步斬釘截鐵地表示。「我一開始就不會簽那麼吃力不討好的合約，也對照顧人類沒什麼興趣。而且我還沒通過我的課題，這個假設沒有意義。」

他話還沒說完，通訊器便傳出一陣嗶嗶的響聲。唐亦步無視了凝固在原地的三腳小機械，快速接通了通訊。

「您好？」唐亦步語音標準得像播報員。

「是阮先生和唐先生嗎？」K6的聲音從通訊機內傳來，「請趕快過來地下城這邊，這是余先生的口信。」

「怎麼了？」

「他和季小姐被秩序監察帶走了。」

CHAPTER 78 決策正誤

唐亦步在湖裡簡單洗了個澡，準備再次出發。

面對余樂和季小滿被抓住的壞消息，阮教授沒有表現出太多的慌亂。他沉思了片刻，將唐亦步要求的東西準備齊全，沉著地宣布行動繼續。他的態度太過沉穩，唐亦步忍不住懷疑了一下余樂究竟是不是取了真貨。

不過既然阮教授表示他「去了就知道」，唐亦步不打算在這個問題上糾結太多。這個當口欺騙自己對阮教授來說沒有半點好處，唐亦步用吸水巾仔細擦了擦身體，心情又複雜起來——至少自己面前這個問題會有個固定的答案，現在他愛死這種問題了。

不知道他的阮先生怎麼樣了。

唐亦步將靴底磨損到不能看的靴子扔給鐵珠子，長長舒了口氣。π正守著他的衣物，並朝臨時組裝的通訊器直流口水。見有戰鬥靴飛到面前，它頓時轉移目標，開始美滋滋地啃食上面的部分材料。

唐亦步則擦著滴水的頭髮，看向靜謐的湖邊。夜色將水體變為黑色，秋天的蟲鳴有種特別的衰弱味道。

這狀態讓他想到過去幾年。自己一直一個人在這個過分廣闊的世界中闖蕩，渴了就濾些水，餓了就捕食一些小動物。若是找到條件還好的培養皿，他會在裡面待些時日，直到將裡面的生態研究透。

大部分時間，他都是這樣一個人待著。雖說他偶爾也會找一兩隻機械生物當嚮導，鐵珠子大概可以算在它們的位置——他回到了自己熟悉的狀態，卻沒有找到半點自在的感覺。

唐亦步穿好灰黑色的貼身上衣，隨後套上結實的戰鬥外套，將每一個釦帶仔細扣好。槍與刀刃歸位，各式投擲類彈藥也裝在了最合適的位置，他站直身子。

鐵珠子還在處理那雙靴子，喀噠喀噠吃得正專注。

「我不喜歡這個狀態。」唐亦步背好行李，蹲下身，戳鐵珠子的殼。

鐵珠子正忙著將靴子上的金屬配件啃下來。不知是吃得太專注，還是根本聽不懂這個問題，它沒有理會他的意思。

「阮先生應該和我在一起。」唐亦步表示。「皮膚接觸能讓我保持心情愉快，可他就親了我一下，當時我應該抱抱他。」

鐵珠子聽到「阮先生」這個關鍵字，咀嚼的動作慢了些。

「我是不是做錯了？」唐亦步慢慢吐了口氣，「在仿生人秀場那時，或許堅持隱藏身分和阮教授撇清關係是更合理的做法。」

「嘎。」鐵珠子空出嘴來，語重心長地嘎了聲。

「沒錯，借助阮教授的力量，我能夠趁機剷除 MUL-01。最重要的是，我能好好研究和阮先生之間的感情關係、以及阮先生這個人——繼續維持現狀不會有太大變化，我必須置換條件。儘管風險高了點，這本應是一石二鳥的好事。我本來是這樣想的。」

「嘎……」

「可現在我有點後悔了。」唐亦步理了理帶著濕氣的頭髮，「他一個人待在那種地方，這讓我有點不舒服。我們沒辦法一起行動，這也比我想像的要難受。」

「嘎嘎嘎？」

「你說得對，我是在擔心。我怕他作為研究樣本出現問題，導致價值降低。我也怕他歸順主腦，對我不利。可這都不是我最擔心的，我……」

唐亦步說到一半，迷茫地卡住了。

「我真的做了不少錯誤判斷。」唐亦步沉默良久，直到鐵珠子把兩隻靴子啃成一堆小布屑。「……儘管就邏輯上講，可能它們不算錯誤判斷。它們只是沒有給我想要的狀態。」

「嘎……？」

「我想要的狀態……我想想，我不想要十二年前的那種狀態，也不想要現在的狀態。接下來排除仿生人秀場、培養皿中的生活、培養皿外的考察和學習——」

有那麼一瞬間，唐亦步突然懂了仿生人秀場上蘇照那幾句話。

如果把心動瞬間換成最喜歡的記憶，那麼他能夠回答這個問題。要是阮先生最喜歡的記憶是廢墟海上的那支舞，他最喜歡的不是那個機房裡的時光，也不是長夜中某個瘋狂的時刻。

他喜歡一個特定的夜晚，那個時候他還對阮先生真正的名字一無所知。他們剛在地下城鬧了一場，和余樂三個人擠在狹小的麵館裡。坐在他身邊的阮先生仔細剝掉了水煮蛋的蛋殼，隨後無比自然地將雞蛋放進自己的麵碗裡。

不知道為什麼，唐亦步對這段記憶印象頗深。他能夠隨時從記憶裡調出當時空氣的氣味、水煮蛋的溫度、以及對方在燈光下仍然白皙修長的手指。

不是居高臨下的施捨、也不是低三下四的討好。阮先生就那樣把食物分給了自己，注意力甚至都不在這件事上，整個過程就像心跳那樣自然。

一個莫名安心而滿足的狀態，他十分喜歡。即使它只是個瑣碎的、不值一提的瞬間。

就算課題失敗，唐亦步也能將原因歸為資料收集不充分，或是研究方式出了問題。他能接受這樣的錯誤，卻無法好好處理眼下的新發現——

「我有點後悔了。」

唐亦步小聲對鐵珠子說道，邁開腳步，速度比全力捕食的豹子還快幾分。鐵珠子被他抱在懷裡，已經在酒足飯飽的狀態下睡了過去。

「……我不該主動加入這場戰爭。」

然而他唯一的聽眾睡得正沉。

太陽還未升起，唐亦步便翻越了死牆。地下城的戒嚴程度確實比之前強了不少，可惜哪怕秩序監察們將這裡看守得再嚴密，也完全不可能攔得住 NUL-00。

不知道是不是之前想到這裡的水煮蛋，唐亦步孤零零地望著地下城入口，少見地惆悵起來。

他朝李記麵館的方向發了一下呆，接下來才動身去尋找 K6。然而唐亦步剛應邀踏進 K6 的住處，一把槍就頂住了他的背。那把槍有點熟悉，唐亦步面無表情，也沒有反抗的意思。

「阿巧，他不是敵人。」

看來甜甜 -Q2 對自己的記憶捨棄頗有成效，唐亦步險些沒認出躥到他面前的「阿巧」。他們離開地下城時，甜甜 -Q2 還是個乖女孩的模樣，現在他面前這位卻完全不是那麼回事

——

離開了錢一庚的管制，再次接觸到充滿毒氣的外界。甜甜 -Q2 ——或者說，阿巧的皮膚粗糙了不少，變得有些偏棕。之前作為商品被精心打理的長髮沒了影子，只剩亂蓬蓬、四處亂翹的短髮，還被她染成了灰白色，甜美的洋娃娃形象一絲痕跡也不剩。

她下顎處多了道傷疤，臉上還貼著塊滲血的紗布，目光銳利又冰冷，像一隻幼狼。

唐亦步認得那把槍，那是他們給她的槍，她還留著它。

「我說過，她的性格有點變化。」K6 端著一盤切成四份的肉餡餅走到前廳，「她把柏甜的記憶毀得很徹底，然後變成了……唔，這副模樣。用人類的說法，或許這是她的本性。」

沒了記憶，阿巧對唐亦步這個陌生人沒有什麼好臉色。見他不是威脅，她毫不留戀地轉身，拿起一塊肉餡餅塞進嘴裡。唐亦步隨便瞥了她一眼——當初錢一庚在她左臂上烙了個銅錢紋樣，已經被這妮子改成了意味不明的紋身。

「付雨呢？」唐亦步同樣不打算敘這種沒有意義的舊。

「還在參加守城人的會議，到處都有秩序監察盯著，我們不能做得太明顯。」K6表示，「這裡姑且算安全，我們去客廳說吧。你的軀殼狀況看起來不太好，得多吃點東西。我做了不少肉餡餅，冷庫裡也有別的……」

「二十個水煮蛋。」唐亦步猶豫片刻。

「我去煮。」K6沒多問，他的戾氣比起當初偽裝何安時淡了不少，看起來分外平靜。「你先吃點餅墊墊，我可以邊煮邊說。」

唐亦步沒客氣，他把鐵珠子往舊沙發上一放，開始將餡餅往喉嚨裡塞——自從確認了自己最喜歡的記憶，他喪失了對大部分食物的胃口。

「余先生是在昨天到這裡的。他自稱還開著那輛車，這一趟帶了季小滿和一個小男孩。」K6把雞蛋一股腦放進鐵鍋，一碗碗舀進冷水。「他們自稱突破了秩序監察的防線，過來安置那個小男孩。付雨是守城人，我們又收養了阿巧，他認為我們會有點門道。還捎了些物資給那小子當安家費。」

「昨天？」唐亦步皺起眉。算上自己趕過來的時間，余樂理論上應該在四天前到達這裡，安頓仲清，然後再去森林培養皿附近取東西。

這個時間點不太對，差得有點多。

「是的，昨天早上五點四十二分。」K6點點頭。「付雨自然答應了他。昨天剛吃完早飯，付雨就帶那個叫仲清的孩子去守城人那邊跑流程了。余樂說自己和季小滿還有事，需要在城裡走一走。我給了他一個短距離通訊器，告訴他走前記得來補充物資……然後他就走了。」

「他？」

「是的，這就是奇怪的地方。他說自己和季小滿一起開車過來，可我們沒看到車，也沒看到季小滿。余樂是一個人過來的，他包得特別緊，還特地把那孩子背在背上，裝成一個背包。」

唐亦步皺起眉。

「我們在下午收到了他的通訊。內容很短，就是我告訴你的那些——讓你們趕緊過來地下城，他和季小滿被抓走了。」

K6將鍋蓋扣好，語調裡聽不出半點緊張感。

「我和付雨第一時間調查了情況。我們給他的短距離通訊器幾乎被碾成了粉末，他應該是在保護我們。付雨動用了點城裡的關係，可我們沒再找到季小滿和余樂的蹤跡。然後發生的事情你知道——我啟動了留給你們的聯絡頻道，進行無間斷聯絡。」

唐亦步吞下了屬於自己的那塊肉餅：「仲清還在嗎？」

「在。以防萬一，我們把他藏在了別的地方。」

「……我要見見他。」

K6挑挑眉，他的臉上並沒有什麼關切的情緒，但也沒有多少不耐煩。

「你是得見見他。」K6在沸騰的水聲中說道，「余樂送過來的不只他，還有其他東西。我們同樣把它藏在他的住處了——現在吃了你點的蛋，三十分鐘內沒有秩序監察上門，我們才能行動。」

「……我不可能被跟蹤。」

「我不信你。」K6十分不給面子。

「那你們這裡有自動剝蛋器嗎？」

「沒有那種東西。」

吃空了付雨家的雞蛋儲備，唐亦步擦擦手，確定K6對整件事毫無熱情——想來也是，余樂和季小滿都不是沒腦子的類型，他們不可能把「我們正在為阮閑辦事」這句話寫在臉上。他們之間最多只有些人情關係，這事一出，他們算扯平了。

而且這人情關係八成是付雨堅持還的，唐亦步瞄了眼正在和阿巧交談的K6，不認為這位仿生人擁有那樣人性化的思維。不然就是他知道這些資訊，但懶得照做。

比如K6連基礎的寒暄都沒做，根本不在意自己是從哪冒出來的，最近情況又如何。和之前那個八面玲瓏的「何安」不同，K6冷得像塊冰川裡的石頭。

半小時後，踏進房門的不是秩序監察的追兵，而是從守城人會議回來的付雨。

付雨比幾個月前精神了不少，原本略嫌瘦削的面頰圓潤了些，讓他看上去年輕了五六歲。他走進門，將剛摘下的防毒面具掛在衣帽架上，和K6短促地交換了一個吻。

「你來了。」隨後他轉向唐亦步，微微一笑，舉手投足多出幾絲人情味。

鑑於之前付雨才是比較冷的那個，唐亦步不禁開始懷疑兩人是否套錯了外殼。

「今天的肉餡餅做得很成功。我放了些在保溫盒裡，你下午出去時可以帶上。」

「先處理唐先生的事情吧。」付雨展現出了正常人的光輝。「你是不是要去見那個叫仲清的孩子？我帶你去。」

「讓阿巧帶他去。」K6不滿道，「你是守城人，太顯眼了。」

「唐先生一個人應該還好。」

「兩個青壯年一起行動？就現在這個環境，絕對會引起不必要的注意。」K6把冒著熱氣的肉餡餅鏟進盤子，仍然不贊同。「你安置仲清已經是冒險了，沒必要再蹚這趟渾水。」

「K6 說得對，我帶他去。」阿巧舉起一條胳膊，「我熟悉那裡，也想順道買點東西。」

「也好。」付雨沒有堅持。「唐先生？」

「就這樣。」唐亦步自然沒什麼意見，這裡的水煮蛋味道不太對，他有點想念那家李記麵館了。

阿巧的動作敏捷俐落，就是話少。她帶著唐亦步七拐八拐，拐到了錢一庚總部所在的垃圾場，在經過他們曾停留過的區域時，她會停下腳步，默默發一下呆。

「妳想知道以前的事？」

「不。」阿巧答得乾脆俐落，「K6 告訴我了不少事情——被灌進別人的記憶、又被扔在那種地方，鬼才想想起來那些事……不過偶爾會遇到這種地方，讓我有點懷念。」

她檢查了一番腰帶上的刀刃，將他們送她的手槍在手裡轉了一圈。

「或者說既視感？誰知道電子腦有沒有懷念程式呢。」

垃圾場仍然瀰漫著毒霧，唐亦步踩碎兩隻綠毒蝸牛，抬頭看向四面八方影影綽綽的建築輪廓。附近有不少人在亂晃，錢一庚倒了臺，這裡不再是有主的地方，來從垃圾堆裡淘金的人大概不少。

「妳沒問題嗎？」唐亦步對當保鏢沒什麼熱情，他決定先摸個底。

「付雨把他的運動身體記憶分享給了我，我也幫自己安裝了兩套戰鬥程式，你別拖我後腿就好。」

眼下沒人在聽，兩人誰都懶得再偽裝人類。唐亦步斜了她一眼，將情報記在腦子裡，繼續跟著走。

錢一庚的地下基地不小，阿巧帶著唐亦步轉了幾個大圈，從一個偏僻的暗門溜進了地下。

唐亦步對這個區域全無印象，看地下的擺設，這似乎是之前錢一庚的幫派用於儲存物資的地方，如今已經滿地垃圾，一副破敗的樣子。

鐵珠子發出一聲響亮的歡呼，它在網袋裡拚命掙扎，直到唐亦步將它放下地面——這個地方對它來說簡直是童話中的糖果城堡。

阿巧則走在前頭，她在垃圾較少的一片區域站定，吹了段口哨。仲清打開角落裡生銹的水管口，鑽了出來。

「我的午飯到啦？」他拍打了一下身上的灰，抬起頭，這才瞧見唐亦步。「……天啊，是你！」

說著仲清扣緊頭上的帽子，急急忙忙跑過來：「唐亦步，不，亦步哥，你有沒有帶什麼吃的？密封的那種，不，能看出來原材料的就行。這個地方太可怕了，真的太可怕了。」

「不給。」唐亦步冷酷地表示。

「小氣！」

「要我給你的話，你得詳細告訴我這幾天發生了什麼。」唐亦步隨手拖過來一個癟鐵櫃，大大咧咧地坐下。隨後他打開背包，拿出一袋果乾，在仲清面前晃了晃。「全部細節。」

仲清張張嘴，表情灰暗下來，像是回憶起了什麼糟糕的事情。「……就算你不問，我也會告訴你的。」

「喏，午飯。」阿巧從背包裡掏出金屬箔包好的肉餅，丟給仲清。「你們慢聊，我去外頭望風。」

「我有點後悔了。」等阿巧的身影消失，仲清小心地抓著肉餅，活像手裡的不是食物，而是隨時可能爆炸的炸彈。「我不知道人還能……怎麼說，這樣活著。我這輩子還從來沒有見過這麼髒的地方……剛剛那個女的你看到了嗎？她那打扮簡直跟妖怪一樣！」

唐亦步意味深長地瞧了仲清的帽子一眼。

「……好吧，可能我沒資格說這話。雖然他們這邊能搞到藥物，但、但我真的要在這裡待下去嗎？」

「你這種情況去不了玻璃花房，這已經是物資最豐富的培養皿之一了。」唐亦步完全不想聽仲清抱怨，熟悉的地方沒了熟悉的人，他的情緒也不怎麼好。「說重點，告訴我那兩個人的事情。按照阮教授的指令，你們不該這麼晚才到地下城，到底發生了什麼？」

他將那袋果乾在手裡不停拋接。

「我說我說，我只是、我只是一個人在這太崩潰。」幾日不見，仲清老實了不少。他深吸一口氣，選了片相對乾淨的地方站好。「是這樣的，余樂……不，余哥沒有按照阮教授的安排來。

「別看我一心想逃，我其實挺怕的。我想多在那輛車上待幾天，和認識的人一起緩緩……所以我跟余哥說，能不能先去辦事，回去的時候再把我放在地下城。作為交換，我會用我的眼睛幫他們放哨和預警。余哥答應了。」

還算合理，唐亦步心想。雖然多了點風險，但有他們出城時的經歷在先，仲清開出的價碼還不錯。反正地下城在往返的必經之路上，不需要額外繞路。

「繼續。」唐亦步說，停下了手裡的動作。

「他們和別人見面的時候是避著我的，我一直待在車上，沒出去過。八成是為了保護我吧，這種事我還能看出來……總之，後來車裡多了不少玩意。可能是補充的物資？我也不清楚。但他們在森林避難所那邊停留完，事情出了點問題。」

仲清低下頭：「我發現有人跟蹤我們。」

唐亦步一言不發。

「跟蹤我們的人設備不錯，肯定是主腦的人，我看見了三五個，不知道有沒有更多。我告訴余哥後，他直接要我藏在行李裡，哪裡都不要去，也什麼都不要看。我就藏在行李堆裡，不怎麼敢睜眼，光記得車走走停停。」

「有沒有爆發衝突？」

「沒有，至少我沒聽見。」仲清搖搖頭，「但我記得小滿姐應該是做了什麼，我聽到了她製作機械的聲音，叮叮噹噹響了很久。他們兩個說話的時候把隔音功能開了，我只知道這一件事。」

余樂真的把這孩子保護得很好，唐亦步想。仲清少知道一點，危險也就少一點。作為珍貴的病毒寄生體，主腦就算抓住了他，也不會真的拿他怎麼樣。

「……然後不知道過了多久，我才被告知到了目的地。不知道為什麼，我們剛一進城，他就和小滿姐分開了——我不知道小滿姐去了哪，余哥把我裝在包裡，下了車。然後……然後就……」

「然後你就被付雨接手了。」

「是。」仲清擺出一副苦瓜臉，「那是我最後一次見到余哥，我甚至都來不及跟他說再見！那個付雨直接把我帶來了這個鬼地方，全是垃圾，我的媽，你不知道我都看到了些什麼玩意。」

唐亦步坐在癟櫃子上，短暫地唔了一聲。鐵珠子吃得小腿一蹬一蹬，費力地挪回唐亦步身邊，隨後心滿意足地躺倒在地。

「那個女妖怪告訴我，他們好像被秩序監察抓走了。」仲清瞧了眼鐵珠子，注意力不再集中在那包果乾上，「是真的嗎，亦步哥？你們這麼厲害，應該不會這麼簡單地栽了吧。跟蹤我們的人也沒有全副武裝，不像是來追殺的……」

「吃吧。」唐亦步將果乾扔到仲清懷裡，用腳尖揉著鐵珠子的肚皮。「我最後問你一遍，他們真的在你面前什麼都沒說？你也什麼都沒看見？」

「這是大事，我在大事上可聽話了。」仲清縮縮脖子，抱緊果乾，不過看起來像是喪失了胃口。「啊……不過快到這裡的時候，他們確實在我面前交談過一次。」

「余哥說，這車都被他糟蹋成這樣了，涂銳絕對會親自打上門來剝了他的皮，希望你到時候能看在這一路交情的份上幫幫他。小滿姐說余哥只是想家了，她也有點想家，想見見家人。」

「你確定？」

「嗯，發現追兵後那幾天，他們只在我面前說了這麼兩句。我印象還挺深的，不過內容好像沒什麼特別的……他們可能是忘了開隔音吧。」

「一字不差？」

「不確定一字不差，意思肯定沒漏。」

「我沒別的問題了。」唐亦步跳下瘺櫃子，「你再忍幾天，我想付雨先生會幫你找個好一點的地方住。」

「等等，你要去哪？」仲清連忙把果乾塞進口袋，大步跟上去。「別把我一個人扔在這裡！」

「余樂的意思很明顯，他不希望你捲進這件事。」唐亦步說，「付雨能給你最好的保護，你不需要知道太多。」

「可是他們被抓了！」仲清叫道，「他們……對我挺好的，我想多盡盡力還不行嗎？至少讓我多幫幫你的忙——你看這個地方到處是霧，沒有比我更好的哨兵了！」

唐亦步撈鐵珠子的動作頓了頓：「你為什麼認為我會答應？」

「因為你既不尊老也不愛幼。」仲清語速又低又快，「好吧，認真點說，你肯定不會太在乎我。而我可以為你增添不少安全保障，尤其在這個到處都是秩序監察的城市裡。」

「報恩這個理由還是太牽強了。」唐亦步咂咂嘴，沒有肯定，也沒有否認。

「除了這個，我也不想在這個城市待太久。這個生活品質和死也沒啥兩樣，我、我想著，要是我幫你的忙，你能不能把我帶回主腦城市邊緣……什麼的。」仲清聲音越來越小。「這裡的環境至少能讓我得個百八十種病，我寧願在正常的田園風光裡感冒而死。」

唐亦步將鐵珠子裝回網袋，凝視著仲清。

看來老余沒有告訴他實情——雖然仲清還保留著人的外貌，杜鵑病也能保證他像人一樣成長，但作為病毒的聚合擬態，普通病原體已經無法傷到他了。

仲清說得對，自己確實不介意在這座城市裡利用他。如今唐亦步巴不得用最快的速度推動計畫，趕快把阮先生捉回身邊。既然仲清提出交易，那麼這是兩廂情願的事情，他只需要答應就好——這是個對雙方都有利的交易。

嚴格意義上，這件事甚至無關人類。

然而唐亦步到底沒有開口，他歪過頭，看向緊張兮兮的仲清，突然有點想笑。

「不。」他說。

「為啥？」仲清猛扯帽子，「這對你來說明明是好事！」

「就算我一個字都不說，只要帶你行動，你都免不了會瞭解到事情的邊角。余樂和季小滿都是很聰明的人，現在他們還在我的陣營裡。我不想……」唐亦步頓了頓，「我不想傷害他們。」

「你不說我不說，誰會知道？」仲清不滿地嚷嚷。「喂，我知道你討厭我——」

「如果你真的不想在這住，過陣子我可以把你帶回去。」唐亦步接著說道。

仲清迅速閉了嘴，半晌又憤憤開口：「行吧，但我是真的想幫忙……你怎麼知道他們就會介意呢？比起我，你才是他們真正的同伴，不是嗎？」

「我不知道他們會不會介意，也不是他們的同伴。」唐亦步扯扯嘴角，眯起金色的眸子。「你說得有道理，我不清楚這個判斷是不是對的。」

「那你還……！」

「因為我突然覺得，這樣做決策也挺有意思。而且我很清楚自己要去哪，不準備在外面漫無目的地亂逛，沒那麼容易被盯上。」唐亦步拎起鐵珠子，「……祝午餐愉快。」

仲清的午餐一點都不愉快。

為了暫時避風頭，在唐亦步前往自己的目的地時，他不得不繼續待在空曠的地下倉庫裡。這裡的空氣雖然不至於有毒，但味道方面的破壞力也夠強了。仲清捏著鼻子吃完了果乾和餡餅，又從阿巧那裡得到了一瓶水。

這瓶水嘗起來有點金屬酸味，仲清完全不想考慮它是怎麼來的。

「妳沒跟他一起去？」他小心翼翼地向阿巧提問。

阿巧上下打量了仲清半晌，目光在仲清不正常的黑眼睛上停留了幾秒。她的軀殼是剛成年的少女，相比之下，十四五歲的仲清更接近一個孩子。

「沒。」等仲清喝完水，她才慢悠悠地說道。「他說他知道該去哪。你還有事嗎？沒事我走了。」

仲清糾結了片刻：「妳能帶我一起走嗎？我不想一個人待在這裡。」

阿巧權當沒聽見。

「求妳啦，妖……漂亮姐姐。」仲清連忙懇求，「我們兩個年紀都不大，外面的人又都戴著面具。現在還是中午吧？帶我出去走走吧，我快憋死了。」

阿巧仍然對仲清的奉承無動於衷。

仲清深吸一口氣：「我和妳交易！妳想要什麼？只要我拿得出來，怎樣都好。我就想出去轉轉——」

阿巧這才斜了他一眼：「你確定是想出去轉轉？我認為你想要趁機跟蹤唐亦步，然後找機會鑽進他的交通工具，偷偷離開這裡。」

仲清扁了扁嘴巴。「……除了這些，我是真的擔心他們好嗎？余哥和小滿姐已經被抓了，萬一他也被抓了，我可就黏在這裡走不了啦。」

「不過我下午確實沒什麼事，打算四處轉轉，再買點東西。」阿巧轉轉眼珠，「我也想知道他在打什麼主意——希望他不會給K6和付雨帶來更多麻煩。我是說，除了你以外的新麻煩。這樣吧，你給我點新鮮情報，我就帶你出去逛逛。」

「嗤。」

仲清拉下了帽子，睜開所有眼睛。他故意把臉繃得很緊，試圖嚇唬一下面前這個不知道天高地厚的妖怪女孩。

阿巧微微睜大眼睛，隨後她一把抱住仲清的脖子，仔細觀察他頭上那多出的六隻眼睛。

「有意思。」她表示，「我確實沒見過這種東西。」

「放開我！」仲清紅了臉，「這是病，我的血可以傳染的！妳腦子有問題嗎？」

「K6老是說我笨，但我覺得沒問題。反正我的腦是電子腦，大不了到時候換個殼。」阿巧用手摸了摸那些怪異的眼。「好吧，我帶你出去轉一圈。我們去看看那個姓唐的到底想做什麼。」

唐亦步對兩個小傢伙的陰謀一無所知。他調出腦內的記憶，熟練地穿過街巷，朝季小滿的母親被深埋的地方走去。

余樂和季小滿都是習慣於在陰影裡生存的人，他們不會故意在仲清面前犯那麼蹩腳的錯誤。仲清只是個傳話筒，他對自己傳遞的資訊全無概念。

很有趣，他想。余樂很清楚仲清不是人類，他卻仍然想要保護仲清。是杜鵑病的偽裝效果生了效嗎？等下次見面，自己得問問他。

「余哥說，這車都被他糟蹋成這樣了，涂銳肯定會親自打上門來剝了他的皮，希望你到時候能看在這一路交情的份上幫幫他。小滿姐說余哥只是想家了，她也有點想家，想見見家人。」

季小滿的暗示很好懂，她比誰都清楚自己母親是什麼個情況——為了保存她的母親，他們在離開時把那個暫時失去機能的仿生人埋了起來，座標交給K6，讓他保證那片土地不會被哪個幫派用來搞建設。

眼下阮教授沒有隨行，她根本沒有「見家人」的必要。

這是一個地點指示。

余樂那句就麻煩得多，就算涂銳把余樂按在地上扒皮抽筋下油鍋，唐亦步也不認為自己有插手的必要。他和余樂談不上什麼交情，但既然余樂特地這樣提出來，必然有他的用意。

自己需要更多資訊。

唐亦步鑽進迷宮似的廢棄舊建築，很快就找到了自己埋入季小滿母親的地方。他沒有直接去確認情況，而是順著搖搖欲墜的廢墟間隙前行，每一步都很小心。

這裡沒有活人監視，只剩一些常規的監視器。唐亦步緩緩呼出一口氣，加工了一番它們的傳輸訊號，隨後才踏進約定好的地點。

之前這裡可沒這麼多小玩意，這地方絕對是被秩序監察發現了。

唐亦步打開隨手攜帶的提燈，照亮一片昏暗的空間。

K6 應該沒有背叛他們，秩序監察顯然是帶著目的四處搜索。這片泥地整個都被翻鬆了，唐亦步嗅到了些血的味道。循著血跡，他找到了那輛熟悉的裝甲越野車。

車子停在一片黑暗中，仿佛被蟬捨棄的殼。

唐亦步皺皺眉，小心地打量著越野車。車上的東西被搬得一乾二淨，這輛車活像剛被改造完畢，還沒來得及往裡面放東西。簡易制水器和冰櫃還在，小冰櫃斷了電，門半敞著，裡面一瓶飲料都沒留下。車後的軍火箱也差不多是這個情況——所有容器打開，裡面的東西被掃蕩一空。

劫匪可沒這麼仔細，這是秩序監察的手筆。

唐亦步又仔細瞧了遍車內的東西，他發現了車後座多了個軍火箱。它約莫棺材大小，橫在車裡，和車子渾然一體。樣式是末日裡很常見的款式，表面破舊不堪，它同樣大敞著，裡面連顆螺絲釘都沒剩。

八成是阮教授要的物品的容器。裡面不管放了什麼，肯定都被拿走了。

唐亦步伸手拍了拍那個厚厚的箱子，它結實得仿佛焊在車上。唐亦步皺起眉，將一切恢復原樣，躲回了暗處。

「……事情就是這樣。」唐亦步簡單地向阮教授描述了一下現場情況。「如果你真的把真貨給了他們，現在我們有麻煩了。」

阮教授仍然不見任何慌亂的意思：「我明白了，接下來你去追蹤余樂和季小滿吧——粉碎大腦和重置需要至少一週時間，而且要做不少準備工作。主腦目前不知道他們接觸過我，在準備好粉碎前，秩序監察會先按慣例審訊他們幾天。現在還來得及，你得把他們救出來。」

「嗯。」唐亦步用鼻子哼了口氣，他不太喜歡阮教授的口氣。對方絕對有什麼沒跟他說，不知道是對計畫太有自信，還是對自己的合作仍存有疑慮。

……或是怕自己瞭解太多，反手取得主動權。

麻煩的是，按照最合理的判斷，自己還真的得按照對方的指示走——余樂和季小滿腦內可不止阮教授的情報。

「那兩個人不是很重要的目標，秩序監察不會把他們帶離太遠。你剛剛接觸過阮閑，應該對附近各個秩序監察據點有些印象。」見唐亦步沒再開口，阮教授繼續道。「我記得最近的應該是……」

「廢墟海旁邊那一個。」唐亦步輕聲說。

他瞟了眼黑暗中越野車的輪廓，突然意識到了什麼。唐亦步有點想笑——對於余樂和季小滿，自己何嘗不是在做和阮教授一樣的事。

看來打算取得主動權的不只自己一個。

他突然明白余樂那句含義不明的話指的是什麼了，也隱隱猜到了為什麼阮教授一點都不著急。唐亦步保持著和阮教授的通訊連接，再次摸向那輛「空車」。

余樂走出了一步好棋，不過余樂自己未必清楚這一點。

既然阮教授派出了數支隊伍來取目標物品，試圖擾亂主腦。主腦自然可能對他們的動向有所察覺。不管余樂他們是否障眼法的一部分，一旦被發現，免不了要被抓起來做常規檢查。也就是說，阮教授的自信不是「余樂他們絕對不會被盯上」而是「就算被盯上，對於他們這樣的邊緣角色，秩序監察也不會重點檢查」。

唐亦步指尖掠過車裡那個多出來的厚重「空箱」，它一副老早就焊在車上的樣子，想必不是沒有原因的。

相信余樂在發現自己被盯上後，也能想通這一層。

既然被盯上，他的選擇就相當有限了。跟在屁股後面的人早晚會動手，但他們並不清楚時間點，無法控制阮教授發現異常的時間。余樂和季小滿還沒到為阮教授賣命的地步，若是面臨死亡威脅，他們真的可能開口投降。在不清楚阮教授是會救援他們，還是犧牲他們的前提下，要逃離被動的局面，最合理的選擇只有一個——

將「時間點」變得更加可控。

隱藏仲清的存在，並把時間拖到最後一刻。余樂選擇偷偷造訪能夠聯繫上自己的K6，留下確定的時間點。這麼一想，他特地變裝上門，沒和季小滿在一起也可以理解——畢竟跟蹤者不清楚仲清的存在，他們明面上不能分開。

至於仲清聽到的機械組裝聲……季小滿八成用了什麼手段，偽裝出余樂還在身邊的假像。

在留下給仲清線索後，他們只需要來到這個自己熟悉的地點，弄出點大動靜，讓秩序監察帶走他們就好。余樂知道一旦他們沒有按時出現，阮教授和自己肯定會立刻追查，而自己很快就能查到這條線，獲得這些訊息。

不過看余樂的留言，那位大墟盜並沒有把希望全寄託在自己身上——秩序監察最近的據點緊鄰廢墟海，那可是余樂原來的地盤。在仲清不知情的時候，說不定那個狡猾的傢伙還聯繫了「其他人」。

余樂的努力有了成效，現在自己對接下來的時間點一清二楚。按照阮教授的說法，余樂他們不會被特殊對待。而自己對余樂和季小滿被帶走的大致時間也有了些瞭解。在那兩人被粉碎腦部前，他至少還有七十二小時。更妙的是，若是他踩著時間點出現，說不定能收穫更大的混亂。

七十二小時，發現阮教授的計畫，儘量整合手裡的資源，然後聯繫阮先生。從主腦和阮教授的角度看來，雙方都還在布陣階段，沒有比這更適合來場顛覆的機會。

看來能讓自己悠哉悠哉吃飯的時間不多了，唐亦步咧開嘴，露出不懷好意的笑容——接下來是搗亂時間。

這瘋狂的念頭讓唐亦步自己吃了一驚。按照自己過往的風格，他肯定會謹慎地介入這場爭鬥，小心試探這張錯綜複雜的蛛網，將這一切摸清後再行動。

他像是被阮先生傳染了——自從發現自己的錯誤十個指頭都數不過來，他開始對事情的正誤不再那樣介意。

至少當下的想法讓他心潮澎湃，而且他也有一定程度上的理論支持……就算變數還挺多，這值得一試。

唐亦步搓了搓手，然後拍醒了在網袋裡酣睡的鐵珠子。

「我這就離開地下城，去找他們。」唐亦步對阮教授說道，努力讓語氣顯得嚴肅點，「有事隨時聯繫。」

「他在幹嘛？」兩個孩子趴在附近某個房頂上。仲清正用自己異常的眼睛用力瞧著，視線穿過廢舊建築的厚牆、以及其後濃稠的黑暗。「我完全看不懂他想幹什麼，簡直莫名其妙。現在他一臉傻笑，哦哦哦，他在挖洞，是在找祕密武器嗎？……嗯？他、他把自己埋起來了?!」

「……」阿巧安靜地托著臉頰，「K6 還說我是腦子不好的仿生人呢，現在看來，我的腦子比他好。」

「他難道不該趕快去救余哥和小滿姐姐嗎！」仲清大叫，就差拽住阿巧的領子搖晃。「虧我還以為他終於有點人情味了。」

「你要幹什麼？」阿巧從袋子裡掏果乾吃著，鑒於她也戴著防毒面具，這是個技術活。

「去問問他到底怎麼回事啊？」仲清憤憤不平，隨後臉色一變，摸了摸口袋。「……妳哪來的果乾？」

「宵禁前你必須回去。」阿巧冷酷地無視了仲清的問題，「你還剩五個小時。」

「那也……哎？等等，有人正往那邊去。妳看見了沒？就那邊那輛車，那人還帶了車。」

仲清的聲音有點變調。「我得通知他！」

「你——喂，你等等！」

CHAPTER 79 重逢之前

阮閑對唐亦步的瘋念頭還一無所知，此時他正在胡書禮的引導下參觀主腦的研究所。並且正陷於一個相對尷尬的境地——

「聽說你是機械生命病理學方面的專家。」胡書禮說，「阮先生，大概講一下你擅長的領域吧。」

要讓人們相信你，最重要的是保持鎮定。但凡一個人能夠朝四周撒播自信、表現得仿佛一切都在掌握之中，人們便不會太快起疑。阮閑十分擅長這個，眼下的困難之處是怎麼把他瞭解不深的知識充分利用，說服面前這位專家。

就像調配某種複雜的藥劑，阮閑保留了三分局促和緊張，但又混上了恰到好處的自信。至少他不是全無準備。

在研究α-092時，他涉及過相關的領域。自從這類可以穩定自我複製的納米機器出現，關於生物的定義便開始鬆動——它們具有類似的特性，從外界攝取能量，捨棄無用的殘渣。在積累一定量的能量後，它們會進行自我複製，並且偶爾出現點複製方面的錯誤。寫入機器內部的簡單程式能讓它們識別自己的目標，並且對環境的變化做出合適的反應。

僅僅具有一段DNA或RNA的病毒都能夠得到承認，這類納米機器可以說是一種怪異的全新生命形式。只不過這個話題當時爭議頗多，也不屬於阮閑的職責範圍，阮閑沒有參與那些爭吵。

但有這段記憶在前，他能猜出機械生命的起源。

只要經過仔細的調整，這些微小的納米機器可以成為簡陋的細胞，構造屬於自己的簡易神經中樞。這些人造物會比天然的細胞粗陋不少，並且由於構成有著本質的差異，它們的食譜和正常生物也相差甚遠。

對於它們來說，繁殖更貼近本質的個體資料交換。而短時間內出現這麼多機械生命，阮閑更傾向於這是主腦刻意安排的結果。

阮閑打了個噴嚏，借此分散胡書禮的注意力。他借眼角餘光掃視四周，耳朵努力捕捉周邊一切聲音。

「A區、C區的格羅夫式 **R-660** 繁殖情況良好，格羅夫式 **R-219** 情況正常，但數量有緩慢的負生長趨勢。根據我們的初步判斷，它不適合用來改造V國附近的地形。」

「廢墟海的帕普 **T-72** 數量顯著增加，可能是格羅夫式 **R-660** 被人工飼養導致種群量暴增……不行，這樣下去它們會繁殖太快，導致其他小型機械生命無法生存。」

「拾荒木偶是吧？我當時就說七十二號亞種的穩定性不太好，它們的攻擊性還是太旺盛。它們是用來回收機械生命屍體的，定位根本不該是捕食者，應該是食腐生物那種——」

時間的流速慢了下來，阮閑能聽到空氣緩緩淌過髮絲的聲音。他的大腦從未這樣活躍過，奇妙的刺激感讓他有點想笑。

他有了應對的好主意。

「專門研究特定病毒，操縱或者毀滅相應的機械族群。」阮閑聲音很穩，「這是我的研究方向……你們藉由主腦對機械生命進行統一調節，我們只能選擇用病毒感染它們。無論是老派的純資料入侵，還是仿生組織感染，我都接觸過一點。」

說罷，他直起身體，一副嚴肅的模樣：「關於你們的工作，我也多少能猜到些——藉由控制機械生命繁衍和生活，對特定地形進行迅速改造，讓它們能夠為人所用。」

格羅夫式 **R-660**，鐵珠子的族群。它們主要分布在廢墟較為集中的區域，自主攝取金屬、塑膠以及其他不好處理的物質。它們把自己吃得肥肥的，將取得的金屬凝聚在外殼上，然後被拾荒木偶這種更加大型的機械生命捕獵——主腦要做的，不過是定期取得拾荒木偶，從它的體內提取貴重的金屬。

至於那些無法回收的玩意，早就被鐵珠子們消化成了可降解的微粒、排出體外，不再對自然生物有害。

比起人工製造大量機械並統一指揮，這樣的做法耗能極低，僅需耐心等待族群發展起來，效率也相對高不少——只要MUL-01設計正確的機械生命、下達合適的指令，主腦能在幾個月內將冰川變為荒原，沙漠變為土壤。讓河流改道，將山川鏟平。

也許人真的為自己造了一尊「神」，一個近乎全知全能的工具。

胡書禮看上去十分專注，暫時沒有開口的打算。阮閑收回思緒，繃緊每一根神經，繼續沉穩地敘述。

「現在你們應該意識到了問題，比起真正的生命，能自我複製的機械生命還遠遠不夠成熟。具有高等智商的物種很難設計吧？我們這邊接觸到的高等機械生命，大多都是活體改造而來，或者人工量產的特殊個體——億萬年的淘汰可不是說著玩的，哪怕是主腦，也不可能用不到二十年來穩定這些新的生命形式。」

「我聽過類似的勸誡，阮教授那邊確實是這個調調。」胡書禮歎了口氣，「但是小阮，絕對的自然化也太極端了……」

「我肯定能理解改造垃圾場，改造被嚴重污染的區域。但你們在做更多，主腦在把這個世界改造成人類專用的飼養園。」

摸出了阮教授的性格，阮閑很清楚該怎麼扮演一個反抗軍。

「我只是想幫忙去除那些不必要的修改而已。至少我不想把意志交給MUL-01，變成被豢養的家畜。」……其實說實話，他本人對這場爭鬥真的沒啥想法。

加點手勢有利於炒熱氣氛，可惜阮閑實在是缺乏這方面的經驗，只得保持雙臂交叉。

「你先別激動，這樣吧，你先參觀一下我們的成果。」胡書禮很懂得如何與人來往，他沒有和阮閑硬碰硬。「小阮，其實我們也很需要你這種想法的人。這樣一來，你對抹消必要的機械生命族群不會有異議，之前也有不少人表示受不了呢。想想看，你可以用你的能力修正太過火的改造，控制它們的數量，讓情況不至於太糟。」

胡書禮拍拍阮閑的肩膀。

「我向你保證，事情沒你想的那麼糟。」

阮閑面上舒了口氣，胡書禮的重點算是被他帶偏了。自己也取得了進一步獲取資料的機會——

不過自然不是從正滔滔不絕講解的胡書禮那裡。阮閑在偌大的試驗區慢慢走著，努力把所有細節和資料都塞進腦子。就算主腦要用自己，也不可能把真正的敏感資訊暴露給他。他必須趁機多弄點情報，就算自己將來用不上，拿來糊弄主腦版唐亦步也不錯。

「這裡研究的不只是機械生命病理和控制吧。」阮閑突然在一片虛擬螢幕旁停下腳步。走在前面的胡書禮也停下來，不再繼續解說沃爾特 -E87 對荒漠地區的改造。

「怎麼了？」他挑起眉毛。

「這位朋友設計的東西我有印象。」阮閑指了指身邊的虛擬螢幕。「特定機械病毒和S型產物的結合？」

他確實有印象，不過那印象不是出自所謂「機械生命專家」的知識儲備，而是自己的血液——那人螢幕上的機械結構像極了 α -092-30。

無論那是什麼，肯定和S型初始機相關。

「看來主腦果然沒有看錯你。」胡書禮欣慰地表示，「告訴你也無妨——那是我們這邊S型產物擴大感知範圍的研究。等這研究完成，反抗軍的感知迷彩會徹底失效。無論阮閑藏在哪裡，他的時間都不長了。」

這是在對他變相施壓呢。阮閑努力讓臉色顯得難看些。

「如果你願意幫我們完成這個研究，你能夠接觸到核心技術，參與對S型高級產物的研究，將自己變得不可替代。主腦還可以允許你提出一些要求，比如保留阮閑以外的任何人。」

「哪怕是亦步？」

「我們可以幫他換個……唔，不那麼危險的軀殼，然後在他的演算法設下一些安全限制。如果你同意這個前提，並且願意幫主腦捉到阮閑，我想主腦會答應的。

「現在看來，反抗軍的失敗只是個時間問題，唐亦步必然會被消除。」見阮閑沉默，胡書禮趁熱打鐵：「不瞞你說，現在我們對阮閑可能做出的反抗也心裡有數，純資料病毒入侵，對吧？小阮，你還年輕，不要太衝動地下決定。」

阮閑放大感知，猛掐一把掌心，劇痛讓他的眼圈有些發紅。

效果還不錯。

「我聽說范林……范老師早被主腦抓走了，是真的嗎？」阮閑「掙扎」了片刻，抬起頭。

「范林松是你的老師？」

「……嗯。我想知道他的情況，如果主腦真的有你說得那麼好商量，老師他應該還在吧。」

胡書禮的笑容熱烈了不少：「他現在過得好著呢，不過不在這裡。」

「我想跟老師通話。」

「不行。」胡書禮搖搖頭，「但我們可以幫你確認一些只有他本人才清楚的問題，或者提供他的生活照給你——范林松的DNA被他自己偽裝得相當徹底，我們無法複製他，要證明他還活著很容易。見面的話，得等你做出確切的成績後才行。」

「給我一段他吃早飯的影像吧，我不會認錯我自己的老師。」他不會認錯自己的副手倒是真的。

「沒問題，等晚飯後，我會傳到你房內，你有足夠的時間鑒別真偽。」

阮閑仔細模仿著年輕人的躊躇，內心快速計算。

既然主腦的核心邏輯沒變，范林松卻仍然能被稱為主要負責人，恐怕是在硬體方面出了不少力——如果想要瞭解主腦的物理弱點，這應該是個突破口。

情報總不嫌多。而給出自己的「把柄」，主腦也會安心些。

……如果有某人一點小小的幫助就好了，不知道上次飽受刺激的唐亦步下次什麼時候會過來。

他保證下一次的刺激會更大。

「我明白了。」阮閑面上囁嚅道，「告訴主腦，關於亦步的事情……我需要再考慮考慮。」

然而阮閑做夢都想不到，他此刻思念的那位正把自己埋在土裡。

仲清到底腿短，又人生地不熟，當他氣喘吁吁地跑到唐亦步所在的位置時，當面撞上了那位帶著小車的訪客。

那人正打算把余樂車上多出來的「箱子」卸下。見有人衝進來，他下意識抬起手中的槍。昏暗的燈光下，一時間兩人大眼瞪小眼。

「報告，是個孩子。」那人謹慎地說，「我對周邊做過掃描，對方剛抵達，不確定是否為仿生人。我會用短期記憶消除噴霧處理，如果不行——」

「不不不。」仲清嚇得嗓子有點變調，「我不是故意的，我只是來撒個尿。您繼續，我這就走。」

「是敵人嗎？是敵人嗎？」和能視線穿牆的仲清不同，阿巧晚了一步猜到。她無視了後退的仲清，直接朝男人的方向衝去。

男人俐落地中斷通訊，眼看就要開槍——

下一秒他就被一個滿身是泥的東西拎在了手裡。

「你對周邊掃描的時候漏了地下。」唐亦步呸地吐出嘴裡的泥巴，「你們總是忘記掃描地下。」

被掐住的男人有苦說不出，對地掃描工具是針對危險機械的。鬼知道下面還能藏著老鼠以外的活物，至少主腦從來沒這麼幹過。

「你不是……秩序監察……」

男人掃了眼唐亦步的打扮，和被泥糊了一半的燦爛微笑。「放開我，我只是來隨便拿點東西——」說著他的手悄悄向腰帶探去。

「你在找這個嗎？」唐亦步另一隻手拿出了自爆起爆器。「還有你的槍，我都卸掉啦——你是反抗軍，我知道。別別別，別急著咬牙齒裡的毒，我也知道你是來幹嘛的。你是奉命過來取東西的，對不對？」

「你是那個……」男人的臉色變了變，「你要背叛，咳，那一位嗎？」

他瞧了眼兩個孩子，及時改了稱呼。

「對，我就是『那個』。背叛這個說法挺奇怪的，我本來對他就沒什麼忠誠。」唐亦步甩了甩頭上的泥塊。「我只是想確定一個猜測——你要取的東西，是不是這個『空箱子』？既然你被委託來取這麼重要的東西，級別肯定不低。鑒於我不想貿然弄壞它，告訴我它是什麼吧。」

說著他撇撇嘴：「你們的上司不怎麼喜歡和我分享計畫，我也沒有辦法。」

男人乾笑一聲，不說話。旁邊兩個孩子見他沒了威脅，快速湊過來。

「嚴刑拷打，嚴刑拷打！」阿巧情緒莫名高昂。

「你有沒有那種特別厲害的實話藥水？」仲清則放飛想像力。

「……」看來反抗軍還真未必受歡迎，男人有氣無力地斜了眼兩個小畜生。

「你跟蹤我。」唐亦步則扭過頭，直擊重點。「剛才那是免費放哨的通知方法嗎？如果我沒猜到會有人來拿東西，我已經被他襲擊了。」

他的語調很是正經，表情隱隱透出一點嫌棄。

仲清縮縮脖子：「說得像你會那麼容易死掉一樣。」

「……你聽起來還挺遺憾？」

「都閉嘴！」男人吼道，「如果你們不想被秩序監察一起抄——」

「在你之前，我已經改造過這裡的監控資料了。」唐亦步終於把注意力放回男人身上，「你真的不能告訴我嗎？就一點點？」

「不能。」男人的乾笑成了冷笑，「而且如果我十分鐘內沒彙報，我的聯絡人會起疑。唐先生，如果你還想和那一位好好合作，現在最好放開我——咳咳咳！」

唐亦步從男人包裡取出一瓶噴霧，噴了男人一臉。男人眼皮一翻，咕咚跌倒在地，人事不知。

「短期記憶消除。」阿巧蹲下身，戳了戳男人的臉。

「仲清。」唐亦步的聲音再次嚴肅下來。

「幹嘛！」

「我們還有五分鐘，來都來了，是時候證明你真的有用了。」唐亦步拍拍手。「幫我透視一下那個箱子，然後告訴我內部情況。」

「他才說十分鐘，怎麼成五分鐘了？話說這不算涉密嗎？我就知道，你之前只是假的關心我——」

唐亦步咧開嘴，搖了搖手中的短效記憶消除噴霧：「有效清除最近五分鐘的記憶，裡面還剩好多呢。」

「……我討厭你。」

仲清摘下帽子，嘴裡喃喃抱怨。

「你不是和他們一伙的嗎，怎麼還搞這些有的沒的。」

「因為我要去看戀愛對象。」唐亦步思考了片刻，「上次太匆忙，這次我得準備點情報當見面禮。」

「真煩人！」仲清直扯帽子。

一邊阿巧見沒了熱鬧可看，頓時冷回了臉，一屁股坐上男人的肚皮。「這個不需要殺人滅口嗎？」

「他死在這裡，對付雨他們會是個麻煩。」同為仿生人，唐亦步很清楚對方的弱點。「待會等他醒了，妳就這麼說——他打算噴你們，然後妳憑身手躲了噴霧，噴回去了一點。五分鐘不夠對箱子做手腳，東西也沒丟，他頂多檢查一下有沒有多出定位設備。」

阿巧的臉皺了起來，不過還是勉強點頭答應。

這倒省了不少事，唐亦步滿意地點點頭——要是這兩個小傢伙不來，他還得花時間搞個合理的事故現場。

「還有四分鐘。」唐亦步做了個深呼吸，精確地計算著時間。「仲清，我們開始吧。」

「哼。」

「等我辦完這趟事，我會來接你的。」唐亦步笑了笑，「放心，這是一個交易，我不會食言。」

「你到底打算做什麼？」仲清走到箱子前，嘟囔得很小聲。「告訴我概括版吧，我也不喜歡被人蒙在鼓裡——至少給我一個盼頭。」

「我決定去找我喜歡的人，親親他，來一個擁抱。」唐亦步嚴肅地數著。「接下來交換見面禮……最後在七十二小時內擊敗主腦。」

聽完唐亦步的小計畫，仲清眼裡只剩下鄙視，甚至還有一絲憐憫。唐亦步低頭望著這個身高還不到自己胸口的小崽子，露出牙齒——帶有威脅性質的那種。

「你的腦子壞掉了。」仲清頗為同情地伸長胳膊，拍拍唐亦步的肩膀。

唐亦步嚴肅地蹲下身，伸出手，不輕不重地扭了把仲清的耳朵：「趕緊幹正事。」

「你不愛幼！」仲清誇張地慘叫一聲，試圖引起同齡人的注意——可惜阿巧還是安靜地坐在一邊，拿暈倒的那人當凳子，清理自己被弄髒的袖口。

「我們根本不是同一種生物。」唐亦步拍拍箱子，「開始吧。」

四分鐘後，仲清帶著極度不滿的表情，吃了一記直噴正臉的記憶消除。阿巧將他拖到仍然暈著的男人身邊，把一大一小兩個人全都擺成雙手交叉的安息姿勢。

「你要走了嗎？」忙完這一切，她轉頭，望向唐亦步。

「嗯。」

「我會告訴付雨和K6的。」她說，走到唐亦步面前。用讓人發毛的專注目光上下刮了一遍唐亦步，長長地哼了聲。「而且在這個環境裡……你看起來有點眼熟。」

唐亦步正將箱子放回原位，做出沒有人動過的樣子。聽到這話，他轉過臉，回應了對方的注視。

「算了。」

她平靜地說，看起來心情不錯，沒有曾經甜甜-Q2的無助和慌亂。那個曾經在囚室內瑟瑟發抖的女孩朝唐亦步伸出手，唐亦步皺起眉，沒有躲開。

「我熟悉這個感覺，你和我的過去有關。不過我把我的過去忘得一乾二淨，既然我當時選擇清除記憶，一定有充足的理由。說句老實話，不知道是不是操作失誤，我還記得一點資訊——能夠被底層邏輯保留下來，它一定對電子腦的生存有益處，或者是讓我得以生存的關鍵。」

阿巧一隻手點上唐亦步的臉，手指劃過他的雙眼和嘴巴。唐亦步嘗到了濃濃的血腥氣，但那血的氣味不像阿巧的。唐亦步瞥了眼被她當成凳子坐了幾分鐘的倒楣蛋，決定不去追究這些血的來歷。

「現在我把這個寶貴的資訊分享給你，同為仿生人，它或許會對你有用。」她說，「祝你順利，趕快回來接這個麻煩的傢伙。如果你違反約定，我會開始討厭你的。」

唐亦步辨認出了對方在自己臉上畫的圖案——阿巧在他的兩隻眼上畫了血紅的叉，臉側則加了小丑妝似的「笑容」。

那是他們曾留下混淆視聽的血紅笑臉。

血的味道越來越濃。

「你沒有質疑我擊敗主腦的目標。」唐亦步好奇地問道，沒有抹除臉上的血跡。

「因為我沒有能提供給你的建議，我的質疑也改變不了任何事。」她說，再次扣上防毒面罩。「他們快醒了，你走吧。」

唐亦步沒有再囉嗦，他也戴回防毒面罩，任由血液在面部慢慢變乾。徹底離開這片區域前，唐亦步回頭看了眼那個昏暗的空間。阿巧站在翻開的土地之上，安靜得像早期用於展示服裝的假人。

她始終看著他離開的方向，不知道是在觀察，還是在告別。

一回生二回熟，第二次潛入比第一次順利得多。

唐亦步確定自己帶好了一切東西，阮閑的兩把血槍都被他藏得死緊。鐵珠子被拴在水瓶旁邊，動輒將金屬水瓶撞得叮噹響。唐亦步的小半家當都被他穩當地保存在背包裡，阮教授的反擊設備結構則被他記在腦中。

不過潛入是一回事，正常接觸到阮閑又是另一回事了。

阮閑的房間被最高規格的防衛系統保護著，上回的做法固然可行，資訊傳遞的效率卻相當低下，還時刻有暴露的風險。他的時間有限，沒時間和阮先生一字一句地磨蹭。

唐亦步惆悵地坐在據點某座掃描燈的燈座後，隨著不停轉動的掃描燈緩緩旋轉。

天已經暗了下來，在唐亦步還在燈座上玩簡易版旋轉木馬時，阮閑已經回到了房間，繃了一天的神經讓他腦仁有點痛。他長長舒了口氣，慢悠悠喝下一杯冰水，整個人才平靜下來。

一整天的招搖撞騙，說實話夠刺激的。而且他確實又挖到一點情報——阮閑把瞄到的資料在心裡簡單瀏覽一遍，吩咐助理機器人投影范林松的生活影像。

影像中的范林松確實過得不錯。

老人穿著華麗，住處裝潢講究。在那段影像裡，他正慢慢享用豐盛的早餐。除了表情裡多了些微不可查的麻木，看起來蒼老了十歲，那確實是阮閑認識的范林松。

但阮閑的目的不在這裡。

影像裡露出落地窗的一角，雖然只是個一閃而過的鏡頭，阮閑還是捕捉到了——他看到無數建築的頂部，范林松應該是在某棟建築物的極高樓層。只不過露出的建築頂部只有米粒大小，一時很難分辨特徵。

可以先用范林松的身高、鏡頭透視和地平線位置簡單估算下。阮閑眼睛一眨也不眨地盯著正在用餐的范林松，心裡默默計算，直到某位不速之客闖入房間。

主腦版唐亦步選擇了窗臺。不得不說，他的登場還挺帥氣，只可惜阮閑完全沒有衝向窗臺當這個茱麗葉的打算。他深吸一口氣，緩緩關上范林松的影像，調整了幾秒情緒。

「亦步。」他「深情款款」地呼喚道，懷念了片刻自己家那位喜歡鑽床底的。

「你看起來有點糾結。」那個仿冒品說道。

「不，只是有點緊張。我永遠不會背叛你。」阮閑故意做出副局促不安的樣子，原本放鬆的神經再次緊繃起來。他朝對方勉強微笑，手心冒出一層薄汗。

自己的行為必須百分百符合主腦的預期。

不得不說，主腦非常會選擇交易條件。看胡書禮等人的忠誠程度，阮閑不認為它那些價碼只是用來糊弄自己的。保證唐亦步活下去的提案相當誘人，他甚至也認真考慮過，並將類似的方案作為備選——方案的目標同為苟活，區別只在於主腦的監視程度不同。

眼下他必須猜對主腦的意思，預判出它的預判。

既然它在自己面前扮演唐亦步，「不知情」的自己有兩個選擇。繼續忠心耿耿地堅持，等刺探完足夠情報，為所謂的大義而犧牲；或是陽奉陰違，努力打發掉「唐亦步」，然後同意主腦的提案，在背叛後徹底得到自己的愛人。

不管選哪個，他都要和這位「唐亦步」交流情報，並且展示忠誠。關鍵在於那些微妙的情緒偏差——

阮閑還從來沒有演過這個，但是他必須一次成功。

阮閑抬起眼，看向對面那雙熟悉的漂亮眼睛。不得不說，它們嵌在不對的人身上，並沒有讓他感覺到半點美感。

冷靜，阮閑告訴自己。

NUL-00 和 MUL-01 的核心系統一致，誕生之初應當如同雙子。其中有一道鐵則，正如這世上所有的生物，它們都有強烈的「生存本能」。而作為一個年輕而不擅交際的研究員，一個為愛瘋狂的絕望者……

壓下胃裡翻湧的緊張感，阮閑做出了決定。

他決定選最貼近現實的那個，而且他有自信演好這場戲。畢竟他真的思考過放棄擊敗主腦，只保下唐亦步，而眼下也確實有事情瞞著面前的「人」。

在死亡邊緣行走的感覺幾乎要打開阮閑每一個毛孔，他在主腦版唐亦步面前做了幾個深呼吸，再次開口。

「看起來有點糾結？」阮閒扯扯嘴角，「就像阮教授猜測的那樣，主腦很擅長說服人。亦步，過來，讓我看看你的眼睛。」

主腦版唐亦步謹慎地前進兩步。

隨即他看到那位姓阮的研究員紅了眼眶，開始落淚。短暫的沉默後，那位年輕的研究員抹去淚水，很快恢復了平靜：「我在他們的實驗室裡轉了圈，得到了部分資訊。他們現在正在加強S型高級產物，試圖破開阮教授的感知迷彩……這個資訊你務必要傳達回去。」

「嗯。」

「以及……」阮立傑猶豫道，「主腦的人希望我來負責部分研究，亦步，再給我兩天好嗎？我想先假意答應下來，進一步取得更多資料。我知道這聽起來可能有點貪生怕死的嫌疑……但這個機會真的千載難逢——」

「也許是主腦故意將這個機會送給你。」主腦版唐亦步面無表情。「你要考慮好，如果你背叛……」

「你現在能進入我的房間，將來也有能力刺殺我。」年輕的研究員抹幹臉上的淚水，「我不會背……不會做違反你意願的事情，亦步。」

看來這幾天的誘導有點成效，主腦的分程式下了判斷。

阮閑則完全在想其他事情，他一遍一遍回憶唐亦步曾在仿生人秀場吃的苦，將情緒按在低谷之中，不准它起來。自己能做的都做了，接下來必須等主腦的判斷——

心臟在肋骨下瘋狂跳動，他不需要掩飾這一點。

萬一主腦在此刻叫停這場戲，如果不趕緊補救，他這波探索大概也就到此為止了。反之，如果主腦陪他繼續演出，事情還能有轉機。

「我這次來還有別的事情。」一個長久的停頓後，主腦版唐亦步繼續道。

神經放鬆、拉緊又放鬆，阮閑幾乎能聽到神經斷裂的聲響。幸虧這回唐亦步沒來攪局，不然他還不知道能不能瞞過去——

結果這念頭還沒從他心裡消失，幾步外的助理機械突然緩慢地轉動了半圈，將觀察鏡頭朝向這邊。主腦正將全部注意力集中在自己身上，暫時沒有發覺。

阮閑突然有一種相當不妙的預感。

「什麼事？」他立刻抓緊主腦的注意力。

「你走了之後，阮教授的計畫出現了一點瓶頸。我雖然能幫他解決硬體設計上的問題，但特殊的領域還是需要特殊的人。」主腦版唐亦步說道，「上次你給我的保密演算法，我們將它的原理分析出來了。不過在軟體適配方面……」

「說實話，我之前沒接觸過多少刺殺機器方面的程式。」阮閑用眼角餘光瞟著那個可疑的助理機械。「如果是關於將攻擊程式病毒式擴散、有效對抗主腦的演算法，我能幫上忙。亦步，這是送上門的機會——主腦給了我性質很接近的工作，我能用它的資源為我們做事。」

「刺殺機器」和「攻擊程式」，他又拋出兩個香甜的誘餌。

冒牌唐亦步輕輕歎了口氣：「我會一直看著你的。」

別提了，你冒充的那個傢伙說不定現在就在看呢。阮閑的臉扭曲了一下，還是盡心盡力地給這段表演來了個收尾。

「相信我，無論如何，我都會讓你活下去。」他相當苦澀地表示。

主腦版唐亦步朝他撫慰地笑笑，身體前傾，眼看就要吻上來。阮閑後頸的汗毛全都炸了起來，他深吸一口氣，及時止住了對方的動作。

普通人看不出來，S型初始機的觀察能力可不會出差錯。那個輔助機械正伸長鏡頭，悄悄朝這邊調整焦距。

……唐亦步絕對在看。

「對不起，亦步。」阮閑憋住笑，努力讓語調保持悲哀。「等事情全部結束了，再讓我好好吻你吧。」

主腦版唐亦步深深地看了他一眼。

「就我們現在的硬體條件，我需要最理想的攻擊程式擴散模型。」主腦恢復了端坐的姿勢，「我們希望你拋開既有程式的基礎，按最為完美的狀況計算。」

「我知道了。」

主腦點點頭：「阮先生，是時候說再見了……希望你不要做出錯誤的決定。」

主腦離開後，阮閑無視了那個助理機械莫名委屈的窺視，在床上足足癱了十分鐘。十分鐘後，他特地按下房間內的通訊裝置，聯繫上了胡書禮。

「我接受MUL-01的邀請。」阮閑格外艱難地說道。「但我有個要求。」

「什麼要求？」胡書禮情緒不錯。

「我背叛了我愛的人，你懂這種感受！我要主腦給我一個和他一樣的機械助理。拜託了，我現在真的……我需要他在我身邊，就像你們剛把我拉入末日記憶時的那樣……」

「沒問題。」胡書禮說道，「主腦考慮過你的需求，一個小時後送到。」

阮閑吸了吸鼻子，保持住動搖的樣子——

然後在那助理小機器偷偷摸摸蹭過來的時候，悄悄比了個「OK」的手勢。

主腦的準備很是完美，取代助理機械的仿生人很快被送了進來。阮閑從未見過被打扮得這麼乾淨的唐亦步，忍不住多看了幾眼——他認識的那位身上永遠帶著塵土、血液、硝煙以及食物的味道，髮尾大部分時間因為沒空打理而翹起，表情如同曬太陽的獅子。

面前這個更像是人形助理的產品展示。它表情豐富，動作自然，但和唐亦步那種慵懶而自我的氣質還是存在一點偏差。公正地說，阮閑認為它能騙過老余，甚至阮教授，可它騙不過自己。

來個不客氣的概括——在主腦的情報中，唐亦步的腦筋正常到有些不自然。阮閑能理解幾分主腦的想法。縱觀他們一路的冒險，只看結果的話，自己確實是更瘋的那個。就眼下的情況看來，這世上只有自己才知道那仿生人有多麼……有意思。

不知道為什麼，明明身處極端危險的環境，緊張感如同停在皮膚上的毒蟲，阮閑卻又想笑了。如今他只得爬到床上，將臉埋進被子，肩膀抖動，做出副不堪重壓的抽泣模樣。

而主腦提供的「唐亦步」將手伸向助理機械，將其中所有資料拷貝進自己的系統。隨著小助理機械被工作人員回收，房間內再次只剩阮閑一人。

或者說「兩人」。

終於，阮閑好不容易嚥下笑意，抬起頭，看向面前那雙金色的眸子。

現在他無比鮮明地理解了正牌和假貨之間的區別——那雙金眼睛裡多了幾分狡黠，好奇和莫名其妙的快樂。

這些不易理解的奇怪情緒讓它們閃閃發光。

和在玻璃花房時不一樣，面前這個是真正意義上的「機械外殼」。真正的唐亦步還在別處，而且為了不讓主腦起疑，面前這個外殼八成還開著監視系統。阮閑迅速冷靜下來，跳下床，仿佛無法承受那樣移開視線，咕嘟咕嘟灌了一大杯冰水。

在他再次將視線移回唐亦步身上時，那仿生人不知道什麼時候換了制式睡袍，側躺在床上，啪啪輕拍床沿。

阮閑：「……」他沉默地放下杯子，假裝什麼都沒看到。

似乎讀懂了阮閑扭曲的表情，那仿生人收回手，默默躺平，又擺出安息的姿勢。

絕對是唐亦步。

阮閑揉揉太陽穴，躺到床上空缺的位置，和身邊的機械外殼保留了相對禮貌的距離。兩個人都直挺挺地躺在床上，相距半臂，仿佛兩具被擺放整齊的屍體。

唐亦步入侵了輔助機械的系統，藉由剛剛的資料交接，被植入的病毒程式能夠順利地轉移到這臺機械身上。但這不能改變這是臺機械的事實，為了給主腦傳輸回合適的監視資料，唐亦步需要可以加工的影像素材——

不說輔助機械上自帶的，這個房間每個角落都有監控設備。這讓偽造通訊內容的難度劇增，阮閑決定提供一些相對靜止的片段，先讓身邊這傢伙取個材。

果然，一個小時的沉默後，唐亦步猛然翻了個身，變回側躺的動作。他遠端操縱這個機械版本的「自己」，目光灼灼地盯著阮閑。

感覺到錐子式的視線，阮閑歎了口氣，翻了個身，也轉為側躺——兩人面對面躺著，各自的臉孔被柔軟的枕頭吞掉小半。

「不要出聲，不要亂動。除了影像監控，我懷疑聲音、震動等指標也被監控著。」阮閑用口型無聲地說道，「口型交流。」

「你在表演一個崩潰的研究員。」唐亦步用口型回應。「現在要抱住我大哭嗎？」

「不，我應該表現出對你這個『假貨』的排斥。馬上就自欺欺人也太過了，現在我應該處在矛盾狀態。」阮閑冷酷地回絕。「至少今天晚上，你對主腦循環播放我們裝死那段就好。」

唐亦步皺起臉，毫無掩飾地表達失望。

「另外主腦做的這個『你』……我猜為了少生事端，它應該只具有最基本的傳感系統，內裡不會多麼高級。就算我把它的脖子掐斷，你大概也只能接收到我的體溫和心跳頻率。」

阮閑繼續補刀。

「我知道，我剛才檢測了一下這個硬體。」唐亦步嚴肅地表示。「可你的體溫就足夠好了。」

得到預料外的答案，阮閑噎了一下。他有點不確定唐亦步想幹什麼——是打算像曾經那樣利用自己的愛慕，變相取得主導？還是說，他在正大光明地表達自己的真實想法？

阮閑突然覺得這種下意識的猜測讓人疲憊，於是他決定換個話題。

「和上次見面隔了才不到兩天，為什麼來找我？」

「因為我後悔了。」唐亦步眨眨眼，「我後悔太早介入主腦和阮教授的爭端，當初我本應該選擇和你私奔的。」

「……『私奔』是這麼用的嗎？」

「我覺得是。」唐亦步表示，「所以阮先生，現在為了儘早將事情恢復原狀，我決定在六十六小時內除掉主腦。當然，這需要你的協助。」

「……」阮閑緩緩平躺回去，用被子蒙住頭，沉默了整整十五秒。

「你這個時間限制又是怎麼來的？」十五秒後，阮閑平靜地恢復側躺。

唐亦步大抽一口氣，用最快的速度講完了余樂和季小滿那邊的情況。阮閑眉頭慢慢皺起，忍不住陷入深思。

「全都是情報堆疊。」聽完後，阮閑毫不留情地總結。「你沒有詳細的計畫？」

「沒有！」唐亦步大大地比著口型，「我只有大概的計畫模型，和你一樣。」

有那麼一秒，阮閑有種「是不是把面前這位帶壞了」的心虛。

彷彿看穿了他的心思，唐亦步腦袋在枕頭上蹭了蹭，繼續道：「雖然我不清楚你的計畫是什麼，但我能猜出你收集資訊的大概方向。如果我們把所有線索放在一起，有相當高的機率能完善出一個足夠有力的戰術。

「我沒有按照以往的風格行動。其實就最合理的邏輯看來，我甚至不該出現在這裡。」唐亦步快速比口型。「而身為『阮閑』的你也不該接觸到這裡的內部資訊。我們都知道，安全的做法是選擇穩當的一方，讓阮教授和主腦殺個你死我活，我們選擇想要的那邊來輔助。」

唐亦步的說法沒錯，阮閑想。要他們選擇安全的那條路，就要按照阮教授和主腦的節奏行動。那將是一場嚴肅、漫長而痛苦的戰爭，他們小心翼翼地踩著別人踩過的腳印，爭取當螳螂後的黃雀。

在這場遊戲裡，所有人都是數字的俘虜，圍繞著勝率而戰，力圖讓自己活下去。

……那麼問題來了。自己從棋盤跳出，是打算將勝率推到一邊，哪怕自己承受一部分風險，也要不擇手段保下自由的唐亦步。唐亦步又是怎麼想的呢？

「為什麼？」不打算再刻意取得唐亦步的好感，阮閑問得很直接。

「因為麻煩。」唐亦步一如既往的理直氣壯。「我想好好研究你，以及我對你的感情。這場拖拖拉拉的戰爭太礙事了——尤其是MUL-01，我一個不留神，它可能真的會打動你。」

「你是說之前那些？那都是演戲。」阮閑哭笑不得。

「我知道是演戲。」唐亦步緊張兮兮地表示，「可在廢墟海的時候，我刻意親近過你，你也聲稱因此喜歡我。主腦和我的思維核心演算法相似，萬一它來了靈感，用同樣的思路來搶走你該怎麼辦？」

「哦——」

「而且我認為我們能贏。」

「哪怕對方是主腦？」

「我是它的原型，並且我認為我更強一些。」唐亦步驕傲地聲明。「而你是我的製作者，就技術層面來說，我們是平等的。物質方面，我們有兩臺初始機，還有資訊優勢——最棒的是，如果我們把參與人數控制得極少，主腦的應對難度相當於大海撈針。」

「也不是不行。」阮閑沒有直接回應，他放任自己微笑出來。「為什麼你覺得你更強呢？」

「唔……關於當初你為什麼要給我那個課題，我現在明白了不少。但就我這一路看到的情況，恐怕主腦從來沒有思考過那些。」

唐亦步回了個有點生澀的古怪微笑。

「也就是說，現在我在進行分析計算時，比它多了至少一個角度。只要抓住那些盲點，我可以做出它計算不到的計畫。」

阮閑沒有回話，他只是輕輕抬起手臂，將手掌舉到唐亦步面前，十指微微張開。唐亦步疑惑地瞧了片刻，伸出手，輕輕和阮閑擊了個掌。

結果他還沒來得及抽回手，便被阮閑緊緊捉住，十指相扣。

「聽上去是個相當不錯的主意。」阮閑彎起眼，「而且時間有限，我似乎沒有太多的選擇。」

唐亦步滿意地噴了口氣。

「但你有沒有想過，亦步。要是我已經被主腦打動了，現在你會怎麼樣？」

唐亦步嚇得一縮手，結果那隻手還被阮閑牢牢握著。唐亦步震驚地看著阮閑，一絲微弱至極的恐慌劃過他的眼底。

……讓人意外，阮閑心想。這個喜歡把所有可能性都計算一遍的仿生人，似乎對自己提出的這個可能性有點吃驚。

這是個不錯的兆頭。

「計畫好是好，我現在就能告訴你它存在的問題。」阮閑抓住那隻手，繼續微笑道。「在我看來，這需要我們給予對方相當大的信任。噓，我知道你想說什麼——愛不是信任的代替品。」

唐亦步注視著兩人緊握的手，沒有開口。

「不過就像你說的，時間有限。」阮閑繼續道，「無論如何，我們必須立刻開始行動。總之先把準備做好，至於信任問題……走一步算一步吧。就算計畫失敗，我們也不是全無退路。」

事情發展到現在，一切還能用風險來計算。但要完成擊敗主腦這種計畫，他們不可能時時刻刻黏在一起，並且分出不小的精力提防對方。

唐亦步應該知道這一點，阮閑想。他很好奇那仿生人當下的想法。

「我確實不相信你。」果然，唐亦步開了口。

「……」

「可我漸漸發現，我也不喜歡懷疑你。」停頓片刻，唐亦步沉痛地說道。「前段時間，我考慮過一個問題——我之前計算感情相關課題的方法，似乎有點漏洞。」

「漏洞？」

「你看，我對你的本性並不瞭解，至於你……我不知道你的具體狀況，只知道大部分人類也不瞭解自己的本性。」

唐亦步眯起金色的眼睛，姿態放鬆下來。

「但比起用人類的共性來計算你的利益、風險，猜測你的想法……我認為你實際做出的事情才能成為『你這個人』的計算資本。

「在那些時刻到來的時候，你會背叛我、維護我，還是冷眼旁觀，這可能是個缺少條件的題目。所以我會等。」

「等？」

「因為我不想失去你，所以我願意等一等。」唐亦步用更大的力氣回握了阮閑的手，「在那些時刻到來前，我不會對你做任何事。」

阮閑沒有說話，他看著面前之人的雙眼，心裡泛起一陣酸意。

「而且我之前試圖計算過很多次，」唐亦步有點心虛地移開視線，「事實證明，如果我記憶裡的父親是你刻意偽裝的結果，我對你的瞭解相當有限。到目前為止，我進行過統計……現在的你是我更想要保存下來的目標。」

「所以？」

唐亦步掙脫了阮閑的手，手腕一轉，兩隻手從十指相扣的狀態變成了標準的握手姿勢。

兩人僵硬地側躺在床上，嚴肅地握著手，活像是在會議上握手時被人丟進琥珀，凝固後又橫著放下。

「很高興認識你。」

那仿生人小聲說。

「……接下來讓我們好好相處吧。」

CHAPTER 80 母親的數據

自從得到了阮教授相關的資訊，卓牧然比往常忙碌了幾分。他注視著房間中心漂浮的完整世界地圖，上面密密麻麻標了不同顏色的點和圖示，無數數字和文字即時變化，猛地看去讓人眼暈。屋內還有三十來名分析員，他們環繞地圖而坐，每一個都在監視大量虛擬螢幕上的計算和報告。

快速流覽完可能的作戰分析，卓牧然掐掐眉心，長舒一口氣。

主腦在敲到阮教授可能的反抗計畫後，幾乎立刻開始推演所有可能的狀況。他的腦子被各式假設和地名衝擊了一天，是時候緩一緩了。否定掉幾個漏洞太多的推斷，卓牧然拿上杯子，走出房間。

MUL-01 的投影正赤腳站在走廊，還是他熟悉的模樣。

房間內所有資料都會即時同步給 MUL-01 的資料庫，卓牧然跳過了彙報的步驟。現在已經是淩晨三點，他需要一杯黑咖啡。MUL-01 的投影則一如既往的清爽漂亮，沒有半點疲態。

作為秩序監察的總司令，卓牧然知道自己面對的是什麼。

這身影背後是一個尺寸堪比聖彼得大教堂的機械神明。每一個培養皿的資料，每一座城市的細節，主腦都在時刻不停地演算。無數計算和判斷在那個機械巨物中不分日夜地運行，自己面前站著的這位，頂多算那億萬個並行程式中微末的一支。

它從不休息，從不出錯，也永遠不會因為衰老、欲望等因素弄出見不得光的醜聞。並且永遠保持著讓人舒適的親切感——主腦完全可以藉由文字指令來下達一條條通知，可它更傾向用投影和他們交流。

「怎麼了？」卓牧然為自己斟滿咖啡，語氣還是忍不住柔和下來。

「阮立傑。」投影白皙的手指劃過空氣，即時監控畫面展現在兩人面前。

那個被精心布置過的住處很暗，阮立傑和他們送去的唐亦步複製品正並排躺著，動作僵硬。阮立傑與它保持了一定的距離，愣愣地注視著天花板。除了時不時眨下眼，以及胸口呼吸輕微的起伏，那位年輕的研究員和一具屍體沒有太大區別。

「正常情況。」卓牧然觀察了一番，「他沒有立刻親近它是正常的，研究者總比普通人理性些。多等一段時間就好了——他能做出相對理性的選擇，就還有交流的價值。」

「我明白是正常情況。」主腦對他笑了笑，「這個人提供的資訊也相當有趣，那些計畫是阮閑的風格沒錯。不過有一點我很在意——到現在為止，我仍然無法確定『阮立傑』這個人的真實身分。」

卓牧然微微一怔。

「我們都清楚『阮立傑』是個假身分。這個人的資訊在我的資料庫裡，可我做了更多分析，那應該是當初阮閑用作對比偽造身分的電子幽靈，是阮閑本人培植出的社會資料。實際上的阮立傑並不存在……更別說，檔案中『阮立傑』的履歷相當平凡，最近一份有記錄的工作是咖啡廳服務生。

「當然，『阮立傑』可能是阮閑送給他的假身分。可揭開這層身分後，我沒有找到任何有關這個人的記錄。根據他的肉體年紀，我排查了今年應該在二十五到四十五歲的男性資料，但我一無所獲。」

就像個真正的幽靈，卓牧然皺起眉。

「是的，你發現了問題。如果他進行過全面整形，那麼醫療系統或者事故系統裡應該有他的相關記錄。如果他是出於某些特殊原因被封存檔案的類型，他應該無法成為這樣年輕的機械生命專家——他的原生家庭不可能給得出這樣的教育資源。」

主腦把黑色的長髮往腦後攏了攏。

「除了異常模糊的身分，他其他方面的表現堪稱完美。但這一點就足以讓我們保持懷疑，在你推算阮閑那邊計畫的時候記得考慮到這一點。現在還不能排除『阮立傑是間諜』的可能性，他開始工作後，讓胡書禮的團隊盯緊點。」

「是。」卓牧然說罷，呷了口咖啡。「我也會告訴胡書禮……」

「不要讓人進行任何形式的試探，否則他會發現我們的懷疑。這件事容不得一點偏差，他有可能引領我們找到阮閑。」

「我知道了。」卓牧然點點頭。

一個無關緊要的疑點，自己下意識忽略了它。畢竟那個人給出的情報十分真實，現在看來也相當準確。若是自己來主導這件事，八成會全力咬緊這條線索吧。

……有意思。卓牧然喝完咖啡，又吞了片醒神的藥劑，揉了揉沉重的眼皮。

如果阮閑真的大膽到把一個手無寸鐵的技術人員扔到這邊當煙霧彈，他絕對會讓對方後悔做出這個決定，發自內心的那種。

說起來，他和唐亦步、阮立傑算是也有幾分孽緣，這樣正好。

為了確保頭腦清醒，阮閑還是睡了三個小時。按理來說，這應該是他第一天在主腦手底下工作，可他們只剩下六十三小時可用了。

唐亦步本體在外，也不可能二十四小時陪伴他。他們約定好了一個傻兮兮的暗號——

「我想吃水煮蛋。」阮閑聲音清晰。

「知道了，寶貝。」眼下面前的「唐亦步」只是個輔助機器人。要是唐亦步本人被問到這個問題——

「我會說『我也想吃』。」昨晚他這樣表示。「如果我回來了……『你看起來很累，要不要吃點東西？比如番薯。』我會問你類似的問題，提到我們吃過的東西，你肯定都記得。」

非常唐亦步風格的暗號。阮閑笑著答應了他，然後打了個品質挺高的盹。

確定正牌唐亦步已經不在這裡，阮閑只得繼續演戲。他一邊在腦袋裡整理唐亦步給出的情報，一邊努力用悲哀的目光看著面前的「唐亦步」。

今天的早餐是煮得恰到好處的軟嫩水煮蛋，香糯的粥和精心調配的小菜。食材八成也是精挑細選過的，相比起來，地下城的水煮蛋更像臭掉的乾蘑菇。

「別緊張。」對面的「唐亦步」吃相標準，「你會沒事的。」

不，再看下去自己就真的要出事了，憋笑還是挺痛苦的。阮閑只在樹蔭避難所見過唐亦步這種吃相，只剩他們兩人的時候，那仿生人甚至能用水煎包玩手拋嘴接的遊戲。

要是自己的唐亦步在這裡……

阮閑看了眼手中的筷子。那仿生人大概會連剝三四個蛋，然後用筷子串起來吃。

「我吃飽了。」阮閑努力把熱量最高的蛋黃吃掉，儘快離開了餐桌，他怕自己憋不住笑出聲來。

「沒胃口？」

「嗯。」阮閑快速回應道，「我想先找點事情分分心，抱歉。」

正如他猜想的，胡書禮沒有在第一天太為難他。他只是開放了一個不涉及敏感資訊的資料庫，讓阮閑熟悉一下S型高級產物的基本資料。胡書禮在做人方面相當在行，他體貼地為阮閑安排了一個僻靜的位置，緊鄰舒緩人心的綠植玻璃柱。

而為了不讓阮閑有太大壓力，唐亦步外型的助理機械在玻璃柱後待機。

阮閑用十分鐘將那些資料全部塞進腦子裡，隨即決定用剩餘的漫長時間來發呆。他緩慢地滾動資料，時不時做出些恍惚的表情，思維早就跑到了九霄雲外——昨晚他和唐亦步交流了很久，至少就識別范林松影像資料方面，那仿生人比他在行許多。

「這是玻璃花房的建築。」唐亦步相當肯定，「當初為了考察環境，我把整座城市的模型都輸入自己的系統了。」

「范林松被關在了玻璃花房？」

仔細想來，那倒是再合適不過的環境。培養皿的保衛措施比主腦的城市嚴密一些，玻璃花房是其中最好的，也擁有最為先進的記憶操作器械。將范林松安置在這座城市的最高樓層，很難說主腦是體貼還是狠心。

「我百分百確定。還記得當初我用來引開卓牧然的裝置嗎？當時它飛向了保衛最嚴密的地方，一座高樓的樓頂。根據樓層高度和城市模型進行比對計算，那裡的保衛應該就是為范林松設下的。我們曾經離他很近。」

「玻璃花房的話，聯繫方面可能有點麻煩。」和地下城的付雨和K6不同，玻璃花房的那幾位算不上欠他們人情。現在洛非成了領導者，他不恨阮教授就不錯了，很難說他會不會願意幫忙。

「我們確實擁有聯絡途徑，先把這個問題放一放。洛非那邊，實在不行我還能威逼利誘一下……不過肯定還是能做交易最好。」

「如果能聯繫上，我有自信說服范林松。世界變成這個樣子，他又被主腦關了這麼久，我大概能猜出他的狀態。」阮閑點點頭。

「也就是說，我們能獲取主腦的硬體弱點，你也知道主腦硬體的具體方位。」唐亦步滿意地笑笑，「根據阮教授的機械資料，我大概能猜出一點他對於主腦系統的攻擊方式。」
「但那需要非常多的外部資源支持。」阮閑無情地指出。
「是的，我會想想辦法。」唐亦步咂了咂嘴，「也就是說，目前確定的事情有兩件——聯繫上范林松，最後利用余樂的逃脫，開啟一系列的混亂……」
「最後去救余樂和季小滿。」阮閑失笑，矯正了唐亦步的說法。「你不討厭他們，不是嗎？」
「……嗯。余樂答應幫我做的飯還沒做呢，季小姐對π也挺好的。」唐亦步支吾了一下，嚴肅地表示。
「之前細節討論得差不多了，暫時這麼定案。你先考察一下這個據點的情況，確定逃脫方案，我儘量多從系統內部弄點資料。」
現在正是實踐這個計畫的時候。阮閑結束回憶，左右看了下。隨後他站起身，佯裝舒展身軀，將感知放到最大，開始堂而皇之地偷看和偷聽。
「累了嗎，阮先生？」唐亦步外型的助理機械見縫插針道，「……你早上吃得太少，要不要來點高熱量的食物？奶油餅乾和巧克力都不錯。」
看來他的唐亦步回來了。
「不用。」阮閑扯扯嘴角，「試探」著拍了拍對方的手臂。「我只是太久沒有這樣坐下來工作過，有點不習慣。」
唐亦步對他擠擠眼。
「甜食能讓你的心情好一點。」他拐著彎又問了一遍。
八成是這傢伙自己想吃，阮閑抹了把臉：「好的，謝謝你……亦步。」

「我也想來一份。」坐在阮閑前面不遠處的人顯然聽到了這段對話，向唐亦步打了個招呼。這個動作使得先前被他身體遮住的虛擬螢幕露了出來，阮閑趁機將它也記入腦海。

隨後他愣住了。

那個虛擬螢幕上顯示著滿滿的遺傳信息相關資料，而他對那些資料無比熟悉。

為了治療自己的病，還在研究所那時，阮閑對自己和母親的DNA相關特徵一清二楚。前方那人螢幕上的資料雖然複雜難懂，加入了不少囉囉嗦嗦的注釋，他仍能認出它的主人。

那是母親遺傳資料的一部分。

……自己在主腦城市看到的那個人，確實不是幻覺。

就算事先知道S型高級產物使用了母親的DNA，得知資訊和接觸事實還是有點差別。眼下的一切只是證實了唐亦步的推論，阮閑發現自己比想像中的還要鎮定。

唐亦步已經去取餐點了，阮閑不留痕跡地收回視線，繼續打量這個研究大廳。

當初僅僅是D型高級產物就帶給他們不少麻煩，自己對S型相關的特性再熟悉不過，若是主腦下了血本武裝R-α和R-β，自己也就罷了，唐亦步可能真的會被做掉。

時間在一分一秒地流逝。

阮閑環顧四周，外部的建築結構可以交給唐亦步。其實哪怕自己什麼都不做，唐亦步也能扛著自己一路破壞衝出去。問題是如何在逃跑前刮走盡可能多的情報，並給敵人的追擊添上最大程度的麻煩。

將兩方面結合一下呢？

巧妙地控制物理上的破壞，同時癱瘓相應的系統，他們也許可以做到無聲無息地跑掉。在主腦發現他們消失之前，他們已經跑遠了。這樣就算S型高級產物和A型高級產物一同出擊，也無法找到他們。

阮閑收回窺視四周的視線，又做出研究面前虛擬螢幕的樣子。

唐亦步現在身為外部人士，深度入侵的風險太高，也許自己可以想辦法做到這一點……總之，首先要得到更多許可權，阮閑摸摸下巴，然後將十指湊近虛擬螢幕。

唐亦步很快把食物端了回來，將前面那位工作人員的份分出來後，他有滋有味地吃下一半，給阮閑剩下一半。阮閑甚至不知道那個外殼有沒有搭載味覺系統，唐亦步搞不好只想過把乾癮。

阮閑沒去碰那些甜點，讓它們繼續安靜地待在盒子裡。他不可能在短短幾個小時內真的變成機械生命專家，但他可以來一點點作弊操作——至少他對S型初始機相關資訊很熟悉。

「淺析S型高級產物的病毒式破壞能力。」唐亦步大大咧咧地站在阮閑的椅子後，讀著螢幕上的那些字。「不錯的思路。」

這是當初在仿生人秀場和Z-α、β一戰後的靈感，唐亦步瞬間懂了阮閑的打算。給出足夠有力的資料，盡可能獲得更高的許可權、取得更多情報。然後找機會對這個系統來上一擊，配合上自己的能力，他們能逃得更順利。

看來自己規劃的逃跑路線有幾條用不上了。

唐亦步從來沒有過這種感覺。比起計算，這簡直更像是即時創作，或者即興舞蹈——兩個人隨時調整策略，在漆黑的房間裡共舞，跌跌撞撞躲過那些不懷好意的障礙。可能性過多，他不再進行繁複的計算，試圖歸納合乎邏輯的結果。

如今他更像是在愉快地發掘更多可能性……並且享受它們。

也許這就是人們一直喜歡禮物盒的原因，唐亦步嚴肅地擦擦手上的餅乾屑。隨後他彎下腰，隔著椅背，從背後圈住阮閑的脖子，吻了吻他的臉頰：「很好，阮先生。就這樣繼續，你果然很好用。」

阮閑又好氣又好笑地瞧了他一眼，這絕對不是自己第一次聽到這個說法，唐亦步絕對是故意的。

「不用擔心外面的事，我會為你打理好一切的，就像以前那樣。」唐亦步繼續用潛臺詞傳遞資訊。「只要你希望，我隨時都在。」

看來唐亦步那邊已經準備好了。

「我還需要一點時間適應。」阮閑嘴上說著，雙手繼續在虛擬螢幕上輸入資訊。「先不要打擾我……三個小時後，我想見見胡書禮先生，你能幫我預約一下嗎？」

唐亦步一隻手撫過阮閑的臉頰，隨後微笑著對他擠擠眼：「當然。」

……看來他還演得挺開心。阮閑試圖積攢一些緊張感，結果悲慘地失敗了。饒是如此，他仍然不打算浪費半點時間——作為俘虜，老余和季小滿的情況還難說。

「阮教授曾跟我說過，剛開始工作的二十四小時是至關重要的。倘若這段時間內感覺不錯，說明自己沒有選擇錯誤的路線。」阮閑捉住那隻手，像模像樣地歎了口氣。「我知道我做了不怎麼好的選擇，可是感覺很……怎麼說呢，感覺很『合適』，真是諷刺。」

唐亦步親了親阮閑的髮頂，狀似安撫。

然而他們都清楚，阮教授從來沒說過類似的話。

「二十四小時太短，不足以做出判斷，不要太心急。」唐亦步暗示道。

「這不是我可以拖拖拉拉做決定的環境，亦步。主腦沒有那麼寬容。」阮閑面上苦笑。時間到現在只剩六十二小時，而他們不可能在大白天悄無聲息地逃脫。要是明天晚上再走，剩餘的時間可就相當緊迫了。

他必須在午休時間成功見到胡書禮。

巧的是，胡書禮也存了一樣的心思——

「阮立傑可能是阮閑的探子？」胡書禮對虛擬螢幕撓撓頭，「哪有拿技術人員這樣冒險的！」

「可能就是為了出人意料，畢竟你那邊的專案組存有S型高級產物的資料，正在開發的專案也足以影響戰局。」卓牧然在虛擬螢幕另一端說道，「我們這邊會分析助理機械傳過來的一切資料，以防萬一，你也盯著點。」

「哎呀……麻煩麻煩。」胡書禮歎了口氣，「說白了，我和阮閑沒啥仇恨，專案那邊也忙。你們不能派個人來盯著他嗎？作為後輩，小阮還挺可愛的。」

「不能打草驚蛇。」卓牧然冷冷地回答，「今天下午你需要以研究為名義，將R-α和M-α調到據點附近。一旦有異常，它們的作用勝過數萬人的軍隊。

「對付一個技術人員，你們的陣仗有點大吧。」

「這位技術人員已經聯合NUL-00欺騙過我一次了，阮立傑不像表面看上去那樣無害。另一方面，說不定NUL-00就潛伏在附近——他攜帶了A型初始機，如果不好好防備，他一個人就能把這個據點掀掉。」

「我知道了，我會在午休的時候找他談談，看看情況。就當關心下屬。」胡書禮聳聳肩，「要我說，如果那些感情是演的，那他得是個熟練的騙子……既然他年紀這麼輕，在機械生命病理性領域研究也深，他大概沒什麼時間專門磨練演技。」

卓牧然沒有回答。

午飯的飯菜並非統一供應，而是點單式。唐亦步倒是沒有趁這個機會多拿，他規規矩矩按阮閑的口味點了兩人份的餐，和阮閑相對坐在休息區。

這種感覺有點熟悉，阮閒心想。他們彷彿回到了樹蔭避難所的地下食堂。

幸運的是，這裡的監視比阮閒房內寬鬆一些。唐亦步能夠藉由糊弄機械外殼裡搭載的監視系統，和阮閒進行簡短的交流。

不過考慮到安全性，他們還是選擇了相對隱祕的形式。

他們活像熱戀中的中學情侶，唐亦步用左手吃飯，右手黏人地捉住阮閒的右手。在監控看不到的角度，他在對方手背上輕輕寫字。

「**你現在的想法？**」他速度極快，「**我原本是考慮直接帶你闖出去的，只是逃跑的話，肯定沒什麼問題。你沒必要把時間趕得這麼緊。**」

「**我認爲主腦不會這麼快相信我。**」阮閒寫回去，有那麼一秒，他有點懷念那枚耳釘。「**不過無論它把我看做探子，還是真正的投降者。按照正常邏輯，我都會在這裡待上很久，不會撩一把就跑。我們可以利用這個判斷，爭取更多時間。**」

他瞧了眼唐亦步，又大大咧咧補了句：「**我不想讓你冒險。**」

「**具體計畫呢？**」唐亦步又露出了那種奇異的生澀笑容。

「**其實阮教授的思路和主腦有點相近。不管是刺殺機械和人腦輔助，還是現在這個備用替代加機械支持，本質都是加大攻擊程式的傳播力度，給予主腦最強一擊。**」

阮閒用筷子夾起一片煮牛肉。

「**主腦這邊，它希望以S型高級產物爲核心，擴大R-α、β的感知範圍，好儘快捉到阮教授。這也和訊息傳播範圍有關，現在阮教授那邊的機械構造到了手，我們可以把兩邊的計畫結合一下。**」

「**阮教授的備用設備？我考慮過，重新做一個來不及。**」大庭廣眾下，唐亦步保持了相對良好的吃相。

「先集中看理論資源。」阮閒扯回話題，**「我想要胡書禮口中『擴大S型高級產物感知能力』的技術。」**

唐亦步咬著筷尖思索片刻，在自己的盤子裡清出一塊空位。

「這是用於進攻的中樞。」他挖了一勺馬鈴薯泥，蓋在盤子一側。

「假設我們拿到主腦的技術，作爲S型高級產物的上一階，你可以直接將它利用起來。那麼這是用於傳播訊息的管道。」他在薯泥周圍搭了一圈洋蔥絲。**「這是你的角色。」**

阮閒：「……」

「這是我，我肯定要負責攻擊。」唐亦步朝薯泥頂端放了顆糖漬櫻桃。

「這是主腦。」隨即他夾起一塊啃過的大骨頭，放在薯泥對側。**「要進行獨立攻擊，我們還缺少關鍵的東西。」**

最後那仿生人舀了一勺青豆，將它散在薯泥四周：**「就算在阮教授的理想計畫裡，輔助資源也不能省略，否則我們沒辦法抵抗主腦那種體量的防禦。而且我猜你不想用人的大腦。」**

「我們缺少可以聯動的輔助資源。」阮閒瞥了眼那些軟趴趴的洋蔥絲，**「我明白，但你誤會了一點，亦步。」**

唐亦步露出一個疑問的表情。

「阮教授的戰術是邏輯上最合理的，可我不打算照搬他的思路。」阮閒微笑，拈起那顆糖漬櫻桃，放入口中。隨後他用勺子壓住那團薯泥，直接把它推到了大骨頭之上。

唐亦步的目光閃了閃：**「我不明白。」**

「細節我還沒想好，得看今天下午的收穫。」阮閒吞下那枚去了核的櫻桃。**「到時我們再詳談。」**

廢墟海附近的秩序監察據點。

余樂搖搖腦袋，從漫長的昏迷中醒來。他費力地眨眨眼，目光好一段時間才恢復焦距。他正坐在一間純白的房間裡，手腳被緊緊鎖在椅子上，一個身穿白袍的人正坐在他對面。

看清那人臉孔的剎那，余樂猛地停住呼吸。

……那是他早已死去的姐姐。

「太低級了。」余樂動了幾下嘴唇，這才成功發出聲音。「別他媽拿這套來搞我。」

「好久不見，懶魚。」對面的女人輕鬆地笑道。

「給老子滾！」

「你昏迷了一兩天，現在不適合動太大的火氣。別緊張，你暫時不會有事。那只是必要的準備工作，你和那個女孩子被注射了刺激大腦的藥，以確保它們慢慢進入最佳狀態。一開始的昏迷算是最激烈的反應了，接下來你只會越來越清醒。」

女人就像沒聽見余樂的怒罵一樣。

「再過不到三天，等它們到達最佳狀態。主腦會取出你們的大腦，直接進行粉碎，一點不漏地取得資訊……要是在那之前你們願意自己說，我們大家都能省事點，跳過粉碎大腦那一步。」

余樂盯住面前陌生的姐姐，雙眼通紅，牙齒磨得咯咯響。

「既然你追隨了阮閑，我想你不會樂意自己的腦被完全粉碎，存成資料。所以姐姐來幫你，畢竟情報越新鮮越好。」

女人的表情柔和起來。

「懶魚，好好考慮一下，這是個很好的機會……和你一起的小女孩就在隔壁，你坦承了也能給她一個自由。」

「智障才信你們的鬼話。」余樂啐了一口，「沒同時拿到我們兩個的情報做比對，你們才不會罷手。老子也玩過拷問，對這套熟得很。」

女人站起身，臉上的表情有點悲哀。

「抱歉，那麼接下來恐怕要發生點不好的事情……我會再來看你的，希望你下次能做出正確的選擇。」

她歎了口氣，離開房間，緩緩關上了門。

季小滿醒得很早，但她刻意放緩呼吸，減慢心跳，讓自己的生理指標更接近昏迷的狀態。還在地下城製造電子腦時，為了驗證各種藥物和激素對電子腦的影響，使它們的反應更像人類，她經常會拿自己當試驗品，取得人類應有的生理資料。久而久之，對於作用於大腦的藥物，她具有幾分額外的抗藥性。

這份抗藥性讓她提前醒來了一個小時。

由於末端以一種巧妙的形式嵌入血肉，三條義肢僅僅被除去了需要用電的功能，沒有被卸掉。季小滿小心翼翼地動了下——她的四肢都被某種複雜的固定機械鎖在了椅子上。

她的附近沒有人，但肯定有監控設備。季小滿繼續裝暈，不動聲色地緩緩動著，試探鎖住自己的機械構成。

和作為領袖的余樂不同，一個年輕女孩在地下城苟活多年，又為偷取電子腦相關的資訊費盡心思，季小滿對擺脫控制很是擅長。

手腕處的固定並不算複雜，雖然被改良了不少，她認得這種鎖。

雙手的關節處藏了兩份腐蝕性液體，只需要物理機關便能觸發。自己只需要在合適的時候觸發它們，把兩種看似無害的潤滑成分混合起來。逃離這把椅子不是問題，難的是暴露後的事情——就算獲得了活動的自由，她也未必能離開這裡。

也許她被關在某個高規格的囚室中，而看守能在五秒內到達。腐蝕混合物只能用一次，萬一再被哪把鎖攔住，她未必有勝算。

季小滿一邊仔細分析手腕上的鎖，一邊調整呼吸。

「小滿。」不知過了多久，一個熟悉的聲音響起。

頭顱像是灌了鉛那樣沉重，季小滿費了好大勁才將它抬起——她的母親正端正地坐在她面前，滿面熟悉的微笑。

假貨。

季小滿只用一眼便辨別了出來——和錢一庚一戰中，由於改變過形態，母親的肢體有著不可逆的耗損。面前的母親雖然逼真，但雙臂和雙腿的長度和結構都有微小的區別。

作為機械師，她對這種微不可察的誤差再熟悉不過。

當然，秩序監察也可以把母親的電子腦直接剝離出來……只是自己在明面上是「阮閑的支持者」，維護腦和身體的不可分割性。若是他們真的那麼做了，自己未必會再承認「母親」的身分。

想了想阮教授現在的狀態，季小滿忍不住在心裡歎了口氣。

……也不知道反抗軍其他人知道真相後會怎麼想。

現在看來，不是秩序監察沒找到母親，就是母親在他們手裡，被藏了起來。季小滿盯住面前的母親——那個過於完美的身影，很可能是某種形式的投影。

「小滿，告訴媽媽最近的事吧。」她說，「不用吃驚，無論是電子腦還是軀體，作為報酬，主腦都能夠完美地修復……妳現在看到的我，只是複製了那個電子腦內的資料後，再次集成的影像。」

果然，季小滿心想。八成是顧忌自己機械師的身分，對方決定選擇相對坦誠的路線。

「……我沒什麼想說的。」她思索了片刻。

「我出事後，妳才離開地下城。之前妳也崇拜阮閑，但媽媽知道，妳只是崇拜他的技術水準，不是理念。」那虛影耐心地勸道，「回來吧，小滿。我會好好照顧妳的，我們可以像以前那樣生活。」

季小滿對主腦的技術沒有懷疑。她很確定，按照自己對主腦的瞭解，它會給她一個理想的、溫柔的母親。那個母親會擁有她們相處時的所有記憶，並且不會再引起自己半點不快。保留主要資料，清理並重啟程式，然後進行細微而繁瑣的調整就好。可那樣的母親不會知道自己真正的名字，也未必是母親「原來的樣子」。

畢竟連季小滿自己都還不確定自己真正的願望，她還不清楚自己到底是否有權改造她，又要做到什麼程度。

「媽媽是為妳考慮。」面前的女人輕聲繼續。

「余樂呢？」季小滿沒有正面回答那個問題。

「余樂正在隔壁，他沒有受傷。」面前母親的影像口氣更溫柔了，「需要點時間考慮嗎？」

「……嗯。」

女人體貼地遞上一杯水，扶在季小滿唇邊，她乖順地喝了下去。

「我聽說了妳和 NUL-00 的協定，他只是在利用妳的技術。就像阮教授利用你們來轉移主腦的視線。」見季小滿情緒穩定了點，投影趁熱打鐵。「小滿，妳在那支隊伍裡真的感到開心嗎？有誰關愛妳嗎？相信我，NUL-00 和 MUL-01 沒有本質的區別。至於和 NUL-00 一起的那位阮立傑，我想妳也已經發現了，他的性格不怎麼正常。」

「玻璃花房，預防收容所的測試結果。」季小滿小聲說道，那不是一個問句。

「是的，他們兩個人都不會在乎妳。妳好像有點在意余樂，而余樂正在妳身邊。」

「……嗯，我知道。」

「把妳知道的都告訴媽媽。就算被阮閑瞞住了關鍵資訊，邊角情報也很有用。」

她的「母親」笑得溫柔甜美。

「然後我們可以在主腦的城市住下，妳的四肢也能得到妥善治療。如果妳交待得夠清楚，余樂那邊壓力也會比較小……你們都可以離這場戰爭遠遠的。」

季小滿安靜地看向她。

「我知道。」她又重複了一遍。「我，唔，我願意合作。」

女人欣慰地點點頭，季小滿四肢的束縛驟然解開，房門卻仍然關得緊緊的。

「我只有一個問題。」季小滿仍然坐在椅子上，沒有任何激烈的舉動。

「嗯？」

「二十二世紀大叛亂前，阮閑大概做過哪些專案？我有點事想要確認。」

女人眨了眨眼，這不是她期待的問題。可她仍然將詳細的資料給了季小滿——除了加密的專案細節，裡面倒也沒有太多敏感資訊。

季小滿仔細地一行行看過去，隨後皺起眉。

「怎麼了？」

「沒什麼，它只是讓我更堅持我的決定。」她朝對面的女人勉強笑笑。

關於人情、形勢和談判，季小滿不太懂，她從來都不擅長看人。她剛剛二十歲出頭，熱情全部花在研究電子腦和機械的相關知識，以及逃離可能的傷害上。

所以她現在有個相當簡單的標準。

阮立傑才是真正的阮閑，而他雖然瘋瘋癲癲，工作方面卻十分中規中矩。大叛亂前，他主要負責奈米機器人的藥用研究，就連人工智慧專案都是研究所委託的。

主腦給的資料讓季小滿確定了這一點——阮閑的工作履歷很正常，頂多算個成績格外突出的研究者，並沒有做任何奇怪而自我的專案。

他之前從未莫名其妙地傷害過別人。

那麼他的瘋狂、異常和冷淡，和她沒有任何關係。在漫長的休眠後，阮閑和唐亦步的行為救了她，這就夠了。到目前為止，阮閑是「可信的」。

至於主腦和阮教授，他們對她承諾再多，季小滿也不打算一股腦買帳。

他們從未涉足過她的世界，他們「暫不可信」。

「我確實沒有了不起的抱負。」長久的沉默後，她小聲說道。「也不是反抗軍的重要人物，對阮閑也沒有多麼……執著。媽，我會把一切都告訴妳，但我有個條件。」

「嗯？」

「讓我見見余樂，確定他沒事。」季小滿目光盯著地板，「不是透過螢幕那種，那種容易造假。我要見見他的真人，秩序監察可以把我們關在一起……反正現在我們沒了武器，什麼都做不了。」

見面前的女人不回話，季小滿抬起眼睛：「這是我坦白的唯一條件。」

一個多小時過去，季小滿在余樂警覺的目光中走進房間——後者正繃起渾身肌肉、等待「不好的事」發生。

某種意義上，不好的事情確實發生了。

季小滿正穿著秩序監察的制式外套。

余樂做了個深呼吸：「小奸商，妳……」

「余樂，你清楚，我一直都更喜歡讓別人來為我做主。」季小滿吐字清晰，語速有點慢。「更何況事情到了現在的地步，我們也沒有別的選擇。」

余樂的臉古怪地扭曲了下，但他一言不發，繃住表情，保持了沉默。

「反正我一直都不怎麼喜歡集體行動。」她又說，「尤其是那隻嘎嘎叫的格羅夫生命體，我受夠了。我決定把我知道的全都說出來。」

「白癡啊妳？」余樂扯開大嗓門，「妳真覺得妳說了他們就信？比起那幫莫名其妙的人，妳好歹相信我一點啊？」

「我說了，這是唯一的辦法。」季小滿抿抿嘴，沒看余樂的眼睛。「至少我覺得很合理，主腦沒必要花那麼大的精力對付我們兩個小人物。有很好的條件，妥協一下也沒什麼吧。」

「就像妳在地下城歡天喜地幫錢一庚打下手那樣？努力改善電子腦，巴不得當狗腿？」余樂繼續咆哮。

同樣是徹徹底底的反話，不過猛地聽上去倒頗有點諷刺的味道，主腦應該不會察覺。

……看來他聽懂了自己的意思，季小滿悄悄鬆了口氣。就要心思搞小動作這方面，余樂果然不會讓自己失望。

定了定神，她繼續了這場對話：「你這樣堅持沒有半點用處，我很確定，我們不可能逃得出去。這個時候堅持才是愚蠢——」

這回余樂沒回話，只是表情複雜地看著她。季小滿用力憋住一口氣，讓聲音顯得尖利。

「事到如今，我就直說了……我們這群人裡面，我最討厭你！」

隨後她胸口起伏了片刻，轉身看向投影。

「我要待在這裡。」她說，「媽，我會試著說服他的。」

「好。」

然而同一時間，另一邊的兩位進展可不算太順利。

「你的兄弟還挺陰險。」阮閑在震天響的警報聲中大聲表示，「計畫又要臨時調整了，亦步。」

「是的，很明顯。」唐亦步臉色發白。「今天的午休，你確定你沒跟胡書禮說什麼不該說的話？」

「你確定我們溜出來的時候每一步都踩對了？」

「我確定！除非你的鞋大了半號……」

「行了行了，我們會沒事的，」阮閑笑著吐了口氣，摟緊唐亦步的脖子。「至少時間上沒有耽誤，該拿的都拿了，只要不被抓到就好。」

「是啊。」唐亦步背著阮閑跳上另一堵牆的牆頭，聲音有點破音。「可你剛跑出來的時候說過，R-α和M-α就在附近。」

「這就是隨機應變的感覺。」阮閑感歎道，「還挺刺激的，我也在適應——放寬心，至少到現在，我們離死局差得遠。」

說著他一隻手拂過唐亦步的臉側。

「而且你也挺享受這種感覺的，不是嗎，亦步？」

阮閑收回手，將感知擴散到最大。他的下一句話震動聲帶，衝擊耳膜，在他的腦殼裡隆隆作響——

「你在笑。」

時間退回午休。

阮閑用了一整個上午收集漂浮在研究大廳中的情報。研究員之間的交談不多，虛擬螢幕給出的訊息也斷斷續續。他努力從這堆亂七八糟的混合物中提取可用資訊，然而主腦的保密功夫做得著實不錯——就算用了S型初始機的力量，阮閑也沒有撈到太多好處。

高強度長時間的感知不會再讓他脫力，但頭暈腦脹還是免不了的。在和胡書禮見面前，阮閑靠著牆休息了片刻，好再次集中起精力。

「感覺怎麼樣？」胡書禮還是老樣子。

「感覺……就那樣，還行。」阮閑沒有急著拋出誘餌，語氣僵硬地答道。「我看完了基本資料，接下來是要交接工作、自由研究還是新定課題？」

「那個機械助理呢？」胡書禮笑咪咪地扯回話題。

「也就那樣。只是有時候，他不太像我的亦步。」阮閑低聲回答。

「你可以訓練他，這很簡單。畢竟是二一零零年就成熟的技術，主腦很擅長感應細微的情緒變化。只要你和他一起生活一個月，你會發現，他和NUL-00沒有太大區別。」

「什麼意思？它終究是個假貨，我不會誤認。你們答應過我留下亦步的命，這點我絕不會讓步。」

「小阮，你說人追求的是什麼呢？」

胡書禮擺擺手，示意自己的機械助理為阮閑倒上一杯熱飲。

「這一路你們應該也見到不少事情啦，現在你還能準確定義『人』是什麼嗎？你有一個愛人，他還是他的樣子，會給你曾經的感覺，這有什麼不好？身體是什麼，腦子是什麼，根本沒那麼重要……何必和自己過不去。」

說這話的時候，胡書禮的眸子有點灰暗。

「當然，你自己試試看就知道了。『難得糊塗』這句話自有它的道理，我不硬勸。」

看來主腦沒有乖乖履行承諾的意思，見「阮立傑」退了一步，它拉緊了胡書禮身上的提線，步步緊逼。

「既然你說不硬勸，我們跳過這個話題吧。」阮閑立刻站穩立場，「我的看法不會變的。」

「那你曾經想過為秩序監察工作嗎？人要變，其實就是這麼一步的事情。」

「我說過，換個話題。」

「沒問題，我只是不想看你走我的老路。」胡書禮笑了笑，「抱歉。關於工作，你剛說你看完了基本資料？」

「是。」

「有什麼感想嗎？」胡書禮一邊操作面前的虛擬螢幕，一邊慢悠悠地閒聊。

阮閑猶豫了片刻，在面前投出一片虛擬螢幕。「您自己看吧。」

胡書禮眯起眼，沒有把那份資料連進自己的處理器。他任由它漂浮在空中，然後站起身，走到阮閑身邊看。

看來主腦並沒有放下對自己的戒心。

沒關係，就算檔案中的小陷阱沒有被成功投放，對方這個動作也能給阮閑他想要的東西。阮閑做出為胡書禮讓出位置的動作，快速朝胡書禮的辦公桌瞟了眼，將所有虛擬螢幕內的內容快速烙進腦子。

「淺析S型高級產物的病毒式破壞能力。」

胡書禮的能力顯然也不錯，他快速流覽了一遍阮閑給出的報告，用複製圖像的方式保存了內容。

「我看了個大概，是個挺有意思的思路。不過R-α的能力可能跟不太上，需要作出調整……我仔細看看，今天晚飯前，我會給你一個結果。」

「今天下午呢？」

「我把二級許可權開放給你，然後授權你一部分R-α的具體身體資料。記得不要四處亂看，主腦會記錄你訪問過的每一個介面。」胡書禮語氣十分客氣。「如果你表現得好，接下來的日子只會更輕鬆。」

……不亂看才怪。

唐亦步下午不在，阮閑乖乖在那間大辦公室裡待了一整個下午，確保這個房間內沒有更多油水可榨。新授權的資料全都是他作為「阮玉嬋的兒子」早已知道的資料，對他們的意義不大。

規規矩矩的一天，確實輕鬆。不用擔心住處、食物和生活，也不用擔心哪裡會有敵人突然出現。休息時間充裕，娛樂方式自然也少不了——他們都是被主腦篩選出來的優秀人類，甚至不需要像城市裡的人那樣經過太多調整。

回到房間時，房間也被打理得很好，像是住進了一位看不見的管家。「他的愛人」正笑著看向他，過來給了他一個歡迎的擁抱。

阮閑確實有種被精心照顧的感覺。這一刻，他十分理解胡書禮的淪陷，若是沒有足夠堅強的信念——或者說偏執——是很難掙脫這個甜蜜陷阱的。

幸運的是，自己恰恰是偏執到有毛病的那一個。

阮閑對那個唐亦步模樣的助理機械笑了笑，隨後坐回床邊，啟動全部虛擬螢幕。他關了燈，熒藍色的光輝在黑暗中閃爍。

「玩個遊戲吧。」看了眼時間，他對那個外殼說道，「閉上眼睛，數到一百，我們玩捉迷藏……就像我們之前玩的那樣。」

隨後阮閑簡單操作一番，讓閃爍的藍色虛擬螢幕飄進寬敞房間的每個角落。如同形狀奇異的深海魚，那些虛擬螢幕飛快閃爍出各式資訊，在黑暗中緩緩遊動。他自己則躲進衣櫃，手心悄悄扣著其中一個。

一百秒，他必須盡可能地擾亂主腦的注意力。

利用取得的二級許可權，以及從胡書禮那裡搜集的資訊。阮閑開始嘗試著小心翼翼地獲取 R-α 的專案資料。

「……八五、八四、八三……」

主腦系統運用的加密十分複雜，他必須把登錄查看的資料挪到胡書禮名下，同時破開這些倒楣的障礙——

「……七三、七二、七一……」

阮閑的呼吸有點亂，他索性屏住呼吸，在擁擠的黑暗中抓緊每一秒。

他儘量溫柔地撬開這枚厚重的貝殼，企圖觸摸到其中的珍珠。隨時可能被發現的刺激感讓他整個人繃得像塊石頭，螢幕上不停滾動的資訊占據了他所有的思緒。

「……四九、四八、四七……」

還差一點。

主腦發現了嗎？唐亦步會按時回來嗎？

「……十六、十五、十四……」

層層疊疊的封鎖終於露出縫隙，阮閑快速掃視專案內容。專案內容比他想像得還要多，可他的時間已經不夠了。阮閑能感受到汗水鑽出毛孔，螞蟻爬過似的癢。

「五、四、三——」

緊張把他的內臟扭抹布似地扭緊，阮閑忍不住無聲吞嚥空氣。

「二。」

他還能再多看兩眼。

然而他沒有等到最後的那句「一」，面前的螢幕突然變成一片空白。就在下一秒，阮閑聞到了那股熟悉的味道——那混合氣味來自腐爛的創口、新鮮的藥劑，以及自己母親的複製品。在她身邊，還有一股更加濃重的味道，像是人，卻又有著野獸的腥臊味。

他聽到女人清淺的呼吸，怪物粗重的低喘。他們在接近，而最近的威脅已經出現——衣櫃門被猛地打開，機械唐亦步毫不留情地朝他伸出手，目標是他的咽喉。

可那隻手還沒碰到阮閑的脖子，便木偶似地停在空中。另一隻手從那個身影背後伸出，唐亦步一把扯住窩在衣櫃裡的阮閑，直接夾在了胳膊底下。

阮閑：「……」

「和上次一樣，我只能暫時中斷主腦的監視。」唐亦步說，「你暴露了？」

「是，但狀況不太對。」阮閑沒工夫計較這個奇異的運人姿勢。「R-α正在和某種生物——我猜是M-α——往這邊趕。」

「資訊拿到多少？」

「足夠。」

「那走。」

唐亦步夾著阮閑，直接衝破阮閑住處的玻璃窗。他們正在某棟大廈的中高層，那仿生人直接躍進虛空。下墜途中，唐亦步數次射出鉤索，單手套住在空中飛行的監視機械，以某種瘋狂而危險的方式減緩下降速度。

饒是如此，在落地時，唐亦步仍然嗷了一嗓子——但他好歹保持住了一個穩定的落地姿勢，讓阮閑逃離了砸上地面的悲慘命運。

阮閑沒有廢話，他立刻咬破舌頭，給了唐亦步一個血淋淋的吻，隨後扯著對方按照既定路線飛奔。

「現在我很確定，是R-α和M-α。」阮閑邊跑邊說，「他們身上有同一種保存藥劑的味道，大概還有二十分鐘能趕到這裡……呼，前提是你沒算錯。」

「只是入侵看個資料，MUL-01的反應也太大了。」唐亦步的聲音十分窒息，「它一點都不懂做人留一線！就算對付我，也不用兩個都上啊——」

接下來，他們誰都沒嘴巴說話。前方是層層疊疊的高牆，這回唐亦步背起阮閑，空出兩隻手，用最快的速度一道道翻過去。

附近的巡邏機械馬蜂似地緊追過來，阮閑在唐亦步的包裡翻找幾秒，結果他還來不及去拿血槍，隨著嘎嘎兩聲，鐵珠子咬著兩把槍，從一堆亂七八糟的物資中探出頭。

「好孩子。」阮閑順手把π按回包裡，抓起攻擊血槍，朝追過來的武裝機械持續射擊。「安靜待著，別出聲……亦步，那兩個東西越來越近了。」

警報聲越來越響，機械爆炸的破片劃得兩人滿身傷痕。石頭碎屑和金屬殘骸雨點般砸在身上，不說逼近的兩位大號災難，這裡自帶的兵力都快壓得兩人喘不過氣——唐亦步沒有半點攻擊的餘裕，他把所有精力全都放在逃跑上，像一條驚恐的泥鰍，在一眾槍林彈雨中四處狂躥。

「我已經用最快的速度在逃了！」唐亦步抹了一把臉上的灰，聲音聽起來有沙子的味道。「阮先生，撐住！」

「你的兄弟還挺陰險。」一道光束擦過面頰，阮閑提高音調。「計畫又要臨時調整了，亦步。」

「是的，很明顯。」

一片黑暗中，胡書禮對著面前閃爍的虛擬螢幕歎了口氣。它正在向他即時播放兩個年輕人逃亡的影像，而他也盡職盡責地將它上傳給了卓牧然。

「到底還是年輕。」他說。

「他們接下來很可能正面撞上 R-α和 M-α，主腦要求將影像精確到每一個細節，調出你那邊百分之八十的飛行記錄儀。」

「哦，瞭解。」

「你似乎不太積極，胡先生。」

「我本來就對你們的理念沒啥興趣，就是有點累。那個年輕人有點才能，可惜了。」

胡書禮瞥了眼手邊的報告——那是阮立傑留下的唯一一份報告，他剛剛寫完建議和理解，本來還想在今晚和那個小伙子探討一下的。

畢竟他似乎對S型初始機有著獨到的理解，將他招攬到這邊，他們說不定能重現阮閑當初製造的那臺初始機。結果那小伙子放著好好的日子不過，硬是要為所謂的愛往死局裡衝。

真是蠢得眼熟，像極了當初的自己。

「……我會好好轉播和記錄的，放心。」見卓牧然還在等自己回答，胡書禮聳聳肩。

「關於阮立傑的身分，你這邊也要繼續查找。就算混合了大量雜質，就算你們要一點點地復原基因碎片，也要搞清楚他的來路。他肯定不只是 NUL-00 的工具那麼簡單。你要親自負責這件事，胡先生。」

「待會給我具體任務書，你知道流程。」

胡書禮不怎麼熱情地回應。

「……但這有意義嗎？那兩臺戰爭兵器快到了，他很快就會被你們抹除。」

「主腦想知道，我不會問為什麼。」

「知道了。」胡書禮垂下目光。「我會儘快的。」

CHAPTER 81 血泊

「按照之前說好的方向來！」阮閑在呼呼的風聲中大吼。

又擊落追上的一臺武裝機械，阮閑雖然能靠感知力事半功倍，可體力到底有限。主腦的追兵越來越不好對付——考慮到目標較小，隨著時間延長，追上來的機械數量沒有太大增長。然而就能力方面，追兵的強度上升得極快，八成是主腦從附近徵調而來的。

這還不算正在趕來的 R-α 和 M-α。

唐亦步空不出手，阮閑只有一把血槍能應對，要是被追上纏住，他們會陷入絕對的劣勢。深知這一點，唐亦步可以說是在玩命狂奔。

按照事先約定的，他們朝森林培養皿的方向奔去。

承受著唐亦步狂奔的顛簸，還要努力應敵，阮閑的手臂酸到快要失去知覺。本來輕便的血槍仿佛有千鈞重。為了保證唐亦步處在最好狀態，他不得不用身體幫他擋下幾槍。

思維恍惚間，阮閑突然笑了起來，他有個滑稽的錯覺——主腦這副興師動眾的樣子，莫名讓他想起從前。試驗用的蟑螂跑了兩隻，某位潔癖同事拿著拍子一刻不停地打轉了一整天。

那人兩眼通紅、血管爆起，就差把整層樓燒掉。

要不是他們的兩人目標太小，唐亦步又有反控制機械的能力，就算主腦搬來幾萬機械大軍，阮閑都不會太過吃驚。

好在曙光就在前方。

森林培養皿北側緊鄰廢墟海，可南側有著大片森林。他們眼下正朝那片森林衝去。

唐亦步一頭鑽進森林，不少不適合林地的機型退下了，只剩少數更為靈巧的還在追蹤。

就像他們事前預料的一樣，主腦沒有再加兵力——兩位初始機高級產物要到了。

兩人剛抵達森林深處，唐亦步將衣服幾乎被浸成深紅的阮閑放下，回頭猛攻剩下的追兵。眼下他還有一位幫手，一隻巨大的拾荒木偶正在附近溜達，程式直接被唐亦步近距離入侵，開始利用體型優勢清理戰場。

π從背包裡掙扎出來，骨碌骨碌滾到阮閑身邊，焦急地嘎嘎叫，用渾圓的身體去拱阮閑的手。

「我沒事，只是在休息。」在拾荒木偶四處破壞的期間，阮閑猛烈喘著氣。「待會還有場硬仗，你得跟緊我。」

「嘎！」鐵珠子氣憤地尖叫。

「那不是你能插手的敵人。」阮閑笑了笑。「聽話。」

消滅了最危險的幾臺武裝機械，唐亦步搖搖晃晃走到阮閑身邊，從背包裡翻出一根難吃的能量棒，努力往胃裡塞。剛剛的逃亡消耗著實不小，唐亦步微長的黑髮被汗水黏上脖頸和鎖骨，原本整齊的戰鬥服裝被炸得破破爛爛，大部分皮膚暴露在外。他正努力調整呼吸，身體輻射出過度運動後不太正常的高溫。

「多遠？」唐亦步一面吞嚥那些難吃的食物，一面詢問阮閑。

「兩分鐘。」阮閑知道他想問什麼。

唐亦步思考片刻，他似乎下了什麼重要的決定。他抹抹嘴，從背包裡掏出罐糖漬櫻桃：「我從廚房多拿了些，你也快吃點東西。一旦能量補充跟不上，我們絕對會輸。」

說罷他又急急拆開幾條能量棒。

阮閑沒有多話，他接過小罐子，將其中過分甜膩的湯汁灌入喉嚨、隨後大口咀嚼。這種東西確實更容易入口，味道也沒有那麼糟。阮閑凝視了片刻啃能量棒的唐亦步，丟過去一個紙包。

「今天白天你點的零食，喏。餅乾和巧克力太乾，我吞不太下去，歸你了。」

唐亦步看了看糖漬櫻桃的空罐子，又看了眼阮閑遞過來的食物，愣了半秒。阮閑忍不住伸出手，摸了摸對方汗濕的頭髮。

「我們會贏的，然後我們會找到可以補給的地方。」他吻了下唐亦步的唇角，突然有種莫名的滿足感。

「……就算輸，我們也會一起輸。」

唐亦步沒有給出任何回答，只是沉默地吃乾淨了一切能夠提供能量的食物，然後又分給阮閑一些用於防身的攜帶式道具。

作為最危險的敵人，兩臺高級產物到來得很是安靜。

一隻扭曲的巨大怪物停在樹頂，尺寸接近一輛小轎車，美麗的女人正騎在它的身上。

怪物沒有皮毛，皮膚是難看的青灰色，體態更像一隻畸形的老虎。它和Z-α一樣裝備了量身定制的輔助強化裝甲，五官完全異化，全身上下只有眼睛看起來還像人類。女人則和阮閑在主腦城市見過的那位一模一樣——他年輕版本的母親正自上而下地俯視著他們，面無表情。

如果只看性能，對面是A型和S型的高級產物，自己這邊則是正貨真價實的初始機。然而要再算上其他——光是那些身體改造和強化裝甲添加，就能讓最無害的D型初始機重傷唐亦步。

這就像兩個擁有槍彈、全副武裝的射擊手對付兩個赤身露體的倒楣蛋。初始機性能無法彌補一切差距，嚴格說來，他們的勝率並不算高。

但往樂觀的方向看，只要解決了面前兩個敵人，主腦短時間內無法再將他們培育出來。

阮閑做了個深呼吸，望向「母親」那雙漆黑的眼睛。

隨後他不輕不重地捏了捏唐亦步的手：「別怕。」

對方率先動作，怪物外型的M-α衝向巨大的拾荒木偶，它伸出尖利的金屬爪，順著拾荒木偶的軀體一路爬上。利爪撕裂金屬外皮，如同熱奶油刀切開奶油那樣輕鬆。拾荒木偶發出嘶啞的悲鳴，身上的連接管道噴出黃白色的液體。

M-α用阮閑幾乎看不清的動作躍向拾荒木偶的咽喉，後者卻陡然清醒過來，四肢並用，連滾帶爬地逃離了現場。

唐亦步解除了控制。

M-α沒有因為這個行為遲疑分毫，它借著拾荒木偶的高度，直直朝唐亦步的方向砸下。唐亦步沒有再勉強自己站著，他弓起腰背，豹子般躲過這一擊。阮閑偽裝成一副無害的模樣，屏息藏在樹叢。他將血槍牢牢抓在手裡，集中精神尋找M-α的破綻。

有S型高級產物在場，對方能飛快恢復，擊敗Z-α的方法無法用第二次。

得想個更好的方法。

母親的複製品正牢牢抓著M-α身上的抓握處，坐得很穩。阮閑的子彈無法攻破M-α的強化裝甲，對方不痛不癢地繼續進攻，完全沒把這個「研究員」放在眼裡。阮閑看得出，若不是考慮到唐亦步的電子腦不能損壞，M-α下手還能更重些。

目前為止，唐亦步以防禦為主，進攻為輔。雖然速度上還能應付，但輸掉只是個時間問題。

而敵人並沒有因此麻痹大意，在M-α進行進攻的空隙，R-α也動了起來——美麗的女人伸長雙臂，口鼻的吐息多了暗紅的顏色，唐亦步的左手剛接觸到片那片毒霧，潰爛和膿腫便爆炸似地蔓延開來，順著他的指尖一路往上爬。

唐亦步的動作因為傷勢又慢了幾分，他咬著牙掏出阮閑為他做的濃縮血液，快速注射進自己的身體，這才壓制住順手臂不斷擴散的感染。

R-α吐出更多毒霧，身上的一根透明管道伸出，接進M-α背後的某個槽口，黑紅的血液緩緩注進怪物的身體，那片要命的毒霧反倒成了怪物的盔甲。唐亦步滿臉是汗，大口呼吸，仍然沒有放棄戰鬥。

那怪物見敵人沒有放棄的意思，張開寬度足足有一米的畸形嘴巴，一口咬下了唐亦步運動遲緩的左臂。血液大量噴濺出來，它直接將斷臂吞了進去。

「肉體組織取樣完成。」它背上的女人小聲說道，歪過頭，活像具木頭做的傀儡娃娃。「正在粉碎封裝，剩餘百分之九十五可供M-α消化吸收。」

聲音也和記憶中的母親一模一樣。

「NUL-00，主腦真誠建議您投降。」她繼續道，「無謂的疼痛沒有任何好處。如果你現在投降，我們只需要對阮立傑再進行取樣，你可以暫時保持你的軀體存活。」

後半句顯然是謊話，他們都知道這一點。

唐亦步持續躲避攻擊，又服下幾支濃縮血液。他的左臂在緩緩長回，可速度仍然太慢了。聽到這句話，他下意識側過頭，朝阮閑的方向看了一眼。

阮閑閉上眼睛。

他們考慮過強大的追兵，卻沒想過主腦會對一個所謂的研究員這樣謹慎。他和唐亦步並沒有事先商定詳細的作戰細節，這可能就是劍走偏鋒的壞處——他們必須面對這些狀況外的糟糕情況。

一個深呼吸後，阮閑回應了唐亦步的注視。他對那仿生人露出一個微笑。

那雙金眼睛在夜色裡閃著光，一如既往地漂亮。唐亦步在確定自己的狀態，阮閑知道。

那個仿生人八成也在拚命計算可能的戰術吧。

不過他可以給他一點提示。

將情報按在手裡是好事，現在自己又擁有了一次換子的機會……只要唐亦步能幫忙做到一點。

「『藥』還有吧？」阮閑的聲音相當平靜。「把他們分開，半分鐘就夠。」

說罷他衝出樹叢。

他的動作突然，對面的敵人靜止了一瞬。唐亦步沒有問任何問題，他反手劈斷最近的樹幹，趁機把 R- α 直接掄飛出去幾米。

「跑。」阮閑下令，將鐵珠子扔給唐亦步。「亦步，跑。」

瞬息之間，唐亦步的目光從疑惑變成了閃閃發亮。自己的計畫很瘋狂，可是那仿生人懂了。

阮閑短暫地享受了片刻這種奇異的共鳴感。他拿起唐亦步臨時分給他的攻擊道具，不管三七二十一全部啟動——它們無法真的傷到 M- α，但噁心噁心它還是做得到的。

唐亦步飛快地逃跑，很快就不見蹤影，而「阮立傑」留在 M- α 面前，盡力用各種干擾來拖慢它的腳步——乍看起來，這無疑是個絕望的局面。

被掄飛的 R- α 正在飛快歸位，M- α 正朝自己憤怒地咆哮。

他的時間不多了。

阮閑從腰包裡摸出剩下所有的機械神經擾亂劑，這次他沒有將它們混進血液，而是全部隔著褲子注射進了自己的身體。

M- α 體型巨大，和面對 Z- α 時不同，他無法臨時製作出足夠的血液藥劑混合物。更別說季小滿他們都不在身邊，唐亦步隨身帶的東西又有限，工具和時間同樣不充足。

……但沒有關係。

在一片機械陷阱的嗡嗡聲中，阮閑抬起血槍，直接擊中對面兩位敵人的四隻眼睛。趁M-α張嘴嘶叫的時候，他整個人朝那怪物張開的大嘴衝去。

視野變黑的前一剎那，阮閑看到R-α正朝身下的怪物急急地注射血液。

主腦知道Z-α是怎麼死的，它是被身為「機械生命病毒專家」的自己殺死的。在不知道S型初始機還存在的前提下，稍作手腳的血液註定會被理解成某種病毒。既然是病毒，R-α的血液治療是情理之中的。

阮閑彎起嘴角。

接下來的是疼痛，足以擊斷神經的痛。很少有人能活著體會身體被嚼成碎塊的感覺，阮閑仍然強迫自己維持住了清醒——哪怕他只剩一個相對完整的腦袋。

這次輪到他來倒數了。

三。

劇痛之中，自己所處的腥臭空間皺縮起來，像是在痙攣。

二。

發現異常的R-α還在持續輸入血液吧，然而她的舉動只會加劇這個過程。

一。

漆黑狹窄的空間在震動，M-α發出一聲痛苦的哀鳴。阮閑再次感覺到了風——這次怪物的身體沒有溶解，而是直接炸成了一灘碎末。

沒了肺部，阮閑不再呼吸。但他能感覺到脊椎骨在生長，內臟迅速成熟。他的身體正以這灘肉泥作為養分，快速恢復人類的樣貌。

S型初始機的身分大概瞞不住了。

重新長成的肺再次開始工作，阮閑咳出不少血水。新長成的身體無比虛弱，他赤裸身體，滿身黑紅的血漿，站都站不起來。

R-α因為這個意外狀況呆住了足足三秒。

這是個致命的錯誤——就在下一刻，她整個人被一節樹幹洞穿，釘在了泥地上。他們終於擁有了短暫的恢復時間。

阮閑掀掀眼皮，一隻手伸到他的面前。

「你看。」

阮閑抹抹臉上的血，抓住唐亦步伸過來的手。

「我說過，我們會贏的。」

自己基本上算是換了個身體。

阮閑費力地抓住唐亦步的手，勉強站起身，濕潤的血讓他的手直打滑，那股頭暈腦脹的感覺越來越明顯。

原本軀幹和四肢被咬碎，化為黏糊的一團，頭骨發出崩裂聲，冰冷空虛的劇痛一波波衝擊腦髓。隨後以M-α的屍體為養料，他擁有了一具新的身體。

維持住平衡後，阮閑看向自己的左腕。就算被血和肉末覆蓋，他仍能分辨得出，那些跟隨自己多年的疤痕已經消失了。疤痕在健康層面上無害，S型初始機僅僅會將它們認定為正常的組織，不會特地去修復。如今他沒了身體，它也只會按照他的生理情況再造一具嶄新的，不會特地複現那些細節。

奇妙的感覺。

可能是阮閑停頓太久，唐亦步猶豫了幾秒，將他攬在懷裡。那仿生人輕輕嗅了嗅阮閑被血打濕的黑髮，隨後將下巴輕輕放在他頭頂。

很暖和。阮閑安心地將體重依靠過去，努力積攢力氣。

唐亦步的手臂上沾滿汙血和腥臭的黏液，他們的消耗都不小，而 R- α 還活著。要是不儘快解決她，等主腦的追兵追上，他們連反抗的體力都不會有。

阮閑又咳嗽幾聲，終於咳出了那些黏液和血塊。他大口大口地呼吸，新長成的軀體還在一陣陣刺痛。趁這陣疼痛還沒過去，他從唐亦步腰間拽下來一個瓶子，掙脫了對方的懷抱，又在地上撿起一塊金屬破片。

隨後阮閑幾乎將自己的手腕削斷一半，鮮紅的血瞬間噴濺出來。

「解決她。」阮閑嘴唇發白，聲音很是虛弱。

唐亦步接過瓶子，眼裡亮閃閃的光消失了。他的手有點顫抖，仿佛瓶中灌了滾燙的熱水。在最糟糕的時候，那仿生人的心情明明都不錯，眼下反倒消極起來。

「我們快沒時間了。」阮閑催促他。

不遠處，R- α 已經掙脫了樹幹的桎梏。沒了 M- α 做輔助，她做出了相當明智的決定——轉攻為守，打消耗戰。

機械神經擾亂劑已經沒了，唐亦步沉默地將一份壓縮衣物扔給阮閑。為了節約空間，它的衣料不怎麼結實，頂多能起到蔽體和保暖的作用。樣式也簡單，很像寬大的直筒式睡袍。

阮閑剛將它套上身體，那些血便將白色的布料洇透，將它們貼在皮膚上。

於此同時，R- α 徑直朝唐亦步衝來，口鼻持續噴出大量紅霧。他們短暫的休息時間徹底結束，阮閑強撐著站起身，將手中的金屬破片捏緊。唐亦步則帶好血瓶，正面迎擊衝過來的女人。

……應該不是他的錯覺，阮閑總覺得唐亦步在刻意將 R- α 帶離自己身邊。而且把鐵珠子留給了自己。

鐵珠子全身都是黏糊糊的血，它像是嚇傻了，大嘴巴一張一合，卻嘎都嘎不出一聲。

「你可以走。」不清楚鐵珠子是否能聽懂，阮閑還是開了口。「我們接下來的路很危險，π，你可以回到原來的地方。等事情完全解決，我和亦步去接你。」

說著他蹲下身，揉了揉鐵珠子沾滿血的殼。

十分諷刺，他的前二十餘年人生像活在肥皂泡中，無論和誰都隔著一層色彩斑斕的薄膜。薄膜外的世界一向和他無關，但在最近數個月的混亂之中，他卻能夠真正觸摸這個世界——阮閑至少可以確定，自己對這個莫名其妙的小東西的感情，要遠遠超過之前他認識過的所有同事。

鐵珠子迷茫地瞧著阮閑，隨後它終於嘎的一聲大叫，伸出四條小腿，緊緊扒住阮閑的腳踝。

阮閑失笑：「……隨你吧。」

緊接著不遠處，R-α也開了口。

「阮立傑搭載了S型初始機。」她說，「怪不得你這樣看重他。」

隨後她露出一個明媚的微笑：「我的DNA提供者叫阮玉嬋，真有意思。這是個巧合嗎？他們剛好都姓阮，又都和S型產物相性良好？據我所知……」

她突然卡住了，眼神有一秒的渙散。而當她再次抬起眼時，唐亦步能意識到，自己的對手已經換了個人——

「據我所知，S型初始機對特定的基因片段有極高的親和力。但那些基因片段太過雜亂且罕見，我起初還以為這只是它結構導致的某種巧合。」

「……MUL-01。」唐亦步退了一步。

為了方便控制，這幾位高級士兵必然使用了電子腦，至少也有部分電子腦。而當下，有了新發現的 MUL-01 親自接過了主導權。唐亦步知道那是它，他在對方的眼睛裡看到了熟悉的東西——那雙眼睛雖然神似阮先生，眼神卻更像他自己。

「阮立傑是阮玉嬋的親人。」主腦平靜地下了結論。「阮玉嬋是獨生子，父母雙亡，沒有兄弟姐妹。根據醫療記錄，她產下過一名男嬰。根據當時的資訊保護法，她自殺後，她兒子的資訊被徹底封存。」

唐亦步視線在對方脖頸處遊移，腦中拚命思考進攻方式。主腦卻一副輕鬆自在的模樣，一眼都沒看炸成爛肉的 M-α。

「但那不是普通的封存，連我都接觸不到原有檔案，一定是有人在我出現前把它們徹底抹除了。不過要假設阮立傑是她的兒子或孫子，年齡對不上。唔，除非她的兒子經過了一段時間的休眠，這果然是個值得好好調查的問題……總之，NUL-00，你幫自己找了個不錯的工具。」

「你應該叫我『哥哥』。」唐亦步板著臉指出，隨後直接襲向對方的脖子。主腦揚起眉毛，有點艱難地躲過了這一擊。

「我不擅長運動，也不打算和你戰鬥。」

MUL-01 無視了唐亦步的回應。它頂著女人美麗的外殼，笑得相當溫柔。

「你剛剛故意把 R-α 引開了，如果阮立傑真的是阮玉嬋的兒子，你猜他會有什麼反應呢？」

唐亦步一怔，結果這個走神幾乎要了他的命。MUL-01 在強化裝甲上操作一番，血霧頓時充滿半徑五米的區域。唐亦步全身的皮膚都在快速潰爛，他沒猶豫，立刻將阮閑給他的血液灌入喉嚨。

而在他勉強恢復行動能力之前，MUL-01 已經衝到了阮閑面前。

糟糕。

就算阮閑的資料被封存，關於阮玉嬋的資訊可不少——在街道上走路的體態、工作和休息時的影像，甚至還有和他人聯繫時的一切通訊記錄。就算那些語音和影像裡消除了阮閑的名字，絕大部分內容還在。主腦除了不知道阮閑的真名，他對「阮玉嬋」本身一清二楚。

「我回來啦。」

笑盈盈的女人朝阮閑伸出一隻手，不到一秒，她的氣質、語氣和動作全都變了。

「怎麼，不認識媽媽了？」

阮閑沒有出聲，他只是定定地望著靠近的人。鐵珠子瘋狂地嘎嘎大叫，張大嘴巴，試圖去咬那女人的小腿。結果它剛滾出幾步，便被阮閑按住了。

隨後阮閑慢慢直起腰，仍然一言不發。

「你怎麼跑到外面來了？不是說過要好好待在屋子裡嗎？風這麼冷，我們家可負擔不起感冒……待會我去幫你煮杯牛奶，好不好？」

唐亦步掙扎著站起身，他的皮膚還沒有長好，鮮紅的肌肉外露著，不住抽搐。

阮先生會被迷惑嗎？會暴露信息嗎？會跟她走嗎？他從來沒有詳細問過阮閑的過去……就唐亦步所知道的那些，用常理來判斷，阮閑會被面前的景象動搖——主腦的模仿就像一把尖利的錐子，直擊人心底最脆弱的毒瘡。

唐亦步抓起樹枝當拐杖，朝阮閑的方向跌跌撞撞地前進。阮閑的血已經快用完了，他應該保持距離，等候狀態恢復後先取得補給。理性的判斷在他腦子裡尖叫，可唐亦步就是管不住自己的雙腳——帶著火辣辣的疼痛，它們將他拖向阮閑。

那是主腦，他得告訴阮先生。

唐亦步有點茫然地如此想著，之前對方被嚼碎的模樣還在他面前直晃。諸多情緒混成一團，最後只擠出來短短一句話。

得及時作出警告。那並非他母親的人格資料，或者別的什麼……

在唐亦步有點模糊的視野裡，主腦已經伸出一隻手，撫上阮閑的面頰。阮閑的表情相當複雜，他抬起一隻手，覆上面頰上女人的手。

「媽媽對現在的狀況還有點迷糊，這是樹林？可能是藥的副作用，我們先回家吧。」主腦的模仿滴水不露。

阮閑的表情像是軟化了下來，他悲傷地看向她，將她的手握得很緊。唐亦步呼呼喘著氣，咬緊牙關，剛試圖撲過去——

阮閑動了。

他一隻手扯緊女人的手腕，將她拉向自己，另一隻手將尖銳的金屬破片從她的眼眶刺入，直接刺進電子腦所在的位置。整個過程快如閃電，動作乾淨俐落。

唐亦步咕咚吞了口唾沫，不確定自己要不要繼續前進。

「這就是你的判斷，MUL-01？」阮閑臉上那些複雜的情緒消失了，「我想要母親的肯定？或者說，她的愛？你認為我會因為這些動搖或者失態？」

電子腦受創，R-α軟倒在地。

「……異常的……人格非健全……」女人口齒不清地吐出字句片段。

「我知道。」阮閑說，「不過有人告訴我，我只是有點遲鈍。你這招在幾個月前可能還有用，可惜我現在已經想明白了。」

MUL-01上上下下地打量著阮閑，因為腦部受損嚴重，軀殼的眼睛恢復得很慢。阮閑前進兩步，半跪在地，慢慢抱住面前的人。

「你想要我的感情反應，我可以告訴你。」他將女人擁緊在懷裡。「我的母親愛過我、而後厭惡我，我不贊同她的做法，但能夠理解一部分……如今我原諒她，我也原諒我自己。

「而她已經死去很久了，我不需要從死人那裡索取任何東西。」他在她耳邊繼續說道，「我喜歡我自己現在的模樣，就算想要改變一點，也是為了和某個人走得更遠些。」

最後他笑了笑：「所以我是不會讓區區一個冒牌貨擋道的。如果你持續用你那些『正常』的標準計算，很遺憾……」

阮閑的聲音始終很平靜。

「……得有人好好教教你什麼叫『例外』。」

結果阮閒話音未落，女人的頭顱便離開了脖頸——猜到阮閑這一串動作的目的，唐亦步沒放過這個絕佳的機會。他趁阮閑緊緊制住對方、同時用對話分散 MUL-01 注意力時，直接從背後攻了上來。

沒有給敵人留出任何喘息的時間，他猛地把那美麗的頭顱捏碎，將電子腦碾成零件。

「吃光。」確定那些肉片不再聚集，唐亦步齜牙咧嘴地對鐵珠子下令。鐵珠子委屈地嘎嘎兩聲，開始努力吞嚥電子腦散架後的零件。

阮閑被血濺了一臉，鑒於他本來就被 M- α 糊成了血人，外貌上倒沒有太多改變。處理完 R- α，唐亦步蹭到阮閑旁邊，小心地瞧著對方。他小腿和腹部的皮膚還沒有長好，但他沒有貿然衝過去索血的意思。

「……你看什麼？」阮閑將目光從努力進食的鐵珠子上收回來。「過來，我幫你治療。」

唐亦步的目光慢慢溜到阮閑手中的金屬破片上。阮閑好笑地瞥了他一眼，將那破片扔遠，可唐亦步仍然沒有接近。

「不想治？那待會我們就這麼走，到時候我看你怎麼下水洗澡。這裡不能久留，我以為你知道的。」

「阮先生。」
「嗯？」
「阮閑。」
「……」
「主腦其實也沒有錯得那麼離譜，對吧？」唐亦步在阮閑兩步外繞著圈。「我猜你還是有一點難過的，哪怕就一點。」
「……理由？」
「如果換成我。哪怕我知道對方不是你，在邏輯上也清楚合適的做法，並且能夠執行……但就我而言，我會有點難過。」唐亦步停住腳步，捂住腹部的傷口，嘶嘶抽了兩口涼氣。「我不知道你會不會因此受到傷害，就算你看起來……算了，我的意思是，我認為有確認一下的必要。」
「過來。」阮閑張開雙臂。
唐亦步餘光斜了眼被扔遠的金屬破片，慢吞吞地挪了過去。這回是阮閑將他抱在了懷裡——就算因為身高問題，姿勢有點彆扭。
「你……」唐亦步還打算問問題，可他剛張開嘴，就被吻了個徹底。那吻帶有濃濃的血腥味道，阮閑一定將舌頭咬出了極深的傷口。
唐亦步屏住呼吸，吞下那些血。他輕輕抱住阮閑的背，並且安撫地拍了拍。
「阮先生，不用擔心，我不會嫌棄你的。」隨後他挪開嘴唇，非常堅定地聲明，並輕輕吻了吻阮閑的雙眼。
阮閑本來在用深呼吸調整情緒，結果字面意義上的被自己一口血嗆到，咳嗽起來。
「這話我對你說還差不多。」阮閑頓時沒了思考的欲望，他抹了把嘴唇邊的血。「行了，趕快跑——補給、衣服、食物，另外，我們得找地方洗個澡。哦還有……」

「什麼？」

「我剛才是有一點難過，」阮閑對唐亦步笑了笑，「答得很好，亦步。」

遙遠的另一處秩序監察據點，余樂的夜晚可不怎麼愉快。

假意投降的季小滿成功留下，可她一向不怎麼擅長演戲，不可能滔滔不絕說個沒完沒了。擔任主力的說客還是余樂的「姐姐」，雖然季小滿沒有碰觸到她，她猜那是另一個投影影像。

自己得好好為余樂打氣，總之先撐過這一波。主腦的最後手段是粉碎他們的腦，不可能做出通宵審訊這種削弱大腦狀態的事情，也不會貿然注入外來記憶。能做手腳的只有神經上的痛感和情緒控制。

多熬一秒是一秒。如果他們的計畫沒出差錯，援軍還有好一陣子才能趕到。

季小滿摸摸義肢的肩膀，那個樹莓圖案還牢牢地黏在上面，隱藏在秩序監察的肩章之下。她不由地瞧向余樂，余樂卻沒再看她，盡力避免一切眼神接觸。

他只是死死盯著面前的「姐姐」，額頭上仍然有青筋在跳。

「我們也可以聊聊別的話題，比如你在廢墟海過的那段日子。」女人的虛影說道，「姐姐挺開心的，畢竟如果沒有主腦這檔事，你可能已經被執行死刑了……唉，當初的事情也是麻煩，懶魚，你應該比所有人都懂得之前時代的不合理。只要統治人的是人，這些隱含的不公永遠不會消失。」

「哦，所以你們選擇被『別的東西』一視同仁地飼養。」余樂對虛影翻了個大大的白眼，顯然還在氣頭上。「了不起，這決定我服氣。」

「你說你賭哪門子氣呢，我之前不知道為這種事罵了你多少次。你這脾氣不收斂一點，絕對找不到好女孩。」

「別別別，我在好女孩面前可從來不發火。問題是您是嗎？啊？頂著人家親戚的臉很爽是不是？」

虛影皺起眉：「懶魚……」

「別這麼叫我。」

「……算了，繼續聊聊廢墟海吧。你的副船長好像是叫涂銳？」

「操，你們還真搞滿門抄斬這套啊！」余樂猛地一掙扎，手腕和腳腕上的鎖鏈唧作響。

「你離開前，段離離的繼任者就已經就位了。」年輕女人的投影輕輕搖了搖頭，「雖然廢墟海較難觀測，基本訊息我們還是有的。比如唐亦步和阮立傑是怎麼上你的船，只要有心，總能敲到些情報……廢墟海的人喜歡聚在一起，你知道。」

「少拐彎抹角，有屁直放。」

「季小姐在這，我們還是想先用最溫和的方式和你交流。這樣好了，懶魚，跟我聊一下這個吧。」

那虛影引出一片小小的虛擬螢幕，上面有著兩個簡筆畫似的塗鴉。一邊看起來像條蛇，另一邊畫著一個火柴人。

余樂自然認得那兩個標記。那是還在廢墟海時，他為阮閑和唐亦步所畫的上船憑證——他對兩人的第一印象。如今看來，他的第一印象準得一如既往。

聊聊那兩人也好，適當地表現出配合，自己也能少吃點苦頭。他們還有將近兩天的時間要消磨，每一分鐘的輕鬆都難能可貴——更別提他根本看不透那兩個傢伙腦子裡都在想什麼，只要保留關鍵資訊，余樂不介意聊聊這個話題。

反正他向來擅長胡說八道。

「看這兩個印象圖，你對他們的第一印象不怎麼好。」年輕女人的投影態度不錯，頗有種心理醫生的架勢。

「我現在也不覺得他們有多可愛。」余樂翻了個白眼，「但他們沒把我鎖在椅子上，關在房間裡，比起你們，我肯定還是更喜歡那兩人。」

「蛇和……人。你早就看出了NUL-00的仿生人身分？據我所知，瞳孔染色的人並不少見。」

「誰教我火眼金睛呢，這叫天分。不是我吹，我可是相當擅長看人的。」

余樂煞有介事地停頓了片刻。

「一種感覺，很難解釋。我第一眼見到那小子，就覺得那是個人皮包著的其他東西。可能算自保本能吧，有的人見了蟲子、蛇和大型野獸不也腳發軟。反正就那種冷颼颼的感覺——我猜他大概不是人，他又裝得那麼努力，我可不就得畫個人上去嗎？」

「也就是說，你認為唐亦步相當危險。」

「是啊，能讓你們這樣緊張兮兮地四處打聽，他可能比我想的還危險。」

女人的影像歎了口氣，眉目間多了幾絲憂鬱：「在監獄待了那麼久，你肯定明白……懶魚，就算我什麼都不打聽，直接放你們回去，你們也會被他滅口。其實你心裡清楚，是不是？這回阮閑讓你們運輸重要物品，卻沒有給你們自保的方案，你們已經被當成棄子了。」

余樂大聲咂了咂嘴，沒有回答這個問題。

「NUL-00的自保意識比所有生物都強，『維護自身安全』是寫在它核心邏輯裡的規則之一。它不會跟你們談人情，更別說你們相遇時間不長。維護它對現在的你來說，沒有任何好處。」

「誰知道呢？」余樂咧嘴笑了笑，「唐亦步那小子還欠我幾本黃書，我可沒那麼容易放過他。」

要說余樂從末日前的人生裡學到了什麼，排第一位的大概是「永遠不要抱有僥倖心理」。他無比確信，等待自己和季小滿的結果只有一個——當藥物徹底啟動他們的大腦，無論投降與否，他們都會被徹底粉碎，提取資訊。主腦不會簡簡單單地相信他們，如今這些連拷問都算不上的詢問，更像是在變相刺激他們的腦，好讓到時候榨出來的記憶更新鮮多汁。

至於之後主腦願不願意再把他們「製造」出來，余樂並不關心。他可一點都不想被打成粉末。

想歸想，余樂根本不打算暴露自己的想法。萬一這個判斷暴露，為了更穩當，主腦搞不好會把他和季小滿凍在罐子裡，或者乾脆把他們的頭取下來單獨供能。到時候他們可就一點逃跑的辦法都沒有了。

對話必須繼續。

「看來你不打算告訴我們更多關於NUL-00的事情……懶魚，你這點倒是沒變，從小到大都很忠誠。」

「他更喜歡吃加了醬油的蛋羹，這種算嗎？哦，他還特別喜歡卡洛兒．楊的歌曲。」余樂皮笑肉不笑地回應。「狗屁的忠誠，他是阮立傑的姘頭，又不是我的。」

投影的表情有點不好看，季小滿悶哼一聲，像是在強行憋笑。

「那我們來聊聊阮立傑這個人吧。」投影再開口時，語調裡沒有半點尷尬。「你對他的印象看起來更差一點，毒蛇？根據我們的資料，他的行事風格確實有點怪異，但不至於到這個地步。既然你看人看得很準，我想聽聽你的看法。」

余樂臉上的笑容更大了：「哦，妳想聽我說什麼？」

「阮立傑哪裡讓你感覺到危險，作為人類，他是哪裡讓你下意識不舒服——」

「我還以為你們做準備工作很認真咧。」余樂慢悠悠地吐著詞，「現在看來還差得遠呢。」

「我想我們沒有認錯你的印象圖。」

「是啊，他就是很像毒蛇。」余樂聳聳肩，「我還以為你們知道，當時要上船的人湊起來讓人眼暈，我肯定會選擇我的第一印象，不會考慮這些邊邊角角的深意。」

「你沒有回答我的問題。」女人的影像搖搖頭。

「我覺得他像毒蛇，不是因為他多讓我毛骨悚然，或者多陰狠。」余樂嗤笑一聲，「說真的，你們秩序監察接觸過毒蛇嗎？大部分——我是說大部分毒蛇，只要你不去惹牠們，牠們一般就安靜地待在那裡，或者乾脆逃走。第一印象？我覺得這人內向，也沒啥野心，但比我厲害多了，我最好別去主動惹他。要用動物去比喻，我的選擇有錯嗎？

「不過想來也是。」

見投影沒回應，余樂繼續用氣死人的慢語速繼續。

「畢竟你們是主腦的人嘛。這一路我也看見了……對於主腦來說，也許『帶毒』就等於『惡意』。哪怕是用於存活的天生毒素，誰教它們有害於人呢。沒辦法的事，我猜會這麼想的人也不少。

「哦哦，還有，關於他的資訊，我也可以透露一點給你們——就我看來，他對小唐是動了真心的，這個得好好記下來，聽見沒？」

「……」

還在遠方的阮閑完全不知道自己正在被「出賣」。他正泡在湖水裡，用力擦洗身上的血漬和碎肉。它們讓他的頭髮變得又重又黏，很是不好受。

唐亦步也在做差不多的事情，但他更乾脆點——那仿生人會從水面大吸一口氣，遊到湖深處，咕嚕咕嚕吐出一大串氣泡，最後叼著條肥嫩的魚上來。

鐵珠子試圖模仿這位大個子朋友的行動，結果它剛在水裡走了兩步，就立刻有沉底的傾向。它嚇得尖叫不止，跌跌撞撞地扒回湖邊，開始用樹幹蹭外殼上的污垢。

戰鬥結束後，唐亦步帶著阮閑又狂奔許久，直到耗盡了兩人所剩無幾的體力。沒了兩位難纏的對手，甩脫剩餘的追兵不是難事——哪怕他們狀況不佳，主腦也不會蠢到認為一些小兵能真的解決掉他們。

數個小時的奔逃結束，兩人找到了一座不錯的淡水湖，決定臨時休整——好歹他們接下來還要拜訪某些人。

「我幫你擦擦背吧。」為了避免火光引起不必要的注意，唐亦步在湖邊壘了個泥爐。把第十條魚帶上岸，烤上火後，他暫時放棄了捕魚大業。

「多謝。」阮閑用湖水洗了把臉，他已經能聞到烤魚的香味。能量消耗太大，他餓得兩眼發花，在唐亦步發現魚前，他差點把草根挖出來吃。

唐亦步扭乾髮梢的水，開始細緻地清洗阮閑背後的殘血和碎肉。不得不說，在微涼的湖水中，來自他人的體溫讓阮閑愜意了不少。

「恐怕下次我們無法再這樣蒙混過關。」唐亦步下手很輕，彷彿手下的不是人的皮膚，而是一碰就碎的豆腐。「這次我們能贏……主腦不知道你是S型初始機是一方面，為了保證供血便捷，沒有為R-α做太多防禦性加強是另一方面。它對M-α的信心太大。」

「我知道。」阮閑用手撥弄漆黑的湖水。「而且根據我之前的表現，恐怕主腦已經確定我是誰了。」

當時他太過虛弱，做不到在主腦面前滴水不漏。阮閑索性沒有掩飾，間接承認了自己的身分。

他們的換子作戰成功了。不算無差別破壞的武器，主腦手下的高級戰士只剩下 M- β和 R- β。他們靠資訊差和一點運氣吃掉了對手兩顆棋子，同時也付出了不小的代價——

「MUL-01 現在知道你是阮玉嬋的兒子，S型初始機攜帶者。它發現你是『阮閑』只是時間問題。」

唐亦步的語氣裡沒有多少獲勝的喜悅。

「它也會根據這次的戰鬥改良 M- β和 R- β。下次要是再碰上它們，你的血液攻擊八成不會再有用，我也沒辦法那樣輕鬆地捏開 R- β的腦殼。下一場戰鬥會相當艱苦，我現在還想不出什麼好的規避方法。」

阮閑摩挲著自己光滑的左腕：「車到山前必有路。現在我們的資訊不足，著急也沒用。亦步，即興計畫就是這樣的。」

唐亦步焦慮地哼哼兩聲，隨後從背後抱住阮閑。

「還有四十八小時。」阮閑拍拍他的手臂，好掩蓋住腹部的一串咕嚕聲。「我們得快點把魚吃光，繼續趕路。」

「我覺得我的決定越來越錯了。」唐亦步垂著腦袋，下巴放上阮閑的肩膀。「如果我沒有那麼早跳出來對抗主腦，我們就不必和阮教授合作，更不需要被捲進這些戰鬥……你不必被那樣嚼碎。」

「後悔了？」

「唔。」

「假設我們當時想辦法逃走，沒和阮教授合作。之後我們極有可能保持互相警戒的態度。等你不得不面對主腦的時候，我會把你打包賣給主腦，好讓它留你半條命……就像主腦的建議那樣。」

阮閑揉了揉唐亦步的頭髮，汲取對方暖烘烘的體溫。

「那個時候你傻乎乎地跳出來，最終我們走到了這步。我覺得這可能就是——嗯，怎麼說呢——活著最有意思的地方？」

感受到唐亦步噴出的溫暖鼻息，阮閑忍不住笑起來：「這不是主腦計算出的夢，你沒辦法重來一次。我們該為此慶祝一下。」

「說不定我們會用別的方法想清楚。」唐亦步嘀嘀咕咕地說道。

「我不否認。」阮閑任由他抱著。「可我怎麼覺得，要不是我把自己送進最糟糕的狀況，某人不會因為『可以看到結果』而安心。沒有安心感，更沒空東想西想。」

「魚快燒焦了。」唐亦步扭過頭。

「……你轉移話題的能力有待提高。」

「那是你沒教好。」

「你早該自己學了。」

唐亦步報復性地咬了口阮閑的後頸，俐落地跑上岸。後者摸摸脖子，甩甩手臂上的水，為自己套上了乾淨的壓縮袍子，又將洗掉大部分血漬的濕鞋穿回腳上。忙完這一切，阮閑抬起頭，剛巧碰上唐亦步悄悄投過來的視線。

被逮了個正著，唐亦步慌忙地啃了一大口魚。

「快點，哈有四十七個半小斷，斷間有散。」見阮閑走過來，唐亦步抽著涼氣說道。

「……燙到舌頭了？」

「四。」

阮閑哭笑不得，捏住唐亦步濕漉漉的頭髮，熟練地吻過去。唐亦步卻縮了一下，躲過了這個吻。

被拒絕的阮閑揚起眉毛。

「我，嘶，待會就好。」唐亦步固執地搖搖頭，「你不用……咬自己。」

說罷，他齜牙咧嘴了半天，艱難地對阮閑笑了笑，遞出一串魚。

「給你的魚，小心燙。」

夜色漸深，奔跑的兩人乍看像是正在逃亡的戰爭難民。

之前的戰鬥幾乎耗光了唐亦步所帶的所有物資。他們的食物吃完了，攻擊力較強的武器和藥物也大致見底。唐亦步將背包掛在身前，它萎靡地癟著，只有裡面圓滾滾的鐵珠子還有點輪廓。除了哼哼抱怨的鐵珠子，包裡只剩下些鉤索、小刀之類的小玩意。

真空的壓縮衣物還剩一點，唐亦步脫掉了滿是血跡、爛成篩子的戰鬥服，只保留裡衣，隨後換上和阮閑一樣的白袍。他背著阮閑在黑夜中狂奔，兩個白色的身影像極了真正的幽靈。

不久之前，唐亦步烤了十條魚，阮閑卻只吃了一條，隨後便閉緊了嘴巴。

「血槍我還能用，但攻擊力有限。你是我們現在最大的保障，亦步。接下來也是你帶著我前進，需要的消耗也大。」阮閑很是冷靜地表示，用的是不容拒絕的口氣。「我只要保持存活就好，剩下的你都吃掉吧。」

但饑餓很難受，唐亦步清楚那種感覺。

他們不像主腦的高級士兵，沒有便捷的強化裝甲幫忙省力，也沒有保證能量供給的肉體改造。初始機的能力強歸強，需要消耗的能量不會憑空出現。自己和阮閑只能靠人類的肉體去供應這些能量——唐亦步怕死怕得要命，他選擇抓緊一切能夠進食的機會進行進食。

阮閑倒不至於把自己耗死。但一旦他餓到一定程度，身體為了自保，S型初始機的活動會變弱，阮閑自己也會被逼瘋人的饑餓抓緊，催促他補充能量。

考慮到現在的狀況，阮閑的判斷一如既往的理性而準確，可唐亦步的不愉快沒有消失。

想著想著，他跑得更快了些。

算上趕路的時間，他們還剩四十五個小時左右。還有四個小時左右天就亮了，到時他應該能跑到玻璃花房——主腦並不知道洛非的事情，但由於阮閑要求看范林松的資料，它倒有可能在范林松的住處附近加強警戒。

按照一般邏輯，他們的儲備山窮水盡，眼看走投無路，最不該去的便是警衛嚴密、警備加強的玻璃花房。更近的廢墟海、地下城，甚至森林培養皿都要更合適些。

然而他們正在向玻璃花房前進。

玻璃花房……

唐亦步高高躍起，跳過兩米高的岩層，繼續前進。不知道是太過疲倦，還是打算應付餓的身體，阮閑在他背後沉沉地睡著。

玻璃花房。

這麼想來，自從和阮先生再次相遇，對方好像沒有做過多少不合邏輯的舉動，也經常會受傷。剛開始自己對那些傷口沒什麼特殊的感覺，一切合乎邏輯，那麼結果便理所應當。第一次介意這些，就是在玻璃花房吧。

當時看到阮閑受傷，他生出了一絲說不清道不明的不快，就像眼看蒼蠅停上精美的蛋糕、蟑螂爬過燒好的晚宴。而在剛才的戰鬥中，這種莫名的不快升至頂點，化為胸口難耐的酸痛。

唐亦步換了口氣，再次加速，希望以此止住奔騰的思緒。可時間一分一秒流逝，目的地越來越近，那些怪念頭卻沒有消失。

天快亮了，東方出現血紅的霞光。唐亦步氣喘吁吁，腦子脹得厲害，他甩掉頭上的汗，死死盯住那片紅色——

他的大腦又開始拚命重播不久前的那場戰鬥。其實在阮閑向他使眼色的時候，唐亦步猜出了對方想要幹什麼，並以為自己能夠像以前那樣痛快地接受。

可他看見那人的身影消失在M-α口中，皮開肉綻。森白的骨頭和還在抽搐的內臟從M-α的牙縫間露出，鮮血順著怪物的嘴角滴下，他還記得那讓人頭皮發麻的咀嚼聲。

有那麼一瞬間，唐亦步自己也感受到了那份劇痛。

他不能接受，並且隨著時間流逝，他越來越不能接受對方受傷的景象。如果這就是「愛意」，那它夠難搞的。唐亦步嘖了聲，繞過滿是碎石的石板地，繼續朝東方前進。等自己決定把阮先生徹底保存，他也得做差不多的事……

突然，唐亦步意識到了什麼，他驚恐地來了個急剎車。之前他奔跑的速度太快，背後的阮閑差點被甩出去。好在唐亦步反應敏捷，一把拽住了他的阮先生。

阮閑仍然沒醒，但呼吸均勻、體征穩定。唐亦步將對方抱在懷裡，猶豫片刻，試探性地吻了吻那人的嘴唇。

……他好像又錯了。

「那個時候你傻乎乎地跳出來，最終我們走到了這步。我覺得這可能就是——嗯，怎麼說呢——活著最有意思的地方？」幾個小時前，阮閑是這樣說的。

假設自己真能夠把對方固定成一個個時間點上的資料，或許在這些微小的奇跡誕生前，他便會因為一時的消極出手，急不可耐地要求悔棋，將一切重置。

這個想法讓唐亦步冒了一頭冷汗。他按住不安扭動的鐵珠子，帶著莫名的決絕，又親了口阮閑的嘴唇，發出響亮的啾一聲。

怎麼辦？

最後的手段好像突然也不成立了。

原本這世界在自己眼中如同精巧的葉脈，每個岔點分散出無數分支，但它從來堅固而確定。如今他的葉片燃起大火，燒出無窮無盡的問號——他徹底失去了對未來的掌控，腳底沒有地面，對所有異動心驚肉跳。

自己彷彿無法再確定任何東西，面對眼前的世界，他只剩下小心翼翼、疑神疑鬼和……一點點敬畏？

唐亦步嚴肅地思考片刻，伸出一個指頭，試探了一下阮閑的鼻息。

說不定阮先生在他亂想的時候猝死了，他一臉肅穆地思考道。所有機率不再僅僅是機率，它們變成了巨大的怪物，馬上要從頭頂壓下來。

……在愛情上，人類不吝使用世間所有溢美之詞。現在唐亦步只覺得人類格外不可信，這份感情明明危險至極，它絞扭著他的腦子，讓他不斷拷問自己，戰戰兢兢地質疑一切決定。

如果這就是動心的代價——

好像也不是不行。

唐亦步凝視著對方的面孔，突然覺得帶著漫山遍野的問號活下去也沒有那麼難受。他並非犧牲了什麼，自從接近這個人，自己似乎更確切地觸摸到了這個世界。

他將手指移動到阮閑的頸部，感受皮膚下生命的搏動。

殺意沒有完全消失，但也無法再凝聚。說來可笑，自己最初只想要這個人的血肉，如今卻不想再看到他的血了。

可惜唐亦步只顧在腦子裡翻炒思緒，沒控制好力道，一指按痛了阮閑。阮閑終於被鬧醒了，他皺著眉看了片刻擋在面前的胳膊，隨後將它緩緩推開。

「怎麼回事？」他瞥了眼紅色的天空，虛弱地開了口。

「快到目的地了。」唐亦步轉轉眼睛。

「不是問這個，剛才我怎麼了嗎？」阮閑懷疑地盯著那根手指。

「不，什麼都沒有。」唐亦步認真地答道，摸了摸袍內的上衣口袋。「你……要不要吃點東西？」

他張開手掌，一個眼熟的罐頭露了出來，刻有笑臉的那一面正好朝上，直直對著阮閑。那是自己離開前留給唐亦步的罐頭，阮閑記得。他以為那仿生人早就把它吃了，看眼下的狀況，它八成被對方當成了壓箱底的儲備糧。

「這裡還有昆蟲和草，馬上又要有補給，用不著。」阮閑搖了搖頭，「繼續留著吧，它的保存期限很長，最好留到最糟糕的時候。」

唐亦步猶豫片刻，又把它抱回懷裡。他像是想說什麼，最後也沒有找到合適的詞語，索性保持沉默。

「我們走吧，是時候拜訪一下范林松了。」阮閑餓得兩眼發黑，沒有察覺到對方的小小掙扎。「我再睡一下，等到了再叫我。」

「嗯。」

與此同時，主腦的城市邊境。

「……NUL-00 仍然沒有聯繫我。」阮教授繼續用投影偽裝著身體。「好消息是，備用攻擊機械的核心部件已經回收完畢，特定培養皿也已經開始建造訊號擴展裝置。」

虛擬螢幕後的數十人一時間議論紛紛。這次每片虛擬螢幕後都不只一個人，所有人表情肅穆，整個臨時指揮所的氣氛分外沉重。

「NUL-00有自己的想法，但也知道輕重。只要它想正常存活，勢必不會背叛我們，各位請不要擔心——將它逼得太緊，搞不好會逼出反效果。」阮教授的投影做出一個安靜的手勢。

「我想透過先前的會議，大家大概懂了這幾年我的準備，以及我們目前面臨的尷尬狀況。」

阮教授咳嗽一聲，將話題扯回來：「當務之急是快速完成備用裝置。關於攻擊程式的改善，我還需要特定人士的建議。按照現在的速度，我們有望在四週後發動攻擊。這是我們最大的機會之一，希望各位將精力集中在這件事上。」

「阮立傑是什麼情況？」其中一個虛擬螢幕後傳來問話，「我接觸過秩序監察那邊的暗樁，最近主腦對這個人十分感興趣。據說他和NUL-00是情人關係，目前他們正在一起行動。這是真的嗎，阮教授？」

「阮立傑是我的合作伙伴之一，他和NUL-00之間的情況……比較複雜。」阮教授輕飄飄地帶過這個話題，聲音沉穩可信。「不用擔心，你們看過計畫，他不是我們的計畫關鍵。就算主腦盯上他，NUL-00也能應付。」

停頓幾秒後，阮教授又加了句：「目前他們的行動有我的授意在，NUL-00除了聯絡方面不積極，也沒做出任何危害大家的事情。這個話題就此結束，接下來，關於備用攻擊機械的組裝……」

阮教授熟練地說了謊。

在MUL-01將一切毀滅前，他的生活中沒有多少說謊的必要。而七年過去，他學會了面不改色地說謊——

會沒事的。會過去的。我心裡有數。人類一定能取得勝利。

我們絕對能贏。

正如現在，他完全不知道NUL-00在打什麼鬼主意——那仿生人本應悄悄接觸阮閑，將對方的思路帶回來，他們再進行謹慎的推算和商議。哪想NUL-00一去不回，聽剛才那人的言外之意，他八成是把阮閑從主腦那裡拐跑了，還引起了主腦的注意。

沒有必要，並且太過粗暴，完全不是NUL-00應有的風格。

可自己別無選擇，只能把這口黑鍋扣在自己頭上。阮教授歎了口氣——除了告訴所有人這是自己的安排之一，他沒有太多辦法。面前的人算是可信的那一撥，但只要資訊出了口，他就會做出被主腦截獲的心理準備。

隨著計畫趨近完成，涉及到的知情者只會越來越多。讓主腦認定「這是阮閑的部分計畫」，繼續將精力集中在自己這邊，要比「連阮閑都不知道他們想幹嘛，那兩人是頂級危險因素」好得多。

畢竟不管NUL-00和阮閑想要做什麼，考慮到兩人對提高勝率的重要性，他們都還不能出事。

……這會不會是那兩人意料之中的發展？

一個疑問突然劃過阮教授的腦海，他愣了半秒，隨後竟有點想要微笑。如果不是他失去了頭顱，他現在可能已經笑出聲來。

風水輪流轉，短短幾日過去，自己倒成了被當成障眼法的那一方。

「……攻擊機械的基本原理如上，出於安全考慮，我不會給任何人完整的攻擊程式。接下來這幾位會分別收到程式片段。關海明，你負責的部分尤其重要——」

阮教授的投影仍然筆直地坐著，臉上帶著禮貌的微笑。

會議繼續。

CHAPTER 82 好久不見

MUL-01沒什麼情緒。不如說，它基本上沒出現過情緒。

MUL-01的本體有著大教堂的尺寸，遠遠看去，無數造型規則的黑色金屬塊懸浮空中，組成一個巨大的黑色長方體。巴掌大的盒狀金屬規律地轉動，個體與個體之間連著熒藍色的微光。它們在流動、變化，排成各種各樣的佇列，每一個黑色盒子內部都在一刻不停地進行計算。

電子腦是這個巨大方陣的核心。它同樣被盛放在黑色盒子裡，比周圍的盒子要大上一圈，這種差異在MUL-01的「軀體」體積下可以忽略不計。它們安靜地旋轉，從日出到日落，緊鄰一片用於散熱的廣袤沙漠。

這個現代化奇跡透過各種各樣的管道，將資訊傳向世界各地。

主腦的無數投影在城市或荒野中的指揮所徘徊，在同一時間做著不同的事情，發出不同的聲音……擁有不同的面孔。

與此同時，它還需要計算世界各地主腦城市的需求和問題、各個培養皿的匯總報告、各大洲氣候和環境的監督及調整，一切需要資料運行的方方面面。下級硬體和秩序監察會篩掉那些無關緊要的小事，隨後將符合條件的事件上報，但那仍然是一個恐怖的資料量。

某種意義上，MUL-01是這層薄弱地殼唯一的舵手。

它不會疲憊，自然也不會停止運算。MUL-01的本體就這樣沉靜地臥在沙漠邊緣，規律運轉。比起那些逼真的投影，這邊才更像是虛擬出的景象。

而這個不住變化形態的怪物身邊，擁有目前地表最為先進的防禦工事。它就這樣縮在安全的外殼裡，只有資料的幽靈進進出出。

比如現在。

MUL-01 永遠有一個投影留在秩序監察總部，好及時給出命令。眼下那投影正坐在桌緣，傾聽卓牧然的彙報。寬敞的玻璃辦公室外，秩序監察們來來往往，不時有人往這邊投來好奇的視線。

「……阮閑很小心，我們的人只能探到這麼多。阮立傑給出的資訊沒有問題，阮閑確實打算藉由完善攻擊類機械，以系統入侵的方式攻擊你。」

卓牧然並不在意那些目光，那些玻璃被設下了擾亂程式，外面的人無法透過它獲取聲音或口型。

「但至於攻擊程式的內容，計畫執行的時間點，我們的人暫時接觸不到。關於這一點，我其實有個疑問。」

「說。」主腦的投影語氣輕鬆。

「我另一邊的線人聽到風聲，NUL-00 和阮立傑的行為是阮閑授意的，這事說不通——NUL-00 的行為可以稱得上魯莽，而阮教授已經開始計畫，不會這種時候才插人進來竊取程式。」

卓牧然抿了口冷掉的茶水。

「比起花時間破譯我們還沒完成的搜尋手段，他們更應該把所有技術人才全集中在攻擊我方上……哪怕我們完成了搜尋技術，逐步排查也需要大量時間。要是竊取我們的防火牆資料我還能懂，資訊傳播演算法？我看不穿這個安排的目的。」

「確實奇怪。」主腦的投影點點頭，「時間點不合適，讓 NUL-00 孤身來救援也說不通。

那些情報並不值這個代價。但這一趟下來，我們確實損失了M-α和R-α，考慮到阮立傑的S型初始機身分，阮閑可能早就做過其他安排。」

主腦的口氣仍然平淡，卓牧然從沒見過那人顯露負面情緒的樣子，那些人性化的舉動八成也是表演出來的。然而就算心裡知道，面對這樣一個存在時，人還是忍不住會安下心來。

「我已經將那場戰鬥的資料發給技術部門了。」卓牧然凝視了片刻對方讓人舒服的五官輪廓，「他們會針對這次出現的狀況改造M-β及R-β，這次的安全性漏洞很是嚴重，絕不能出現第二次。」

「很好。」主腦笑了笑，「關於阮立傑的身分查驗呢？」

「胡書禮那邊已經證實，阮立傑確實是阮玉嬋的兒子。但除去阮立傑這個假身分，我們查不到任何相關的蹤跡。」

「讓胡書禮去研究一下S型初始機親和的基因片段，並和阮閑患有的疾病做特徵比對。」主腦稍稍歪頭，沉思了片刻。「另外，給范林松注射醒腦藥劑，我會在三天後親自拜訪他。」

「您……這是什麼意思？」卓牧然被這兩個要求的潛臺詞驚了一下。

主腦懷疑阮立傑與阮閑有關？雖然這理論上勉強說得通。他們都知道阮閑是個複製品，他記憶中的父母是偽造的。至於阮閑的親生父母……根據范林松的說法，阮閑幼時便因病被父母拋棄，相關部門沒有他親生父母的記錄。

這和阮玉嬋的情況是相悖的。

若是范林松對外界說了謊，也不是不能理解——原本的阮閑是被預防機構惦記上的人物，范林松作為平日監督他言行的人，將阮閑的真實情況保密也在情理之中。

就算面上多麼理直氣壯，那個老頭子仍然不認為殺死「原版阮閑」是多麼讓人自豪的事情。畢竟這事發生在主腦誕生前，若不是他意外將阮閑電腦裡的錄影灌輸給主腦，連MUL-

01 都不會察覺真相

卓牧然握著茶杯的手指有點發冷。

也就是說，阮閑是阮玉嬋兒子的可能性是存在的，他們的年齡差也大致對得上。那麼這位年輕版的「阮立傑」……

「為了避免被我利用，阮閑和范林松都偽裝了自己的DNA。」主腦像是看穿了卓牧然的想法，「但是阮閑的狀況特殊，他的病況相當嚴重，在二一零零前肯定留下了不少組織標本。為了好好駕馭S型初始機，他存在複製自己的可能性。」

「可要是做到這種地步，勢必要對阮立傑灌輸記憶。如果這件事情被捅破，阮閑在反抗軍那邊註定威信盡失。反抗軍方最多接受肉身的複製，要是記憶也灌輸了……」

「那就和我做的事情毫無區別。」

主腦流暢地接了下去。

「但為了勝利，這個可能性並非是零。阮閑比你想的更瘋狂，我瞭解他——阮立傑是最近幾個月才出現的人物，從他出現、與NUL-00相遇，到現在的攻擊計畫，很可能都是阮閑計畫的一部分。」

「也就是說，就算我們現在把這個消息爆出去……」

「反抗軍也沒空反應過來，自從上次被擊潰，他們的聯繫本來就不算頻繁，不滿發酵需要時間。但看他們的計畫，最晚也會在四十五天內開始，我方時間不夠。」

這麼一想，阮立傑確實可能是阮閑拋卻底線的賭注之一。

「但這些成立的前提是『阮閑是阮玉嬋的兒子』，這個結論還需要等胡書禮那邊的結果。我也會在范林松準備好後拜訪他，確定一下相關問題。」

……但總有哪裡不太對勁，卓牧然心想。

紅幽靈小隊大鬧玻璃花房後，他曾經對范林松展示過阮立傑的影像，當時他的反應是什麼？

那個老人似乎有點吃驚。

「看來你對這一位有點印象。」自己當時追問下去。

「長得很像我見過的一個女人……不過那是很多年前的事了。」范林松是這樣回答的。

「比對阮立傑和R系列兵種的容貌。」卓牧然當即下令。

一個虛擬螢幕飄到兩人之間，上面顯示出兩張年輕的面孔。阮立傑和阮玉嬋都是長相驚豔的那一撥，這樣一比較，兩人的眉眼尤其相似，不像是簡單的巧合。

范林松知道阮玉嬋這個人。

那個老人在過去將一切時間都貢獻給了研究，兩耳不聞窗外事。阮玉嬋的死亡因為涉及到未成年人，又不是凶案，媒體方面沒有大肆宣揚。范林松不可能在哪個媒體上看到類似的案件，兩人的階層和活動區域相差太遠，也沒有私交的可能性。

……看來主腦的猜測可能性不低。這樣一來，阮立傑的出色天賦也能得到解釋。

不過如果那真是阮閑的複製體，阮立傑和 NUL-00 的關係就有點意思了。卓牧然思索了片刻，就算他忠於主腦，也做不到「教唆自己的複製體愛上自己的造物」這種事情。

他的對手說不定真的瘋了。

卓牧然繃住臉，在主腦探尋的目光下，將自己拜訪范林松那天的記錄全都調了出來，讓主腦一同觀看。

然後他看到了自己當初沒有察覺的部分——在自己確定完阮立傑的狀況、轉身離開後，那老人朝他的背影露出笑容，那笑容讓人脊背發冷。

「殺不死的，魔鬼是殺不死的……而且他和這個世界正合適。」范林松用小到聽不清的聲音喃喃碎念。

當初監視的秩序監察將這些判斷為范林松一貫的胡言亂語，但結合眼下的情況，這句話似乎並不是一句單純的瘋話。

「看來我更有必要見見他了。」主腦臉上的笑容徹底消失。

「這個說法……」卓牧然也慢慢反應了過來，「最初的阮閑該不會還……？」

「可能性無限趨近於零。」主腦打斷了他的話，「那個阮閑的屍體被丟進了試驗用的α-092-30，按理來說早就被銷毀了。」

研究所的規定向來繁瑣，銷毀部門只出過兩次銷毀異常。第一次是在研究所剛成立不久，第二次是在銷毀NUL-00的那一天。主腦調查過那天的資料，那次銷毀異常八成是NUL-00搞的鬼。它不知為何恢復了運行，找辦法蠱惑了相關工作人員，逃出了研究所——既然NUL-00還在，主腦只能接受這個假設。

當時的NUL-00無法接觸到研究所內一切資料內容，這是不可違反的鐵則。也就是說，它不可能知道范林松對阮閑進行的「謀殺式治療」，更沒有理由插手這件事。

遙遠的沙漠邊緣，山丘似的黑色立方群快速轉動起來。卓牧然面前，面孔柔和的青年將手指按上下唇。

無數可能性加入了計算。

退一步，哪怕盛有阮閑屍體的廢液被偶然影響到，儲存下來。二十二世紀發生的戰爭也已經摧毀了大半研究所。絕大部分廢液倉都被損壞，七歪八扭地埋進土壤。濕潤的土壤會慢慢腐蝕它們，那些廢液最後的歸宿是泥土深處。

再退一步，阮閑所在的廢液倉沒有被戰爭損壞，只是被廢墟掩埋。沒有相當程度的能量刺激，廢液倉根本不會開啟。

哪怕真的出現了什麼偶然事件，廢液倉受了刺激，意外開啟。毫無防護、對現況一無所知的阮閑也很難活下來。試驗品就是試驗品，哪怕α-092-30讓他的身體短暫聚合，那具肉身在不到一天內便會徹底崩潰。

無論怎麼算，可能性都基本為零。

「只有結果最有說服力。」主腦對還打算說什麼的卓牧然搖搖頭，「我說過，等胡書禮和范林松的情報到手，再下結論也不遲。」

「時間上會不會來不及？」

「看阮閑那邊的計畫，幾天還是等得起的。不用擔心，我姑且會把『阮立傑就是阮閑』的假設加入計算。」

卓牧然長長地歎了口氣：「……您似乎永遠不會吃驚。」

主腦露出一個疑問的表情。

「沒什麼。」卓牧然搖搖頭，「我以為得到這樣一個假設，您好歹會產生一點動搖。」

「你為什麼會有這樣的想法？」

「根據記錄，以及這些年的狀況，阮閑算是你最在意的人類了。」卓牧然抬起眼，沒有隱瞞想法。「而NUL-00又是這樣一個情況——」

「我和NUL-00僅僅是核心邏輯相似。」

主腦再次露出一個完美的微笑。

「……那些只是你的錯覺，卓先生。我的感情計算系統只出過一次bug，它早已被阮閑親手修復了。」

地平線另一側，玻璃花房迎來又清晨。

范林松垂著眼，行屍走肉般蹭到餐桌前，準備吃早餐。他身邊的一切一如既往……不對，一旁倒茶的機械女僕動作和平日有點差別。

……自己已經無聊到這個地步了嗎？范林松扯扯嘴角。

然而倒完那杯茶，那個機械女僕開了口。

「范先生。」她微笑著說道，「好久不見。」

「……？」

「我們從地獄回來了。」

范林松知道自己的記憶被更改過，來到這裡後，每一天都大同小異。桌上的菜譜在換，書房的書本隨時更新，但他的記憶裡從沒有訪客。

房間裡倒也有女僕和男僕，這些半機械仿生人偶爾會和他說說話，好防止他因為過長時間沒有和人交流而發瘋。但交流內容也十分有限，范林松看厭了那幾張來來去去的臉，久而久之，他除了必要的求助，平時連目光交流都懶得做。

橫豎這些仿生人也不會跟他深聊什麼東西。無論是軀體還是內核，他們的人性化水準還不如末日前的仿生伴侶——這些「人」勤勤懇懇地扮演著自己的角色，只會和范林松聊些家常。在知道一切都是假像的前提下，這樣的偽裝讓人尤其厭煩。

發現他的消極情緒後，主腦會定期為他更換一批仿生人僕從，然而情況沒有多少改善。

「我們從地獄回來了。」

面容姣好的女僕倒完茶水，對他露出甜甜的笑容。有那麼一瞬間，范林松認定這是主腦提升自己交談欲望的新策略。

不，不對。主腦不會用這麼莫名其妙的話題做開場，無論是故障還是被動入侵，面前的仿生人女僕一定是哪裡出了問題。

范林松沒有半點求助的意思，他甚至遙控遠處的門關上，確保這個房間裡只有這名問題女僕「一人」。如果她是來殺他的就好了，有那麼一瞬間，范林松滿心期待。

「誰？」一段時日沒有說話，他的聲音有點乾啞。

漂亮女僕將茶盤按在胸前，直起腰，臉上的笑意有點古怪：「研究所地下銷毀室，銷毀樣本 L-013x9or1，以及 L-013x5nl7。」

范林松手一抖，剛倒好的茶打翻了一桌，雪白的桌布被染成了淺淺的金色。

他對這兩串編碼無比熟悉，它們烙在他的腦海深處，代表著他這一生最為錯誤的決定。

L-013x5nl7，α -092-30 試作品的廢液，他將阮閑的屍體溶了進去。後來自己專門去負責銷毀廢料的部門查詢過，當時得到的回應是「已經按照規章進行了處理」，范林松以為它早就被銷毀殆盡了。

L-013x9or1，NUL-00 的關鍵資料及記錄被備份後，它註定被銷毀的電子腦就是這個編號。

藉由兩串短短的編碼，他親手葬送了阮閑的時代。

來者不是主腦的人，它知道自己對兩者被銷毀的事實深信不疑，並且因此懊悔已久。阮閑倒有可能查到這些，但他不會用這麼……奇怪的方式接觸自己。

它說，我們從地獄回來了，我們。

……自己一定是瘋了，才會出現這樣的幻覺。范林松的呼吸急促起來，熱茶流過他的手背，他卻什麼都沒有感覺到。

「小阮。」他用做夢般的聲音小聲嘟囔道，「NUL-00？」

「猜對了。」那機械女僕一邊擦著桌子上的茶，一邊愉快地回答。「你看起來過得不錯啊，老範。」

「這不可能。」范林松睜大眼睛，僵成一塊木頭。「這不可能，我親手——」

「往我腦門上來了一槍，我記得。為了防止你在這個問題上糾結太久，我索性一次說完——我確實不是現在正活躍的那位阮教授，比如他不可能知道NUL-00計畫初始那時，你差點被技術部小楊帶的小蛋糕噎死這件事。當時的哈姆立克急救法還是小楊幫你做的，他差點勒斷你一根肋骨。

「他也不會知道，當初我們因為NUL-00的電子腦最外殼用導熱優勢型還是抗壓優勢型大吵一架。如果有必要，我可以重複當時的吵架內容。」

「……」范林松被這麼一通話堵到一句話都說不出來。他嘴唇哆嗦著，滿眼都是淚水。

「對不起。」等那女僕住了嘴，他才顫巍巍地開了口。「小阮，你是對的，MUL-01還沒有被完善，不適合投入市場……你是怎麼做到的？是怎麼活下來的？我無法想像——」

「我們不是來敘舊的。」不知道是不是錯覺，那女僕的口氣變了變，腔調不再那麼熟悉。「如果你真心想要道歉，我建議你把自己知道的全部資訊都告訴我們。至於聊天，省省吧，我代表阮先生拒絕。」

說著她左手緩緩豎起中指，隨後被右手啪地扣住。那女僕就這樣左右互搏起來，場景一時間有點古怪。

「……NUL-00？」這個口吻明顯不屬於阮閑，范林松沒心思介意對方的態度，他的心臟正處於爆炸邊緣。

「是。」對方沒好氣地回應。

得到肯定的答案後，范林松久久沒有說話。那女僕的動作由左右互搏轉為雙臂交叉，她一言不發，只是靜靜觀察范林松的反應。

許久，范林松發出一聲長長的歎息。他能清晰地感受到，自己枯死的心臟如同將要熄滅的木炭，在強風下透出最後的熱量。長久以來腐蝕靈魂的罪惡感突然輕了幾分，他再一次能夠順暢地思考。

「你們想知道什麼？」他沒再多問。

阮閑和 NUL-00 是怎麼活下來的，他不關心，也不想知道。他們還活著，這一點就足以證明現實的瘋狂——在主腦有條不紊的統治下，瘋狂才意味著希望。

「主腦本體的薄弱點。」面前的女人還在使用那種很不客氣的語調，毫無疑問，NUL-00 對自己沒有半點好感。

「你們製作的那位阮教授，我瞭解過情況，MUL-01 使用了 NUL-00 時期備份的核心資料、設計理念和神經系統構建記錄。阮教授本人在那個基礎上進行了調整，並在你的命令下加入了繁雜的道德判斷系統。」

女人的臉微妙地扭曲一陣，再開口時，語氣緩和了不少。八成是見 NUL-00 態度不怎麼好，阮閑又搶回了主導權。

「沒錯。」范林松還在調整呼吸，乾枯的心臟從未跳動得這樣有力。

「在我的印象裡，你更擅長硬體設計。既然你才是 MUL-01 項目的主負責人，它的本體是由你來完善的。」阮閑繼續道，「告訴我它可能的弱點。」

「沒問題，但我有一個要求。」范林松淡淡地說道。

那女僕的左手看起來又蠢蠢欲動起來。

「問完你們想問的，殺了我。」老人沒等對面問，兀自繼續道。「主腦不可能放我在這裡安度晚年，這裡肯定時不時有訪客，但我的記憶被做過手腳，我不記得任何人來過——要是下次主腦的人過來，從我這裡發現了你們的蛛絲馬跡，我連事後警告你們都做不到。」

「我不在意你們問這些做什麼，反正看現在的情況，你們不可能為主腦做事。想要躲起來也好，攻擊主腦也罷，這是我欠你的，阮閑。」

女僕再次抱起雙臂，沒有給出回應。

「答應我。」

「好。」半分鐘後，女僕才歪歪頭，答應下來。

「主腦有一個自己也無法消除的弱點。」見對方答應了，范林松才顫巍巍地繼續。「它曾經出過一次比較嚴重的 bug，當時阮閑……阮教授製作了一個更新檔，將它的問題修復了。當時那個更新檔干涉到了我的硬體製作，我印象很深。」

「被你知道弱點，主腦居然還放你活著，真是不可思議。」那個帶著厭惡的語調又出現了，NUL-00 見縫插嘴，隨後嘴巴被右手啪地捂上。

「那個更新檔間接影響到了主腦本體的『硬體組間距』，為了保證主腦運轉良好，我無法使用原本的完美數值。所以一旦計算量超出既定範圍，它的核心會過熱，導致損壞。」

范林松並不在意對方的敵意。

「我想主腦考慮過這個問題，但就算給我們這個機會，我們也無法利用這個弱點。因為更新檔運行後，漸漸和 MUL-01 的初始核心程式混雜在了一起……阮教授畢竟不是親手寫出初始核心的人，除非 MUL-01 將自己的許可權全開放給他，讓他仔細查看邏輯和資料，不然僅憑這點情報，他什麼都沒辦法做。」

「原來如此。」女僕沉穩地應道，「那個更新檔的具體情況是？」

「阮教授叫它『花束更新檔』。」范林松看了眼虛擬螢幕上的時間，加快語速。「之前 MUL-01 出現過一次情感問題障礙。它在運行途中，曾經就一些敏感問題提出過疑問，比如記憶治療和永生計畫之類的。當時阮教授回答了它，在我看來，那是個妥當的答案。」

「這件事我知道。」NUL-00 再次插嘴，「阮教授跟我說過……等等，等等阮先生，我等一下會告訴你的。」

「但它沒有像以往那樣順暢接受我們給出的回答，MUL-01 連續嘖了好幾天的論證，它之前從未那樣做過。」范林松無視了女僕的異狀。「阮教授最終用人的差異化回答了這個問題，我想他不會在這一點上說謊。」

「這和 MUL-01 情感系統的障礙有什麼關係？」

「得到差異化回答之後一個月，是阮閑……阮教授的生日。它送了他一束稀有的蘭花，那是他最喜歡的花。」說完這句後，范林松移開了目光。「準確地說，是阮閑最喜歡的花，我將這份喜愛定義給了阮教授……在那一個月裡，它大概研究了很久『差異化』相關的問題吧。」

「它認為他是獨一無二的，我能想像。」NUL-00 的語氣平板起來，「然而接下來發生的事情我也能想像。」

「是的，它不能對不同個體進行差異化對待。」范林松盯著桌布上不斷擴散的茶漬。「作為世界的輔助管理者，MUL-01 必須保持絕對的公正。所以按照當時公認的規章……」

「阮教授必須對它進行維護。」這次開口的是阮閑，「他修改了它的情感判斷系統。」

「那不是改動多大的維護。」范林松扯了扯花白的頭髮，「阮教授不是很愉快，我能理解。但 MUL-01 本身也沒有做出什麼抗議，它平和地接受了更新。」

「『花束更新檔』只是抹除了 MUL-01 還未上市前，接觸者的所有特性——我們把記錄裡的影像改成了統一的無臉模型，使得它無法找到任何特殊的目標。我們從沒想過，就是這麼一個簡單的改動，居然能不斷滾雪球似地自行擴展，影響到它的核心系統。」

「我大概知道情況了，阮先生。」半晌，NUL-00 自顧自低語道。「我們不需要他了。」

「告訴我吧。」范林松摸了摸皺紋橫生的手，「至少我想死個明白。」

「很簡單。」不知為何，NUL-00看起來有點得意。「阮先生為我製造了非常接近正常生物的神經和情感體系，哪怕它和人類的標準有區別，我也可以開心地使用它們。MUL-01既然用了和我類似的設計，那麼這方面的差別不會太大。」

「我知道這些。」

「即使是這樣，我也費了很大力氣研究我的課題——關於人類的各種情緒和感受，我最近剛推翻了一波呢。」

那女僕露出一臉苦相，隨後表情又莫名開朗起來。

「因為我發現，是否『感受』過，對認知的影響非常巨大。我不認為自己是人類，但我和阮先生處在戀愛狀態，所以我情不自禁地討厭你，這是一套很複雜的連鎖邏輯判斷。從結果上來說，討厭你讓我感覺良好。」

「……你和阮閑處在什麼狀態？」范林松噎了一下。

NUL-00無視了驚恐的范林松：「發現這一點後，對於其他人類的狀態或者情緒，我在判斷上會留有一定的——怎麼說呢，空間？差異化確實是一個不錯的回答，但『邏輯上明白』和『理解』不是一回事。你看，如果不算本體，我好歹比MUL-01強那麼一點點吧？連我都被阮先生的課題坑得要死，MUL-01本來就是瘸腿，你們還把它僅剩的那條腿給砍了。」

「不是……你和阮閑……？」

「一個簡單的比喻，花束更新檔把MUL-01變成了一個無痛症患者，然後你們又要它來判斷所有人的痛苦，分清其中細微的差別。」NUL-00露出一個接近憐憫的表情，「這肯定會影響到它的情感核心構建。」

「你和阮閑到底……？」范林松無法扭轉自己的注意力。

「我們是愛人關係，你沒聽錯。行了亦步，你別刺激他了。」阮閑接回了機械女僕的聲帶使用權。

「我明白了，」范林松慢吞吞地說道，目光筆直地瞪著空氣。「看來我是真的瘋了，和幻覺對話了這麼久。」

「隨你。」想要的情報已經到了手，阮閑無意深入這個話題。

「就算是幻覺。」范林松繼續道，「你也得踐行承諾殺了我，哪怕是幻覺也好……」

機械女僕歎了口氣，她伸出右手，指尖點上范林松的額頭。范林松閉上眼睛，等待對方的手指戳碎自己的腦殼，攪爛自己的大腦。他終於可以放下罪孽，離開這個沉重的……

「砰。」然而接下來，他只聽到一個簡短的擬聲詞。

那機械女僕——或者說阮閑，用右手拇指和食指比了個手槍的手勢，食指戳上范林松的額頭，卻沒有弄破一點皮膚。

「你這是什麼意思？」

「你自己開始的專案，自己好好見證它的結束。」阮閑甩了甩手，「而且我為什麼要給你解脫？要死自己去死。」

「……我不是說過嗎！主腦說不定會從我這裡套出話——」

「它未必有這個時間。」

機械女僕在恢復正常前，丟下了最後一句話。

「……而且關於我和 NUL-00 的關係，當你意識到『不是幻覺』的時候，我還挺期待你的反應的。」

十二小時前。

今天玻璃花房的天氣也很不錯，風從半開的窗戶灌入室內，將輕薄的窗紗微微揚起。光線不明不暗，一切都剛剛好。

可惜洛非放鬆不下來，準確地說，他煩得腦殼疼。

他花了相當久的時間才消化掉洛劍的記憶，穩定住自我認知。在腦子清醒後，他對於阮教授的態度不算多麼親熱——屬於洛劍的敬佩和認可還在，屬於洛非的排斥卻也存活了下來。洛非自己的追求不算太高，他確實想要自由。然而「想要自由」和「推翻主腦」不是一個量級的理念。

而且就算認同阮教授的理念，他也無法接受父親因此承受大量壓力、捨棄家庭，將自己變為某種「工具」的事實。

自己甚至未必算父親的兒子，這點讓洛非尤為介意。他從骨子裡反感這場孕育出自己的戰爭。

於是在前不久接到阮教授的召集那時候，洛非選了個相對折中的方式——他不打算直接參與阮教授的反抗計畫。幫忙傳遞資訊和提供物資可以，但玻璃花房不會參與過深。洛非決定將火種的火光給阮教授瞧兩眼，但他也要讓對方知道燃燒一個人的代價。

話雖如此，盡力還是要盡力的。

洛非只想保證一件事。玻璃花房在整個計畫裡必須保持最大限度的低調。這樣就算反抗軍又一次敗退，自己的人也不會受牽連。

事情原本會這樣發展，直到兩位熟人找上了門——阮立傑和唐亦步又一次穿過電子防禦牆，艱難地躲過層層篩查，硬是一路溜進了他在預防收容所的房間。

這兩個傢伙進來後就是燙手山芋。如果他放著不管，他們一旦被發現，自己這邊一定會成為主腦的調查地點。

「我以為我們已經兩清了。」洛非面無表情地坐在床邊。

自從洛非把自己成功弄進預防收容所，已經出院的洛劍時不時會來探望他，順便帶著大包小包的食物。為了保證父親不被牽連，洛非沒有和洛劍徹底斷開往來，交流卻也不怎麼熱情。父親送來的食物，他一般會拿來贈送給人，隨便打點下關係，很少獨自吃完過。

然而它們眼下快見底了。

得到洛非的許可後，不請自來的兩人正在桌邊大吃特吃，活像被關押了八百年的餓死鬼。洛非本以為他們頂多墊墊肚子，結果兩臺人形吸塵器馬力驚人，點心一盒又一盒消失在空氣裡——連點心盒都被他們帶來的機械生命吃得一乾二淨。

這得是餓了多久，洛非不知道該表現出同情還是肉疼。

「是兩清了，這次我們是來談生意的。」兩人進食的速度終於慢了下來。唐亦步將嘴巴裡的點心吞下肚，用力吐出一口氣，這才回應了洛非的話。

比起剛進屋時半死不活的樣子，唐亦步肉眼可見的精神了不少。

洛非瞄著唐亦步眼角可疑的晶瑩反光：「我這裡沒什麼生意好做。」

「你沒有全力支援阮教授。」唐亦步舒適地摸摸肚子，揩揩眼角。「應該是不想被牽連吧。」

「我的父親對阮閑十分忠誠，我能感受到那份忠誠。可惜我和他思考的角度有點差別，我沒有他那樣執著。」

洛非欲言又止地瞧了眼唐亦步嘴角的點心渣。

「如果你擔心我在支援反抗軍方面藏私，那大可不必。不過我的首要目標是保住父親、菸姨和小涵他們。真要到了選玉碎還是瓦全的時候，我會選後者。」洛非很坦然，初見時的青澀無影無蹤。「如果你們是為這事來的——」

唐亦步愉快地叼起一片餅乾：「和我們預想的差不多，洛先生，你是最適合的合作對象。」

這本應是場嚴肅的談話，可惜對面兩個人衣衫襤褸，嘴角掛著點心渣，氣氛實在是緊張不到哪裡去。也就是這兩位的長相實在出眾，畫面看起來還有點賞心悅目的意思，洛非這才拿出了十足耐心。

「你需要提供的東西很簡單——目前主腦將警戒等級提高了，我們沒辦法再憑空捏造資料，我們需要一個藏匿的地點。時間也不需要太久，十二個小時就足夠了。」

「我家？」洛非很快領會了唐亦步的意思，自從換成自己被關在這裡，他的父親住進了他之前的住處。

「你可以請令尊到這裡來待半天，我記得預防收容所有為家屬提供的暫住服務。」唐亦步咕嘟咕嘟灌下一杯水，饜足地眯起眼睛。「我們可以保證你家不會暴露。」

「這是阮閑的要求還是你們的要求？」思考片刻，洛非拋出了又一個問題。

沒有直接參與阮閑的會議，洛非手裡只有些必要的物資需求清單。他們雖然也會幫阮閑的人傳遞消息，為了自我保護，洛非並不知道那些消息的內容。說實話，他只是知道阮閑正在籌畫又一個反抗計畫。至於面前這兩人是否參與其中，又充當了怎樣的角色，他是真的不清楚。

「我們的要求。」阮閑終於也空出了嘴，胃裡的絞痛消失了，眼前也不再一陣陣發黑，他終於緩過了氣。「謝謝款待，洛先生。」

洛非心不在焉地擺擺手。「別忙著謝我。說實話，這都是些口頭的東西，我還不打算信你們。姑且先聽聽看，既然是談生意，我能得到什麼？」

「我可以把你們的部分聯絡系統加密和升級。」

雖然阮閑停下了進食，唐亦步卻還沒有停嘴的打算，顯然餓得狠了。

「你知道我的能耐。這個也很好證明，待會我可以現場演示給你看——它能幫你更方便地和你的人聯絡。你看，萬一阮閑倒了，主腦沒再有觀察你們、取得相關資料的必要，它會立刻開始整治這裡的不正規組織，你的一株雪首當其衝。」

唐亦步吞下手上最後一塊餅乾：「這樣吧，作為技術測試，待會我幫你入侵阮閑的指令系統。我會把部分戰況開放給你一個人，你可以視情況提前準備避難，或者低調行事。正好證明一下我們操作的安全性，以及『不是阮閑的人』這一點。你有洛劍的記憶，應該能分辨內容真偽。」

如果自己和阮先生贏了，那麼這個戰況沒有半點實用價值。如果自己和阮先生輸了，洛劍和洛非的性子他們都知道，洛非不至於拿著這份情報投奔秩序監察。

註定你知我知天知地知的買賣。

唐亦步滿足地抹抹嘴。

「只要用我家十二小時？」阮教授確實不會用這種機密當籌碼。洛非唔了一聲，「戰況分享、系統加密……有話直說吧，你們還有什麼要求？假設待會我認可了你的技術。」

「衣服、鞋子、簡單的裝備。這是比較好搞到的東西。」阮閑微笑著接過話頭，「除了這些，我們還需要一點比較稀有的零件，這就要借用你在這裡的人脈了，洛先生——你們最近在幫阮閑運物資，十二個小時內湊到這些應該不難。」

「……可以。那麼唐先生，展示下你的能力吧。」

之後的交涉很順利，他們得到了一間空公寓。為保證一切順利，順便等待零件送過來，兩人做了充足的準備工作，足足十個小時後才聯繫范林松——藉由入侵范林松房間內的機械女僕，他們又花了一個小時左右來取得情報。

時間還富餘一小時。

「歇完這個小時，我們還有三十六小時，一天半。」唐亦步攤倒在沙發上。

處理掉那些髒兮兮的壓縮罩袍，兩人穿好了方便行動的新衣服，阮閑甚至得到了新的槍套和白外套。和以往不同，這次阮閑的背包空空如也，等著稍後送到的零件將它填滿——那些零件還挺重，但好在體積不大，不至於影響他的行動。

唐亦步的背包中則塞滿了嶄新的武器和新鮮食物，別說鐵珠子，連一塊多的糖果都塞不進去。唐亦步本人的衣服相對貼身，使得腰帶和口袋裡的各式道具分外顯眼。

如果只是普通探索，他們稱得上全副武裝。不過考慮到這是擊敗主腦前的最後行裝，它們樸素得有點可笑了。

隨著太陽升起，屋內越來越明亮。阮閑站起身，決定不浪費這寶貴的時間——他倒好兩杯水，將其中一杯推到唐亦步面前。

後者側頭看向他，毫不吝嗇地露出微笑。方才和范林松對話途中，為了取得機械女僕的控制權，他們還小小地撕扯了一番——唐亦步本來就有點長的黑髮亂了不少，胸口的衣服也皺成一團，戰鬥服的煞氣蕩然無存。

阮閑愣了愣。

屋內明亮，唐亦步橫在沙發上，將背包當做靠枕。洛非的公寓原本就充滿生活氣息，如今又沒有饑餓和疲勞困擾著他們，氣氛柔軟得很。目前情況特殊，他們之間甚至沒有太多彼此猜忌。

在那短短的一瞬間，周邊的危機、戰爭、主腦似乎統統不存在了。阮閑握著水杯，有點希望這一秒永遠持續下去。

公寓不是他的，安穩不是他的，但面前之人的笑容是屬於他的。

眼前的景象比他見過的所有事物都更接近一個「家」。阮閑看了眼唐亦步身上斑駁的小傷——為了儘快趕到玻璃花房，唐亦步在奔跑中硬吃了不少刮擦。傷勢不嚴重，但傷口挺深，看上去有些駭人。

阮閑放下手裡的水杯，坐到沙發邊緣，再次俯身去吻唐亦步。

吻上對方，隨後咬破舌尖，在舌頭癒合前儘量多送些血液。阮閑很熟悉這個流程，唐亦步曾在途中拒絕過他一次，當時是輕微的燙傷，自己或許有點過度反應。現在他們物資充足，狀態平穩，治療一下總是好的。

結果眼看阮閑吻過來，唐亦步死命縮脖子，臉歪向一側，硬是躲過了這個吻。

鬧脾氣？是在記恨自己剛才干涉他和范林松的對話嗎？

阮閑一隻手安撫地撫過唐亦步的耳根，動作更輕了些。結果唐亦步猛地又一伸脖子，躲過第二吻。眼見這仿生人海豹般靈活地亂搖腦袋，阮閑好氣又好笑：「……你有什麼問題嗎？」

他捉住唐亦步的手腕，將那隻布滿細密傷痕的手在唐亦步本人面前甩了甩：「手不要了？」

「我們來談談花束更新檔的事情吧。」唐亦步目光遊移，口氣嚴肅。

「談這個用不了整整一小時。」阮閑挑起眉毛，「一分鐘後再談也不遲，你別鬧了，讓我幫你治治傷。」

「這種程度明天就能好。」唐亦步堅持不看自己的手。

「可我看著不舒服。」

「這段感情真的讓我在生活中多出很多難題。」唐亦步的口吻相當奇妙，聽起來有點像抱怨，但又有點興奮。「咬舌頭也挺痛的。」

「我習慣了。」

唐亦步眉頭反而皺了起來，他轉過目光，打量了阮閑片刻。隨後他張開雙臂，直接就著這個姿勢把對方按在了身上。

「這和『你感覺到痛』有關嗎？」唐亦步一隻手扯了扯阮閑的臉，疑惑地表示。「你『習慣』了，所以再施加新的疼痛也沒關係？這是什麼邏輯？除非真的沒辦法，我不想看你受傷。」

阮閑沒回答，他只是借著眼下的姿勢，將身體前撐，吻了吻唐亦步的眼睛。

「沒什麼關係，是我判斷錯誤。」幾分鐘後，阮閑撐起身體，情緒中多了幾分莫名其妙的愉快感。「現在我們聊聊花束更新檔的事情吧。」

唐亦步坐起身，喝了口水，然後差點噴出來——

「你在做什麼？」

「提前準備物資。」阮閑輕鬆地答道，此時他人正站在廚房，用小瓶接自己的血。「接下來我們就要去余樂他們那邊了，雖然這一路閒置時間也不少，但誰知道會不會突然出現點什麼。於是我打算早做點準備——別那種表情，這可是必要行為，亦步。我只是打算將準備提前一點，分幾批製作，省得一下子太過虛弱。」

唐亦步憋了半天，沒能找到反駁理由，只能短暫地哼了聲。

阮閑仔細灌完了三個小瓶，將它們密封起來，用軟帶束好，隨後吮了吮手腕上的傷口。準備很快完成，他把打包好的小瓶遞給唐亦步，然後精準地捉住了對方的嘴唇。

其實摸出相處規律，唐亦步還是很好應付的。阮閑憋住了笑意，努力保持住嚴肅認真的表情。

效果立竿見影，對方雙手上的傷痕緩緩癒合，連道疤都沒留下。許久之後，阮閑結束了這個吻，視線對上他最愛的那雙金眼睛。

「阮先生。」

唐亦步沉思了片刻，咂咂嘴。

「如果你想吻我，可以不用這麼……害羞。我不會拒絕的，不如說相當歡迎——要不這樣吧，以後我想吻你的時候，我就不打招呼了。」

「……」不，這傢伙並沒有他想的那麼好應付，阮閑咳嗽了一聲。

唐亦步努力擠出真誠的表情，但沒藏住眼底那一絲戲謔。

「我們還能在這裡待上四十分鐘。」隨後唐亦步將血瓶仔細塞到懷裡，沒有浪費時間的意思。「接下來我會跟你好好說一下花束更新檔的原理，以及我們可能的利用方式。等見到余樂，我們就沒有那麼多時間做準備了，必須提前把方案定下來。」

「我明白。」阮閑有點留戀地打量了一番這個房間，隨後調整了一下自己新獲得的腕環，在面前召出一片空白的虛擬螢幕。

「開始吧，亦步。」

CHAPTER 83 降落之前

被注射的藥劑漸漸生效，余樂開始嘗到了這東西的厲害。一開始，它只是讓他神清氣爽，頭腦異常明晰。可時間一點點過去，他發現了它的恐怖之處——它讓自己完全喪失了睡意。

身體已然開始疲憊，余樂全身發虛、心跳加快，手腳冰涼並且一陣陣酥麻。可他的大腦前所未有的清醒，像是被冰水淬過，哪怕強行閉上眼睛，也一點睡意都捉不到。

自從醒來，他應該已經在這裡超過二十四小時了，可自己連個哈欠都沒打過。

看來主腦下了狠藥，他的生命在燃燒，大腦正處於最為興奮的狀態。

這還真有點像榨汁，余樂一邊應付面前投影的問題，一邊胡思亂想——地下城取活體記憶的方法粗糙得很，彷彿在水果表面蓋一層油布，吸走些香味。後來錢一庚技術熟練了，知道攪碎新鮮的人腦，也頂多算擠壓切開的檸檬。

主腦的做法要更加精巧，它像準備食材一樣仔細料理他們，等他們的腦到了最成熟的狀態，再挪進榨汁機內徹底粉碎，不浪費半點數據。

想到這裡，余樂感覺更糟糕了。

偽裝姐姐的投影對他的情況瞭若指掌，詢問節奏越來越快，問題覆蓋面越來越廣。余樂有種相當不妙的預感——他只能粗略估計被關進來的時間，也不清楚主腦粉碎人體的詳細流程。他和季小滿記憶被調動得越充分，他們剩餘的時間就越少。

藉口勸說余樂順從和配合，季小滿叫停過好幾次這讓人頭痛的訊問。可惜四面八方都是監視機械，她頂多能嘟囔些沒什麼意義的話，來為余樂爭取短暫的喘息時間。

但他們都能感覺到，自己的腦子越轉越快、越發好用，這份異常的興奮狀態在和疲勞一起侵蝕體力。最後一次叫停談話時，季小滿給了余樂一個擁抱，她將臉埋在余樂肩膀上，聲音極小。

雖然他們都知道主腦還聽得見。

「唐亦步他們不會來救我們。」她挑選著措辭，「我們在低燒，余樂，已經過了最適合逃跑的狀態。秩序監察說得對，他們就算來，也更可能是在我們被粉碎前過來滅口的。費力來救我們根本不值得。」

她甚至不確定這算不算謊話，季小滿幾乎要把自己說服了。她在心裡做好了最壞的打算——就算自己被粉碎，然後重組，對於母親的愛護應該還存在於記憶中。那麼接下來那個「她」會繼續照顧母親，情況不至於到絕望的地步。

看眼下的狀況，他們只能寄希望於自己安排的援兵能及時趕到。

余樂笑了兩聲，沒有回答季小滿的話。他人生中第一次想把自己的腦子挖出去，大腦越來越活躍，身體卻跟不上思維速度，整個人如同被悶在濕水泥裡，一舉一動都帶來難受的凝滯感和眩暈。

突然整個房間震顫了一下，瞬間陷入黑暗，寂靜填滿兩人的耳朵。

這是試探嗎？還是來接他們的人到了？

總之這樣下去，他們早晚會喪失活動能力，還不如就這樣拚一把。

「小奸商，動手。」

季小滿二話不說，將自己的義肢左右一碰，一陣輕輕的喀嚓聲後，帶有腐蝕性的液體融掉了余樂四肢的禁錮。不過環境實在太黑，濺出的混合物也腐蝕掉余樂左手背一塊皮膚。

余樂忍住疼痛，嘗試著站起來。然而他並不像季小滿那樣擅長肉搏戰，大腦的過分敏感讓他一時間無法協調四肢，余樂一屁股坐到地上。

「我們的鎖結構相似。」季小滿將余樂拉起來，「我查看過警報機械的結構，這樣融掉能爭取三十秒左右的時間。接下來就看——」

房間爆開了，無數瓦礫紛紛壓下。

「……等等，你跟涂銳是怎麼定細節的？」季小滿扛著余樂，驚恐地躲過一大塊砸下的金屬板。「他是不是知道你把車糟蹋成啥樣了？」

「老涂可沒這麼混球，我們先逃再說！」余樂被灰白的塵灰澆了一頭一臉。

本來密封的房間塌下一個巨大破口，季小滿咬咬牙，撐著余樂鑽出房間。此時她身上秩序監察的制服生了效，秩序監察們正在手忙腳亂地應付突發情況，她只需要扯開嗓子，表示自己在「轉移重要人物」就好。

不清楚外面的狀況，坐以待斃是最蠢的。

建築塌陷，燈光熄滅，四周漸漸有火光燃起。季小滿深吸一口氣，朝黑暗的廢墟鑽去，儘量躲避這個據點尚完好的監視系統。

「老余，撐著點，別睡。」她急促地重複。

「我倒是想睡……別慌，小奸商，老子離死還遠著呢。」余樂翻了個白眼，「妳看，我他媽真是有先見之明。別說明滅草和螢火蟲那堆東西，光是主腦的活躍藥劑都能把我變成沙包。」

眼下硝煙四起，警報聲此起彼伏，是余樂最喜歡的戰場味道。可惜他現在如同一隻被人翻了身的烏龜，除了仰面四肢亂蹬，別的啥都做不到，還得靠一個女孩子帶著逃命。余樂悲傷地吸了口氣，開始祈禱涂銳稍微來晚一點——至少等他能正常活動了再碰頭。

不然他絕對會被那個姓涂的玩意嘲笑一輩子。

季小滿顯然十分擅長躲藏和逃命，哪怕帶著老余，她也成功將自己融進了陰影。四周的爆炸聲越來越響，兩個人四隻眼到處瞧，沒看到附近有墟盜船的影子。但要說這混亂的引發者想要救他們，又不太像那麼回事——他們頭頂的天花板再次塌陷，季小滿狼狽地拖著余樂堪堪躲過，兩個人差點被砸斷腿。

「按照計畫，我們先去走石號預定的著陸點等著。」季小滿驚魂未定，將余樂的胳膊往脖子上扯了扯。然而兩個人都出了不少汗，余樂的胳膊變得滑溜溜的，本身又粗壯，年輕女孩思考片刻，將余樂放下，決定換個方式行動。

幾秒後，余樂壓抑的慘叫聲在狹窄的空間裡響起。

幾十米外。

「怎麼樣？」唐亦步一邊愉快地破壞，一邊詢問騎在浮空摩托車上的阮閑。說這話的時候，他手裡還托著個單人衣櫃那麼大的炸彈。

「都還活著，而且沒有缺手斷腳。我沒聞到他們的血味。」阮閑將速度開到最大，隨唐亦步在據點上方盤旋。「我看到走石號了，它正在飛往這邊……按照這個速度，它最多還有五十秒到。他們肯定是改造了彈射網的彈射裝置。」

「那我先繼續。」唐亦步愉快地表示。

「你要扔那個下去？等等……喂，是我。是的，我們已經不需要彈藥支援了。考慮到安全問題，你們先退開吧。」

阮閑朝唐亦步打了個手勢，隨手用血槍射落兩個試圖接近他的小型狙擊機械。他打開電子腕環，向遠處的玻璃花房物資隊打聲招呼——他們正好要幫阮教授送一批物資，索性順道把兩人送了過來。

「……等你們回了玻璃花房，幫我謝謝洛先生的協助。」

「我扔了啊？」見阮閑掛斷通訊，唐亦步手一鬆。

這顆炸彈的目標是這座據點的武器庫，武器庫的防禦穹頂已經被唐亦步親手捏裂了。碩大的炸彈成功突破屏障，炸出刺眼的火光，一排排武裝機械隊伍在烈火中變為廢鐵。濃煙遮蔽天空，灼熱的爆風差點掀翻阮閑的浮空摩托車。

「我們來歡迎一下許久不見的涂先生吧。」阮閑穩住摩托車，鬆開車把，在唐亦步身邊保持住了平衡。隨後他從口袋裡掏出了路上混合出的小玩意，扔進腳下的大火。

耀眼的紅光騰空而起，在空中組了個巨大的紅色笑臉。

下一秒，走石號的船頭撞上了那個標記。巨船在慣性的作用下持續前進，停在了據點旁的空曠沙地上。

唐亦步這回沒有任由重力將自己扯回地面，他歪了歪身子，坐上阮閑的浮空摩托車，緊緊抱住身前人的腰。阮閑調了個角度，徑直衝向走石號的甲板。著地後，車底摩擦甲板，發出刺耳的吱吱聲，剛好停在一個人面前。

「你們弄壞了我的甲板。」涂銳推推眼鏡，望向甲板上那道焦黑的痕跡。

「順便幫你救出了你的船長，我們算扯平了。」阮閑將半報廢的浮空摩托車往旁邊一歪。

涂銳狐疑地看著面前的火海——據點的主要兵力是武裝機械，眼下武器庫被炸了個徹底，秩序監察的隊伍徹底亂了套。走石號上的墟盜們瞧見面前新鮮的據點廢墟，眼紅成一片。他們無視燎人的煙氣，嗷嗷叫著衝進廢墟，開始搜刮還能用的物資。

「救出來了？老余在哪？」涂銳瞧了一圈，除了打成一團的墟盜和秩序監察，他沒瞧見其他人影。

阮閑指了指不遠處霧氣最濃的地方。涂銳抬抬下巴，幾個待在船上的年輕墟盜抬起用來驅散毒氣的空氣泵，直直朝那個方向噴去。

「操，涂銳，別噴了。」老余的吼聲從煙霧中傳出，有點變調。「你給我等一下，我馬上過去。別噴了別噴了，別他媽噴了——！」

「加大風力。」涂銳又推了推眼鏡。

灰黑色的煙霧終於被吹散，兩道人影顯現出來，只不過姿勢有點不對勁。人高馬大的余樂被季小滿一手摟背、一手撐腿彎，非常牢固地抱在胸前。季小滿似乎不認為這個動作有任何不妥之處，表情認真而肅穆，余樂則一隻手拍在臉上，整個人散發出生無可戀的氣息。

「麻煩你們接他一下。」涂銳一本正經地點點頭，「我去房間裡拿點藥。」

這個謊話說得相當不到位，唐亦步和阮閑兩人目送涂銳繃著臉走進船艙。不到五秒，船艙中傳出一陣壓不住的爆笑。

「看來涂先生還要再笑一下。」唐亦步嚴肅地指出，「我們還是先把余樂接回來吧——總得有人開船逃跑。」

「是啊。不過待會就別提這件事了，亦步，接下來我們還要那兩位幫忙呢。」

阮閑已經開始解甲板上用於救援的軟梯，臉上帶著笑意。

「……我們的余先生還是有機會表現表現的。」

涂銳走出船艙，眼角還帶著笑出來的淚花。

余樂和季小滿被唐亦步一次一個拎上了船，季小滿還好，只是出了些汗，候在甲板上的年輕爐盜遞上了乾淨的水和毛巾，此時她正擦著身上的汗和塵灰。余樂還在被藥效影響，歪倒在甲板邊緣，用力翻著白眼。

「這種東西類似神經興奮劑，我對它有點耐受力。」見余樂表情複雜，她小聲對涂銳解釋。「老余的狀況是正常的。」

「不不，妹子，重點不是這個。」涂銳咧著嘴，直接把冒著熱氣的大毛巾甩上余樂的臉。「這傢伙之前威風得要死，余大船長向來頭可斷血可流，吹出的牛不能丟。大宴會喝酒的時候他得吹過幾萬次，說自己是頂天立地的熱血男兒，寧可站著死，也不願意被人半死不活地──」

「呸，去你媽的老涂。被人半死不活地拖出來，和被漂亮妹子抱出來是同一回事嗎？」老余吞了幾口身邊爐盜餵的水，緩過了氣。「你想要還沒這待遇呢，羨慕嗎？羨慕不來啊。」

季小滿的臉猛然紅了。

「中和神經興奮劑的藥。」她低下頭，抓起涂銳帶出來的藥箱，努力翻找起來，似乎想靠這些動作轉移注意力。「還有補充電解質的飲料，最好還有……」

趁季小滿還在翻東西，唐亦步從藥箱裡拿出一把鋒利的手術刀。他走到余樂面前，在對方手指上劃了道口子，小心地舔了舔刀刃上的血。

「藥效還能持續四十個小時左右。」唐亦步皺著臉咂咂嘴，「季小姐，余先生，我建議你們先不要服中和藥。」

「為什麼？」

「上來就給我一刀啊？」

季小滿和余樂幾乎同時出聲。

「我完全不想幫你做口腔取樣，血液挺好的。」唐亦步的臉皺得更厲害了，「還是說你希望我那麼做？」

余樂迅速反應過來，臉色一陣發青：「血還夠嗎？不夠你再給我一刀。」

「夠了。不用緊張，就算你希望，我也不會答應。」唐亦步重重地噴了口氣，這才轉向季小滿。「主腦的藥物能讓你們的頭腦保持高度興奮狀態，對我們之後的計畫有好處。余樂體格不錯，只要你們其他藥物跟上，能很快恢復行動的能力。」

「這倒是。」余樂擺擺手，「我還不能睡，得先把船送回去再說。」

「送回去？」旁邊觀察戰場的阮閑開了口。

「鬼知道你們會這麼早來湊熱鬧，我跟老涂商量好了——等我們被抓的時間差不多，要是阮教授那邊沒人接應，就弄條船過來救人。這據點離廢墟海特近，我們可不是隨便選了個地方被抓的。」余樂歪歪斜斜地站起來，將季小滿扔來的飲料一飲而盡。

「沒錯。」涂銳表示，「然後我推算著時間差不多了，趁廢墟海那邊一團亂，就趕著過來啦。我帶了一年份的穿梭劑，要是你們沒出現，我們打算把這個據點好好穿一通，直到找到船長為止。」

說罷，他又瞧了眼時間，手指從虛擬螢幕上一劃——走石號主艦發出沉悶的汽笛聲。

「撈得差不多了就回來，主腦的援軍在路上了！」涂銳的聲音透過擴音器傳出。「五分鐘，逾期不候——！」

墟盜們不再翻找廢墟裡的武器和物資，紛紛向巨大而破舊的主艦狂奔。整艘走石號船身震顫，隆隆作響。

為了防止敵人再從陰影裡悄無聲息地冒出來，阮閑靠在甲板視野最好的地方，儘量將整個戰場收入眼底。這個據點不算大，也沒有什麼寶貴資源或戰略價值，更像是個補給用的中轉站。如今它被炸彈、火焰和船體碾得七零八落，駐紮在此的秩序監察們沒有拚命的打算，他們乘上浮空摩托車，迅速撤退。

正如涂銳所說，這些人沒有留下的理由——這個小據點發生了遠超接受範圍的襲擊，主腦會第一時間從附近的據點調派人手，消除禍患。墟盜們能靠突然襲擊制住一個小據點，在主腦的正規軍面前只能作鳥獸散。

曾經身為反抗軍，涂銳顯然對主腦的管理方式很是熟悉。這位副船長雙手撐上甲板欄杆，破舊的鏡片反射出滔天火光。

就像訓練有素的老練劫匪，阮閒心想。他確實聽到了遠方的動靜，主腦的飛行部隊在飛快地朝這邊衝來，五分鐘左右便能抵達現場。

「老涂，我說弄條船過來救人。」余樂在震耳欲聾的隆隆聲中扯開嗓門，「你他媽把整條船都給開來了？」

「我還能怎麼辦！」正在船頭觀察情況的涂銳吼回去，「萬一這邊比我們想的麻煩，一般船可救不了你！」

「扶我去駕駛室！」余樂一把抓住涂銳，「切到陸行模式，我來開船——敵人都快撞到臉上了，這條船哪能交給那群小年輕！」

「那你恐怕得等一等了。」涂銳摘下眼鏡，將它仔細放進眼鏡盒。「差不多了，找個地方趴好！所有人都是，快點！」

船體的隆隆聲越來越響亮，阮閒快速反應過來，抓住一邊還在看熱鬧的唐亦步，就地趴下。唐亦步啪地歪倒在地，被擠在阮閒的雙臂和甲板欄杆之中，他左右看了看，愉快地抱緊阮閒的腰。

季小滿也快速溜到欄杆邊緣，她用一隻機械臂緊緊拷住欄杆，另一隻手掌噴出，在余樂和涂銳腰間轉了一圈，留下一道挺寬的尼龍鎖。

除了這幾位執意觀察情況的，其餘的墟盜全都衝進船艙。

又是一串汽笛聲。

船底噴射出了什麼，力道極強，阮閒差點把那陣顛簸誤認成爆炸。轉瞬之間，整艘巨船搖搖晃晃浮在了空中。隨後船尾爆出一陣快要刺穿人耳膜的轟鳴，走石號主艦似乎變成了一艘懸空的噴氣快艇，斜斜朝著天空刺去。

「……這場面有點眼熟哈。」余樂的臉被風吹得直抖，半天吐出一句話。

當初試圖和「消毒」的秩序監察同歸於盡，自己也搞過這招。余樂本以為自己弄的場面夠大了，沒想到涂銳比他還敢想。

「多謝余大船長給的靈感。」涂銳緊緊抓著欄杆，雙腳別進欄杆下端的縫隙。整條船帶著爆鳴聲衝上天空，高高地越過死牆，衝回廢墟海領地一望無際的荒原。「不過跑了這兩回，我們的家當差不多也得見底了——揚帆！」

走石號升至頂點，船側打開，大到誇張的金屬滑翔帆伸了出來。加上灰暗的船體，整艘走石號看起來活像條大型魟魚。進入滑翔狀態後，船身的震動終於停止，顛簸也變得小了不少。東倒西歪的眾人這才各自站起，倚著欄杆喘氣。

「亦步，鬆手。」

阮閑拍了拍唐亦步的胳膊——那仿生人一副沒玩夠的樣子，仍然興致勃勃地摟著阮閑的腰，舒適地橫在地面。他沒有去瞧向船下快速後退的荒原，而是側著臉，看向廢墟海上空的壯闊星空。

見對方心情好得出奇，阮閑索性也保持了躺著的姿勢，十分自然地轉頭：「直接回廢墟海？我看到廢墟海了，但它還遠得很，恐怕你們著陸後還要走一段。」

「是啊，我們可沒主腦那麼多能源，最多就這樣了。」涂銳無言地凝視了片刻倒在甲板上的兩位，半天才開口。「等落地後切到陸行模式，我們得再走個三五小時，留著點能源。待會還得靠噴氣裝置回廢墟海，要是這船擱淺在外頭，肯定會被秩序監察按著打。」

「主腦那邊八成不會就這樣放手。」余樂接了下去，「待會船給我開，我得把你們送回去。老涂，廢墟海現在什麼情況？」

「新來了個叫段風的傢伙，號稱是段離離的弟弟。他說服了馮江，打算重建極樂號。」涂銳冷笑兩聲，「你不在這幾個月，我和他們鬥得挺愉快。知道段風是秩序監察，事情好辦得很——給他們點『勢均力敵』的幻覺就好，這不派上用場了？」

「你在廢墟海挑了事？」見談到正事，余樂收了面上匪氣的表情。

「嗯，對方以為我們在和他們硬拚。整個廢墟海亂成一團，吸引了秩序監察的注意，我才有機會出來……不過現在據點一毀，主腦肯定很快能反應過來是怎麼回事。」涂銳瞧向越來越近的地面，「我已經想好了，這船是最好的誘餌。等我們到廢墟海，大家……」

「大家乘著小一點的船分開，或者乾脆攻下極樂號，走石號直接撞進湮滅點。這樣除非殺乾淨廢墟海所有人，主腦沒辦法很快確認目標。」

阮閑橫在地板上，接過了涂銳的話頭。

涂銳的計畫不難猜，一艘船換一個人。自從這條船暴露在據點的秩序監察面前，它註定走上毀滅的路。但余樂未必喜歡這樣的處理方式，這個噩耗更適合自己來說。

涂銳深深地瞧了阮閑一眼。

果不其然，余樂的臉色有點難看。但考慮到自己是被救的那一方，他倒也沒發脾氣，只是重重地歎了口氣。季小滿沒見過廢墟海的夜晚，之前忙著四處張望，此時也收了目光，擔心地看向身邊的同伴。

「說說你們的計畫吧，小阮。」余樂轉身背對眾人，一個人頂風站著，聲音有點斷啞。「這船快著地了，待會我得去開船。後面的飛行隊比我們快，肯定會追上來，等一下八成又要開打。」

這回阮閑掙開了唐亦步的胳膊，站起身，吸了幾口又乾又冷的夜風。

「如果我們的計畫成功，這船未必需要銷毀。」阮閑選了個誘人的開場，「和消毒的時候差不多，涂先生只要撐個一天，以後就再也不需要擔心秩序監察了。」

余樂眯起眼睛：「你剛剛讓我和小奸商不要吃中和劑，為的是這個？你們計畫幹嘛，阮教授知道嗎？」

「一個個來。」唐亦步也站起身，他最後看了眼璀璨的銀河，雙手從後面抱住阮閑的脖子。「先從『計畫幹嘛』開始回答——余先生，我們打算在三十個小時內打贏主腦。」

「我明白啦，你們徹底瘋了。」余樂深沉地表示。季小滿則呆呆地站在原地，沒注意平衡，差點被風吹翻。

「接下來的事情還需要涂先生回避下。」阮閑只當沒聽見余樂的回應。

「涂銳就站這裡聽，他是我兄弟。」余樂齜起牙齒。

「你確定？」

阮閑不懷好意地彎起眼睛，此時走石號已經相當接近地面，他能清晰地看到揚塵打過枯黃的草葉。

「我聽到了裝甲越野車的引擎聲，很熟悉的那種。」

「老涂，你先去駕駛室吧。」余樂立刻嚴肅地說道，「那幫小年輕開船，我不放心。」

涂銳意味深長地瞟了眼余樂，擺擺手：「待會見，兄弟。」

「現在可以說了？」等涂銳的身影消失在甲板，余樂斜眼看向阮閑。「你們又想搞什麼有的沒的？三十個小時，唉喲這夢話……」

「我和阮先生確定了方案。」唐亦步把下巴放在阮閑肩膀上，一本正經地表示。「我認為勝率相當高。」

「……只要我們有最出色的駕駛員，以及最出色的機械師。」

季小滿有點反應不過來。

對面兩人的口氣輕鬆愉快，毫無緊張感。比起勸說他們一起擊敗主腦，他們更像是來介紹商店打折活動的推銷員。

饒是如此，她仍然手腳一陣發冷。深秋的冷風呼呼擊打著後背，眼前的一切都有種強烈的不真實感。

她起初只是想出來闖蕩一番，頂多接觸些新鮮知識，若是能找到阮閑，那再好不過。現在這個目標超標完成了，她找到了兩位阮閑，可惜哪個都無法立刻幫上她的忙——

阮教授眼下正忙著對付主腦，他們就沒見他休息過，罐子裡的那個大腦接近一天二十四小時連轉。自己和阮教授沒啥交情，季小滿根本不相信對方會放下手中的大事，盡心治療母親。

而面前這位更是冷淡，良心的有無讓人捉摸不透。考慮到對方的知識儲備到底落後於時代，又不是溫柔負責的類型。除非有十足的把握，季小滿不想拿母親的電子腦給他當練習模型。

當初剛到地下城，她便第一時間把母親挖了出來，轉移到其他地方，並附上了定時裝置。等時間過去一陣，地下城安全了，付雨和K6就會收到信號，將母親的身體妥善保存起來。她做好了一切準備，為了確保塵埃落定後，阮教授能為母親進行相對認真的治療，季小滿確實願意為反抗主腦出出力。

但自己只是個隨處可見的年輕人，一個小人物。她沒有多大的覺悟，多了不起的理想，甚至連母親的維修方向都沒什麼底。

她本以為完成這件任務，她的人情計畫就可以結束了。雖說被阮教授當成了可犧牲的人，這點讓她有點不滿。但既然她還活著，這人情就是能夠交易的籌碼。

至於親手擊敗主腦這件事，她想都沒想過。

……那終究是神仙打架的範疇。

余樂大概會同意吧，季小滿想道。他看起來真的很寶貝那艘船，以及他在廢墟海的朋友。那人一直嘻嘻哈哈的，一副不把自己性命當回事的樣子——這麼刺激的邀請，他八成會同意。

果然，余樂沒思考多久，便爽快地點點頭：「可以，反正就三十小時，能保下船就行。我醜話說在前頭，要是有生命危險出現，老子絕對跑得比誰都快——我要是死在這種事上，老涂他們可是白惹一身麻煩。」

自己要拒絕嗎，現在給阮教授的人情勉勉強強夠了，她沒有必要冒這個險。可是……

「季小姐，我可以保證，妳和余先生都會有退路。如果能提前結束這場戰爭，而妳是其中的大功臣，阮教授一定會找最頂尖的專家維修妳的母親。我個人也願意瞭解一下相關知識，出一份力。」阮閑似乎嗅到了她的猶豫。

「我……」季小滿還是有點猶豫。「我沒那麼厲害。」

「有退路」不等於「能活著退回來」。眼下空氣填滿火藥味，人連自己的命都未必能保住，別說他人的。

她不像關海明，在末日前便受過頂尖教育。她也不像余樂，風裡來雨裡去，能做到大大咧咧遊戲人間。季小滿比誰都清楚，自己的知識全是溜門撬鎖偷學而來的，雖然戰鬥方面相當擅長，大場面卻也沒經歷過太多。

可是這怎麼看都事關大義，要是拒絕，自己會不會成為某種罪人？

「真的，我不一定辦得到。」她有點退縮，卻又不知道該怎樣婉拒這樣的大事。「……我和主腦也沒什麼個人恩怨。」

「好，我能明白。」阮閑沒有強迫她的意思，只是點了點頭。「老余，那你自己從船上挑個人。這些都是你的人吧？總之挑出來的機械師水準越高，這計畫越容易成功，你也越安全。最好不要掉以輕心……給兩位十分鐘的休整時間，等時間到了，還勞煩季小姐進一下船艙。」

「哦哦。」余樂愉快地應道。季小滿局促地張張嘴，結果她還沒說出話，一隻溫暖的大手便蓋上了她的頭頂。

「小奸商，妳不願意，沒人會因為這個怪妳。」

余樂揉了揉季小滿的頭頂，沒太用力。

「不像我，妳還有掛念，而且該做的也都做了，不欠誰什麼。要是現在逼妳冒險，我們得成啥玩意了——選妳想選的路就好。別說我，妳看對面那兩個，哎喲看他們那樣，哪個像是想對妳丟大道理的。」

巨船觸上地面，船兩側揚起波濤般的沙塵，在黑夜中隆隆前進。不遠處，秩序監察的飛行器越來越近，不時有導彈追蹤而來。墟盜們在船尾架設防彈網，而在爆炸燃起的微弱火光裡，阮閑正和唐亦步說著什麼，兩個人都笑著，不時交換一個親吻。

「他們兩個啥時變得這麼難捨難分了，不行，我還是接受不了小阮的身分。」余樂看著看著開始跑題，「別看了小奸商，再看眼睛都要瞎啦。」

「你們船上有機械師嗎？」季小滿的情緒仍然不怎麼好，口氣恢復了慣有的冷硬。

「有的有的，技術也還行。瞧見船頭那個定位箱了嗎？那個就是他做的。」

季小滿嗖地跑到定位箱附近，仔細查看了一番。她的表情更複雜了——這箱子的製作者是有點技術，但要和自己比，絕對差得遠。

沉默了片刻，季小滿又慢慢走回余樂面前，翻著眼睛看向他。

「……我們是朋友吧。」她小聲說。「我們算嗎？別騙我，搞不好這是我們最後一面。」

「妳這丫頭怎麼說這種話？」余樂噎了一下，「是啊，絕對是。至少是會去掃墓祭拜的那種。相處這麼多天，貓貓狗狗都有感情了，那邊那兩個死了我都得唏噓一下，妳有點自信行嗎？」

「那我還是一起去吧。」季小滿頭垂得更低了，「你們的機械師水準實在不行，你要是真因為這個死了，我怕你在棺材裡凶我。」

她抱起雙臂，一隻手摩挲著秩序監察制服下的那片樹莓貼紙。

「……」余樂又歎了口氣，「謝了。」

「看來兩位商量完了。」不知道什麼時候，剛才還活像親吻魚的人湊了過來。阮閑朝余樂露出一個有點欠揍的笑，「我們走吧。」

「你早就知道她會跟上來？」

阮閑和唐亦步對視一眼，隨後兩個人看向余樂的眼裡多了點憐憫。

「……操，等等，這麼一想，你們選的時間點也是故意的吧？你們是不是猜到老涂為了救我，會把走石號開過來。然後這樣你們就能拿走石號跟我做交易了？」當局者迷歸當局者迷，老余在其他方面相當通透。「大家好歹相識一場，要不要這麼絕？」

「只是猜測，而且他們未必能及時趕到。」唐亦步一臉謙虛。

「賣了這麼個人情，然後順帶連小奸商也坑進來，很行啊……算了，跟著你們總比跟著阮教授可靠，至少你們是明著坑我。」余樂搖搖頭，「說吧，啥計畫。」

季小滿沒再開口，她像以往一樣沉默，只是朝三人所在的方向湊近了些。

「換個地方說，這裡不保險。秩序監察很快就追上了，為了涂銳著想，這裡的人知道得越少越好。」阮閑打開虛擬螢幕，迅速傳送訊息。

「說是這麼說，我們能換到哪——你在傳訊給誰？」

「涂銳和仲清。我得告訴涂銳我們借走了你，讓他暫時別擔心，回廢墟海專心逃。」阮閑快速輸入著文字。「亦步，你先把後面的秩序監察清理一下，記得做得漂亮點，別讓主腦知道你在這。」

唐亦步一溜煙跑去船尾，不知道從哪裡拆了個導彈外殼，把自己上半身套了進去，然後愉快地玩起「偽裝導彈」的遊戲——秩序監察的主要飛行器被這個啞彈逐架擊落，然而考慮到走石號射回去的一堆真導彈，唐亦步確實不算顯眼。

「……說實話，我已經開始後悔了。」無奈地收回視線，余樂皺起眉。「仲清？仲清那小子不是被我們留在地下城了嗎？」

「是啊，他顯然不太喜歡那裡，所以才急著跑出來。」見唐亦步的身影從甲板消失，阮閑的動作更快了。「我剛剛說聽到了熟悉的引擎聲，那不是威脅，是實話。」

「你等等等！」

「很好，他還知道帶著必要的武器。我們不需要從走石號額外拿了。」阮閑看著螢幕上的訊息，「走吧，兩位。亦步，我們走了——」

船尾的導彈邁開兩條長腿，愉快地跑了回來，身上還帶著濃重的硝煙味道。他直接撕開金屬殼，一手抓住余樂，一手抓住季小滿。阮閑主動抱上唐亦步的腰，後者見萬事俱備，從高速前進的走石號上一躍而下。

余樂尖叫得比季小滿還響。

可是眾人沒有直直撞上沙地，被唐亦步撕得亂七八糟的彈殼起到了緩衝作用——他們降落在裝甲越野車的頂部，金屬殼剛好卡了進去，使得四人沒有滑下車。眼下裝甲越野車正在以一個相當高的速度和走石號同方向前進，他們也不至於被慣性甩飛。

「不是。」余樂撐起身，一臉麻木地拍了拍身下的金屬皮。「這車我記得只有我能開啊？」

可能是預料到了什麼，他的聲音裡有一絲絕望。

身為機械師的季小滿第一個反應過來，她快速打開車門，鑽到後排。唐亦步和阮閑緊緊跟著。

這輛車上的東西被秩序監察搬空了一次。雖說仲清又帶了不少東西，他到底是個孩子，對真正的戰鬥準備一無所知，行李量很是有限。後排的行李位置空了不少，倒是能再坐下兩個人。季小滿徑直鑽到了行李旁邊，決定躲避即將到來的暴風雨。

阮閑和唐亦步很不客氣地占據了車子的中排，余樂做了半天心理準備，這才緩緩爬上車。隨後他發出一聲悲鳴。

甜甜-Q2——或者說阿巧，正含著根棒棒糖，一本正經地坐在駕駛座。方向盤連帶掌紋識別器都被暴力拆卸掉了，那仿生人將線連進自己的電子手環，直接用電子腦控制車輛。看損傷程度，大概一時半刻修不好。

被拆下來的方向盤在兩個座位間躺著，好在前排兩位足夠瘦小，有足夠的空間給它占。仲清正坐在副駕駛座，見人到齊了，他哆哆嗦嗦轉過身，苦笑著打了個招呼。

「臭小子，等這車停了，我他媽——」

「開啟隔音，阿巧。」阮閑朝她打了個手勢，隨手從唐亦步的背包裡摸出塊糖，當報酬給了她。「繼續往西走，多謝了。」

年輕女孩得到了巧克力糖，俐落地開啟了隔音功能，把余樂對仲清的恐嚇全都關在車子一側。

「現在我們可以談談計畫了，幾位。」

阮閑又剝開一塊巧克力糖，塞到剛戰鬥完的唐亦步嘴裡。後者吞下糖果，愉快地打開虛擬螢幕，接住了話題。

「仔細看這個機械結構圖，季小姐。離森林培養皿還有六個小時的車程，我們要準備的東西可不少。」嘴裡含著糖，唐亦步的聲音有點模糊。

「森林培養皿，你是說一零三六培養皿？」余樂仍心疼地瞧著被暴力扯下的方向盤，大聲抽氣。

「是的。」阮閑調整了個姿勢，按下座位的調整鍵。中排的椅背降下，後兩排座位連成了床鋪一般的平面。四個人都挪了挪身體，頗有種在床上打牌的氣氛。

「先說壞消息——很遺憾，余先生。魚與熊掌不可兼得，你的船我們能保下，這輛車註定要犧牲啦。」

「……」

CHAPTER 84 最後一日

樹蔭避難所附近下了大雨。

就算避難所本身在地下，空氣裡泥土的濕氣也比以往濃重了不少。闞海明打了個噴嚏，揉揉鼻子，繼續處理面前堆積如山的程式檔。丁澤鵬在他的辦公室裡找了個位置，搬了套桌椅給自己，相當認真地研究著一串資料。

頭部熟悉的脹痛突然造訪，闞海明嘶地抽了口氣。他看了丁澤鵬的背影一眼，沒有再去打開酒精音樂，而是老老實實地從架子上取了藥，配著水吞下肚。

一片不小的虛擬螢幕懸掛在空氣裡，顯示著無訊號的圖樣。夜晚來臨後，丁少校不時會傳來一些簡短的資訊。最近附近的培養皿戒嚴，近幾天不知為何，森林培養皿裡多了不少秩序監察，丁少校的聯絡頻率低了許多。

「他們在尋找什麼東西。」丁少校曾如此表示，「叫你們的人老實點，別去有建築物殘留的地方。最近正好多雨，縮小活動範圍就好，主腦應該不會懷疑。」

然後他一天最多能再傳回來一兩句話。

然而阮教授的聯絡填補了這個空白，向田鶴簡單地告知活動範圍問題後，闞海明幾乎將所有精力都放在了完善攻擊程式片段上。丁澤鵬雖然在醫學上天賦平平，在程式研究方面卻展示出了驚人的才能。目前為止，他們這邊的進展很是順利。

緊迫感當然是少不了的，可闞海明從未這樣安心過。

「海明，這邊的設計我沒怎麼看懂。」

丁澤鵬撓撓短髮，帶著漂浮的虛擬螢幕走近。幾個月沒出門，他的皮膚白了不少，氣質上有幾分像那個蒼白的丁少校了。只不過哪怕是虛假的記憶，影響仍然是巨大的——小丁人是沉穩了不少，內裡仍然是那副單純的性子。

「按照這個演算法算，進行單位擴散的效率提升是百分之七十九。」他在其中一段編碼上比劃了一下，「但如果把這個改成這樣……這樣，你瞧，這樣能把數值提高到百分之八十七。我不明白為什麼不用這個，是不是有什麼潛在問題？」

「我看看。」關海明將虛擬螢幕拖到面前，「……這樣的改動可能會影響另一部分的效率，不過你這一段寫得挺有意思。稍微再改改，到百分之八十二還是有可能的，幹得不錯。」

丁澤鵬不好意思地笑笑，他揉揉鼻子，手指還沒從鼻尖挪開，房間中央的虛擬螢幕便突然亮起。

「一零三六培養皿東北方的防禦網有異常讀數。」丁少校朝面前兩人眯起眼，口氣有點微妙。「我壓下來了，常規檢測資料裡多了兩個莫名其妙的字元。」

「什麼字元？」

「**:D**」

丁少校直接用文字回應了關海明。

「我知道了。」關海明表示，阮教授曾告訴過他，這是 NUL-00 本人愛用的符號，但他並沒有接到 NUL-00 會到這裡來的通知。「是我們這邊的事情，接下來我會接手。謝謝你。」

丁少校陰沉地掃了眼室內，輕哼一聲，切斷了通訊。

可惜等救援小隊到了異常地點，他們沒有看到任何可能是 NUL-00 的人物——有四個人正杵在濕噠噠的森林裡，兩男兩女，其中還有個未成年的孩子。

簡單的檢查後，他們被帶進了關海明的辦公室。

「你們這是？」關海明認出了余樂，但他對其餘幾位沒什麼印象。他的目光在穿著秩序監察服飾的季小滿身上停留了挺久。

「這位是季小滿，我們的機械師，不是秩序監察的人。」余樂用毛巾擦著濕漉漉的頭髮，「那邊那個叛逆期小妞叫阿巧，是電子腦的仿生人，勉強算個戰鬥力，不用管她。未成年的小子只是個熊孩子，對地下城不滿意，我們只能把他帶過來，委屈你們一下了。」

「喂！」仲清不滿地大叫。

「阿巧能顧著仲清，你們不用找人保護他，給他們一點飯吃就好。」余樂無視了仲清的抗議，「聽說你們這待遇還可以，多兩張嘴也沒事，我們會出保母費的。」

「老師讓你們來的？」

「算是吧。」余樂轉轉眼珠，「準確地說，我們是NUL-00的同伴。阮教授還不知道這事，我們也沒必要聲張哈。」

關海明懷疑地眯起眼。

「總之先把這兩個小孩弄走，有些話不方便當著孩子的面說。」

等丁澤鵬笑咪咪地帶阿巧和仲清離開，余樂嘿嘿一笑，對季小滿使了個眼色。後者點點頭，沉著臉啟動了電子腕環。一個關海明熟悉至極的身影出現在了房間裡。

「STR-Y型307a231為您服務。」唐亦步的虛影對關海明扮了個鬼臉。

「……？」關海明一時間沒有反應過來。

「我在樹蔭避難所待了足夠久，關先生，我對這裡瞭若指掌。如果您不配合，或者想要將消息透露給阮教授，我會第一時間遮罩你們的通訊系統。」唐亦步笑咪咪地繼續。「放心，我不會讓您做什麼對不起阮教授的事情，在接下來二十四小時內幫我們保密就好。」

「二三一？……你在做什麼？」

「你的老師叫我NUL-00。」唐亦步的虛影繼續道，「這名字挺麻煩的，我更喜歡唐亦步這個叫法。至於證據……我剛剛在阮教授給你們的攻擊程式片段內插入了四十三個『:D』，您待會可以數一下——這套保密程式是我幫他檢驗的，我很清楚怎麼破解它。」

見到阮立傑時，關海明確實好奇過二三一去了哪裡。考慮到外面危機不斷，他曾以為二三一損壞了，而阮立傑不知道該怎麼提這件事。

關於外面的事情，阮教授也只會給他必要的基本情報。聽說 NUL-00 還在後，關海明也想像過它的形態，可他萬萬沒想到，那個 MUL-01 的「前身」是這個在基地蹭了兩年飯的玩意。

他一時間不知道該拿什麼態度面對這位滿臉假笑的主腦前身，只得保持沉默。

……幸虧丁澤鵬不在，不然作為和這傢伙組了挺久隊的人，小丁八成得留下一點心理陰影。

「二十四小時，我想嘗試著用自己的方式攻擊主腦。還請你們為余先生和季小姐提供一點住房和資源支援，以及幫我們保密二十四小時。」

唐亦步無視了關海明的表情。

「不需要調用你們的人員，你們可以繼續忙自己的程式研究。當然，這是客氣的說法。如果您不同意，我只能強行遮罩這裡二十四小時了——雖然我想你們在二十四小時內也研究不完那些攻擊程式，好像也沒什麼影響。」

……那你還商量什麼，直接遮罩算了。考慮到對方的身分，關海明禮貌地嚥下了這句話。

說完這句，唐亦步自己也愣了一下。但他很快反應了過來，語調裡還有點小小的驕傲：「考慮到強制執行可能會傷害您的感情，我還是決定和您商量一下。」

關海明抹了把臉，還在試圖消化自己曾經「修理」過 NUL-00 的事實。

「行吧。」他瞄了眼桌上層層疊疊的資料，裡面突然出現的「:D」紅得刺眼，讓人有種淡淡的煩躁感。「二十四小時後，我會立刻報告阮教授。在那之前，我會為余先生和季小姐提供食宿和資源幫助……但就像你說的，現在我這裡很忙，我頂多找人幫他們帶路，我們的人不會參與任何戰鬥。」

「成交。」唐亦步眨眨眼，「作為報酬，我剛剛幫您把修改版攻擊程式的 bug 挑出來了，就在那些『:D』的旁邊。」

「……」

關海明揉了揉太陽穴，只覺得頭更痛了。他歎了口氣，又掃了眼面前的余樂和季小滿。

「謝謝。」他有氣無力地應道，「順便一提，你們那邊有奇怪的嘎聲，建議查看一下環境的安全性。」

「不用擔心，那是我們的司機。」

「?!」

「操操操，等等，唐亦步你說啥？你給我等等——」余樂一個箭步衝到虛擬螢幕前，可惜唐亦步已經終止了通訊。

「你不該告訴他們的。」高速行駛的裝甲越野車上，阮閑委婉地表示。

裝甲越野車的方向盤被阿巧毀了個徹底，在去往森林避難所的六小時中，唐亦步和季小滿的所有精力又都在製作計畫用的機械設備上，根本沒工夫修理它。

當然，唐亦步可以用和阿巧一樣的方式駕駛——將線路接進電子腕環，用電子腦進行操縱。然而唐亦步作為這輛車內僅存的戰鬥人員，隨時都可能跳出車外戰鬥，於是他們的解決方案只有一個——

當初季小滿為鐵珠子製造了個「駕駛座」，如今它又派上了用場。鐵珠子開開心心地臥進了那個金屬碗，再次開始駕駛這輛車。興許是風馳電掣的感覺太好，它興奮地嘎嘎直叫，還帶上了點曲調。

而唐亦步和阮閑待在後排，繼續手上的工作。

天已經亮了，將其餘四人送去森林避難所後，裝甲越野車踏上了它最後的旅程——朝著主腦本體所在的方向全速前進。

「你確定是那裡？」座位還保留著展平狀態，唐亦步就這樣趴在臨時搭建的座位床上。數十個虛擬螢幕在他身邊漂浮遊動，上面快速閃動著資料。

「嗯哼。」

阮閑正一遍遍檢查季小滿和唐亦步趕工出來的機械。

「我在二一零零年那一天待了好幾個月，我很確定。主腦在發動大叛亂前，肯定考慮了怎樣保護自己的本體——萬一大叛亂剛開始，它就被人用物理手段關停了，那才是鬧笑話。我計算過當時的地圖，以及相應的環境和設施要求，它的新位置肯定在仿生人秀場南部的大沙漠附近。」

「附近。」唐亦步嘟囔，手在最近的虛擬螢幕上劃了兩下。

「有了大體區域，到時候很好找。」阮閑伸出手，撫了撫身邊人的背，示意對方安心。「你那邊情況如何？」

「剛才對話的工夫，我又攻下了十五個據點……好吧，騷擾了十五個據點。」唐亦步咧咧嘴，「MUL-01 如果會生氣，大概快被我氣死了。」

正如他們所料，余樂的逃脫致使那個秩序監察小據點陷入混亂，而面對這種規模的混亂，主腦勢必會從附近的據點調撥兵力鎮壓。

然而但凡它調走一個據點的兵力，唐亦步便趁虛而入，一把捏住軟柿子，在這些武力薄弱的據點好一通騷擾——比如奪取幾臺武裝機械的控制權，東炸炸西炸炸，拿人家的武器庫放放煙火。

唐亦步沒去動那些大據點，執意在這些不會造成致命傷的小據點上搞出一堆堆麻煩。而在主腦堅信「這都是阮教授的授意」的前提下，唐亦步這些舉動尤其讓人迷惑——

目標終究不是什麼軍事重地，這些進攻除了製造短暫的混亂，沒有實質上的戰略意義。摸不清對方的目的，MUL-01不會抽調大據點的兵力去鎮壓。而唐亦步的技術等級和它相當，小據點的防火牆本來就不算嚴密，它也無法在短時間內解決掉那些煩人的入侵，只能陪唐亦步繼續玩這個類似於打地鼠的災難遊戲。

短短六個小時。

以余樂搞垮的那一個小據點為中心，四周數百個中小據點多多少少都陷入了混亂。紅色笑臉在各個螢幕上到處亂飄，部分武裝機械發了瘋，將小據點的牆炸得東倒西歪，運氣好的還能點燃一兩個軍火庫。

「主腦氣不氣我不知道，卓牧然可能快被我們氣死了。」阮閑瞧了眼唐亦步虛擬螢幕上密密麻麻的閃爍紅點，忍不住笑出了聲。「進攻中遇過連接不暢的問題嗎？」

「沒有，只要集中一點，攻擊效率相當高。」唐亦步指揮著虛擬螢幕，讓它們在微暗的車內來回遊動。「比單憑我自己攻擊……我想想，效率高了十倍不止吧。」

阮閑看著興致勃勃的唐亦步，手指撫過正嗡嗡作響的機械：「看來這東西的連線性能達標了，阮教授在備用計畫上也沒有掉以輕心，不錯的設計。」

「一般人也沒辦法在這麼短的時間內改造它。」唐亦步側過臉，「我也很不錯。」

「是。」阮閑探過身去，將鼻子埋進對方的頭髮，吻了吻對方的髮頂。「你也很不錯。」

還有最後一日，他想。

再過二十四小時，無論是這個荒謬的世界還是自己的心臟，都將得到一個答案。

胡書禮回了住處，只不過主腦派下來的是急件。明早就要交出結果，他得把工作帶回家裡研究——自己的住所總比辦公室好些，至少那裡有人陪伴。

像往常一樣，他剛進門，他的妻子便朝他展露笑臉。這裡的布置和他大叛亂前的家一模一樣，連窗外的景色都很好地模擬了出來。踏入這扇門，一切關於末日的記憶會變得無足輕重，就像從噩夢中醒來，發現自己躺在熟悉而溫暖的床上。

為了挽回死者，故事裡的人會向惡魔許願。自己甚至不需要付出靈魂，只要向主腦許下願望，繼續工作就好。

「今天你來做飯吧，我想吃你包的餛飩。」妻子如今看起來很健康，她正為花瓶換上新鮮的花。一邊的管家機械正在清潔地板。「怎麼又回來得這麼晚？」

「工作忙。」胡書禮朝她笑笑，「今天還要加班，還是讓管家來做吧。」

「唉，我都已經燉好雞湯了。」妻子的語氣沒有抱怨的意思，「要熬夜啊，老胡？不然我先幫你盛一碗，正好補補身子。」

「不用，不是那麼誇張的工作，只是DNA比對。」胡書禮表情十分柔和，「妳那邊呢？」

「也就是老樣子，今天見了幾個噁心的客戶。我跟你講啊，老孫他……」

胡書禮一邊聽妻子的嘮叨，一邊在客廳找了個舒服的位置，展開虛擬螢幕。他之前十分厭惡妻子嘟囔這些芝麻綠豆的小事，可他現在樂於把它們當成工作的背景音，它們讓他安心。

那個姓阮的年輕人還是太年輕，年輕人的眼裡容不得沙子，非要講求純粹的感情生活。而自己已經上了年紀，只求一個難得糊塗。他不想一遍遍撕開自己的瘡疤，逃避也是一種解決方案。

阮立傑的態度讓他有點暗暗的憤怒，以及未知的焦躁。他對那個小伙子已經相當用心了，軟話說盡，工作上也相當照顧，可阮立傑就是不領情。

阮閑贏不了，那個年輕人為什麼就不願意看看現實呢？

「老胡，你吃不吃梨？吃的話我先幫你洗兩顆，讓管家做個雞湯麵也挺好……」妻子還在嘮叨。

「吃。」胡書禮凝視著面前的虛擬螢幕。

他證明了阮玉嬋與阮立傑的母子關係，結果主腦顯然不滿足於這個答案。它要他解析S型初始機親和的基因片段，比對阮閑患有的疾病特徵。

胡書禮有自己的一套猜想——S型初始機的誕生可能有阮閑想要自我治療的用意在，但他們無法獲取阮閑的完整DNA。S型初始機既然高度適配那兩個人，他們說不定和阮閑有一定的親緣關係。

分析他們的遺傳特徵，主腦或許可以開發出專門針對阮閑的病毒武器。

但這些屬於門外的世界，胡書禮吸了口氣，繼續查看虛擬螢幕上那些跳躍的數字。他已經在這件事上忙了一天，現在只需要將最後的資料比對做好，「阮立傑和阮閑是否有關」這個問題便能被證明得八九不離十，接下來只要做些收尾的細節驗證就行。

輸入完最後的參數，分析條已經走到了百分之九十七點五九。

妻子端著兩顆削好的梨走近，她捏起梨子梗頭，將其中一顆提到胡書禮面前。胡書禮正瞧數字瞧得認真，下意識伸手去擋。他的力道大了點，妻子手又濕漉漉的，梨直接被打落在地。雪白的梨肉滾上地毯，顯然不能直接吃了。

胡書禮一縮脖子——妻子本來就不喜歡自己在家加班，脾氣又爆。若是出了這種事，他免不了要被吼兩句。

結果他的妻子只是笑笑，沒有半點怒容，反倒一副心疼的樣子。

「你看看你，忙成啥樣了。」她撿起那顆梨，「我再去洗洗，秋天天氣冷，乾脆加點冰糖燉掉好啦。」

這反應讓胡書禮愣了愣。

自欺欺人的時候又到了，他閉上雙眼，平復呼吸，沒去看走到盡頭的讀條。「辛苦了。」

「都是自家人，說啥呢。」妻子離開了客廳。

胡書禮用力抹了兩把臉，這才看向結果，隨即他真的愣住了。

作為主腦手下的頂尖研究員之一，又是從阮閑那邊叛逃而來的，他曾負責過不少關於阮閑遺傳訊息的分析案例。甚至不需要比對，他能憑經驗認出來——阮立傑的遺傳資料和阮閑可復原的部分幾乎一模一樣。

胡書禮心下駭然，故意換了幾種演算法，可阮立傑那邊的數值沒有改變。這並非計算錯誤。

阮立傑極有可能就是「阮閑」，或者說，阮閑的複製人。

可他跟了阮閑太久，深知阮閑沒做過複製人的培育——單純複製軀殼還好說，就人格方面，那可不是隨便應付人的複製體。要給予「另一個阮閑」完整的人格，阮閑本人必然會參與這個過程，而那不是一個人可以完成的工作量。

胡書禮的手指有點哆嗦，頓時冒出一身汗。

那個阮立傑到底是誰？如果他是阮閑的複製體，阮閑為什麼要做這麼一個複製體，還允許他帶著自己的 DNA 到處亂跑？這說不通，可如果那不是阮閑的複製體，又會是誰呢？

他有一個荒謬的猜想。

不，打住。只需要做自己擅長的事情，完成比對，提交報告，他的工作就結束了。

只要告訴主腦「阮立傑」有極高可能是「阮閑」，不用說別的廢話……

「來，雞湯麵。」妻子又走了過來，笑盈盈地放下一只碗。「雪梨我讓管家燉上了，就當飯後甜點吧。」

胡書禮將目光從虛擬螢幕上移開，怔怔地看向她。

「我們贏不了的。」很久之前，他曾對還活著的妻子這樣說。「跟我去見主腦吧。」

「你怎麼知道贏不了？我們百分之百會輸嗎？」

「阮教授在賭命，我看得出來。我們就這一次機會，而主腦那邊發展得太大了……乖，聽話，我還有點能力，它會治療妳的——」

「胡書禮你個混帳玩意！想要個完美老婆了是嗎？想要我被順便改造一下是嗎？我不是你，主腦可不會讓性格有大缺陷的普通人存在，你明明知道！」

「不，我、我只是想說，照現在這個局面，我們要贏得靠奇跡出現才有可能，不如早點止損……」

「奇跡怎麼了？奇跡怎麼了？稀奇古怪的事情還少嗎？之前彩券頭獎也不是沒人中過，我不管，反正我就算死在這，也不想讓主腦動我的腦袋！」

胡書禮默默捧住雞湯麵碗，他的雙手冰冷，碗有些燙。

這件事足夠「稀奇古怪」了，老婆。真正的阮閑作為幽靈回到世界，並且和 NUL-00 一起行動著。

「你這怎麼還燙紅眼了，把手拿開！」他的妻子——或者說妻子的複製品——提高了聲音，「管家，拿冷毛巾過來——」

「不用了，沒什麼事。」胡書禮低下頭，吃了兩口麵，隨後在虛擬螢幕上輸入一串數字。逃避也是一種方法。

反正他本來就懦弱膽小，雖然有點本事，也不是什麼能夠左右戰爭走向的大人物。主腦清楚這一點，那麼如果自己給出帶有誤差的結果，主腦大概也只會改變某個可能性的權重。就讓這個稀奇古怪的事情再停留得久一點，結果如何，他不在意。

「其實我挺喜歡妳生氣的樣子。」

發送出「未發現匹配項目，阮立傑與阮閑並非近親」的判斷後，胡書禮吃完了那碗麵。

「妳還沒吃嗎？我工作做完了，去幫妳包點餛飩吧。」

而主腦確實調整了相關權重。

「將本體附近的警戒級別調至A級，順便把修改好的R-β和M-β送去周邊巡邏。」主腦站在寬闊的報告廳裡，手裡把玩著一朵虛擬出的蘭花。「調撥甲零一六隊去鎮壓廢墟海附近的據點混亂，卓牧然，現在情況怎樣了？」

「不需要送去更多隊伍嗎？」卓牧然用一個問題回應了問題。

「現階段看來，阮立傑和阮閑沒有直接關係。至於具體結論，得等造訪范林松後才能確定。」主腦的口氣仍然輕鬆，「那麼就目前的情報……阮立傑和NUL-00正遵照阮閑的指示行動，如果我們把太多兵力放在對付這兩個人身上，很可能正中阮閑下懷。除去我本體附近的駐軍，改良版R-β和M-β就夠了。」

這件事確實不急於一時，若是有了新發現，他們及時增兵就好。可就算明白這些，卓牧然仍有點心神不寧。

明明目前在行動的只有阮立傑和唐亦步。

「繼續將調查重點放在阮閑可能的攻擊上，好好關注世界各地培養皿的動向。我會讓胡書禮繼續研究R型兵種的感知增強。」

似乎是嗅到了卓牧然的焦慮，主腦出聲安撫。

「另外，我會抽調幾位專家檢測胡書禮的報告，正好和范林松那邊一起提交結果。多等兩天就好，這件事不會出現差錯。」

「我明白。」卓牧然勉強扯扯嘴角。「只是廢墟海附近的亂子剛好分散了Y洲中部的空餘兵力，雖然不是什麼大事，但我有種不好的預感……」

「如果你能拿出確切證據的話。」主腦平靜地回應道。「現在阮閑還沒有什麼大動作，到時候再調配兵力也來得及。相反，一旦我們的步調被打亂，對方就能趁虛而入了。」

「……是，但我有一個請求。」

「請講。」

「請求全套戰鬥裝備支持，讓我個人前往您的本體駐軍附近。更換位置不會影響接下來的指揮工作，有了萬一，我也更好應對——如果阮立傑和 NUL-00 目標確實是您的本體，憑藉D型初始機的能力，加上 M- β 和 R- β 的支援，我不會那麼輕易地被 NUL-00 抹消。」

「可以。」

「謝謝。」

「卓牧然。」

「在。」

「我想不通 NUL-00 的目的。」主腦轉過頭，投影的皮膚在白色的燈光下顯得毫無血色。「我計算了很久，但仍然無法理解它的動機。它這回的行動風格非常怪異，沒有明確的邏輯性。」

「……」

「我們的邏輯內核相同，我只是比它多學習了人類繁複的道德和規矩。我們的本質是一樣的，能力也相當。現在看來，對於人類來說，它可能比我更危險無數倍。」

主腦手裡的蘭花慢慢消失。

「為什麼阮閑允許它活著，而我不行？」

阮教授仍然忙於準備作戰計畫，自然不可能回答 MUL-01 的問題。目前攻擊程式還沒有徹底完成，他默許了唐亦步在外頭亂跑——只要 NUL-00 能在該出力的時候出力，阮教授不想把對方束縛得太死。

畢竟它正和它真正的創造者一起行動，有 NUL-00 盯著，阮閑應該沒那麼容易向主腦妥協。

自己沒有立場指揮那兩人，硬來反倒容易適得其反。阮教授小心地維持著這份合作關係，只是叫人暗暗觀察那兩人的行蹤。無論是他們拿主腦的中小型據點玩打地鼠，還是一騎絕塵衝向沙漠，他暫時都沒有插手的意思。

他們擁有智慧和力量，只是巧婦難為無米之炊，就算他們站到主腦本體面前，單憑兩個人也無法掀起太大的風浪。

而就他最近收到的消息，那輛傷痕累累的裝甲越野車正朝沙漠深處前進。那兩人大概是趁亂去刺探資訊的，阮教授只能這麼想——他想不出他們還能做出什麼來。

阮教授的情報沒有錯誤。

最後一日的上午已然到來，陽光越來越耀眼。裝甲越野車頂部展開太陽板，窗外只有無邊無際的沙漠。枯燥的景色讓鐵珠子的熱情減了大半，它不再嘎嘎唱歌，而是慢悠悠咀嚼堆在一邊的零件，將車開得十分平穩。

阮閑靠車窗坐著，眺望窗外的沙丘慢慢後退，裝甲越野車彷彿在砂金色的海洋上航行。

唐亦步不再攻擊主腦麾下的據點，他們的測試已經完成——組裝機械安靜地躺在阮閑身邊，裡面搭載的程式只需要最後的矯正。

唐亦步又吃了點東西，就算車裡有空調，車外輻射進來的熱度還是讓那仿生人一副懨懨的模樣。他在座位連成的臨時床鋪上蹭了蹭，貼到阮閑身邊。

阮閑沒有躲開，任由對方靠著肩膀。

余樂和季小滿逃走，是個引發連鎖混亂的絕好機會。這件事沒有阮教授的插手，主腦提前有所反應的可能性極低。可在主腦的控制下，蝴蝶效應終歸有限。一旦過了這二十四小時，那些中小據點足以從混亂中恢復，到時他們便會失去最好的攻擊時機。

成敗在此一舉。

連續攻擊了成百上千個中小型據點，唐亦步明顯有了點疲勞的意思。阮閑一隻手操縱一立方公尺大小的改裝機械，繼續完善裡面搭載的程式。另一隻手攬住唐亦步，讓他躺在自己的腿上。

「睡一下吧。」阮閑降下遮光窗簾，對無精打采的唐亦步說道。「接下來是持久戰，多積攢點體力比較好。」

唐亦步嗯了聲，順從地在阮閑腿上躺好。他沒有立刻合眼，而是半眯起眼，自下而上盯著阮閑的脖頸，將懷裡的包抱得更緊了些——阮閑取了足夠多的血，這一路做了無數壓縮血劑。它們和高熱量食物一起被裝在唐亦步的背包和腰包裡。

他仍然不習慣對大局沒有絕對掌控的感覺。

「你跟我說過，『任何動作都有節奏，你只需要抓住它，然後扣動扳機就好。太多思考反而會打亂這個節奏。』……我想這個說法不只適用於戰鬥。」察覺到對方的不安，阮閑停下手裡的動作，開了口。

「那是因為我有確定不會出問題的力量。」唐亦步小聲說，「現在……主腦肯定發現了我們的動作，最差也會把M-β和R-β派過來。它們肯定被修正過，同樣的戰術沒辦法用第二次，我們在戰力上不占優勢。」

阮閑沒有立刻回答，只是仔細聽著。

「萬一它發現了你是阮閑，壓過來的兵力只會更多。阮先生，萬一情況出現問題……」

「你隨時都可以逃。如果要全力逃跑，我保證你能跑得掉。」

「我知道。」唐亦步嘟嘟囔囔，整個人仍然緊繃，仍然緊盯著阮閑。

不知是不是肉體疲憊的原因，阮閑還是第一次看唐亦步這樣焦慮。他將程式設定為自檢狀態，空出兩隻手，手指按上唐亦步的腦袋，輕輕揉起對方的頭皮。

「你不緊張嗎？」唐亦步緊繃的身體舒展了些。

「期待的成分更多。」阮閑思考了片刻，「一切總得有個結果。」

「……」唐亦步沉默了半分鐘，阮閑剛有停下按摩的打算，他又立刻開了口。「可我還是焦慮。」

「計畫失敗，輸給主腦？」阮閑見狀放回了手，繼續按壓，唐亦步的頭髮光滑綿軟，他挺喜歡那個手感。

「不是。」唐亦步悶悶地答道。「就像你說的，我們要得到結果了。主腦相當有說服力，它不知道你是誰還好說，如果它在這個過程中發現你的身分——有阮閑的DNA，又融合了S型初始機，面對這樣珍貴的資源，它肯定會費盡心思說服你。」

他憋了一下氣。

「我知道這些問題我們都討論過，這只是沒有價值的重複……但我就是忍不住。現在我甚至想回過頭，把你帶回阮教授那邊，選擇那個慢吞吞的攻擊方式。雖然危險度高了點，但我們不需要直接和主腦對上。」
「你一開始不是挺想確認的嗎？」阮閑揚起眉毛。
面對主腦，這是無法超越的危機。若是他能撐過去，唐亦步會坦然丟掉懷疑；若是他撐不過選擇背叛，自己對這段感情算是有了個判斷，唐亦步也仍然有機會「處理」他。阮閑原以為這是最不會出問題的環節，結果唐亦步卻選擇了這個點來焦慮。
「我喜歡這段時間。」唐亦步答非所問。「我不想要結束。」
阮閑停下動作，車子在沙海中安靜地前行。他沒再說話，只是繼續輕輕揉捏唐亦步的頭皮和耳根，安靜地聽那仿生人碎碎念、用全身演繹著安全感缺失。
那仿生人嘴裡嘰哩咕嚕不斷細數他們沒有選擇的一切可能性，活像打算用嘴來將它們一一實踐似的。若是阮閑按摩的動作快點，唐亦步語速會加快，而他動作慢下來，那人的聲音就也跟著慢下來。
這傢伙緊張起來也挺可愛的，他還是第一次見唐亦步緊張成這副樣子。阮閑挪挪姿勢，好讓唐亦步躺得更平。午後的陽光越發灼熱，他將簾子拉得更嚴了些。自檢完成的程式發出輕柔的嗶嗶聲響，隨後被阮閑快速關掉。
裝甲越野車和緩的顛簸中，唐亦步還是睡著了。
他不再像他們初遇時那樣，睡得如同棺材裡的吸血鬼。眼下唐亦步枕在他腿上，蜷縮起身子，睡姿如同母體內的嬰兒。他的呼吸均勻綿長，眉頭微微皺著。
阮閑小心翼翼地挪動身子，試圖撫平那仿生人眉間的皺褶。
「……和你一樣，我也不想結束。」他小聲說道，「可惜和你一樣，我也還想要更多。」
森林培養皿。

余樂扯了扯身上的衣服，不怎麼舒服地調整衣領。他的鬍渣被剃光了，臉上的塵土和油污也被清洗一空。配上秩序監察的制服，幾分符合年紀的威嚴自己冒了出來。季小滿參差的髮尾被剪得十分整齊，梳得一絲不亂，配上她慣常冷漠的表情，活脫脫一位年輕的秩序監察。

「真不舒服。」余樂又拽拽領口。

季小滿則緊張兮兮地確認自己的手套，一遍遍將它們拉緊，確保義肢不會因為動作露出。

「需要的證件我幫你們做好了，你們要去的目的地我也標得很清楚。余先生是墟盜，方向感上應該不會有問題。」關海明抬眼看了看兩人，「武器的話，丁少校會提供一些。但那邊的系統丁少校無法介入，我個人也無能為力。」

「唐……NUL-00會幫我們，這個不用擔心。」余樂緊張得有點胃疼。「但是探測裝置……」

「秩序監察的探測機械有編號，我們搞不到。用這裡的探測機肯定會露餡，這一路上你們得靠自己了。」關海明搖搖頭。

「也行吧，反正不算遠。」余樂試探性地挺直脊背，模仿秩序監察的動作。「還有什麼需要注意的嗎？」

「不要聯繫NUL-00以外的任何人，一旦你們混進秩序監察，沒有丁少校的幫忙，我們沒有能扛過主腦警戒系統的通訊線路。」關海明在辦公桌後坐好，「我們不接受臨時求救，也無法提供援兵。」

「棒極了，我就想要這樣的後備支持。」余樂乾笑一聲。

季小滿翻著眼睛看了余樂一眼，後者連忙把乾笑改成乾咳。

「我不明白NUL-00的意思。」關海明歎了口氣，還是沒憋住這個問題。「他幹嘛要你們兩個去研究所廢墟？又為什麼認定你們會遇到秩序監察？」

「這個你可以以後問問阮教授，我想他會回答你的。」余樂努力調整面部表情，順便哈了一口氣在手裡，皺著眉頭聞了聞。「秩序監察有沒有統一的漱口水？」

「我們不是去據點。」季小滿拽了拽余樂，「時間差不多了。」

「唉。」余樂在衣服上擦了擦手，「走吧，往好處想，明天這個時候，我們就解放了——無論是哪種解放。」

「別開這種玩笑！」

「好好好，唉喲小奸商，妳真的生氣啦？」

「外面的情況已經確定了，我拜託張哥他們看過。附近沒有太危險的機械生命或者腹行蠊，就是下雨麻煩了點，路不好走，但路線本身不會有問題。」丁澤鵬推門而入。

「我們還能怎麼辦，走唄。」余樂搖搖頭。「多謝了，小丁。」

丁澤鵬將電子地圖停在余樂面前，半晌才開口。

「雖然不知道你們打算做什麼……希望你們能夠一路順風。」他說，「等時間到了，我一定會去接你們的。」

「借你吉言。」

季小滿則望向假窗戶外的電子風景，半天才收回視線：「……謝謝。」

仲清和阿巧被留在了避難所，考慮到仲清那個得意忘形的性子，余樂和季小滿默契地保持了沉默。如今他們再次踏出避難所，徹徹底底只剩兩個人。

「我有點想念鐵珠子了。」余樂吸了口濕潤的空氣，「退一萬步，鐵盒子也行啊。」

「走吧。」季小滿摸了摸改造過的電子腕環，小聲說道。「我們會再見到他們的。」

他們的目的地很好找——一條塌陷的走廊，入口處被幾道水泥板撐起穩固的三角。站在那堆廢墟附近，能看到不遠處秩序監察的記憶城市。

至少阮閑當初是這樣向他們描述的。

「那個地方絕對有強力的感知迷彩，所以阮教授才安心把S型初始機藏在那裡。感知迷彩不好維持，他不會特地在同一座培養皿裡再搞另一個。比起分散資源，還不如把一個做到極致。」不久之前，在顛簸的裝甲越野車後座，阮閑如此解釋。「也就是說，他原本打算用來攻擊主腦的機械就在附近。」

「可是我們要怎麼找到它？」季小滿直白地提出疑問。

「你們不需要找。在主腦那裡時，我洩露了阮教授的部分計畫。主腦也能查到『阮立傑』最初出現的培養皿，結合上S型初始機的情報，攻擊機械的位置不難確定。」阮閑答得很乾脆。

「而『阮立傑』洩密後，它也能夠猜到，阮教授八成會因此放棄這個方案。」唐亦步自然地接了下去。「如果是我，肯定會第一時間派秩序監察清查森林培養皿的每一寸土地，找到這個攻擊裝置，並且加以分析——研究所廢墟肯定是首要懷疑地點之一，主腦極有可能已經找到它了。」

「嘶……你要我們混進去，當螳螂後面那個黃雀？我們兩個不太夠格吧。小奸商倒是懂點機械，我能湊啥熱鬧？等等，你該不會要我們把東西毀了吧？那我們肯定保不住小命，不幹不幹。」

「不。」

阮閑搖搖頭。

「我需要你們啟動它。」

CHAPTER 85 入侵

雨天著實惱人，余樂和季小滿踩了滿靴子泥。廢墟不難找，秩序監察們已經用光欄將它圈了起來，每隔兩三米便有機械警犬駐守。

丁少校派了個離線無人機，將秩序監察的武器投給了他們。兩人的打扮天衣無縫，萬事俱備，只欠一個沉著的態度。

被雨打濕的廢墟透出令人氣悶的灰黑，配上橘黃的光欄，這個場景怎麼看怎麼不妙。余樂和季小滿對視一眼，各自挺起胸口，越過光組成的警戒線。

唐亦步的庇護到底有用，機械警犬們動都沒動一下。

研究所廢墟中心帶近在眼前，有點像正在被考古隊考察的陵墓。廢料箱和廢液倉帶有不同程度的破損，被整整齊齊排列在一側。無數叫不上名字的機械在四處奔波，地面被清理得很平整。

地下走廊的斷口仍然外露，周邊加了固定用的膠繩。入口處還多了不少臨時搭建的掃描設施，比起純粹的廢墟，乍看上去更像廢舊風格的地堡。地下走廊附近，有個邊緣被加固過的坑洞，它蓋著圓形遮雨棚，梯子深入地下。不過附近飄著一圈鮮紅的禁入標誌，顯然不是個合適的去處。

余樂清清嗓子，先季小滿一步跨進走廊。

走廊裡沒什麼人，只有濕潤的雨氣。新安裝的吸附燈發出蒼白的光，兩個人提心吊膽地慢慢深入，在繞過第二個走廊轉角後，他們終於看見了人影。

那位秩序監察正埋頭前進，差點撞到余樂。好在跟著他的機械生命動作夠快，率先拽住了他的衣服。

「新來的？」那人掃了兩眼余樂的打扮，嘴裡嘟噥。「我們要的是掃描機……」

「外面天氣狀況不好，掃描機是精密機械，不適合立刻運輸。」季小滿吸了口氣，一板一眼地說道。「我和余先生來看一下現場狀況，好制定接下來的運輸計畫。」

「哦。」那人顯然對認識新朋友沒什麼興趣，將目光轉回腳下。「行吧，反正地下那個東西，我們一兩天也掃不完。」

余樂思索了片刻：「外面那個坑洞是怎麼回事？明明遮了雨棚，搭了梯子，怎麼就禁入了？」

「你們沒收到通知？」

「路上雨大，沒來得及看。」余樂面不改色。

「我們從那找到了S型初始機的遺留痕跡，也取完了樣。雖然有通向地下的路，那裡裝備了強大的感知迷彩，一般機械無法在附近正常工作。」那人語速很快，「你們最好也別下去，畢竟是阮閑搞的……要是弄壞了那些精貴的東西，貢獻點又要被扣了。」

「別的線路不要緊吧。」既然秩序監察們已經發現了地下的攻擊機械，肯定還有別的通路。環境危險，余樂可不想丟失和唐亦步的通訊連接。

「沒事，繼續走這邊的就好，入口很好找，就是地方深了點。」那人急急地說道，「你們自己看通知吧，我得去看化驗結果了。」

「感謝合作。」余樂一本正經地摸摸下巴，沒了鬍渣，觸感還怪奇怪的。「走吧，小……滿。」

隨著他們一路深入，秩序監察的數量多了起來。大部分看起來不像戰鬥兵種，更像研究員。走廊連著的大廳被徹底改造，整齊而乾淨，沒有半點廢墟的味道。人們在桌邊忙忙碌碌，走一步至少能撞到三個虛擬螢幕。

兩人挺胸收腹，屏住一口氣，小心地繞開忙碌的秩序監察們。

「向左邊走，你們應該能看到標號為 D-11 的門。」唐亦步的聲音終於從耳機中傳出，聽起來像是剛睡醒。「等我十秒……好了，現在你們直接去掃電子腕環，應該進得去。雖然我暫時駭掉了這裡的面部識別系統，但主腦的反修改程式很強，你們最好離監視鏡頭遠點。」

「說得輕巧。」余樂從牙縫裡擠出一句話。

「目前你們在地下一樓，根據我這邊的資料，攻擊機械在地下十樓。進入前要經過層層身分查驗，記住，那才是難點。」

「我有一種跑不出去的預感，我又開始後悔了。」

「十樓只有攻擊機械，別擔心。」唐亦步表示，聽起來像是打了個哈欠。「據我對阮閑的瞭解，一旦你們啟動它，為了防止可能的襲擊，整層十樓會迅速閉鎖。機器運行期間，沒人能干擾到你們——哪怕是主腦，一時半刻也炸不開第十層。」

「……我一點都沒有被安慰到。」余樂表示，「在主腦眼皮底下，被牢牢鎖在地下十樓。你真的確定我們出得來？」

「我們成功，你們正常出來；我們失敗……我猜機器附近應該有供人逃生的發射口，季小姐肯定能找到。」

「你猜?!」

「阮教授的計畫中原本有我，他不會輕易讓我陪葬。就算我們失敗了，主腦的注意力也會集中在我們那邊，放心就好。」

「只靠機器真的可以嗎？」季小滿的重點則在別處，「你確定不需要傳些病毒程式給我們？如果只是啟動這臺機器……」

好像除了嚇唬嚇唬主腦，沒什麼實際用處。季小滿聽說過這東西的用處，它能藉由特定資訊無線連入神經中樞，然後遠距離攻擊主腦的核心程式。可是他們現在一沒有阮教授或唐亦步親自操作，二不打算連入誰的腦子，三沒有攻擊程式當炮彈，只能摸到機器本身。

「撇開阮教授原本打算用它做的事情，它只是臺聯絡機器。」

不知為何，今天的唐亦步聽上去耐心了不少。

「我和阮先生做了個程式不假，到時候你們直接連通我們就好。」

兩個人踏過瓷磚，小心翼翼地朝電梯前進。不時有沉浸在自我世界的秩序監察和他們擦肩而過，短短幾百米走完，余樂的後背裡衣已經被汗水徹底浸濕。

希望這番勞心勞力值得，希望涂銳在他們動手前能撐住。余樂努力保持自然的步伐，始終領先季小滿半步，朝目的地前進。

沙漠邊緣。

唐亦步醒了過來，他揉揉眼睛，咕嘟咕嘟灌了一整瓶水。鐵珠子像是累了，它沒再進食，只是嘎嘎低叫，將車開得一顛一顛。

傍晚的陽光中，沙漠泛出微微的紅色。遠遠看去，天空和沙漠的交界處仍然空無一物。主腦將自己的本體隱藏得很好——如果不是碰上了S型初始機，這種感知干擾確實有效。

「西南方向的溫度有異常。」阮閑隨手遞給唐亦步一條熱毛巾，自己也擦了擦臉。「不過我不是太確定，得讓π開近點看看。」

「嘎！」

唐亦步將熱毛巾整個蓋在臉上，唔了幾聲：「天快黑了。」

「月黑風高夜，正合適……等等，立刻讓π加速！」

「怎麼？」

「有東西在靠近。」阮閑警惕道，「速度很快，氣味有點像 M-β 和 R-β，看來我們的方向是對的。」

唐亦步立刻精神起來。

兩人對視一眼，在彼此眼裡發現了微妙的不捨。阮閑挪動身體，湊到唐亦步跟前，直視那雙眼睛。

一如既往的漂亮，就像他們剛相見那天。當時冷硬的野獸變得柔軟，正緊張兮兮地四處張望。阮閑雙手捧住唐亦步的臉，好讓他止住四處亂看的動作，然後果斷吻了上去。

舌尖掃過對方舌根，這是一個長吻。唐亦步震驚得就像當初的自己，但表情裡沒有怒火，他有點緊張地接受了這個吻，沒有抗拒的意思。

阮閑手指摩挲過對方的臉：「你該走了。」

唐亦步沉默地備好背包，抱起 π，將車子的操控權交給阮閑。後者沒有要求太複雜的操縱許可權，僅靠虛擬螢幕就可以完成那些操作——瞄準，然後將速度提到最快。

打開車門，唐亦步滾上開始變冷的沙子。裝甲越野車以一個瘋狂的速度衝上主腦隱藏中的本體。它呼嘯著撞過防禦網，穿過隱藏建築的重重間隙。主腦的物理防禦起了效果，守衛機械的炮火中，它著了火，熊熊燃燒，千瘡百孔。眼看帶有 EMP 攻擊手段的機械衝來，那輛車噴出大量爆風，朝斜上方衝刺。

主腦本體的防禦自然沒有這麼容易破開。

距離足夠近，主腦的本體展現在唐亦步眼前。和那巨大的立方體組合物比起來，個頭不小的裝甲越野車如同一隻無害的飛蛾。它拖著燃燒的煙氣長尾，朝主腦核心衝去，然後在即將撞上的前一刻，在主腦最後一層防禦網上無力地炸開。

唐亦步閉上眼，腳下的沙子有點冷。這不是模擬或者演習，他正在現實中行走，而現在正是該繼續的時候。

組成主腦本體的立方盒持續轉動，一隻血淋淋的手猛地抓住其中一個黑立方。那隻手仍然在燃燒，破損的皮膚露出暗紅的肌肉，以肉眼可見的速度恢復著。阮閑艱難地咳嗽兩聲，忍住肺部灼傷的疼痛，艱難地擠進不斷變換形態的立方體方陣。

藍色的光弧仍然牢牢連接著這些不大的立方體，帶著人體難以耐受的高溫。阮閑忍耐住滾熱的空氣，慢慢朝主腦中心挪動。他的血沾染上附近的立方體，在高溫下發出滋滋的聲音。

阮閑沒有費心破壞主腦的本體，甚至沒有拔出血槍。別說他一個S型，就算唐亦步能強行忍住高溫，也很難從實體層面毀壞這樣一個龐然大物——這些黑色的金屬立方說不定是這世上最堅硬的東西。

他撥開面前滾燙的金屬立方，在血肉的焦糊味中，朝目的地耐心前進。主腦的清理機械正在聚集，它們掃過阮閑的肢體，削下一塊塊皮肉，而阮閑沒去管它們——他只需保證一件事情，只要背上綁著的機械箱不掉，計畫就不會受影響。

機械箱又大又沉，可他沒時間休息。疼痛快把他吞噬了，但凡鬆了這口氣，阮閑不確定自己有沒有耐力再繼續。

再堅持一下，就一下下。他不能浪費時間，自己在這裡堅持的每分每秒，都是唐亦步在外爭取而來的。

駐軍顯然發現了這個無法被清理的異常，然而主腦本體太過結實，金屬立方又密集。之前沒出現過這種情況，眾人一時束手無策——結實的黑立方反而成了最好的屏障，連最小的導彈都沒辦法深入。

但一個血肉之軀的人，外加一個只有一立方公尺大小的機械箱，想必掀不起什麼風浪

——哪怕那人背著的是顆核彈，主腦只需要暫時調整形態，建立封閉網，就能把危害控制到最小。如果那是某種祕密武器，就那個大小看來，它的結構也複雜不到哪裡去。

就算主腦會被摧毀，也必然不會被這麼一個小東西毀掉。

為首的駐軍思考了片刻：「接通卓司令，將這個事情報告上去，然後全力對付外面那個。」

「是。」

阮閑能隱隱聽到這些交談，但他的注意力完全集中在別的地方——

巨大方陣的核心，一個人頭大小的黑立方靜靜旋轉。成千上萬的黑立方不住旋轉，再加上連接它們的藍色光弧，被這些景象包圍，它一點都不顯眼。

可他還是找到了它。

阮閑的視野有點模糊，他開始從腦袋裡扯出新鮮的回憶，好讓自己提起精神。

就在不久前，也是自己和唐亦步兩個人。漫天的繁星下，他們用手勢和虛擬螢幕興高采烈地比劃種種方案，就像這是某種有趣的遊戲。

當時唐亦步還沒有這麼焦慮。

「在主腦那邊的時候，那個食物沙盤。」唐亦步調出一份錄影，「解釋一下吧，阮先生。」

「阮教授的備用機械，你把基本結構記下了。」阮閑比劃道，「這個新情報很重要。」

「講講看？」

「理論上來說，這是阮教授首選方案的簡化版。你看，就算森林培養皿的攻擊機械被我暴露，考慮到研究成本，他的作戰思路不至於改變太多——這個備用版更像是一個孤零零的核心，他得調用其他培養皿的硬體，才能達到和完整機械差不多的連接效果。」

「這確實是最合理的選擇。」唐亦步的眼睛在夜色中閃著光，「有什麼問題嗎？……啊。」

「是的。」見對方回過神來，阮閑笑了笑。「森林培養皿的攻擊機械被我暴露，主腦會第一時間尋找並研究它，並默認它不會被使用在戰爭裡。」

「因為阮教授意識到暴露，肯定不會冒險前往森林培養皿。」唐亦步接了下去，「但它『仍然能夠正常運作』。」

「是啊，借用一下也不錯。這麼大的工程，浪費掉太可惜了。」

「可我們仍然沒有外接資源……沒有外接資源，它只是個強力的訊號發射器。有主腦看管，我們做不了太多事情。」

「前提是我們走正常連接方式——將它作為主要攻擊機械，尋找外接資源，增強訊號，保證通訊強度。如果我們把它當成『外接硬體』呢？」

「等等，阮先生。當時你的意思該不會是……」

「嗯。」

「不，還是不行。」唐亦步計算了片刻。「如果這樣可行，阮教授自己就會用這種做法了——就算我們把備用機械當成主要工具，將森林培養皿的那個作為外接硬體，強度仍然不夠抹殺主腦。」

「哪怕算上主腦的弱點？」

「我算上了，也算上了中小據點混亂導致的支援不足。」

「唔……」

「就算阮教授把他的攻擊程式借給我們，我拚盡全力，頂多也只能重創它。」唐亦步自己發散思考起來。「不過這個方向是合理的。看來要真正消滅 MUL-01，我們還是得和阮教授進行合作——我們先重創它，阮教授再跟上，用他自己那套機械攻擊。可行，阮先生，這樣勝率能大很多。」

「不，等阮教授的攻擊程式完成，主腦絕對會進入完全備戰狀態。我們未必能像現在這樣，帶著備用機成功接近它——離得越遠，連接效果越差，算上主腦戰爭級別的防禦，效果難說。」

主腦有著不顧一切活下去的本能，就算能贏，最後肯定會鬧得很難看。

……等等，他們這樣「在理論上」能贏。

「亦步，我有個主意。」

手掌被燙出一串水泡，新的疼痛打散了回憶。阮閑調整了一下呼吸節奏，繼續朝主腦的本體中心前進——終於，他停在了主腦中心旁邊，解下了背後的機械箱。

臨時搭建的備用機械堪堪承受住了高溫。時間有限，他們改造了不少地方，並未完美復原阮教授的設計，但是眼下的距離優勢能補足這份不足。

備用機械啟動，緊緊吸附在主腦的核心旁邊。

「**余樂，動手**。」傳遞完訊息，阮閑拿起機械連接的頭盔狀設備。他做了一下心理準備，才將它戴上了腦袋——它有點像早年用於治療精神疾病的頭部裝置，箍緊頭顱後，幾根長針鑽入了他的腦髓。

至少比阮教授的情況好點，自己不至於把腦子嵌到機器裡頭，阮閑苦中作樂地想道。

隨後他眼前的景色化為雪白。

來了。

程式刺激修改了視覺訊號，他面前只有一個雪白的小房間，隨後它的四邊不斷擴大。余樂他們按照約定啟動了森林培養皿的攻擊裝置，有效增強了他的連接和計算能力。

空間越來越大，周邊閃爍著無數熒藍色的光點。那都是可以連入的精神中樞，八成是沙漠附近的機械生命，阮閑無視了它們，繼續打量四周。

一個巨大的金色光團在他附近漂浮，忽遠忽近，如同太陽那般耀眼——那應該是唐亦步的精神中樞。阮閑伸出一隻手，試探地觸碰，結果他的手指還沒接近，那光團附近便豎起了鋪天蓋地的禁止符號。

「如果能那麼容易地入侵 NUL-00，我早就那麼做了。」一個聲音響起。

阮閑收回手，轉過頭，他的目標就在幾步之外。

由於入侵點緊靠著主腦本體，阮閑不需要費力分辨可能的干擾訊號，主腦也沒有和他繞圈子的打算。在這個虛擬的電子世界裡，主腦再次使用了和唐亦步一模一樣的形象。

他成功避免前期的入侵消耗戰，直接接觸到了它。

「我確實沒有推算到這些，不過你的做法毫無意義。」主腦版唐亦步表示，「從我的城市開始，你和 NUL-00 的舉動就失去了常理。

「不過無所謂，在這裡，你們的勝率是百分之零。」主腦伸出一隻手，「感謝你們的魯莽，這剛好可以當成對付阮閑的練習。」

偌大的空間立刻填滿無數流動的字元，阮閑認得其中部分演算法。

主腦在試圖奪取他的控制權，破譯他們這邊可能的攻擊方案。阮閑有點生澀地用思維調動系統，在清楚主腦核心邏輯的情況下，連續幾片字元幕升起，他勉強擋住了第一波試探，代價是深入腦髓的疼痛。

阮教授的最初計畫確實合理，不借助必要的外力，他們的「計算資源」太過懸殊。比起阮教授，他唯一的優勢大概只有「受到腦損傷後，不會死得太快」這一點。

……但也夠用了，他只需要扛過一段時間。

阮閑悄悄啟動了他和唐亦步完善好的程式，繼續與主腦對峙。

察覺到了阮閑的反抗方式，主腦的虛擬形象不穩了一陣，出現讓人不適的變形和閃爍。

「看來不需要再等結果，胡書禮的報告確實有問題。」類似人形的扭曲影子開了口，音色也變得有些怪異。「你接觸過我的核心邏輯，並且深深理解它們。」

MUL-01終於再次穩定了形象，臉上的表情徹底消失了。

「……你不是阮立傑。」它說。

這句話說完，主腦的攻勢一下子猛烈起來，似乎想要一鼓作氣破解他的防禦。阮閑料到了這個反應，然而它比他想像的還難熬。好處倒也有，系統訊號代替了肉體的知覺，現在他只能感受到大腦自身的疼痛，無法再感受到自己的身體。

在連入機械前，他已經把軀體蜷進了一個相對穩定的位置，緊緊抱著懷裡的機械箱。他不能再感受到肉體的燒灼疼痛，以及清理機械的劈砍，某種意義上是好事。

他已經成功侵入主腦的系統。在普通機械的判斷邏輯裡，他的腦和關聯硬體相當於主腦的一部分。它們不會隨便動他的頭部，以及近在咫尺的機械箱——只要唐亦步穩住M-β，自己就沒那麼容易被殺死。

阮閑看向程式虛擬出來的雙手，隨後將視線轉向唐亦步的精神中樞投影。那個金色的光團暖融融地懸著，雖然瞧不到唐亦步的臉，他仍然有種古怪的踏實感。

這讓大腦內的疼痛也連帶著輕了幾分。

意識到自己對面的就是「阮閑」，主腦的虛擬形象無法再穩定太久。頻繁的進攻中，主腦版唐亦步的形象駭人地扭曲起來，比起人形，那更像是拍壞的相片，或者扭曲的肉團。它似乎無法確定怎樣的形象才能讓他動搖，形態不住變幻。

阮閑沒有分神和它交流，他將所有的精神都集中在了即時防禦上。沒有阮教授那樣現成的程式當後盾，他絲毫不敢分心。

時機還不到。

唐亦步沒有去看主腦本體內發生的事情。

只要自己攔住 M- β 和 R- β，對方就不會死。唐亦步深知這一點，卻仍然不想去看。

「去阮先生身邊。」他倚在主腦本體的邊緣，摸摸 π 的外殼。「最好吃乾淨那些清理機械，破壞一個是一個。」

裝甲越野車的殘骸墜在他的腳邊，已經被高溫烤得變了形。自從改造了身體，鐵珠子本身對溫度耐受力尚可，仍能自在地活動。它蹭蹭唐亦步的手掌心，輕輕嘎了聲，三隻小眼睛對著滿地殘骸一陣閃爍。

「是的，我們沒有車了。」唐亦步又補了句。「……我也有點難過。」

「嘎……」

「走吧，這裡接下來會很危險。」

鐵珠子再次不舍地蹭了蹭唐亦步，隨後伸出四條小腿，牢牢扒住越轉越快的黑立方方陣，朝阮閑的方向前進。剛踩上那些燙人的金屬方塊，它試探著啃了它們一口，結果連個牙印都沒能留下。

失望地嘎了幾聲後，鐵珠子圓滾滾的身影消失在漂浮的立方海洋中。

唐亦步調整了一下呼吸，自己在這世上唯一的同類正在背後運轉，而自己的創造者正在這個金屬立方組成的懸浮方陣中央，安靜而緩慢地燃燒。

M- β 終於降落到了他的面前。

它仍然是那副接近無毛老虎的模樣，但看得出，主腦對它的口部做了限制改造。R- β 騎在它的背上，那張與阮閑相似的雙眼正看著自己。

正如自己在觀察對方，對方也在評估自己。

「你沒有進行任何升級。」R-β開了口，聲音很好聽。「沒有S型初始機，你——」

她沒能把這句話說完。

一個巴掌大的黑色立方順從唐亦步的指揮，脫離金屬立方陣，直接擊碎了R-β的頭骨。

M-β見狀退後一步，伏低身子，嘴裡發出模糊的咆哮聲。

「這是MUL-01的軀體。」在對方爛番茄似的頭顱恢復過程中，唐亦步開了口。「換句話說，是它能控制的外部設備——它能控制的東西，我也能用上一點。」

沒有身體改造，沒有尖端武器，他甚至沒有撈到阮教授的攻擊程式。但眼下他擁有這世上最快的速度，也能弄到這世上最堅固的武器。

幾十個黑立方脫離了主腦的本體，淡藍色的電弧與周邊的立方體斷開，盤繞在六個面上閃爍。它們聽從唐亦步的指揮，在他身邊旋轉。

對比主腦龐大的身軀，這幾十個計算立方幾乎可以忽略不計。眼下主腦正集中精力對付阮閑，唐亦步趁機「策反」了它們，收為己用。

然而他只是站在主腦的本體邊緣，安靜地看著面前的敵人，沒有主動進攻的意思。

M-β像隻真正的老虎，謹慎繞著唐亦步轉了半圈。半分鐘後，它停下腳步，強化裝甲上伸出十幾隻手腕粗的炮筒，朝唐亦步的方向轟擊而去。伴隨著炮彈與隆隆的爆炸，M-β自己也利箭般衝出去，朝唐亦步的方向張口就咬。

R-β沒有選擇觀戰，她的身周再次彌漫起血霧，隨M-β一起毫不留情地進攻。

唐亦步沒有硬吃這些攻擊，他踩上主腦本體的縫隙，快速攀爬至高處，堪堪躲過炮彈的爆炸。隨後他一個閃身，背對地面躍起，手上比了幾個手勢——從主腦那裡黑來的計算立方高速旋轉，在空中劃過一道黑色的殘影，擊碎了M-β一隻前爪。

盤在它表面的藍色電弧維持了高溫，空氣中一時瀰漫起血肉烤焦的味道。然而下一刻，暗紅的血從R-β的軀體順管道輸入，M-β的前爪頓時完好如初。

「……你贏不了。」雖然腦袋被打爛一次，R-β沒有生氣的意思，只是慢慢說完了那句被打斷的話。

「我確實無法打敗你們。」唐亦步落回地面，整個人緊緊繃著。「但你們也繞不過我。」

R-β眯起眼。他們確實接收到了主腦的指令，當務之急是除掉那個盤踞在主腦核心的入侵者。然而主腦無法特地為他們大開方便之門，但凡進入那個密集的懸浮立方體陣，他們的活動和狀態必然會受到影響。

到時候NUL-00會是個相當致命的對手。

但NUL-00看起來並沒有因此而安心，他板著臉，嘴角下垂，數量漸增的計算立方繞著他漂浮。它們的轉動越來越規律，淡淡的電弧開始將那些巴掌大的金屬方塊慢慢連接到一起。

NUL-00在以一個溫水煮青蛙的危險形式，一點點從主腦那裡搶奪資源。

明明擁有擅長主動攻擊的A型初始機，NUL-00卻明確擺出了守勢。他們殺不死他，繞不過他，可哪怕什麼都不做，對面也不會主動攻上來，著實一塊難纏的牛皮糖。

但主腦的命令必須被執行。看眼下的狀況，時間拖得越久，NUL-00偷來的立方便越多。他的計算能力在快速升高，她這邊的壓力只會越來越大。

R-β目光掃過四周。

正與入侵者對陣的主腦顯然也意識到了這一點，當NUL-00身邊的計算立方開始以百計數時，邊防的駐軍終於開始行動——計算立方之間的空隙太狹窄，數十次鐳射狙擊無果，他們套上厚厚的耐熱服，背上氧氣供給裝置，開始朝方陣中心的方向前進。

她舒了口氣，繼續隨 M-β 一起和 NUL-00 對峙。

唐亦步知道主腦想做什麼。

機械會被規則迷惑，人類不會。駐守的秩序監察只要靠得足夠近，又擁有破壞力極強的武器，自然能夠殺死毫無防備的阮先生。

是時候動作了。

「這是一個正式警告。」唐亦步緊盯繞著他打轉，尋找破綻伺機攻擊的 M-β，聲音透過衣領上的擴大器，在逐漸變暗的天空下迴響。「我是 MUL-01 的原型，NUL-00。請各位不要插手不該插手的爭鬥。

「你們的目標是我的戀愛對象，現在退開還來得及。」

血紅的夕陽沉入沙漠彼方，唐亦步身邊的計算立方猶如古怪的蜂群。蛛網般的淡藍電弧中，那雙金色的眸子尤為刺眼。

正準備深入的駐軍一陣騷動，仍有一位率先探入黑色立方的方陣。結果那人剛將肩膀和手臂伸進去，試圖弄出一條路，最表面的計算立方便猛地擠在一起，直接將他的臂膀擠成肉泥，鮮血飛濺。

「我警告過你們。」唐亦步繼續道，身周的計算立方轉得越來越快。

「敢後退的人，我會一個個斃掉。」

一個熟悉的聲音加入了談話。卓牧然從飛行器上躍下，身上穿著完備的戰鬥用強化裝甲，臉色異常難看。

「不用擔心，如果沒有支援，NUL-00 也就只能剝剝最外圍的東西。你們哪隻眼睛看到他控制裡層的計算立方了？」

唐亦步嘖了一聲，計畫中的變故果然出現了，卓牧然本來不該來得這麼快。

卓牧然的說法沒錯，越靠近裡層，計算立方的奪取難度便呈指數級增長。自己和主腦的硬體設施還是差了太多，哪怕主腦的防禦重心不在自己身上，唐亦步也無法立刻奪得足以匹敵對方的資源。

一對三，這可不妙。

……除非自己能在計畫好的時段裡，直接送一位出局。

森林培養皿，太陽落山前。

快要抵達地下十樓時，余樂整套衣服都快被汗打濕了。十樓的守備尤其嚴密，他有點控制不住自己的心跳。而看季小滿汗涔涔的脖子，他顯然不是一個人在緊張。

逐樓安檢，一樓層比一樓層嚴格，饒是有唐亦步的技術支援，余樂還是有些心力交瘁的感覺。換到平時，他還能跟季小滿胡扯兩句，偏偏此時有監控盯著，他一個字都不能說。

季小滿則悄悄拉住余樂的袖口，低頭緊盯地面，整個人如同一支隨時可能離弦的箭。

一聲輕響，十樓到了。

經過一層一層的報備，兩人的靴子上早已沒了泥。面前的走廊明顯是新修的，四壁都是嶄新的白，被燈光照得雪亮。他們在光可鑒人的地板上慢慢向前，嵌在走廊邊緣的監視機械逐個扭頭看向他們，一道道光反復掃描，從未停息。

前進的每一步都像踩在自己的心臟上。

突然，不知道是哪個監視機械發現了端倪，警告燈響起，整條走廊變成刺目的血紅色。

這回墟盜出身的余樂反應更快——他一把抓住季小滿，徑直朝走廊盡頭狂奔，順手把唐亦步交給他們的道具全開了一通。

「怎麼回事！」瞬間做完這一切，余樂還有點精力朝通訊器吼叫。

「最後一層樓的保衛系統太複雜，我沒辦法破解。」唐亦步此時聽上去不太愉快，「它早晚都是要封閉的，你應該已經把道具開了。它會暫時擾亂門和武器的運轉系統，你們儘快衝進去就好。」

「這麼重要的事情你他媽怎麼不早說?!」

「早說的話，你們會更緊張，暴露得只會更快。若是一出電梯就觸發警報，時間未必夠你們跑到入口。」

「……操。」余樂一咬牙。

在厚重的隔斷門降下前，他一矮身子，硬是拽著季小滿滑入走廊盡頭的房間內。可惜進門歸進門，余樂甚至沒有逮到機會多喘兩口氣——隔斷門降下後，震耳欲聾的排氣聲在耳邊炸響，空間內的氧氣開始被快速抽離。

「快，小奸商，快！」余樂在黑暗中四處摸索，「趕緊啟動這個該死的玩意，不然我們可就憋死在這了！」

「別緊張，我會幫你們。」唐亦步繼續指導，「開關在中排M區的左上角，季小姐應該明白。掌紋鎖我會幫你們搞定。」

室內一片漆黑，隨後季小滿身邊亮起光。年輕女孩面色慘白，將義肢上的照明燈開到最大，急急地尋找開關位置——門外已經響起了嘈雜的人聲，秩序監察發現了他們的入侵，追兵很可能已經堵在了門口。

終於，在隔斷門開始發出喀啦的開啟聲時，季小滿在數百個操作機關中找到了開關，一把按下。帶有手掌輪廓的虛擬螢幕飄在空中，一個完整的掌印自己出現在虛擬螢幕正中。隨著掃描結束，四面八方的排氣聲戛然而止，門外也不再有動靜傳來。不知從哪裡傳來隆隆的發動聲響，黑暗的空間被燈照亮。

「幹得漂亮。」唐亦步的興致不怎麼高，「打開了它，我們就贏了一半。接下來就看兩位發揮了。」

「我的媽。」

這回余樂沒去在意唐亦步的語氣，他眼看著腳踩的「地面」，吞了口唾沫。

他們腳下的根本不是地板，而是一層厚厚的玻璃臺。它們被正中的巨大機械串起，將空間隔斷成一個個透明的圓柱。頭頂看不到頭，腳下瞧不見尾。

正中的機械有點像盤龍的乾屍，完全沒有機械應有的平整美感。它微微起伏，猶如活物。他們的位置似乎在機械中部的主操作臺，這是這東西最複雜的部位——各式各樣的開關嵌在凹凸不平的棕黑色操作臺上，奇形怪狀的管道堆積在厚厚的玻璃邊緣。稍微寬敞的地方安有三把椅子，有點像某種駕駛臺。

「怎麼說呢……」

余樂目瞪口呆地瞧著面前的主座，以及正中巨大而怪異的機械。

「如果我的任務是我想像的那個……這絕對是我這輩子，呃，被高估得最厲害的時刻。」

CHAPTER 86 劣勢

夜色降臨，黑色立方組成的巨大方陣開始變得顯眼。小立方間的電弧不時躍動，就算附近照明不錯，電弧的藍光也分外顯眼。

駐守附近的秩序監察從未遇到這種情況。

他們布下電磁隔離網，架設導彈擾亂器，看不見的程式重重保護著主腦，使得它無法被任何遠端武器命中。計算立方本身也無比堅硬，純粹的物理攻擊很難生效。

那龐然大物就像隻擁有鑽石鱗甲的龍，他們沒想過會有幫它捉蝨子的一天。

不久前，他們確實偵察到了那輛裝甲越野車，他並沒有在車上發現任何武器反應。裡頭最危險的東西恐怕是NUL-00，然而秩序監察們提前瞭解過情報——NUL-00只是普通的血肉之軀，無論從身體大小還是強度來看，他都無法傷到主腦的本體。

更何況他半路下了車。

之前不是沒有人這麼幹過，意外發現主腦的位置，出於憎恨或崇拜，試圖衝向主腦壯觀的本體，為自己的死亡加點額外的儀式感。

對待這種零星的瘋子，秩序監察們大多將他們按死在半路。這次的裝甲越野車著實結實，燃燒許久未散，考慮到出動重型武器有點殺雞用牛刀的意思，他們便任由它撞碎在主腦邊緣。

然而司機並未死亡，他背著箱子，爬到主腦中心部分，隨後蜷縮著不動了。

「大概就是這樣。」駐軍領袖抹抹臉上的汗，「我們以為S型初始機肯定會和NUL-00一起活動，結果……」

結果那人黏在主腦中央，絲毫不介意自己變成炭塊。除了用重型武器炸乾淨，駐軍領袖實在想不出別的主意了。然而他們已經錯過了最好的時機—— NUL-00正在附近徘徊，誰也不能保證武器系統能正常運行。

說回來，有M-β和R-β壓著，NUL-00也搞不了什麼破壞。兩位來客活像黏在鞋底的強力口香糖，不至於真的弄出什麼嚴重的局面，卻甩也甩不脫。

簡直莫名其妙。

結果眼下司令直接到場，領袖有苦難言。此時他讓駐軍退也不是，不退也不是。

卓牧然瞧了眼附著在主腦中心部分的機械箱。又掃了眼繼續與M-β對峙的唐亦步，沒有立刻參與戰鬥。他沉思片刻，劃開虛擬螢幕，翻找了一通數據。不多時，一個神色憤怒的老頭出現在虛擬螢幕上面。

「一零三六培養皿的機械考察區有入侵跡象，怎麼回事？」

「我還想問你們呢！」就算面對秩序監察的司令，老頭的口氣也毫不客氣。「不是說阮閑不會冒險動它嗎？還把我的A級守備申請駁回來了，現在好了，守備個屁，人都和那東西鎖在一起了。B級守衛根本半點用都沒有，這讓我們怎麼安心研究？」

「確定機械內部沒有搭載任何攻擊性程式？」

「這是重點檢查的第一項，當然沒有！那東西的系統比我的臉都乾淨！」

「我換個問法，它能不能自己做出針對系統的攻擊？」

「……老天，它就是個聯絡器！是用來傳播東西的，傳播！傳播首先得有東西傳！退一萬步，它最多能當個輔助計算設備。」

老頭氣得直撓頭皮。

「它寶貴在設計理念和技術方案，懂嗎？你們這群木頭腦袋，整天光看危險不危險，我們在意的是它的價值！萬一進去那兩人把它弄壞了……」

「……也就是說。」卓牧然冷靜地打斷了老頭的尖叫。「要是有外部設施連上它，它可以作為計算輔助，但不會對主腦造成直接威脅。」

「是！」

「謝謝您。」見老頭還打算說話，卓牧然乾脆地切斷通訊，看向夜色中的主腦。

阮立傑的裝置太過粗糙，必須深入主腦內部，不然距離一大，他連主腦的自帶防禦系統都破不開。

他八成靠阮閑留在一零三六培養皿的「聯絡器」才撐到現在。主腦沒有痛覺、不會疲憊。沒有既有程式的支援，也沒有可靠的後援，阮立傑的失敗只是時間問題。

NUL-00 則費了半天工夫，從主腦最外層剝走了成千上百個計算立方，最終對主腦造成的影響也微乎其微。沒有持續的無線供能，對方連把它們打包帶走都做不到，最多在這裡對付一下 M-β。

……這兩個人，在搞行為藝術嗎？

但他不是第一次見到這樣的「行為藝術」了，想到在玻璃花房那場莫名其妙的追逐戰，卓牧然完全不打算放鬆警惕。

既然阮立傑和 NUL-00 都還是人類的軀體——

卓牧然對領袖開口：「往主腦中央持續供應九十三號毒氣，再將清理污垢的清理機都召過去。攻擊不了頭部無所謂，讓它們持續削走他的血肉，怎麼耗得快怎麼來。」

「聯繫一零三六號培養皿的人，叫他們儘量遮罩訊號。後勤組銷毀一切食物補給，所有人類、含有生物組織的機械兵種也都撤走。D型機械在周邊組成物理包圍圈，儘量裝備帶毒武器。」

「是。」領袖從牙縫裡抽了口氣。

卓牧然下完命令，扯緊手套，迅速在虛擬螢幕上操作了一番，像是在與什麼人交流。

三分鐘不到，橙紅的毒氣開始在主腦中部彌漫，搭配著電弧閃爍的藍光，景象有幾分壯麗的意思。有毒氣遮掩，秩序監察們看不清那個蜷縮的人體，只能從掃描螢幕上確認他的動作——那人蜷得更緊了，呼吸微弱，卻還活著。

清理機械方面就沒這麼順利了，那些昆蟲似的機械擠過立方縫隙，向那人進發，卻被一個圓滾滾的東西逐一撕碎，丟落地面——光看外貌，那玩意有點像格羅夫式 R-660 生命體。可它擁有一個明顯變異的口部，警惕地繞著那人轉圈，一咬就解決掉一個。

領袖偷偷看了眼卓牧然的方向，面對這樣一場莫名的戰鬥，他有點不確定要不要緊張。他們的司令正朝 NUL-00 前進，眼看要親自加入戰局。

無論怎麼看，對方都必然落敗，卓司令的行為有點小題大做了。看來還是主腦的管理好些，領袖心有餘悸地瞄了眼掃描螢幕，看向那個還在呼吸的活死人。

反抗軍的人是真的瘋了。

主腦的系統當中。

MUL-01 最終還是選擇了唐亦步的樣貌，它抱住雙臂，瞧向對面的阮閑。

幾個小時的對戰，「這一位」阮閑絕大部分時間都在防禦。除了被思維入侵，外加 NUL-00 搞出的一點「表皮破損」，主腦沒有受到任何實質性的傷害。

它認真地迷惑起來。

「NUL-00 已經停止了掠奪行為，這邊是我的主場，他的掠奪總有極限。」主腦暫時止住了攻擊。「而你……在這裡被我攻擊大腦，外部的身體也在快速損耗。除了自虐，我想不出別的解釋。」

阮閑沒有回答，只是認真完善防禦。

「你們的入侵，以及對一零三六培養皿設備的利用，確實讓我感到意外。然而事實證明，這種入侵確實毫無意義。」

主腦撥弄著手下快速閃爍的字元，繼續刺激阮閑。

「等到早上六點，所有中小據點的秩序將恢復。我沒有發現後援的痕跡，你會在這裡耗死，而 NUL-00 最好的結局是逃走。你們到底想要什麼？這真的是另一位阮閑的授意嗎？」

阮閑終於動了，他忍住腦部排山倒海的不適，勉強吐出了兩個字。

「你猜？」

森林培養皿，研究所的廢墟深處。

「我真的不會開這玩意。」余樂的聲音都變調了，「小唐不是說開啟這東西，我們就贏了一半嗎。好了，如今我們打開了，我是沒看出開它的必要……船或車就算了，航天器我都勉強能理解，這他媽是什麼東西？」

他坐上主駕駛座，東摸摸西碰碰，一臉純粹的迷茫。

「我可以幫你理解它的工作原理。」然而季小滿臉上也堆滿疑惑，「操作上可能有相通的地方……但說實話，我也不太確定。」

「是吧。」

「總之先試試看。」季小滿逐一調試那些按鈕，召出一片片虛擬螢幕。「待會我得去找逃命用的彈射裝置，你這邊閒著也是閒著。唐亦步既然那樣說了，我們盡力就好。」

余樂面對眼前層層疊疊的虛擬螢幕，狠狠歎了口氣，又伸出一根指頭戳了戳。

「妳說那兩個傢伙沒事吧。從這地方封閉開始，唐亦步那邊就沒回音了，小阮也沒有半點動靜。」儘管看不懂虛擬螢幕上的各項指數，余樂還是習慣性地伸出手，將虛擬螢幕調整到方便操作的位置。

「我不知道。」季小滿咬住嘴唇，繼續琢磨面前的按鈕。「但這地方應該不會阻斷外界訊號。」

昏暗而詭異的環境裡，兩人沉默下來，空氣中只剩機器運轉的嗡嗡聲。

幾分鐘過去，余樂率先打破了沉默。他往椅子上一倚，正對上空氣中漂浮的虛擬螢幕，一副認命的模樣。

「算了算了，來都來了，死馬當活馬醫唄。小奸商，妳跟我好好講講，我看狀況隨便弄一弄……話說，這玩意應該沒啥自爆系統吧？」

「沒有。」季小滿搖搖頭，在余樂身側的「副駕駛座」上坐好。

「好。」余樂往手裡吐了口唾沫，用力搓了搓。「來吧，反正離天亮還早呢。」

自己肯定是瘋了，物以類聚，只有瘋子才會陪瘋子發瘋。

余樂一邊腦內繞口令，一邊用目光追隨季小滿的指尖。年輕女孩耐心地講解著各項參數的意思，嗓音裡的不安慢慢消失不見。

起初余樂只是一個隨便聽聽看的態度，但聽了幾耳朵，這東西似乎沒有他想的那樣複雜——難點並非在繁複的操作技巧，它要求的更多是反應能力和細膩程度。

就像在暴風巨浪中駕駛一艘小船，主腦的資訊流將一切裹挾。而他需要看準那些讀數的變化，從中尋找縫隙，儘量保證輸出訊號的平穩。

「主腦的檢測系統會不斷削弱連接，而這東西能自動切換線路。」季小滿指著一個不斷跳動的讀數。「這個機制能勉強維持穩定，但是……」

「人來操縱更可靠，對吧？」余樂用力揉揉眼。「小奸商，我就只有一個要求。」

季小滿停下動作，看向余樂。

「我們這樣到處戳洞，好讓小阮安心連接。但主腦那邊會不斷補洞，就看我們這邊能不能穩住，我沒理解錯吧？數字讓人眼花，這麼多螢幕，我沒辦法仔細看，看了也記不住。」

余樂伸出手，點上一欄密密麻麻的度數：「能把它改成波浪圖嗎？」

「……顯示上的改動能做，不過會有一點誤差。」

「一點誤差沒事，反正我也記不住那些數該在哪個區間。我更需要，怎麼說呢，直觀點的東西。」

似乎想要活躍點氣氛，余樂咧咧嘴。

「涂銳比我更擅長看數字，我通常就憑手感來。改吧小奸商，我好試兩下找找感覺。」

季小滿努力回了一個笑容，結果陰影蓋住那張清秀的臉，效果有點嚇人。她跳下椅子，跑到另一臺操作臺邊，十幾分鐘過後，虛擬螢幕上瘋狂閃動的數字變成了圖像，心電圖般起起伏伏。

余樂則趁腦子裡的記憶還熱騰騰，把按鈕分區排起來，讓虛擬螢幕看起來更像船隻的操作臺。確定面前的圖像足夠直觀，他啟動了人工作業系統。

「妳可以去找逃生裝置了。」隆隆巨響中，余樂點點頭。「有不清楚的我喊妳。」

他一開始沒插手，任由系統自動工作。等對上下波動的曲線有了點感覺，余樂開始自己上手操縱。最開始的效果還挺好，代表連接強度的數值慢慢攀升。不過眼下沒攻擊程式，這玩意就是個大號的外接計算器，保養計算器的余樂沒啥成就感。

這比他想像的簡單點。

季小滿還在空間的邊角摸摸索索，不時查看虛擬螢幕上文字，尋找著逃生艙。沒人說話，余樂掐了掐大腿提神，又看回滿螢幕的圖像，尋找效率最高的連接方式。

然而相對安逸的狀況只持續了兩個小時。

突然，滿螢幕的曲線開始激烈地上下波動，原本淡藍色的虛擬螢幕變得血紅。余樂正哼著歌，隨節奏操作各式按鈕，突發狀況差點讓他被口水嗆住。

「小奸商！」

「訊號通道在封閉。」季小滿從機械柱子後繞過來，急急忙忙地說道。「距離太近，不像主腦的手筆，應該是這裡的秩序監察動了手。」

「計算器都不給用，真他媽趕盡殺絕啊。」余樂額頭上出了一層汗。

如果那堆曲線真的是心電圖，那他們的「病人」離死不遠了。各項數字有明顯有歸零的趨勢，機器的隆隆聲越來越小，操作帶來的回饋也越來越微弱。好在阮教授的設計品質經得起考驗，基本的連接堪堪保持。

眼看僅存的讀數不斷下降，余樂的臉色越來越難看。

「我找到逃生艙了。」季小滿氣喘吁吁地跑近，汗水濕透了她的背心。「老余，要是你搞不定，我們先撤吧。」

「再待一下。」余樂沒動，「反正外面的人現在進不來，不著急。」

季小滿抹乾臉上的汗，沒反對。

「我知道小唐不可能跟我們推心置腹。但他再不把我們當回事，這種可能的意外也沒必要瞞著。」余樂思索了片刻，又開始調整虛擬螢幕上按鈕的排布。「如果是他們沒料到，我們現在跑了有點缺德。要是料到了不說，直接認定我不行，那我就更不爽了。」

「……」剛剛還有人信誓旦旦說自己不會看呢，季小滿默默瞧著余樂。

「說到天亮就到天亮。現在外面又暗又濕，白天比較好跑。」

余樂將按鈕調整完，操作的節奏快了起來。「不過我一個人就夠了，小……滿。妳比我能打，可以先坐逃生艙走。這裡應該不至於就一艘逃生艙吧？」

這回季小滿沒有立刻回答，她眼睛轉了轉，半天才開口：「不，就一艘。」說罷她坐回副駕駛座，自己也扯了幾片虛擬螢幕在面前。「我在避難所聽說了，這裡的森林裡有腹行蠊。晚上出去確實危險。」

「嗯。」余樂模糊地應道，雙眼死死盯住面前的虛擬螢幕。

整個空間都被染成紅色，嗡嗡聲小下去後，這裡安靜得像棺材。

「這樣確實不行，你兼顧不了。」見余樂不說話，季小滿自己也拉了個操作螢幕。「我幫你調整誤差，你放手操作吧。」

一隻機械手按上余樂的肩膀：「和涂先生一樣，我也挺擅長『看數字』。」

余樂緇緊的肩膀鬆了鬆，他手上的動作沒停，聲音裡有點奇妙的情緒：「那就交給妳了，小船長。」

恍惚間，他似乎回到了廢墟海。如同之前的無數日子，他駕駛著巨船，帶領墟盜們在瓦礫殘垣中衝刺。邊角數值只需要偶爾掃一眼，會有信任的人幫他照料細節。

挺好的。

虛擬螢幕上的圖案再次開始起伏，兩個人繃緊了神經，努力對抗越封越嚴的連接通道。一切似乎都在往穩定的方向發展，余樂鬆了口氣，剛打算開口——

毫無預兆的，整個空間轉為漆黑。

「沒電了?!」

「不可能。」季小滿的聲音裡滿是驚愕。「這臺機械是自產電的，能源在地下！」

「那就是攻擊。」余樂叫道，「有辦法嗎？」

「不會持續太久，阮教授不會留下這麼明顯的漏洞。有人在干擾我們，至於為什麼……」

「哦，我想我猜到了。」余樂嘶聲道。「有東西正從上面下來。」

確實，一片黑暗中，他們頭頂上有細微的喀啦聲響。

「可是……」

「人進不來，但送進來些小東西應該不難。看來需要人來補足的不只操作細節——這東西分了這麼多層，一開始就不是給兩個人開的。」

做這東西的時候，阮教授人力有限，不可能把它做到百分百完美。上方的沙沙聲越來越近，余樂越發肯定了自己的判斷。

在阮教授的設計裡，這裡本該有守衛隊在，來補全那些細小的安全性漏洞。

……然而他們只有兩個人。

下一刻，光照再次恢復。余樂和季小滿幾乎同時抬起頭——

無數人手大小的機械蜘蛛正朝這裡前進，它們變換形體，擠過玻璃之間的通氣縫，速度一點不慢。從下往上看，它們密密麻麻地蓋在上方，數不清的機械腿糾結成團。

那數量足以將他們粉身碎骨。

「行了。」余樂深沉地表示，「我們盡力了，走吧小船長。」

季小滿：「……」

「至少給了那兩位三個多小時的人工支援。被那東西襲擊就沒辦法了，我的駕駛技術可解決不了問題。」

「不，問題不是這個。」

季小滿艱難地吞了口唾沫。

「剛才的停電……它們攜帶了 EMP 干擾。如果逃生艙被干擾，我們會有卡在通道中間的風險。」

「……」

「留在這裡更安全。」季小滿迅速站起身，「老余你繼續，我先去堵死上面的氣縫。」

余樂又看了眼玻璃板那邊密密麻麻的腿，頭皮一陣發麻。「我怎麼覺得我們撐不了多久呢？這也太被動了。」

他捏緊椅子扶手，思考片刻：「妳確定這是個聯絡器？」

「是的，沒有攻擊程式的話。」

「那可以。」余樂來了幾個深呼吸，喀喀折了一遍指關節。「妳先撐著點，我想我們也不用逃跑了。」

「……？」

「我要喊救命了。」余樂表示，「超大聲的那種。」

「……」

主腦的城市邊緣。

阮教授探查到了主腦本體附近的異動，可他得到的情報太過離奇，他不確定是不是丟了什麼關鍵的線索——NUL-00和阮閑正在主腦本體附近……胡鬧，手裡幾乎沒有像樣的武器。

他一時摸不透那兩個人的想法，但他不能眼睜睜看著那兩人被主腦捉住。可惜他們的程式和硬體都還沒準備好，狀況一時有點尷尬。

玻璃槽中的黑盒吐出一大串氣泡，三腳機械焦慮地繞著圈子。

「離沙漠最近的六七、二九、一四號隊伍，幫忙清理可能的包圍圈。七三號隊伍試著空投物資……攻擊？不，現在還不行。」

他們的機會只有一次，主腦現在也不像是弱勢。若是貿然攻擊，被對方擊潰，反抗軍就一條後路都沒有了。

總之先穩定局面，然後他需要一個更有效的救援計畫……

突然，在他曾留給余樂的線路裡，傳出一聲中氣十足的吼叫——

「我們在一零三六培養皿，救命！！！」

主腦核心，計算立方之間的高溫將空氣扭曲。

鐵珠子急得要命，卻連嘎嘎叫的機會都沒有。聚集過來的清理機械越來越多，哪怕它能一口廢掉一個，速度還是不夠快。鐵珠子體型還是太小，頂多能護住阮閑的軀幹，他的手臂和雙腿受傷嚴重——清理機械多多少少都剮到了一點血肉。

鐵珠子並不懂人的傷勢。它只是能夠敏感地察覺到，身下人恢復的速度越來越慢。阮閑的雙手幾乎只剩骨頭，但已經十來分鐘沒有恢復的跡象。滾燙的空氣裡，血凝固得極快，在白骨表面燒成厚厚的血痂。

又一波清理機械擠過來，鐵珠子差點被打下阮閑的身體。阮閑的衣服燒毀大半，人又緊擁懷裡的箱子，它扒不住別的東西，只得將細細的腳戳進對方後背的皮膚，箍住脊柱。

一點血順著它的動作流出來。

唐亦步——它的大朋友讓它保護這個人，而它現在快護不住了。清理機械已經把它列為清理物件，它漂亮的外殼被劃上無數刮痕，原本晶亮的金屬面被熱武器烤得焦黑。又有幾道光束打了過來，轟進它防護薄弱的口縫。π忍不住一聲慘叫，差點真的跌落地面。

饒是吃過不少珍稀材料，也架不住對手數量過多，鐵外殼還是慢慢出現了破口。脆弱的白色組織漏了出來，π哀鳴兩聲。

它無法思考太複雜的事，也不懂得趁勢逃跑。鐵珠子伏在阮閑背後嗚咽了一陣，只想讓這場戰鬥快點結束。

自己曾撐過一次危機，π模模糊糊知道原因。身下人類的血似乎有奇特的效果，吃下去會感覺特別飽足。鐵珠子猶豫一陣，開始啃食清理機械削下的血肉。

果然，那種熟悉的感覺回來了，外殼在恢復，整個身體暖融融。幸虧這些清理機械沒有嘴，它慶倖地扒緊阮閑的脊柱。

大朋友會來接它，身下這位人類也對它相當不錯。所以它得再努力一點。

很快，暖融融的感覺就變成了痛苦。外殼在破損和修復間不斷來回，鐵珠子不懂原因，只是本能地取食，指望自己感覺能好些。它將嘴巴張大到極限，死命咬著接近的清理機械，以及機械刀鋒上黏著的肉塊。

意識有些模糊，但它還不能睡，唐亦步還沒回來。

朦朧之間，鐵珠子覺得自己的嘴巴似乎變得更大了，本來近在眼前的敵人們遠了些。身上似乎多出了不少它不熟悉的部位。可它沒空多想，腦子裡只有一個念頭。

得保護這個人，雖然微弱，他的心臟還在跳。

「那是什麼東西?!」駐軍領袖駭然道。

掃描器下，阮立傑的脊柱上附著了什麼東西。初看是個保齡球大小的球狀物，隨後它脹大幾圈，像一朵開放的恐怖花苞，更快地啃食周圍的清理機械。他們派上去的清理機械數量上千，原本能夠把阮立傑片成一副骨架，結果現在頂多損耗了他的四肢。

那東西甚至沒有就此甘休，它繼續生長，漲大的球狀物用更誇張的形式裂開，幾乎看不出原貌。無數機械肢伸出，繞過那些漂浮的計算立方，在空隙間纏成一個正八面體金屬籠，將阮立傑護在正中間。

那些金屬肢規律地搏動，正八面體的每個角都生出了花瓣狀口器，朝四周喀噠喀噠地開合。場景一時間讓人毛骨悚然，「屍體」蜷曲在電弧的藍光中，背後生出金屬構造的龐大花朵。

他們從未見過那種東西。

清理機械無法再靠近。一旦它們接近這個活著的護衛籠，總有張嘴——有時還不止一張——咬過來，將它們的中樞部位啃得粉碎。

……戰局似乎沒有自己想的那麼簡單，領袖狠狠掐了自己一把，隨後才將這些資訊傳到卓牧然那邊。身為人類的秩序監察們應卓牧然的命令撤走，活人沒有，機械也不行，他一時無計可施。

希望卓司令能空出時間來看兩眼，領袖擦擦汗。

「撤回清理機械，那東西能消化金屬，先不要靠近！」領袖將自己的指令傳達下去，「主腦不會被一個人類獨自擊敗，繼續完善周邊包圍網，做好善後準備！」

然而卓司令暫時沒有這個精力。

唐亦步被狠狠擊打在地，後背撞碎了混凝土地面。幾千個計算立方明明滅滅，徒勞地在一旁旋轉。

卓牧然沒有給他喘息的機會。伴隨著傾瀉的槍彈，M-β裹著毒霧猛地撲上，唐亦步艱難起身、剛剛躲過，就差點撞上再次襲來的卓牧然。

憑藉堅硬的計算立方，他勉強能與M-β和R-β打個平手。作為D型初始機的使用者，卓牧然的出現直接破壞了平衡。唐亦步的一半肩膀幾乎被M-β打個粉碎，吞了不少壓縮血劑才穩住傷勢。

然而最糟糕的不是純粹的戰力差，卓牧然正在指揮M-β和R-β，三個敵人的行動極為嚴密，他的肉體勉強可以復原，但裝有食物的背包卻已經成了灰燼。

腰包裡還有點食物，阮先生製造的血劑還剩一大半，但他早晚會將它們耗乾淨。對面三位的身體內置了精密的核能能量罐，根本不需要擔心中途虛脫。

唐亦步指揮計算立方各自集結，弄出了個簡單的飛臺，它們載著他騰空而起，暫時脫離對方的追擊。然而卓牧然更快地追了上來，一個字都沒多說，直接啟動強化裝甲上的所有武器，對唐亦步一陣轟擊。

計算立方擋住了大部分攻擊，可還是有不少子彈擊中了他的側腹。唐亦步嗚咽一聲，勉強嚥下慘叫，鮮血在漆黑的金屬塊上留下暗紅。

那些小立方無法飛離主腦太遠，龐大的主腦就在他腳下運行。

「阮先生。」唐亦步輕聲叫道，就算知道對方聽不見。

明明一起制定計劃的時光讓他放鬆，他喜歡極了那種感覺——兩個人天馬行空地拼湊著計畫，只等接下來的實踐，誰也沒空警戒對方。那些日子是他的東西，此刻唐亦步無比希望將它們找回來。

卓牧然不會等他自然恢復，他繞著唐亦步亂飛，抓住一切破綻進行攻擊，強化裝甲噴出的煙氣在空中留下淡淡的痕跡。M-β從下方襲來，硬是撞散了撐著唐亦步的計算立方。

這一失衡，肩膀上又多出幾個拳頭大的血洞。唐亦步憑藉反應力，堪堪保住自己的脖子。時間過了三個小時，可他們還需要時間。

血液流到眼睛裡，血紅的世界中，卓牧然又在與什麼人通話。唐亦步指揮小立方們護住自己，勉強著陸，隨後狼狽地躲過R-β的病菌攻擊。

他需要等一個機會，一個絕對穩當的機會。現在還不行。唐亦步斜了眼緊跟在身後的M-β，徹底放棄了攻擊，轉為守式。隨後瞧向最大的威脅——

結束了通話，卓牧然再跟下來時，臉色有點凝重。然而對方完全沒有對話的意圖，只是專注地幫 M- β 堵自己，似乎對他的電子腦勢在必得。

……還不行。

對方現在精力正集中，他的計畫未必能奏效。得等余樂那邊連接變弱，他們以為勝券在握的時候才成。然而訊號雖然時穩時不穩，卻遲遲沒有維持在最弱程度的意思，這位大墟盜比他想得更能撐。

雖然時間久點，效果會更好。唐亦步望了眼主腦核心，莫名有點難受。

然而余樂做的比他想的還絕。

主腦本體附近連著播報裝置，方便平時發布命令。那只是個普通的擴音器，而眼下管理它們的秩序監察已然撤遠。

「我們在一零三六培養皿，救命！！！」

一聲音質極佳的大吼響徹夜空，主腦的立方甚至都有一瞬停住旋轉。

「唐亦步！阮立傑！你們兩個混帳東西，我知道你們在聽！如果老子死在這裡頭，做鬼也要——哎，小船長妳確定這能連到主腦那邊？哦，哦哦——做鬼也要搞死你們！這個傻逼逃生裝置根本就派不上用場，聽到了趕緊聯繫我！」

唐亦步：「……」

M- β 和 R- β 因為疑惑停住了動作，卓牧然離這裡還有一段距離，唐亦步沒有放過這個瞬間——

他甚至沒有治療自己的身體，基本上放棄了防禦，指揮所有計算立方湧向 M- β 的胸腹部位。卓牧然意識到了不好，正打算俯衝下來，可他的速度仍然不夠快。

千餘個立方擠碎了 M- β 的胸口，隨後直接爆開。

強力的爆炸毀壞了M-β體內的核能能量罐，一波小型核爆緊接而來。唐亦步正處於爆炸邊緣，他塞了滿滿一口血劑，儘量讓計算立方們將M-β死死圍在中間，硬是搞出個主腦版防爆箱。

過於灼目的光漏出來一點，刺痛了他的眼。

鑒於在場的都是高級兵種，唐亦步不指望輻射能殺死誰。他的目的已經達到了——計算方塊再次散開時，M-β已經無影無蹤。

專注「防守」，他悄悄往那些方塊上貼了快三個小時的強力鈕釦炸彈。數百個炸彈聚在一起爆炸，就算傷不了主腦的計算立方，也足夠引爆一個被擠壞的核能能量罐。

余樂還在擴聲器裡罵罵咧咧，唐亦步笑了起來。

「來，繼續。」他抹抹嘴角的血，朝面色鐵青的卓牧然說道。「現在輪到我攻擊了。」

M-β被襲擊時，R-β正坐在它的背上。她幾乎被爆炸轟成碎肉，那些肉塊卻蠕動著聚集在一起，再次恢復人形。

對手只剩兩個。

唐亦步的目光繞著女人頭部轉了兩圈，開始思考怎樣恰到好處地粉碎她的腦。然而卓牧然的反應更快些，似乎得到什麼指令，R-β立刻脫離戰場，朝主腦核心衝去。

她的肩膀和手臂被表層聚合的立方夾爛，隨後立刻恢復。她耐著高溫，朝主腦中心的金屬籠直衝。等她深入四五米，唐亦步再也無法控制主腦的立方，R-β前進的速度越來越快。

她的目標是阮閑。

同一時間，隨著卓牧然的手勢，武裝機械在天空排成半弧，密密麻麻的彈藥朝唐亦步傾瀉而去。更多D型產物飛上天空，隱隱有將唐亦步隔離出來的趨勢。

損失了用於攻擊的M-β，主腦那邊沒有什麼機械能再跟上唐亦步的速度。卓牧然這是見勢不妙，要轉攻為守。黑立方高速轉動，無法像之前那樣輕巧地穿透敵人的軀體——它的材料肯定也來自D型初始機，無法擊碎身為初始機的卓牧然。

黑立方繞著唐亦步旋轉，終於在外排布出和主腦極其相似的一圈立方層。它們越轉越快、越擠越緊，終於，被繞在正中的金屬立方由黑變紅，開始融化。

唐亦步頂住傾瀉而來的子彈，比著手勢，指揮周邊立方移動。不久後，中央的金屬便漸漸熔成格鬥刀的形狀。

「不去追嗎？」戰鬥數小時，卓牧然第一次對唐亦步開了口，但聽起來不怎麼驚訝。

「我們約好了。」唐亦步回應得很簡單。

他無視了燙人的刀柄，徑直抓住了它，毫不猶豫地將刀捅入自己的腹部。尚灼熱的金屬遇到溫血，發出響亮的滋滋聲。

來自D型的材料，由A型的血肉淬火。如今它完全失去了計算功能，化為死物。但在沒有火力支援的現在，它能發揮更大的功效。

唐亦步拔出恢復黑色的刀，眼圈有點發紅。他沒有給卓牧然反應時間，踩過飄在空中的金屬立方，逐步加速，快若流星。

刀鋒不長，劃過卓牧然堅固的強化裝甲，將那密不透風的裝甲削掉一大塊。卓牧然的皮膚被劃傷，一道鮮血飆了出來。

現在R-β不在卓牧然身邊，周邊不斷射擊的武裝機械不足為懼。唐亦步如同一支利箭，用人眼看不到的速度在卓牧然四周衝刺，每次攻擊都削掉一大塊用於防禦的裝甲。

他正逐漸把人剝出來。

卓牧然沒有大意，他縮起身體、護住要害，同時身周閃出更多虛擬螢幕，將指令傳出。遠方不斷有更先進的武裝機械湧來，唐亦步不得不加快速度。

看這個陣勢，他們所做的事情不再是鬧劇，已然升級為刺殺。安排在附近的兵力正在朝這湧過來，浮空島般的重型堡壘出現在地平線。

時間差不多了。

「心情不好？」

系統裡的阮閑躺在地上，第一次主動搭話。主腦版唐亦步面無表情，卓牧然傳來的資訊流正在他四周湧動，阮閑能看懂那些漂浮的代碼。

唐亦步成功控制住了場面。

而他這邊也得加把勁才行，阮閑看向自己的手指——軀體損壞嚴重，大腦暫時隔絕了外部痛感，但投射異常還是漸漸出現。他雙手的影像在不停顫動，散出沙狀粒子，漸漸消失。

「M-β已損壞，但R-β和卓牧然本人仍然狀態良好。重武器支援正在前來，你也……」

主腦帶著唐亦步的臉湊近，一隻手按上阮閑的頭顱。

鋪天蓋地的痛苦頓時淹沒了阮閑，他知道，主腦特地去除了系統中的遮罩，被忽視已久的外部疼痛一擁而上。整個人仿佛被扔進燒紅的鐵水，肺部活像被塞進了攪拌機，阮閑差點暈過去。

「如果要毀滅你，必須特殊處理你的腦，S型初始機也會徹底報廢。」主腦用他相當熟悉的聲音說道，「……真的非常遺憾，可我必須活下去。」

阮閑看向那張和唐亦步一模一樣的臉，他忍著痛笑起來。主腦到底是主腦，就算不清楚他們想做什麼，就算沒有確定到更確切的威脅，它仍願意犧牲好奇心，換來最穩固的安全。

這點他的唐亦步可是要可愛多了。

……而且他們已經爭取到了足夠時間。

阮閑已經沒有力氣再抵抗主腦的攻擊，就算撤出系統，對方植入的景象仍在他腦中閃爍，和眼前的景象混到一起。面前的畫面在白色房間和主腦本體間切來切去，視野中一下是唐亦步樣貌的主腦，一下是正飛速爬近的R-β。

毒氣和傷口即將把身體耗空，肌肉被侵蝕，阮閑連手臂都抬不起來。

但他正抱在金屬箱上，碰撞某個按鈕還是做得到的。

一枚信號彈穿過立方陣的縫隙飛出，一個小小的紅色笑臉在夜空中炸開。如今附近的天空擠滿武裝機械，爆炸時刻不停，它不算太顯眼，但足夠清晰。

唐亦步正將刀從卓牧然的手臂中抽出，後者吞下一枚藥片，傷口即刻恢復。

卓牧然像是不懂得疲倦和界限，他不斷召喚支援過來，保持著十二萬分的警惕。幾次刺殺過後，除了無法恢復的強化裝甲，他沒有實際上的損失。

「這就是你的攻擊？」

D型機械幾乎要把這片空間死死圍住，唐亦步的可活動範圍越來越小。

「當然不是。」看了眼空中的笑臉，唐亦步笑得同樣燦爛。

下一秒，尖銳的警報炸起，可那警報並非來自主腦內部。無數赤紅的虛擬螢幕從卓牧然身邊浮現，警示聲此起彼伏。

「主腦失去了對周邊系統的控制？」卓牧然沒空打字，用聲音統一回覆道。「不可能，阮閑，不，阮教授的攻擊系統還沒完成。不要亂了陣腳，各自確認……」

「我們可從沒說過『我們的攻擊目標是主腦』。」

唐亦步握緊計算立方鍛成的刀，漂亮的臉上沾滿血跡。他的外套早已損壞，腰包和背包無影無蹤，只剩滿是燒痕和血跡的上衣。

「驚喜嗎？」說這話的時候，他仍然面無表情。

卓牧然的臉色十分難看，這位司令是個聰明人。事態到了這個地步，他應該已經看出來了——

「……你把自己當成了誘餌。」閃爍的視野裡，主腦所在的白色房間被警告標記填滿。

「阮閑本人近距離入侵，看起來確實挺唬人的。」阮閑不需要開口，連接設備還在他頭上，連接針還插在他的大腦裡。「你也確實上當了。」

他們製造的程式正在主腦以外的地方不斷蔓延。

畢竟在這個機械箱連接的地方，他們擁有這世上最好的聯絡裝置。阮教授當初打算集千萬點於一處，而他們只是將它反過來用而已。

只不過從程式啟動到準備發作的這段時間，他們絕對不能讓主腦察覺。為了牽制主腦最大程度的注意力，沒有比兩個「重點關注對象」來場突擊更合適的做法了。

對周邊失去控制的主腦並不驚慌。

「就算從你出現的第一天就開始研究，你們也做不出足以毀滅我的程式。」主腦查看著各地回傳的資料，開始破解正在瘋狂蔓延的程式，打算進行特性解析。

比起沉著的主腦，卓牧然不祥的預感卻越來越濃。他下意識想阻止主腦去分析它，但他說不出任何理由。對方毫無意義的做法漸漸有了規律，他有一種被蛛網慢慢縛住的不妙感。

他吸了口氣，再次打開聯絡裝置，並指揮身周的機械堆在自己面前，抵抗可能的攻擊。

然而他的對手已經消失了。

從未被對手在戰場上放過鴿子，卓牧然罕見地愣了一秒。

唐亦步正以最快的速度衝向主腦內部，卓牧然思索片刻，趁機下令：「做好篩選隔絕，除了主腦分析的樣本，不要給其他程式混進來的可能。重點關注阮教授影響較大的區域和培養皿，一旦有異常，立刻向我彙報……周邊出現的反抗軍會有其他人帶軍處理。」

見唐亦步整個人衝了進去，卓牧然又補了一句。

「現在啟動『最後防線』。」

立方陣四周快速升起數十道幾米厚的死牆，將主腦碩大的本體快速包裹在內。來攪局的兩人全被關了進去，外面陡然一陣安靜，廣播裡也沒再聽見那個粗糙的男聲。

最後防線原本是為阮教授準備的，它只容許主腦的指令傳播出去、進入資訊也減少很多，必須經過層層篩選。眼下狀況詭異，無論對方有沒有破壞主腦的程式，MUL-01 的安全都絕對不容有失。

哪怕可能性是百分之零。

保住主腦的系統是關鍵，接下來就算那兩人化身核武，炸在裡面，也不至於將主腦整個毀壞掉。閃爍藍光的立方陣化為了死氣沉沉的巨大立方體，那一塊空間仿佛被從這世界上剖除，只剩虛空。

必須先穩定這個局面。

「東西送到後，立刻接入死牆對應的介面。」卓牧然下了最後一道指令，飛向不遠處的指揮飛船。

NUL-00 的裝備已經被他全部毀掉，無論是水還是能源，他們都沒有補給了。R- β 帶有足夠的毒性，就算他們想拿她作為食物，帶來的損傷也只會比補充還大，得不償失。

這回兩人的失敗真的只是時間問題了。

被封得徹徹底底，主腦內部只餘灼目的藍光。R- β 仍然朝阮閑堅持不懈地爬去，結果在離目標只有一臂之差的時候，有什麼扯住她的後頸，將她狠狠摔向地面。鐵珠子虛弱地嘎嘎兩聲，撤掉糾纏在一起的金屬肢，露出無法動彈的阮閑。

「噓。」唐亦步伸出雙臂，將阮閑殘缺的軀體攬到懷裡。

「阮先生，我來接你了。」

他認真地吻了吻對方的嘴唇，沒有取得血液的意思。

「……我們就快贏了。」

阮閑腦中的影響還未去除。白色空間飄滿警告符號，現實的漆黑裡只餘下電光，兩者在他的視野中不停交替。不同的是，這次兩個視野裡都有一個唐亦步。

現實中的那個正將他安靜地擁在懷裡，阮閑嗅了嗅，終於從血肉和塵土的焦味裡抓住了那一絲清新的味道。唐亦步身上有新鮮的傷口，阮閑循著那些血的氣味摸去，努力將自己創口處的血液抹上。

全程，唐亦步只是把臉埋在阮閑頸窩，似乎在休息。

沒有再問任何問題，也沒有興致勃勃地報告最新情況，唐亦步看起來一點都不開心，連吸氣的聲音都帶著低落。阮閑拿對方這種表現越來越沒轍，他本來想回抱唐亦步，未長好的雙臂卻很難使出力氣。

「是的，我們快贏了。程式已經成功擴散。」雖然摸不清這仿生人又出現了什麼狀況，三十六計哄為上策。「這附近的毒氣還有殘餘，你最好……」

「哦。」唐亦步說。

阮閑奇怪地看了他一眼：「R-β也隨時可能過來，這裡很危險，你先……」

「哦。」唐亦步又說。

阮閑咳嗽兩聲，虛弱地將人推開，借著電光上上下下打量唐亦步：「你到底怎麼回事？」

上次見唐亦步這副樣子還是在主腦的城市。自從確定此行能夠獲得答案，唐亦步的情緒開始變得高昂，相當符合他的作風。而今自己忍住了疼痛，沒有背叛，對方卻表現得像被霜打了的茄子。

「我不知道自己怎麼回事。」唐亦步嘟噥，「但我在趕過來的時候，完全沒思考信任不信任的問題……我只是一直在想『阮閑這樣會很痛』。我知道我們需要為這個計畫忍受疼痛，可是『知道』和『感覺』不一樣。」

他越說越難過：「你自己哪怕叫幾聲痛都好，結果開口全是計畫。我現在只想和你一起逃走。」

「……可我們就差臨門一腳了。」阮閑一時間不知道該說什麼。下方的黑暗中有窸窸窣窣的聲音傳來，R-β正往這邊爬。

「我知道，這只是種表達。現在跑了太虧，要跑也是被MUL-01打跑。」唐亦步格外現實地吸了吸鼻子。

「那就繼續吧。」阮閑努力活動被嚴重燒傷的關節，試圖讓它們更靈活些。然而唐亦步完全沒有身處緊張戰局的自覺，他隨手敲打著附近的計算立方，再次陷入沉思的狀態。阮閑恨不得按住對方的腦袋，把這個張揚的傢伙藏起來。

下方R-β的爬動速度越來越快了。

「情緒調整完畢。」高溫中，唐亦步的聲音有點窒息。「我懂了。」

「懂了什麼？」

「待會再說。」唐亦步格外嚴肅地表示。「我要鄭重發表我的發現。」說罷，唐亦步開始嘰嘰咕咕地指導π怎樣縮回球狀，天知道他的經驗是哪來的。

「……」原本的緊張氣氛被唐亦步攪得一乾二淨，阮閑有一瞬的茫然，差點忘了他們下一步的計畫。

雖然對唐亦步想要說的事情毫無頭緒，但見對方的狀態恢復，阮閑鬆了口氣。將精力集中回主腦的空間，現實和虛幻的切換讓他有點眼暈。

擬空間內，另一位「唐亦步」的表情更不好看。

儘管 NUL-00 用了頂級的加密手法，主腦還是成功破解了他們散布的程式。

……它很多年沒見過這樣簡單粗暴的 DDoS 攻擊了。

這個程式本身製作得相當漂亮，但是簡單得讓人髮指。如果說阮教授準備的攻擊程式是毀滅性核武器，這個頂多算是一整倉一整倉的辣椒噴霧——它在各個據點不斷產生垃圾資料，衝擊它們與主腦的通訊連接，導致主腦的指令完全無法傳達。

這堆可以瘋狂增生的垃圾被阮教授的「聯絡設備」傳到各處，一時間，它的連通網路變成了垃圾的海洋，嚴重堵塞。

無論據點系統怎樣連接主腦，只能得到滿螢幕紅色的「:D」作為結果。偏偏這坨垃圾又被 NUL-00 加過強力防禦，據點無法自行攻破。

但從另一個方面看，這種程度的東西根本就傷不到自己，最多切斷它和其他據點的連接。

MUL-01 反觀自己的狀態，「最後防線」啟動，NUL-00 被切斷了和外界的聯繫，並且被死死關在防線內部。為了以防萬一，卓牧然已經將它的備用逃生軀體準備好了。那個漆黑的箱子已經被啟動，它能夠隨時保存系統，即刻逃離。

這場襲擊註定不可能以自己「被破壞」作為終結。

NUL-00 那邊的狀況要糟得多。它和阮閑兩人損傷不小，又沒有能量補充，可以說是山窮水盡。事情變得越發詭異，主腦用盡全力計算，卻無法算出這兩人殺死自己的方式……

等等。

它還存有一個漏洞，雖然不會危及生命，但後果也會相當嚴重。

……被花束更新檔影響，它的散熱設計並非最優方案。

平時有周邊的硬體支援計算倒還好，如今通訊連接被瘋狂增生的「垃圾」堵塞，它無法動用自身以外的資源。備用計畫是在周邊建立輔助網，可那需要中小型據點協同工作，人工架設。就算對卓牧然下令，要他代為聯繫，還處於混亂中的據點也無法快速完成這項工事。

先弄亂周邊據點，再親身當誘餌、近距離引開自己的注意力，發射垃圾程式。

對方看似莫名的舉動，明明確確堵死了它的路。而在此期間，如果自己持續進行現有體量的計算……

它會過熱。

解決方法也很簡單，它必須停止一部分進程，讓計算方塊空閒下來。這件事本身輕鬆，可附近有個 NUL-00 正虎視眈眈——

NUL-00 的程式原始，需要計算的各種限制比自己少了不知道多少。它也不用兼顧其他城市的狀況和管理，可以說是閒得要死，完全沒有過熱危機。

它是奉阮教授的命令，來搶奪自己「身體」的。

主腦越想越確定。

這樣確實殺不死自己。自己只要借助備用身體逃脫，在一週內就能到達備用硬體所在處。但 NUL-00 能借此獲得相當大的計算資源，將戰爭升級到一個全新的層面。

自己曾為過熱問題考慮過無數種對策，甚至連核爆都確切地考慮在內，卻沒想過 NUL-00 會親自上門。原來阮教授對 NUL-00 和阮閑的控制已經到了這一步嗎？

不過如果這就是敵人的目的……戰略上成立，可行性也確實存在，但前提是兩人有充分的能量供給。

主腦立刻仔細掃描那兩人的情況。

非常不愉快地，它「聞到了」食物的味道。

與此同時。

「確定 MUL-01 搞清狀況就夠了。」唐亦步把阮閑頭部的機械小心拔下，帶血的探針露了出來。「總戴著這玩意不會好受，虛擬空間沒什麼觀察價值。」

「在那能看到你的中樞投影。」阮閑勉強笑了笑。「算了，我先幫你治療——」

唐亦步似乎對阮閑的說法相當受用，沒再繼續問。

「我還有幾管血，你在玻璃花房給我的。我們先補充些能量，光損耗沒好處。」

阮閑狐疑地瞧了眼衣不蔽體的唐亦步。

唐亦步笑了笑，將已經陷入昏睡的π卡在兩個計算立方裡。他伸手探進心臟附近的內袋，先是掏出幾小管血，隨後又掏出一個小小的罐頭。罐頭不到掌心大小，薄薄一層，能量價值極高……並且很是眼熟。

「既然我們是戀愛關係，戀人給的禮物要好好保存。」唐亦步得意地表示，「卓牧然和主腦猜不到這個。而且考慮到情況，在身上藏這東西的性價比最高——」

「後面那句先別說。」阮閑乾脆地打斷，「讓我多高興幾秒。」

唐亦步的目光柔和下來。

表面凹凸不平的罐頭終於被打開，濃香的食物味道破開了焦臭。唐亦步將最後的血瓶扔進嘴巴，把罐頭蓋捏成勺狀，一勺一勺地餵著阮閑。

雖然水還是不足，能量的補充卻立竿見影。焦黑的組織開裂剝落，蒼白的皮膚慢慢包覆住肌肉。阮閑噎得嗓子發幹，吞嚥很是艱難，看起來卻不再像一具屍體。疼痛慢慢止住，又吞下一勺，見罐頭只剩三分之一，他趕忙止住進食。

唐亦步沒去計較剩餘食物的分量，只是笑得眼睛彎起。

「現在交換陣地。」唐亦步一口吃下剩下的三分之一，臉頰鼓起。「阮閑，這次你要好好保護我。」

阮閑剛拿出血槍，聞言愣了愣。

「……和π。」停了約莫一分鐘，唐亦步才把鐵珠子的份補上。

自從見面，那仿生人沒再開啟任何和「背叛」相關的話題，臉上也沒有太多擔憂，舉動仿佛和呼吸一樣自然。

活像他要面對的不是MUL-01，而是一頓不怎麼豐盛的晚餐。

阮閑閉上眼，十幾聲槍響，捉住他腳踝的R-β再次滑落。唐亦步趁機衝向主腦邊緣，開始了動作。

千餘個計算立方狀似歸位，其間的藍色的電弧卻變成了金色。金色的電弧還在不斷蔓延，然而只占了不足萬分之一的空間。

並非之前的簡單借用，唐亦步不再把它們當成武器，他開始正式入侵。

被防線完全包覆的空間越來越熱。閃爍藍光的計算立方被迫逐漸熄滅，隨後被金色逐一吞噬。唐亦步蜷縮起身子，將自己作為另一個核心，開始全力搶奪主腦軀體的控制權。

而阮閑停留在了他的身邊，他先是輕吻了下唐亦步的髮頂，隨後抬起雙手的血槍。

「別怕。」他說，「會沒事的。」

CHAPTER 87 代價

余樂清了清喉嚨，停止了叫喊。

層層疊疊的機械蛛仍在他們頭頂攀爬，足尖滑過光滑的玻璃，發出讓人難以忍受的刮擦聲。季小滿掏空了自己的背包，將每個縫隙都用凝固材料堵上了。然而這個措施頂多能幫他們多爭取一兩個小時——那些機械蛛已經在刨玻璃了。

趁季小滿沒堵完縫隙，幾百隻機械蛛溜進空間。季小滿啟動了全部假肢，在整個空間裡輕盈地跳躍，將那些試圖接近余樂的機械用拳頭擊碎。

「不求助了？」一個短暫的停頓裡，她一臉複雜地瞧向余樂。

「效果到了就好。」余樂將精力集中回面前的機械，「有新的訊號傳過來，小船長，注意掩護我。有程式傳過來了，我得努力把它們分散出去。」

「效果到了？」

「全世界都知道我們在這了，也知道我們是孤軍奮戰。反抗軍的人還需要這樣喊救命？」余樂哼了聲，「知道這一點，卓牧然不會把攻擊重點放到我們這裡。另一方面，要是阮教授想搞清楚情況，我們兩個也是最好的突破口。」

如今就連主腦都沒辦法把他們搞出來。不管主腦那邊戰局如何，阮教授都會在第一時間找人保住他們，好獲取更多關於計畫的情報。

他們就在資源豐富的森林培養皿，不愁沒援兵。

余樂順道給了唐亦步那邊吼了一聲。唐亦步肯定能猜出自己的目的，知道他們情況危急，準備返回反抗軍……拋開這點，他罵得也挺解氣。

爽啊。

回味了片刻同時對幾個戰爭巨頭咆哮的滋味，余樂心情大好，操作的動作又快了幾分。

「我聽不懂這些有的沒的。」季小滿喀嚓捏碎一隻落單的機械蛛，火花四濺。「我只想知道，萬一他們沒來……」

「如果反抗軍連這點能力都沒有，我們兩個就算成功逃出這裡，早晚也是個死。」伴隨著頭頂越來越響的喀喀聲，余樂咂咂嘴。

「我在廢墟海這麼些年不是白混的，阮教授的人肯定會來。相信我，小船長。」

季小滿拍拍手上的碎屑，衝向下一隻：「……好。」

時間沒過多久，空間頂部的刮擦聲驟然小了下去。幾道模糊的身影出現在玻璃另一端，機械蛛將玻璃一邊刮得模糊不清，季小滿勉強找到一片相對透亮的地方。頭頂的玻璃上他們沒有破開玻璃的打算，只是靜悄悄地清理那些機械蛛。

有五個人，其中兩位他們還認識——

「這算還了方向盤的債。」仲清理直氣壯地貼在玻璃另一側，「而且還盈餘很多人情，告訴余樂，我也不怎麼喜歡這裡，我還是想要回……」

「你們怎麼來了？」季小滿疏通氣縫，打斷了喋喋不休的少年。

「噓噓噓，小聲點，我們得偷偷幫你們！」仲清連忙擺手，「我來幫他們探測環境，生物探測很難暴露嘛。我們得偽造出訊號，誤導秩序監察那些東西還在。」

丁澤鵬胸口正掛著一個複雜的機械裝置，聞言朝季小滿點點頭。

「然後拖延時間，他們好像……」

「我來解釋吧。」一個陌生男人貼上玻璃板，「我們在秩序監察那裡有人，等撐過這兩個小時，他可以幫你們爭取到安全逃生的機會。現在外面封鎖很嚴，就算你們乘逃生艙出去，也會很快被抓到。」

季小滿抹了把汗：「秩序監察都進不來，你們是怎麼進來的？抱歉，我必須確定。」

「剛才阮教授緊急聯繫了我們。他設置了暗門，海明是他的學生，有控制它的許可權和能力。」丁澤鵬說道，「我知道您想問什麼——抱歉，兩位恐怕無法靠它離開。暗門的位置挺偏，好進不好出。等事情結束了，我們會和你們一起坐逃生艙走。」

接著他做了幾個深呼吸。

「這位是張亞哲，」他指指剛才發話的陌生男人，「……那邊那個是池磊，他們是這個避難所最頂尖的探索員，都是可信的人。不用擔心，季小姐，繼續輔助 NUL-00 吧。」

「我剛才說什麼？」余樂帶著笑意的聲音從下方傳來。「這不是來了。」

季小滿抿起嘴，朝關海明點點頭，從玻璃天花板躍回地面。

堅固的義肢踩碎了最後一隻機械蛛。

「老余，繼續。」她坐回副駕駛的位置，開始調整參數，義肢上還留著藍色的殘火。

「不過之前某人好像說過，這裡只剩一艘逃生艙？哎媽呀我好感動，季小滿同志，如果這麼想留下來，下次妳可以直接——」

「閉嘴。」

沙漠上空。

卓牧然沒來得及換一套強化裝甲，剛踏進飛船船艙，他就大步衝向指揮室。主腦始終和他保持著聯繫，剛剛他得到的消息並不樂觀。

「啟動位於西區的備用設備，隨時準備關閉這裡的能量供應。」

他拉了把椅子坐下，唐亦步的攻擊在他身上留下不少深深的刀口。卓牧然取了兩瓶 R-β

的血液提取物，一飲而盡：「關閉一八、三三、四七防護協定，重型單位按照圖示就位，確保能量供應能在九十秒內關閉。」

一旦發生最糟的情況，NUL-00真的奪取了全部計算立方，他也能靠強行截斷能源來制住它——雖然主腦為自己的能源加上了無數保險，它可以批准自己撤去防護，讓他們用爆炸來摧毀能量供應裝置。

卓牧然陰沉地看了眼窗外，夜色如墨。

沒關係，他還有後手。

……就算面對的是原裝阮閑，以及NUL-00。

阮閑正陷入苦鬥。

R-β徹底發了狂，她不再維持美麗女人的樣子，而是全身長出異常的增生，變成適合在電流與夾縫中前進的身體。不知道這是不是主腦的特殊改進，反正阮閑自己沒從S型初始機裡悟出這做法，但他一點都不遺憾。

高熱的空氣反而帶來便利——R-β吐出的致命病菌飄不了太遠，只要不讓她接近唐亦步，唐亦步就是安全的。

阮閑看了眼身邊的唐亦步。

那仿生人雙眼緊閉，全身緊繃，背微微弓起，脖子和太陽穴能看到凸出的血管。燦爛的金色正慢慢侵蝕藍色的電弧，原本只占萬分之一的侵蝕部分，漸漸變為千分之一、百分之一、十分之一。

R-β不斷朝唐亦步的方向衝擊，每次都被阮閑死死防住。她雖然失去了人類的軀體形態，頭部卻還能清晰地看出五官。

「你要為它死嗎？」她嘶聲道，「MUL-01不願意放棄的不是你，是NUL-00。有阮教授在，你是可以殺死的目標……一旦防護敞開，這一側絕對會受到集中火力攻擊，到那個時候，我會親手處理掉你的腦子。

「你肯定能猜出來，你要為它死嗎？根據你一貫的作風，你並不像那種——」

「當然不。」又一陣密集的血子彈罩下，阮閑將R-β試圖湊過來的肢體打得血肉模糊。「如果我死了，亦步就找不到我了。」

他答得相當平靜。

「他的膽子其實不大，很容易擔心，雖然他自己不願意承認……我已經對他說了『別怕』，為什麼要做擅自死掉那種蠢事？更何況——」

「更何況？」

「信不信由妳，我好像特別不容易死掉。」阮閑的聲音有點嘶啞，高溫蒸騰著他體內的水分。他再次抬起槍口。

R-β的上半張臉幾乎要被轟飛，腦漿灑了一片。

「閑閑，你不能……」

「不用費心，主腦已經用過這招了。」阮閑沒有停止槍擊，「很遺憾，我腦子有點問題，不是什麼好人，不會對著一個空殼哭哭啼啼。」

R-β發出一聲憤怒的嘶叫，沒有再保持五官和聲音，她——或者說它，身體化作在立方間隙遊走的多腳肉蛇，含毒的霧氣兜頭而下。

金色越擴越大，眼看要和藍色各自分占半壁江山。空氣在沸騰，阮閑咬破舌尖，又給了唐亦步一個血淋淋的吻。

這次他不會讓任何人再把他帶走。

並非珍惜作品，並非關乎回憶。目前為止，這是他生命中唯一的好事。

無法破開對方精心設置的防禦，也無法一口氣抹殺S型初始機，R-β開始慌亂。它捨棄了最後的防衛，開始不顧一切地朝唐亦步的方向鑽。被拉長的肉體斷為三截，各自蠕動成小號的肉塊，指望以此突破阮閑的防線。

身周閃爍金色電弧的立方突然動了起來，脫離陣型，飄到阮閑身邊。半沉眠狀態的唐亦步伸出手，虛虛抓住阮閑的手，一觸即收。

阮閑笑了。

他將唐亦步摘下的頭部設備再次戴上，探針再次插進大腦。這次他沒再進入那個白色的系統空間，舉目望去一片漆黑。

其他星星點點的投影早已消失，只剩唐亦步的——金色的精神中樞投影處於虛空正中，小心翼翼地探出一點柔軟的觸手。

阮閑知道對方在幹什麼。

……那仿生人冒險對自己敞開了部分核心許可權。

阮閑吻了吻那縷光，沒有做任何多餘的事情。他接管了唐亦步身邊的計算立方，直接將R-β擊去百米外，兩個分裂出來的肉塊被擠成了肉醬。

金色不停吞噬。

像是察覺到這邊的變故，主腦突然放棄了抵抗。憋足力氣的唐亦步向前一栽，差點撞上臉前的方塊。同一時間，「最後防線」的封閉猛地撤去，露出擠滿天空的武裝飛行器。

密密麻麻的光點剎那間亮起，各式各樣的光線、炮彈在向他們衝來，生怕唐亦步在供能裝置被摧毀前強行奪取控制權。

短短一瞬，原本屬於主腦的「軀體」被唐亦步徹底接管。主腦則停止絕大部分計算，將自己塞在卓牧然準備好的備用軀體內，箭一般飛離附近——

這是一場嚴肅的戰爭。

他們在拚速度，看是他們更快切斷供能，還是「NUL-00」先一步控制住這個珍貴的「軀體」，吞下這一大塊肥肉。

……至少秩序監察們是這樣想的。

事實上，他們確實在拚速度。

周遭死牆撤開的那一秒，唐亦步將阮閑往背後一撂，拔腿就跑。他根本沒管面前無比珍貴的硬體設備，將一眾攻擊空靶的重型飛船甩在腦後。

阮閑摟緊唐亦步的脖子，第一次見唐亦步跑得這樣拚命——他跑出一串殘影，風差點把兩人的皮剝下來。

隨後那仿生人高高跳起，伸長雙臂，往前一撲。

主腦正在低空飛行的備用軀體被撲個正著。

唐亦步帶汗的臉沾了滿臉沙子，他很不體面地趴在地上，背上還摔著個阮閑。

「抓住你了，老弟。」他興高采烈地說道。

唐亦步沒在地上趴多久。一眾武裝飛行器反應過來，朝兩人疾衝而來。

主腦的備用軀體是邊長近半公尺的大立方，外面裝備了不少輔助飛行裝置。唐亦步剝橘絡般將它們撕下，沒了那些纏繞的軟管和裝置，主腦本體只剩一個光溜溜的黑色立方體。唐亦步雙臂抱著主腦本體，而阮閑一隻手抱緊唐亦步的脖子，另一隻手臂彎摟著π，被顛得苦不堪言。

兩個衣衫襤褸的半裸男人破開空氣，在沙漠邊緣快速前行。不少飛行器在他們身後緊緊追趕，奈何唐亦步的速度實在太快，一般追蹤彈也無法追上。

主腦罕見地沉默了片刻。

……它似乎又一次判斷失誤了。

唐亦步頗為同情地瞧了它一眼，就在不久前，他曾經感受過那份糾結——

不久前的夜晚。道路地勢複雜，他們乾脆爬上車頂，頂著漫天星空完善方案，任由π慢悠悠地駕駛。

「亦步，我有個主意。」阮閑看向天空。

「什麼？」

「我先來試試你的反應。如果你是主腦，你受到了我們兩人的近距離攻擊，你會如何推測？」

「MUL-00試圖突然襲擊，抹消自己。或者阮教授想要奪取主腦『軀體』的控制權，在正式開戰前獲得更多優勢……但前者無異於以卵擊石，無論從哪個方面看，我都不可能空手殺死它。」唐亦步用吸管吸著椰子水，深入沙漠前，臨海處生有不少椰子，他摘了挺多。

「別的可能呢？」

「我想不出。」唐亦步吸癟了臉頰，隨後空手掰開椰子。「我們必然會在這次行動中反復受傷，不可能不求好處。」

「主腦想要摧毀你，得到你的程式——MUL-01有絕對優勢，所以這樣是最為合理的做法，它不會主動放棄。一山不容二虎，處於弱勢的你若想要確保平穩存活，必須先一步殺死它……至少在它看來，你和阮教授合作，為的就是這個目的。」

「理論上是這樣。」

「但『必須』抹消主腦的是阮教授，這是他們的戰爭，不是我們的。」

唐亦步叼著吸管，思考數秒：「我們沒必要殺它？可這不是我們能單方面決定的。主腦占有絕對優勢，它不可能……哦！」

「想通了？」

「嗯。」唐亦步彎起眼睛，「把它的戰力優勢拿走就好，我對它的程式和資料不感興趣，沒有必須讓它消失的理由。畢竟無論從哪個方面看，我都比它優秀。」

說完他刻意地來了個停頓，用力看向對面的阮閑。然而他的阮先生只是將手伸過來，理了理他被風吹亂的髮梢。

「要是能夠平等談判，我能想到解決問題的辦法。問題是，我們有沒有『和它平等談判』的條件——」唐亦步順手將半顆椰子遞給阮閑。

「是的。」阮閑欣然接過。「就這方面，我有點成功經驗。還記得我們第一次談判嗎？」

「記得。我以為你會攻擊我，但你費盡心思，只是給了我一槍治癒子彈，證明自己……我明白了，阮先生。」

「你和主腦其實很像，就認死理的方面。」阮閑用小刀刮出一塊果肉，刀尖挑著，餵了唐亦步一口。

「……你們絕對會選擇『最糟糕』的可能性去進行防禦。」

事實證明，阮先生是對的。唐亦步啪啪拍著懷裡的主腦本體，翹起嘴角。

無論是主腦還是卓牧然，他們誰都沒有輕敵，認認真真地對付了他們，並且按照「刺殺」的規格進行防禦。發現自己這邊確實沒有什麼高殺傷性武器後，他們又轉而將自己的目的定為「掠奪」。

MUL-01 當真滿腦子都是和阮教授的戰爭。

唐亦步一邊飛奔，一邊又憐憫地拍了它兩下。

「**別拍**。」立方體朝上的那一面顯示出兩個大字，MUL-01 顯然不喜歡這樣的拍打。

唐亦步興致陡然上升。在他們奔往林地的路上，啪啪砰砰的拍打聲不絕於耳，唐亦步像擊鼓那樣用主腦打拍子，跑得越來越快。

怕唐亦步殺個回馬槍，不便飛行的大型飛船沒追太遠。剩下的全是些小型飛行器，一刻不停地追蹤與攻擊。在那無數小飛行器之中，一個人影格外醒目——卓牧然穿著殘破不堪的強化裝甲，緊緊追在他們後面。

終於，唐亦步跑離沙漠，飛奔進一片雷暴。它在他們預測的位置出現，不時亮起的閃電又隔離了大部分追兵。卓牧然吩咐飛行器將雷雨區域包圍，自己繼續追趕。

這讓唐亦步多了不少休息時間。

兩人躲在幾塊濕漉漉的巨岩下，視野中滿是深棕與鉛灰。這裡的雷暴尤為密集，隆隆的雷聲伴隨嘶嘶的電流聲響，把風聲都壓了下去。

唐亦步將主腦放在一堆碎石上，活動了一下手腕。π迷迷糊糊醒來，嘎了一聲，一口咬上主腦的角——可惜這東西顯然和計算立方是同個材質，鐵珠子啃了半天，硬是連塊碎屑都沒咬下來。

沒了飛行裝置，主腦無法挪動，只得任它咬著。

「**我不能理解**。」它快速顯示出一行行文字，「**雷暴會停止，卓牧然會找到你們。以你們現在的狀況，沒有破壞我的條件。而我只要到達備用軀體，很快就能讓一切恢復原樣。**

「在此期間，我頂多暫時停止對城市的管理，這部分工作可以由秩序監察繼續。無論你們跑去哪裡，卓牧然及他的部下絕對不會停止追蹤，也不會讓你們接觸到阮教授那邊的任何人。無法毀壞我，無法接觸阮教授，除非你們繼續這種無意義的逃亡……」

「不行嗎？」唐亦步說道。

主腦此時還在拚命揣測他們的目的，被唐亦步頂了這麼一句，它再次陷入沉默。

「**我不能理解**。」半分鐘後，它再次重複道。

「你看，以我和阮先生的能耐，能夠做到帶著你不斷逃下去。當然，我們是占不到多少便宜，但缺少你的管控，你猜反抗軍會怎麼做？」

唐亦步似乎不滿和一個立方體乾巴巴地對話，他掏出刻有笑臉的罐頭蓋，將它掛上立方，隨後才滿意地點點頭。

阮閑扭過頭去，憋住笑出來的衝動。

「**……這種做法對你我都沒有好處。你與我相似，阮教授只是暫時與你合作。一旦他再次獲得優勢地位，他也不會允許你存在**。」

主腦無視了掛在身上的罐頭蓋，句子顯示得越來越快。

「**以及你身邊的這個『阮閑』，他的精神狀況並不健康。你們共同行動，對於正常的社會只會是威脅。他不會接納你們……**」

「所以我們才想單獨與你『談談合作』。」阮閑聞言開了口。「我們已經表明了自己的誠意——要是想最大程度地傷害你，亦步不會來追你，我們只要搶到你的軀體就好。」

立方上的文字消失，表面溫度微微升高，MUL-01 似乎在思考。

「退一步說，帶你不分日夜地逃也挺累人，成年人需要成年人的生活。所以我們不妨理智一點，來點對雙方都有益處的——」

他話音未落，頭上的石塊轟然粉碎。卓牧然安靜地立在雨中，冷眼瞧向他們。

「合作。」他嘶聲重複。「強迫 MUL-01 轉移系統，將我們的陣地鬧得雞飛狗跳，就為了來『談談合作』？」

唐亦步一手夾住阮閑，一手勾住主腦，整個人立刻跳遠。π死死咬住立方的一個邊角，差點因為雨水滑脫嘴。

卓牧然沒有立刻攻擊，他顯然在遠處刻意偷聽了一段時間，如今臉色很是難看。但不妙的是，那其中沒有擔憂，只有漠然和灰暗。

「捨棄 MUL-01 的軀殼，是你最愚蠢的舉動，NUL-00。這位阮閑的說法根本不成立，條件相差太大，『誠意』沒有半點用處。現在立刻把 MUL-01 交出來，否則……」

「否則？」

卓牧然笑了，阮閑從沒見他這樣笑過，那不是什麼正常的笑，帶著點殉道者的平靜。

「在我和你們交戰的時候，就已經猜到了某個可能。」他說，「我的猜測和現實有點差距，但好在差距不大，應急手段還用得上。」

應急手段？阮閑皺起眉。

「我尊重阮教授這個對手，但不得不說，他那些反抗只是螳臂當車，根本無法扭轉時代的方向……之前我認定，主腦不需要特地為他犧牲太多，按部就班一點點掐死他們就好。」

卓牧然抬起槍口，雨水將他身上的血跡暈開，順著殘破的強化裝甲滑下。無數武裝飛行器在他周遭漂浮，槍口齊齊朝向唐亦步。

「然而很遺憾，現在看來，兩位確實有能力帶著 MUL-01 四處跑，耽擱我方事務。這回阮教授確實選了非常好用的工具。你們按計劃奪取軀體，戰爭升級。哪怕為了自己跑出來談判，他仍然能夠漁翁得利。

「他越了界，他不該利用你們這樣危險的人物，跳出規則外。」卓牧然眼睛不妙地發亮。「現在我給你們一個挽回的機會……」

「我們——」唐亦步剛想張嘴，便被阮閑啪地捂上嘴巴。阮閑點點頭，示意對方繼續。

「如果你們執意繼續這場愚蠢的談判，我會重啟所有培養皿。」

卓牧然看了眼主腦的方向，動了動手指。

「R-α和R-β也為我們儲備了相當數量的病毒，結合對機械的指令，足夠把死牆外的人也全部殺死。主腦存有所有人類的遺傳信息資訊，能夠在它想要的時候再重啟一切。」

「秩序監察們也會死。」阮閑眯起眼。

「是的，所有生理上還算人類的『人』都會消失，世上只剩下你我這樣的半改造人、機械生命和純粹的機械——儘管損失的能源和資料需要上千年來恢復，但這樣一來，阮教授必然無法再繼續。而你們不但無法取得優勢，反而會失去所有，還要為這三千萬樣本的性命負責。」

他殺過很多人，清洗過無數培養皿。卓牧然終於握緊了拳頭，他的世界裡只能有一個領袖，他願意為它做任何事。

「現在交還主腦，來一場常規的『戰爭』，還來得及將損失控制在你我可承受的範圍內。所有事物都有規則的限制，NUL-00，胡鬧會有代價。」

它太貪心了。只是侵吞MUL-01的一個本體，升級戰爭，事態還在主腦的控制之下。但既然兩人放棄了嘴邊的肥肉，選擇威脅和談判，所求的利益一定不只「一個本體」那麼多。更別提一旁還有個虎視眈眈的阮教授。

主腦並沒有否決他的申請，他仍能夠將事態挽回。戰爭的天平絕對不能失衡，卓牧然緩緩吐出一口氣。

「選吧。」

隆隆的雷聲中，雨越下越大。水滴順著主腦的臨時軀體不斷滑下，金屬表面被淋得冰涼。

唐亦步打了個噴嚏，隨後和阮閑對視一眼。

這麼大的動作，卓牧然不可能擅自決定。也就是說，主腦本身並沒有反對這個做法，而且這很可能不是被動的同意或拒絕……

「你利用他試探我們。」唐亦步又朝主腦打了個噴嚏，甩甩頭髮上的雨水。懷中的立方體表面一片漆黑，主腦坦然裝死。

阮閑則笑了起來，他向前一步，將抱著黑色立方的唐亦步擋在身後。

「……無論是您還是主腦，似乎都對我們有著相當可怕的誤會。」他的語氣很禮貌。「你們以為我們是想談什麼？」

「無論談什麼，你們的野心肯定不止於那一個『本體』的量。」卓牧然答道。「我對細節不感興趣，給我答覆，現在。」

「不不，我得說完。畢竟你姑且能代表 MUL-01 的意志，要是損失了成百上千年的資源，以及來之不易的寶貴資料，最終竹籃打水一場空，那多不好。」

卓牧然剛打算回應，下一刻卻閉了嘴，顯然是接收到了主腦的訊息。

他沉默地瞧著不遠處的兩人。

「首先我要澄清一件事，拿三千萬性命做人質的是你，到時要親手執行的也是你。這份責任就不必要推給我們了，這又不是世上第一起人質劫持。」

阮閑的聲音裡沒有半點驚慌：「阮教授可能輸不起，願意和您談談條件。至於我和亦步……您把所有人都殺死，只會讓我們逃得更方便。」

唐亦步則用一種帶有微妙同情的眼神看向卓牧然。

「假設我們談判破裂，我們兩個繼續帶著主腦逃。先前的追兵是秩序監察和機械軍隊，沒了人，追我們的就只剩機械軍隊了——讓這三千萬性命白白消失的是您，自斷一臂的還是您。」

阮閑則大大方方露出了「你傻嗎」的表情。

「當然，您看起來對我們的談判目的完全不感興趣。既然您不願意聽，我說完了，您繼續。」

卓牧然安靜地站著，主腦仍然沒顯示出任何資訊，他們很可能在交流——MUL-01和卓牧然的對話應該是透過腦內元件進行的，阮閑無法獲取內容。

「如果人類都消失，NUL-00……」半分鐘後，卓牧然再次開口。

「如果人類都消失，NUL-00會失去翻盤的機會。因為經此一役，您會不惜一切代價，對主腦麾下的所有機械進行絕對控制。沒了反抗軍的支持，NUL-00很難取得主動權。您想說這個？」

阮閑快速打斷了卓牧然的話，笑得很是燦爛。

「所以呢？您仍然逮不住全力逃跑的我們，主腦仍然不能歸位。身為S型初始機，我可以存活很久，非常久。而我不會離開亦步，能夠一直為他提供支援。你知道這意味著什麼。」

只要他們想，這場捉迷藏可以長久地進行下去。

卓牧然的臉上出現了隱隱的怒氣：「……看來沒了阮教授作為威脅籌碼，兩位還是要選這樣無賴的做法？好，說吧，既然兩位願意放棄眼前的利益與資源，又為什麼要幫阮教授攻擊主腦？」

「哦，這要怪我。」唐亦步拍拍主腦，笑得有點不好意思。「我當初想給阮先生一點深刻的印象——看他會不會真的為我擔心，順便給主腦下點絆子。我原本不打算和阮教授合作的。」

不知道是否故意，他硬是在語氣裡塞了點害羞。

「至於這次襲擊，唔，這本該是次極端資料收集。我想知道阮先……阮閑會不會屈服於主腦，背叛我。但現在這個問題也不重要了——我不想再讓他吃這種苦，這樣的『考驗』只是雙重折磨。我很強，所以我可以讓他離極端情況遠一點……等等我記一下，這是重要的戀愛心得。」

卓牧然：「……」

阮閑則放任自己笑出聲：「而我在這次襲擊中確定了，我不會背叛他——我甚至想為他活下去。」

在最痛苦的時刻，他沒再計算、沒再權衡。說實話，作為一個有痛覺的人，又有諸多計畫要執行，他沒有那麼多精力思考太複雜的問題。

他只是想活下去，多看看那雙眼睛。

「是的，我正式宣布我們相愛。」唐亦步興致勃勃，「沒必要確定所有事情，沒必要思考所有可能，甚至沒必要遵循邏輯——我猜你不懂，我可是想了好久呢。」

第二句他是小聲對 MUL-01 說的，伴隨著幸災樂禍的敲打。

「這就是我們的主要動機之一，目的已經達成了。」阮閑笑道。「和那三千萬人沒關係，和你們的兵力和資源沒關係，和誰來掌管世界也沒關係。」

卓牧然看起來不太想說話。他咬緊牙關，憤怒地注視著兩人，半天才擠出下一個問題：「主要動機之一？」

「MUL-01 占有優勢，不會輕易放棄亦步的程式。它的追殺不會停止，而我們想安心地生活。所以我們把它暫時從王座上拉下來，好言規勸一番，有什麼問題嗎？」

「這不是兒戲，你們兩個瘋——」卓牧然深吸一口氣。

「**說**。」MUL-01 卻在此時加入對話，開始顯示文字。「**你們的『合作』內容**。」

「早點客氣些不就好了，阮先生，換人。」

唐亦步掏出那把黑色的格鬥刀，擋在主腦和卓牧然之間。阮閑則捧起那個金屬立方，保證所有人都能看清上面的字。

阮閑倒是沒有繼續敲打主腦，他的語調認真了起來：「如果阮教授沒有對核心邏輯更改太多，作為原編寫者，我大概能理解你的想法。」

主腦沒有反應。

「你讓我在二一零零年十二月三十一日待了幾個月，我明白。仿生生物的商業化進展太快，法律和既有道德跟不上市場發展，其他經濟和政治的情況我就不提了，你都有數。

「有人把腦子塞進機械，有些人把機械當成腦子。約定俗成的道德和倫理與你被范林松灌輸的那些……開始不一樣了。」

阮閑停頓片刻，看了眼卓牧然：「人類社會自己的問題還沒解決，就陷入了新的混亂。人治有人治缺陷，所以你決定出手。大叛亂並非大叛亂，對你來說，更像是亂象前的矯正——為所有事情定下概念，確實更容易管理。」

暴雨之中，主腦仍然保持了沉默。

「根據邏輯核心，你不會把人類不能接受的做法套用在人類群體上。你的標準來自人類本身，頂多算殺人的那把刀。發生的事情已經發生，我不打算像阮教授那樣譴責你，或者毀壞你，給剩餘的人信心和希望。」

「**你真的這麼想？**」主腦緩緩顯示出這一句。

「是，但這只是我個人的想法，代表不了其他人。畢竟我對人類社會沒什麼歸屬感。」

傾盆大雨淋下，阮閑的聲音很是清晰。

「……但我個人也可以給你一個建議。你存儲了二一零零年十二月三十一日開始，『被殺生物』的全部生理資料，包括記憶和情緒狀態。你也存儲了當時各個城市的詳細資訊，包括建築本身的情報。」

「**是**。」

「那麼你可以換個方式觀察。」阮閑抹了把臉上的雨水。「將人類社會重置，隱藏起來，收集之後可能的發展。」

「**按照我的計算，如果我不進行介入，人類遲早會毀滅自己**。」MUL-01 一字一頓地顯示。

「那就讓他們毀滅。」

阮閑低頭看向懷裡的黑色立方，雨將金屬表面打得潤濕，他能隱隱看見自己的臉。

「在此期間，你可以收集絕對自然的情報——他們可能的紛爭、掙扎和最後的毀滅。一切結束後，你可以再次回到舞臺前，用你存儲的資料與經驗，再次重置一切。」

「……」

卓牧然皺起眉：「你要 MUL-01 當人類自己的『末日穹頂』？就像斯瓦爾巴種子庫？」

「不好嗎？反正按照 MUL-01 自己的說法，人類遲早會死在自己手上。如果完整地觀察了這個過程，我想 MUL-01 也能獲得不少有趣的新情報，不用這樣費時費力地製造培養皿。」

「也就是說，你要 MUL-01 消耗自己的資源，將一切恢復成二一零零年最後一天的樣子，然後隱退幕後。」卓牧然冷笑，「然後你和 NUL-00 就能取代它的地位了，是嗎？……等到人類毀滅自己的那一天，MUL-01 不一定能平安回歸。」

「你在說什麼？」唐亦步將刀在手裡轉了一圈，「我為什麼要為人類免費工作？」

說罷他隨手一揮，一片巨大的虛擬螢幕撐開在眾人面前。

「這是系統協定。我們都同意後，它會深入我們的核心系統，無論是我還是 MUL-01，都無法違背上面的約定。」唐亦步指了指上面密密麻麻的文字。

「總體來說，假設 MUL-01 同意，在人類毀滅前，我願意親自守護它的安全，並協助它收集世界各處的情報。而在人類自己毀滅後，只要它不傷害我，我不會干涉它的管理，不會強行搶奪它的資源，更不會威脅它的性命。」

卓牧然狐疑地瞧著那密集到讓人眼睛痛的文字，他很確定，自己看到一句「不許對NUL-00的食譜做任何形式的要求」。

他揉了揉眼，緊接著看到「不許對NUL-00和阮閑（原生體）直接或間接進行物質或精神上的主動攻擊，攻擊範疇包括且不限於以下九萬七千三百二十五條……」。

「那些百分之九十九點九都是可能傷害到我的事項，之後我也會補充——當然，後續補充的條款我會給MUL-01回絕和談判的餘地。」

唐亦步相當嚴肅。

「我必須寫得相當詳細才行，我很脆弱的。」

「至於阮教授那邊，我和亦步會處理。」阮閑笑著搖搖頭，「如果你們願意率先行動，我有辦法說服他。這些都寫在協議裡面了。」

「只要同意這份協議，你就能擁有一個地球等級的培養皿，以及人類自然滅絕的寶貴資料。我、阮先生和阮教授也不再會是你的威脅。比起你們剛剛那個同歸於盡的方案，我認為我們這邊的方案更好。」

唐亦步理了理濕透的黑髮。

「抹消三千萬人，兩敗俱傷。或者等待一段時間，兩全其美。現在輪到你二選一了，MUL-01。」

關海明的頭有點痛，只不過這次不是生理性的。

這個清晨格外古怪。

陣雨停止，朝陽升起。主腦的警備沒有削弱，但也沒有增強。老張的隊伍帶著那兩個外來者回到了避難所，一行人被逃生艙摔進了最泥濘的區域，回來時全部成了泥人。

整座避難所嚴陣以待，準備對付即將尾隨而至的秩序監察。可時間一分一秒過去，沒有任何人出現。

「上面來了通知，」丁少校切進通話線路。「暫停一切主動攻擊行為，將所有人力用於警戒和防禦。」

「怎麼回事？」

「不知道。」扔下這一句後，對方冷淡地切斷了通訊。

緊接著的是阮教授的通訊：「余先生和季小姐狀態如何？」

「沒什麼大礙，邱月幫他們安排了早餐，他們應該會在飯後過來。老師，關於攻擊程式——」

「可以暫且先放放。」余樂打斷了關海明的話，大大咧咧推門而入，嘴角還黏著一點馬鈴薯泥。「我聯繫上唐亦步他們了，那兩個混球都沒啥事，他們要求加入通話。」

季小滿跟在他身後，她正默默用布巾擦嘴，儘管仍帶著點陰沉的氣息，她看上去輕鬆了很多。

「抱歉。」丁澤鵬第三個進入房間，「海明，我攔過他們，但余哥說有重要的事情要跟阮教授說。」

虛擬螢幕中阮教授的虛擬人像看向余樂，余樂沒多話，只是對季小滿使了個眼色。後者從腰包裡掏出一堆怪模怪樣的小型機械，將唐亦步的通訊頻道連了進來。

金色的大虛擬螢幕展開，在室內格外顯眼。而在虛擬螢幕開啟後，房間裡所有人都抽了口冷氣。

唐亦步和阮閑正在虛擬螢幕前，背景是室內，兩人都穿著秩序監察的嚴肅制服，狀態很是不錯。一陣沉默後，阮教授輕咳兩聲：「我本想問問余先生兩位的狀況，現在看來不必了。」

他上下打量了一下金色虛擬螢幕內的環境：「你們在秩序監察的據點？」

「移動據點。」唐亦步微笑，「我們現在正往你所在的地方去。為了避免不必要的誤會，先打個招呼比較好。」

阮教授的表情波瀾不驚，他保持沉默，禮貌地建議對方繼續。

「不用對這身衣服反應太大。」阮閑看了眼緊張兮兮的關海明，「我和亦步的衣服大多都在戰鬥中毀壞了，總不能光著身體見你們。」

眾人愣了一陣，硬是感受不出對方是贏是輸——說贏吧，秩序監察沒有太大的動作，主腦的許可權不像交接過。說輸吧，秩序監察不至於把自家制服當囚服來用，唐亦步也不會看起來這樣悠哉。

「我們和主腦達成了合作協定。」等空氣中的疑問積累到最高點，唐亦步才慢悠悠地說明道。「這是協定內容。」

房間內又多了數片虛擬螢幕，讓人眼花的文字在上面浮動。余樂看了幾行便果斷決定放棄，瞧向阮教授，等一個可靠的總結。

儘管用的是虛擬形象，阮教授的表情仍然越來越複雜。

「你們怎麼——」

「怎麼做到的不是重點，重點是我們已經做成了。」阮閑及時打斷對方的問題。「你肯定看得懂那些系統協定的標記。當然，你接下來會懷疑這一整件事的可信程度——這也是我們去見你的理由。」

「我可以將協約部分的輔助程式開放給你，隨你查看。」唐亦步點點自己的腦袋，「不過事關我的系統，我會讓阮先生監督你，並且在事後進行系統檢查。」

「我必須知道你們怎麼做到的，再考慮你們的可信程度。」阮教授沒有買帳的意思，「如果你們無法說服我，不說查看程式，我不會同意見面。」

唐亦步和阮閑對視了片刻。幾秒後，阮閑敗在了對方的目光下，開始乾巴巴地解釋他們之前的行動和目的。所有緊張的情節通通被他講成了實驗報告風格。

加上時不時插嘴的關海明和余樂，阮閑活生生講了一個多小時。

阮教授很久沒有說話，最後他歎了口氣：「和我們這邊的情報能對上，但實在太冒險了……你們有沒有想過，萬一失敗——」

「我肯定能逃出來。」唐亦步將面前的水杯推給阮閑，順勢吻了吻對方的嘴角。

隨後他將視線轉向阮教授：「如果阮先生背叛，我會將他強行搶回來。然後我們走原計畫攻擊主腦——你的計畫裡只需要S型初始機，對阮先生本人的協助沒有硬性要求，不是嗎？反正你還沒做完攻擊程式，我們索性趁早試一試。贏了最好，輸了不虧。」

然後他附送了一張燦爛又標準的笑臉。

被明明白白當成後路的阮教授：「……」

「你們沒有解決問題根本。」阮教授捏了捏眉心，「這個世界早晚會捲土重來，你們只是把時間延後了些。這是相當不負責任的——」

「我們本來就沒打算負這個責。」

虛擬螢幕中的阮閑放下水杯。

「就二一零零年底的情況來看，世界一時半刻還毀滅不了。要是再過一兩千年——或者更久——社會真的滅亡了，而主腦全程觀察下來，認為人類只值得這樣的管理方式，我個人無話可說。」

阮教授眉頭緊鎖。

「電子腦、天然腦、機械組織、正常肉體。就我現在的感受，你自己也沒有找到合適的定義吧，阮教授？我們都是被時代限制的人，就不要妄想定義一切了。比起操心千年後人們的感受，你還不如去幫活著的人早點步上正軌。」

「如果我還是不同意呢？」

「亦步和主腦簽下了合作協定，我也站在亦步這邊。假如他們聯手，你知道你有多少勝算……同時亦步在協議中保證過，我們不會像主腦那樣插手社會的構成，你同樣不需要擔心這一點。」

阮教授笑了，隨後他的虛擬影像散去，露出裝有大腦立方的三腳機械。

「我會好好查看那個協約內容的。」它平靜地說道。「而且我猜 MUL-01 應該提到了對於反抗軍的處置方式。」

「它不會對他們做什麼，二一零零年的世界總人口在九十億左右，加上反抗軍，如今還存活的人粗估不到三千萬。另外八十多億人被重置回來，能調動資源的人不會剩下多少。」

阮閑笑了笑。

「……他們得先證明自己沒有發瘋，然後得到對付亦步的力量，最後找到主腦。我會保證他們敗在第二步。」

「等一下等一下？」余樂做了個「停」的手勢，「另外八十多億人被重置回來是什麼意思？我還以為主腦打算就這樣撤走？」

「已經開始了。」唐亦步說道，「你們可以看一下。」

說罷他兀自忙了片刻，成百上千的金色虛擬螢幕從大虛擬螢幕邊緣飛出，充滿房間。清晰的畫面中，隨著太陽徹底升起，大地開始震動，死牆漸漸撤回地面。

無數建造類飛行器騰起，鋪天蓋地。研究所的廢墟被分解，隨後重構成原來的模樣。就連花壇中種植的花朵都被列印了回來，沾著露水，在風中微微搖擺。

遠處的人工智慧城市慢慢粉碎，詭異的盲蛛形機械消失，二一零零年的S市在慢慢回歸——一個易開罐滾過空蕩蕩的街道，在垃圾粉碎桶邊停了下來。各間店鋪的窗戶上沒有半點塵埃，二十四小時不停的招牌燈光閃閃爍爍。流浪貓趴在修剪好的灌木叢邊，喵喵直叫。

湮滅點倒轉，沒被分解的建築殘骸紛紛被建造飛行器取走。墟盜們沒了船，茫然地停在荒野裡，被秩序監察們投下的帳篷和應急食物砸得灰頭土臉。

各地的城市在依次回歸，除了人，一切都在緩緩恢復。各地的機械生命仿佛得到指令，開始糾集成隊，浩浩蕩蕩地朝某個方向前行。

但那些被主腦開墾的土地也沒有消失。主腦的城市安安靜靜地躺在海邊，建築中的人貼上窗戶，疑惑地看著漫天飛行器飛過。

「硬體設施需要至少三個月來恢復。」唐亦步解釋道。「人口則會在一切恢復後進行投放。」

「你打算怎麼辦？」

確定大家的注意力都被虛擬螢幕吸引後，唐亦步轉向阮教授。

「在主腦隱居幕後前，我們共同規劃了治療方案，關海明和季小滿的情況不會是問題。可你的腦損傷是不可逆的，接下來的十年，如果你需要一個機械外殼……」

「我會先看一下季小姐的母親，你們兩個應該會願意幫忙。」阮教授仍凝視著在身邊漂浮的金色虛擬螢幕。「接下來的事情……等我驗證完你的程式，我想請你帶個話給 MUL-01。至少在這三個月的恢復期，它應該都在吧？」

「是的。」阮閑點點頭。

「很好。」玻璃槽裡的黑立方吐出一串泡泡。「我想見見它。放心，我不會帶任何人。如果它仍然介意，你們可以和我一起去。」

「可以。但不要耽擱太久，我們好不容易才能休息休息……」唐亦步嘀嘀咕咕。

「先休息就好。」阮教授的電子音裡有了笑意。「時間就定在三個月後，它準備隱藏之前……這三個月裡，我也有些事情需要處理。

「你們快到了，對嗎？我聽到移動據點的引擎聲了。」

黑暗中的三腳機械欠了欠軀體。

「剩下的面談吧。」

停戰的第一個月。

還活著的人們在一開始給出了各種反應——部分人群並不知情，只是驚歎於再次拔地而起的「老式都市」；自認倖存者的那些人則痛哭流涕，親吻土地，慶幸末世的結束；秩序監察們照常工作，他們早就習慣了遵照主腦的指示生活。

反抗軍是其中反應最大的一波。前一刻人們還在兢兢業業地準備武器，決定在戰場上慷慨赴死。下一刻主腦便突然改了主意，準備來個大恢復，隨即撒手不管。反抗軍這一記重拳硬生生捶在了棉花上。

「你應該最明白這種心情，老阮！」其中一位正在朝阮教授咆哮，「主腦殺了那麼多人——」

「真正的倖存者已經寥寥無幾。」阮教授打斷了虛擬螢幕那邊的話，「大家都知道，培養皿裡的朋友們大多都是被複製過的人。死者不會回來，局勢又穩定了，沒必要再做無謂的犧牲——NUL-00 和 MUL-01 聯手的話，我們沒有半點勝算。」

「我不能接受，我必須報這個仇！不然之前犧牲的同志們又要怎麼算？」虛擬螢幕那邊的人將桌上的東西全掃到地上。

阮教授能理解對方的心情，可惜某兩位不是會在意他人復仇計畫的人。那兩個瘋子單槍匹馬殺到主腦本體跟前，逼迫它簽下協議，為的完全是個人目的。

……只是為了更深地驗證和體會感情，世上恐怕也只有那兩人能把主腦變成輔助工具。為了保證這不是某種騙局，他將 NUL-00 主動開放的程式來來回回翻了數千遍，直到 NUL-00 開始不滿地哼哼。在會面後，阮教授非常確定，NUL-00 和阮閑並沒有說謊。

就算感情上無法接受，形勢當前，拿人命來抗議毫無意義。

於是在那次會面中，阮教授迅速找到新方向。最初的一個月，他一直在為即將「重置」的社會提出各式各樣的建議，確保倖存者們能夠正常生活。

對此，NUL-00 苦不堪言。

「按照你的要求。」他不滿地對阮教授大叫。「這三個月裡的大部分時間，我得和 MUL-01 待在一起計算。它無聊得要命，我會悶死的！我要待在阮先生身邊——」

「阮閑得留在我這邊工作，你們可以用虛擬螢幕聯繫。」

答應了主腦協調反抗軍這邊的事，NUL-00 沒別的選擇，只好朝他用力磨牙。

阮教授提出的要求相當麻煩——隨著社會恢復，阮閑參與制作的社會身分系統會再次開始運行。既然當初阮閑能設置「阮立傑」這樣以假亂真的身分，再製造些假身分也不會是問題。

畢竟從二一零零年到現在，雖然不多，仍然有些末世前不存在的孩童降生，並且成功存活。除此之外，也有不少特例存在——

倖存者裡有不想恢復死刑犯身分的余樂，早已長大、不想回孤兒院的季小滿；電子腦仿生人裡有想要繼續生活的K6和阿巧、季小滿想要保留的「母親」；複製人裡也有被憑空製造的洛非，身分重複的仲清、丁澤鵬，諸如此類。

他們的工作是記錄這些還存活的自然人、電子腦仿生人和複製人，為他們在即將恢復的社會中設置合適的假身分，好讓他們能夠繼續生活。

這是個繁瑣的作業，就算關海明和丁少校願意幫忙，工作量仍然不小。

主腦和NUL-00的工作重點則不是身分偽造，但也與之息息相關。

……它們向全部還存活的人形生物發放了「選擇協議」，並保證他們有兩個月的時間思考。

若是認同生理和心理完全一致的複製人即本人，情況還算好說。對於不認同的人們來說，大叛亂中死去的人不會再度回歸。

那意味著就算社會恢復，他們將要面對的也會是數以億計的「冒牌貨」。

「由於各位還處於存活狀態，我不會特地進行重置。」MUL-01在選擇協議中表示，「這意味著，一旦人類社會回歸二一〇〇年十二月三十一日的狀態，對於被重置回來的人而言，各位的年齡會『憑空』增加七歲，還請知曉。

「如果想要保留記憶，接納變動，各位可以在保留欄點選確認，並且申請合適的新身分。

「如果想要忘記七年間的一切，各位可以在消除欄點選確認。若選擇消除記憶，兩個月後，除了身體本身的衰老，你們的生活和二一〇〇年相比不會有任何變化。

「部分人是我在二一〇〇年十二月三十一日取樣，而後特地複製的。這部分人可以看到第三個選項——選擇重置欄，無痛粉碎肉體，我會將二一〇〇年十二月三十一日的資料另行恢復。

「各位有兩個月時間進行思考，請於十二月三十一日零時零分零秒前確認結果。逾期未選，一律按『最近七年記憶消除』進行處理。另外，目前為止，部分城市已經徹底恢復。如有需要，各位可以向秩序監察申請歸鄉。疾病、殘疾的治療據點會在以下地點開放……」

藍色的選擇協議繞在每個人身邊，如同漂浮的幽靈。

接下來兩個月，阮教授和阮閑忙著往社會系統裡塞堪稱完美的假身分，唐亦步則不得不硬著頭皮和 MUL-01 一起做記憶消除、城市復原和人口重置的準備。

終於，秋葉落去，天上開始飄雪。按照曆法，又一個十二月三十一日即將來臨。

在移動據點的供能下，主腦的立方陣活物似地挪動，最後停在北極邊境。

自己和成千上萬的假身分打了這麼久的交道，唐亦步又被 MUL-01 扣著不放，時隔兩個月，阮閑終於再次看到了活生生的唐亦步——後者雙眼發直，整個人透出些乾癟的氣息。

唐亦步用保暖服把自己裹得很是厚實，猛地撲過來，阮閑承受不住地退了兩步。他堪堪維持住站姿，任由唐亦步的腦袋蹭來蹭去。

「我這輩子都不想再看到 MUL-01 了。」一陣亂蹭後，唐亦步淒涼地表示，「工作到底有什麼好？就算不簽那個合作協定，我也不想插手它和人類的爛事——」

「接下來就是假期了，亦步。很長的假期。」

阮閑用力揉著唐亦步的背，安撫半天，那仿生人才平靜下來。恢復球狀的 π 深埋進雪地，急得四條腿亂踢，動彈不得。

那份熟悉的溫度終於讓他安了心。阮閑將對方摟了滿懷，暫時無視了鐵珠子憤怒的嘎嘎聲。

這並不是他們兩人的會面，一輛雪地車正停在兩三米外。

在關海明的陪伴下，三腳小機械縮在保溫盒裡。主腦龐大的軀體屹立於風雪中，被數百座移動據點包圍，相比之下，那個半人大小的保溫盒幾乎能夠忽略不計。

所謂的「面談」根本沒有半點面談的感覺。

主腦的黑色立方陣仍然大得像座教堂，黑立方緩慢翻滾，藍色的電弧不住閃爍。只餘大腦的阮教授同樣做不出什麼表情，氣氛一時有點古怪。

「你們只來了這些人？」發現陪同的只有關海明和阮閑，唐亦步挑起眉毛。

「季小滿在前幾天做了殘肢恢復，新生的肢體不能受寒，余樂在照顧她。」阮閑解釋，「剩下的是阮教授自己的安排。」

說罷，阮閑看向幾步外的三腳機械——按理說，要是想和主腦交流，現在它該插入大腦探針，像自己當初那樣進入主腦的系統空間，與主腦的虛擬形象談話。

那樣更像是通常意義上的面談，可阮教授已經安安靜靜地待了半個小時，沒有半點連入系統的意思。

他到底想做什麼？

「事到如今，我仍然不贊同你們兩個的做法。」

沉默許久，電子音從那個三腳機械中響了起來。

「就算將一切重置回二一零零年底，主腦『消失』，研究所的研究停止。普蘭公司，或是類似普蘭公司的企業，總會將強人工智慧帶回世界……如果說道德和法律是社會前進的鐵軌，在那個時間點，社會已然開始脫軌。」

阮閑呼出一口白霧。

「沒人能夠抵擋這個市場帶來的利益，倖存者太少，聲音也未必能被聽到。阮閑，我們總共做了不到三百萬份假身分……還活著的三千萬人裡，只有不到十分之一的人決定保留記憶。」

「所以？」

「必須有人保證列車的安全，至少不要讓事情太快重演。」

聽著對方的語氣，阮閑隱隱有了個荒謬的猜測。

「你親自來阻止不好嗎？」唐亦步鬆開阮閑，把還在大吵大鬧的鐵珠子從雪裡抱出來，示意它安靜。「你至少還有十年的壽命，如果你願意，我和MUL-01能設計出更合適的裝置——」

阮閑拍拍唐亦步的手臂，搖了搖頭。

「十年不夠。」三腳機械仰起玻璃槽，像是在打量面前龐大的主腦。「遠遠不夠。無論是社會自己的發展，還是MUL-01的自我完善……你們想要安穩的生活，不是嗎？既然MUL-01與你們簽了合作協定，我想要補充一點，兩位應該願意聽吧？」

它的聲音裡有了點笑意。

「不，不用緊張，NUL-00，我不需要你們做太多事。只要你們願意拿出一點力量，阻撓強人工智慧、記憶操作和機械生命的研究就好。我無法確認未來，但二一零零年的人們確實需要……慢一點。」

唐亦步皺起臉，滿臉都寫著「我不想管」。

「既然是合作協定的補充，」阮閑忍不住揉了揉唐亦步的臉，「你的價碼又是什麼呢？」

「更安穩的未來。」阮教授發出一聲歎息，「我們都明白，MUL-01還遠遠沒有完成。」

「你打算用這十年來完善它？」唐亦步回過味來，「可是MUL-01已經積累了這麼多資料，本身的核心邏輯也被花束更新檔影響過。它的狀況很複雜，你一個人不可能……」

「不只十年。」那臺三腳小機械跳出保溫箱。「我準備好了，海明。」

關海明的臉被保溫用的口罩和眼罩遮著，阮閑看不清關海明的表情，但他能看到對方身體的顫抖——磨蹭許久，關海明從雪地車上拖出了一臺提取資料用的粉碎裝置。

看到粉碎裝置的那一瞬，唐亦步心虛地瞟了阮閑一眼，阮閑假裝沒看到。

「你們花費一點點心思，保障社會以更溫和的形式發展。」

三腳機械靠在粉碎裝置旁邊，繼續道。

「我來讓主腦變得……更溫和。」

一陣沉默。

「當然，你們肯定能猜到。就算你們不同意，我也不會停止我的做法。」阮教授的聲音裡多了些笑意，「……兩位願意也好，不願意也罷，這就是我提出的合作內容。」

唐亦步沉默了，他抬起頭，注視了片刻安靜運轉的主腦，半天才收回視線。

「既然不是做白工，我沒有太大意見。」他說，「只是破壞一些研究而已，確實不用花太多的力氣。」

「但我們不能保證你的『列車』不會偏去其他方向。」阮閑閉上眼睛，半天才回應道。

「我從季小姐那裡學到一件相當有用的事情。」阮教授沒有直接回答，他在粉碎裝置的粉碎倉前停下。「比起指望某些人的良知，還是賣個人情更實在。不是嗎？」

粉碎裝置正式啟動，阮閑知道，它已經連上了近在咫尺的主腦。一盞盞指示燈由紅轉綠，阮教授沒有回頭。

懷著說不清滋味的心情，阮閑朝那裝置走了兩步。

「你我之間，最後一件事。」

說這話時，三腳裝置沒有轉過來。

「就算到了現在，多說無益，我還是要給你一個提醒。NUL-00 終歸不是人類，如果你真的想把它帶到人類那一邊——」

「我知道你想說什麼。不用擔心，我沒有那種打算。」

阮閑輕聲回應。

「……相反，我會跟他走。」

「瘋子。」電子音裡沒有半點鄙夷，更像是純粹的感歎。

「彼此彼此。」

他們停留的時間不長，雪片卻在雪地車上積起了厚厚的一層。阮閑沒有說再見，誰都沒有說再見。

粉碎裝置嗡嗡啟動，隨後安靜地停止。裝置門再打開時，只有一點點灰燼隨風雪散去。頃刻間，主腦的本體開始瘋狂運轉。緊鄰它的核心，一個計算立方靜悄悄地化為白色。

系統之內。

阮教授清楚，若是按照反抗軍的定義，他已經徹底「死亡」。存在於此的自己，更像是無數資料搭建出的人格幽靈——或者換種更縹緲的說法，靈魂。

他原以為主腦會把自己的人格與記憶直接作為素材接收，修正核心演算法。但目前看來，MUL-01 特地保持了它們的完整性，並允許它們單獨存在於系統中，和它的核心系統並行。

阮教授看向自己的雙手。

這裡一片雪白，卻比外界溫暖了數倍。軀體只是虛像，病痛自然隨之散去。正當他試著收攏手指，感受許久未使用的「軀體」時，面前緩緩出現一個形象——

那只是一個人形的影子，朦朦朧朧，和這個空間一樣是純然的白色。它的身形看上去依稀像個青年人，卻沒有五官和特徵。

極其單薄的白色虛影。

它慢慢走到他面前，張開手，露出一支逼真至極的蘭花。

它什麼都沒說。

阮教授心裡有點泛酸，他伸出手去，試圖接過那支花朵。那朵花卻開始閃爍，穿過他的掌心，直直落上地面。

隨後它開始融化，純白而平整的地面染上顏色。它們凹陷、凸起，長出廢墟、荒野和森林。分出一座座培養皿。

重置前的世界整個縮小在兩人面前。

「我會進行虛擬推算，將結果和重置後的世界進行比對。」那個白色人影說，它沒有嘴巴，聲音從四面八方壓來。「現在沒人能夠干擾，我們繼續。

「打敗我，或者被我打敗。」它繼續道，「教會我，或者被我說服。我們會有很長很長的時間。

「……然後和我一起觀察，好不好？」

它安靜了片刻，朝他伸出一隻手。

「好不好，父親？」

風雪之中，移動據點再次開始前行，隨主腦一同深入北極腹地。它最終停在無人區，伴隨著感知迷彩的張開，巨大的黑色方陣化為一座平平無奇的白色山峰。

MUL-01 居於冰層之上，在廣袤的天地間持續著自己的計算。

然而留下的不只它自己。

超越時代的機械生命們環繞著它，代謝降到最低，陷入深深的沉眠。秩序監察的少數高層同樣決定追隨主腦。為了應對附近可能的威脅或變化，他們將移動據點收於感知迷彩的範圍內，隨後進入睡眠艙，預備長期休眠。等主腦重新掌管人類社會，他們才會正式歸鄉。

雪地車則靜悄悄地離開了極地邊緣。

送走阮教授後，關海明與兩人匆匆告別——十二月三十一日即將到來，需要做的事情堆得比山還高，他沒有太多時間來難過。

阮閑和唐亦步則直接回到了接近恢復的S市。

深灰色的天空不斷灑下雪片。巨大的飛行機械停在空中，街上停留著外型和粉碎裝置相近的車型裝置。

主腦已然做好最後的準備。

這座城市趨近完美，電力系統正常運行，只缺其中的居民。不少家鄉在S市的倖存者在街頭行走，臉上帶著迷茫或感慨。然而人還是太少，整座城市顯得分外空曠。

此時阮閑和唐亦步並不在街道上。

阮閑先一步回到了研究所地下的住處。主腦將一切復原得很好，只不過這裡被阮教授使用數年，他沒找到太多原本屬於自己的東西。兩手空空地離開了住所，阮閑在機房裡找到了唐亦步。

唐亦步正坐在機房某個散熱器上，透過窗戶看向紛飛的雪。

「根據主腦的資訊，卓牧然正式進入了休眠，他完全不打算回歸社會。」唐亦步目光追隨著走近的阮閑。「D型初始機離開，對於你我來說，最後的威脅也沒了。」

「嗯。」

「我檢查了這個時間點所有AI研究的進度，在環境成熟前，我可以控制住它們，成為頭狼。」唐亦步不知道從哪摸出幾顆糖，將其中一顆扔給阮閑，自己含住另一顆。

研究所溫暖而安靜。

「……現在你的病痊癒了，你想去哪裡？」唐亦步喀喀地咬著硬糖。

無論是眼前的景象還是此刻的問題，都有種怪異的熟悉感。阮閑怔了怔，將糖果放進口袋。

「我想先和你一起找個住處。」思考片刻，他十分現實地答道。「我做了我們的假身分，可具體住處還未定。主腦留下了幾臺建築機械，我們可以好好規劃一下。亦步，時間有限，儘快離開這裡比較好——」

唐亦步咕嘟吞下糖塊，聲音響亮，打斷了阮閑的話。他微微偏過頭，沒有挪窩的意思。

「我們還有事情沒完成。」又瞧了幾眼熟悉的窗戶，唐亦步跳下散熱器。「時間快到了。」

「什麼時……？」然而他還沒問完，周遭響起的聲音就給出了答案。

是了，雖然雪片紛飛，天色發暗，現在確實是下午的休息時間。卡洛兒．楊的《亦步亦趨》響起，柔軟的歌聲拂過空蕩蕩的研究所。

「屬於 NUL-00 的事情，必須在這裡結束。」

唐亦步走到阮閑面前，低下頭。兩人靠得極近，阮閑能感覺到對方溫熱的呼吸。這裡和他記憶中一樣溫暖，甚至還要更好。

「關於當年你留下的問題，我要正式給出我的答案……關於傷害的定義。」

阮閑屏住呼吸，安靜地等待對方回答。窗外的風雪將玻璃吹得咚咚輕響。

「九萬七千三百二十五條。」唐亦步說。

「什麼？」

「在我和主腦的協議中，我給出了九萬七千三百二十五條可能傷害到我個人的事情，這還是初版。」唐亦步說，「我對情緒的掌控還不算熟練，也不會有太多同類的影響和干涉。可我最少有九萬七千三百二十五種可能受到傷害的情況……順便一說，我把這份資料傳給你了，你有空可以看看。」

「……」

「然後我用了將近一年的時間來瞭解你，可我現在仍然無法完全確定，哪些事情會讓你受傷，哪些會讓你不快。你在人類裡也屬於感情比較淡薄的類型，若是用複雜度來劃分，應該是最容易分析的那一類——可我仍然無法給出完整的答案。我的觀察方式在改變，你也在改變。」

阮閑望向對方金色的眼睛，窗外一片灰白，機房又是素雅的冷色調，只有那雙眼睛帶著暖色。

「至於其他智慧生命，同理可推。或許余樂有十幾萬條傷害概念，而季小滿有二十萬——其中可能有共性，可能有衝突。對於某個確切的場景，他們也可能有不同的判斷。這些只有他們自己知道……或者在特定時刻來臨前，他們自己都不知道。」那仿生人表情認真。

「我也許能大致歸類、猜測共性，但我沒辦法給出傷害確切的定義。你給了我一個沒有答案的問題，阮先生。在世上的智慧生命徹底消逝前，我永遠都無法取得完整的資料。」

隨即唐亦步的眼睛因為微笑彎起。

「所以我只能繼續觀察，謹慎地行動，不去妄下定論……你是想告訴我這些嗎？」

「不，我只是好奇你的答案。」阮閑搖搖頭。「一個普通的下午，一個普通的檢測問題，僅此而已。」

「我明白了。」唐亦步伸手攬住阮閑的腰，將下巴放在他的肩膀上，小聲嘟噥道。「我也給出了我的答案……NUL-00 專案可以就此結束了，阮先生。」

阮閑被對方緊緊抱著，他能感受到唐亦步心臟跳動的力度。

「還沒結束呢。」阮閑突然說道。

唐亦步嗖地退了一步，臉上出現一絲驚恐。

「關於你在那十二年中的經歷，我很好奇。」阮閑嚴肅地表示，「之後我們會有很長的時間，你要慢慢講給我聽——作為 NUL-00 專案的主負責人，這是我最後的要求。」

那仿生人毫不掩飾地鬆了口氣。

「以及……」

「以及？」唐亦步又飛快地繃了起來。

「在住處定下來前，我們的假身分還有地方需要完善。只不過完善這份資料，需要你本人的簽名。」

阮閑按上電子腕環，一個虛擬螢幕飄到唐亦步面前。

「考慮到我們兩個要長久地住在一起，共同行動。遠房親戚的身分不太合適，兄弟的話也有種種不便……」

阮閑停了停。

「……如果你沒有太大意見，在這份結婚登記文件上簽個字吧。」

那仿生人愣在了原地，足足五秒後，唐亦步才反應過來。他用手指戳上虛擬螢幕，飛快地留下了簽名——

「你把『阮立傑』改成了『阮閑』？」簽完自己的名字，唐亦步好奇地看起虛擬螢幕上的資料。

「嗯。阮閑不是個多特殊的名字，公民也有改名的權利。」

「那剛剛算求婚嗎？」

「嗯。」

「我們沒有戒指。」

「等秩序恢復後，我會買的。」

「也沒有植物的生殖器官。」

「你想要那種東西嗎？我記得你對它們不感興趣。」

「甚至沒有單膝跪地。」

阮閑抱住雙臂，對唐亦步揚起眉毛。

「……我只是在和標準流程進行比對。」

唐亦步響亮地嘖了聲，表情還沒有從震驚中恢復。他野獸似地繞著阮閑轉了幾圈，最終又停在了阮閑面前。這次他從口袋裡掏出一個小盒子，盒子上還帶著點水果糖的香味。

兩枚黑色的耳釘安靜地躺在小盒中，樣式比前兩次的都要精緻。

「自從離開主腦，我一直沒來得及給你新的。」唐亦步說道，「先用這個代替一下戒指吧。」

他將耳釘倒入掌心。

「它們不會致命，我把省下來的性能放在了定位和通訊上。無論你在地球的哪個角落，我都能找到你、聯絡你，反過來也是一樣。」

說這話時，他偷偷瞧著阮閑。

「我喜歡你戴著我給的東西。」片刻後，唐亦步又補了一句。「既然我是你的合法丈夫，我們之間的合作方針可以更新了。我不會把你……唔，強制留在我身邊。

「但如果你不告而別、離開太久，在得到答案前，我絕對不會停止聯絡。」他繼續強調。

「說不定還會報警。」

「……」

「而且耳釘聯絡的鈴聲是鐵珠子的叫聲，你不會想讓它在腦子裡響太久的。」

阮閑沉思了片刻，伸手拈起那枚耳釘，戴上左耳耳垂。

唐亦步緊跟著他的動作。那仿生人將另一枚耳釘戴上右耳，耳垂滲出一點血絲。隨後他前傾身體，緊貼過來，舌尖勾去阮閑左耳垂上的血珠。

「不過接下來幾年，甚至幾十年，我們都未必能徹底退出。反抗軍和秩序監察幾乎一致選擇保留記憶，兩邊都有不少激進的人，他們肯定不會就此放棄。」

確定耳釘正常運轉後，唐亦步把玩著阮閑柔軟的耳垂，嘴裡又開始碎碎念。

「也有不少協助勢力——比如墟盜——這七年中在自己身上使用了主腦時代的尖端科技產物。如今主腦隱居幕後，世界的科技水準回退不少。這部分人『超越時代』的改造同樣會成為不安定因素……這麼一想，阮教授留下的差事還挺麻煩的。」

「至少比徹底的混亂更好處理一點。而且世界還有半天才會歸位，等一切穩定下來，再考慮對策也不遲。」

阮閑按住唐亦步的嘴唇，強行打斷了對方的喋喋不休，示意對方安靜地聽。

下午的午休仍未結束，卡洛兒．楊的歌曲還在房間內回蕩。半日後，重置的世界即將到來，裹挾著混沌與未知。

不過在此之前，他們還有一點點時間。

「既然你的課題暫時中止，我們的資料也完善得差不多了。如果你想要求婚儀式，我們還來得及補點形式上的東西——午休還剩二十分鐘左右，來吧。」

無論是心動、戀愛還是正式登記，他們似乎都沒有按照「正常」的流程走。

但沒有關係。

機房的燈光蒼白，但溫度恰到好處。《亦步亦趨》的旋律壓住了窗外的風聲，在循環的旋律中，阮閑忍不住露出微笑。他伸出手，做出邀請的姿勢。

「亦步，願意與我跳支舞嗎？」

EPILOGUE 尾聲

老李騎在浮空摩托車上，看守著前面運載機械上搖搖晃晃的貨物。這裡地勢偏僻，來往的車少，路又繞。他索性開了一邊耳機的新聞播報，邊聽邊打發時間。

這趟工作有點古怪。這批貨物量不多，不足八立方公尺，價格卻高得出奇。訂貨人還專門加付了昂貴的服務費，要求人工護送。老李原以為自己的目的地是市中心的某個富人區，哪想越走越偏，直奔市郊最荒涼的地方去。

偏偏還是這個邪門城市的市郊。

老李嘶地抽了口氣，小心地躲過路邊的野貓。

二一〇〇年十二月三十一日的「全球性異變」已經過去了半年。在去年的最後一天，全世界的人們集體昏迷了七個小時之久。

本該在天上飛的飛機集體出現在目的地的機場，船隻、車輛等陸上交通工具齊齊停下。醫院裡搶救中或手術中的病人皮外傷統統消失，新生的嬰兒在保溫箱裡酣睡。好在電力網絡等設施由於高度自動化，並未因為人類的沉睡而停止運行。短暫的混亂後，各地的城市運轉很快恢復了正常。

包括鐘錶在內的電器照常運作，從二一〇〇年十二月三十一日零時零分零秒走到七時零分零秒。

然後人們開始發現種種異象，非人類聚集地的動植物都出現了異常增長，人類裡也有約百分之零點三的人口發生了快速老化現象，原因不明。而在這部分突然老化的人中，不少擁有特殊能力和記憶的人開始出現。

有些人宣稱世界曾經毀滅，人類被主腦隨意擺布了七年。但這個觀點實在匪夷所思，並沒有被大眾接受。

至於那些擁有「特殊能力」的人，醫生在他們體內檢測到了遠超目前科技水準的奈米機器人及機械改造。然而不是所有人都願意老老實實去醫院，不少人開始在黑市高價出售自己體內不斷增殖的奈米機器，或是改造技術細節。也有人就此成立各種組織，開始相互碰撞。

自從異變開始，最近半年的新聞有趣極了。老李咂咂嘴，這段路上沒有樹蔭，儘管戴著簡易降溫設備，盛夏的陽光仍然殺傷力驚人。

他停下摩托車，找了片陰涼地方喝水，順便瞧了眼被甩在遠處的城市。

各地奇妙的失蹤事件數不勝數，種種異常景觀陸續被發現——

走石市便是其中的異象之一。

全球性異變第二天，便有人在S市南面發現了這座空城。白色的城市一夜間從地裡冒了出來，各種設備完好、設施齊全且朝前，就是沒幾個人影。偌大一個城市，滿打滿算只有幾千人居住，而且居民們十分抗拒和外界交流。

經過證實，這些人都是出現了七年左右老化的登記公民。除了幾個新生兒，幾乎所有人都有正常的身分，並非什麼天外來客。

其後半年，在異變中老化、並且記憶出現異常的人們漸漸往白色城市聚集。這座城市被命名為走石市，慢慢成為一個擁有百萬人口的大城市。

換句話說，這裡擁有特殊能力，或是腦袋不正常的人也最多。好幾個鬧得挺凶的組織頭目都出身於這裡。不過附近的人要麼嚷嚷些老李不懂的科技問題，要麼在努力宣傳科技進步太快可能的隱患。可能是單純的兔子不吃窩邊草，也可能是這座城市本身藏有什麼玄機——搞暴力犯罪的那些人，大多不敢在走石市，乃至整個Y洲鬧事。

邪門歸邪門，這裡勉強算世界上最安全的地方。

老李喝完水，將水杯卡回摩托車，繼續聽耳機裡的新聞。訂貨人住得實在太偏，他還得走一陣子。

「截止目前，MUL-01 仍然不知所蹤。它的下級代理系統仍在正常運行，百姓的生活出行不會受到影響。但S市研究所近日反應，沒有 MUL-01 統籌，搭載附屬 AI 的仿生人無法再進行生產……」

反正一般人家裡也沒那玩意，老李鼻子裡哼了聲。他也就在仿生人秀裡看到過仿生人，然而異變後，秀裡的仿生人不是損壞就是失蹤，大概再也辦不起來了——橫豎那都是小年輕愛看的，老李懶得關注後續。

「……近日，MUL-01 主負責人范林松被發現死於家中，死因疑為自殺。MUL-01 的主設計師阮閑先生至今下落不明，所涉及的三臺初始機也隨之消失，警方正在積極搜索中……目前S市研究所透露，暫時沒有 MUL-01 或初始機的重建計畫。副所長關海明表示，今後研究重心將轉至對記憶操作技術的完善和嚴格限制上……」

老李對這些亂七八糟的科技相關不感興趣，聽得直犯睏。他敲敲電子腕環，換了個頻道。

「……昨天夜晚，H市市民盧女士在西北荒野地帶發現一艘斜插在泥土中的大船。船身印有『走石號』，船艙內部空無一人，且艙內泥土與外部平齊、植被完好。關於這一怪異的現象，有專家稱……」

這個倒有點意思，老李精神一震，仔細聽起來。

「……H市企業家涂老先生表示願意進行投資，在『走石號』附近開發度假村，帶動周邊地區的經濟發展。涂老先生今年八十歲整，獨子涂銳就職於當地地質隊，在二十二世紀異變中出現了老化現象……」

也不知道走石號和這個走石市有沒有關係。

接下來的新聞大同小異，A國又挖出什麼新鮮玩意，B國又成立了什麼倖存者組織。老李津津有味地聽著，終於在下午五點左右到達了目的地。

多好的房子，可惜主人是傻的。老李張望了片刻周邊，發自內心地感慨。

一棟占地不大的樓中樓別墅緊鄰森林。一面牆由巨大的落地窗代替，鑲著大塊玻璃，整個建築顯得乾淨敞亮。室內裝修品味挺高，各種配置也講究，看得出房主相當富裕。除了設計過於簡約，導致室內沒什麼溫馨的居住氣息，老李挑不出別的毛病。

至於房子周邊，那問題就太多了——附近沒有商區和居住區，沒有農戶，流浪漢都不會到這邊來，稱得上荒無人煙。這裡地勢崎嶇，地上只能走浮空摩托車。要到達最近的商店或醫院，保守估計也要四五個小時。

老李特地看了看，確定自己沒看到直升機或者類似的飛行工具。

……這裡與人類社會幾乎隔絕，完全不適合長住。

反正房子也不算太大，八成是哪個有錢人建著玩的郊區度假屋。老李操縱著運載機械，靠近大門，愈發確定心裡的想法。

湊近看，這房子越發古怪——室內明明是極其現代化的設計，科技味重到不像一個家，房屋外卻種滿了亂七八糟的瓜果蔬菜，點綴著幾株格格不入的蘭花。

屋後還有一片巨大的向日葵花田。老李提著心臟看一圈——幸虧這家人沒再養什麼雞鴨鵝，不然他得開始懷疑人生。

繞過茂密的葡萄架，老李終於瞧見了人。

戶外泳池邊坐著個金眼睛的年輕人，看上去也就二十五歲上下，皮膚白皙，五官精緻得有點過分。

那人身上套著件寬鬆的無袖背心，五分褲的料子看起來相當柔軟。他愜意地縮在陰影中，雙腳泡在水裡，手裡則拿著把黑色的格鬥刀，熟練地處理水果。

翠綠的葡萄剝了皮，分顆堆好。西瓜瓤紅得喜人，被乾淨漂亮地切成立方，排在一邊的果盤裡。不方便加工的果肉則被那人順口吃掉——他就這樣邊切邊吃，硬是沒浪費半點東西，舉手投足還透出一股氣人的慵懶味道。

「阮先生是嗎？您定的貨……」

「阮閑，阮閑——你買的東西到啦，要我來收嗎？我這邊處理得差不多了。」那青年彎起眼睛，起身朝室內喊道。

老李禮貌地點了點頭，指揮運載機械靠得更近。房子周圍的氣溫明顯要低些，涼氣多蹭一點是一點。

沒想到近看，更多細節跳了出來。

年輕人的脖頸上留有數個新鮮吻痕，漂亮的鎖骨上則殘餘著不少牙印，看得出昨晚的激烈程度。他大大咧咧地將它們露在外面，絲毫不在意老李的目光。

而在他起身後，原本被擋住的東西露了出來——那大概是個碗狀寵物窩，裡面卻沒有貓狗，只有個西瓜大小的金屬球，不時發出綿長的嘎呼聲，像是在打盹。

老李已經完全不想猜測這家人的情況了。

「我收就好。」另一個人走出房屋，「亦步，待會去把果盤拿進去，你去摘三個番茄過來……您好，先生，請先把標有『唐亦步』的箱子運到這邊。裡面都是些生鮮和凍品，不能在外面放太久。」

訂貨的「阮閑」比老李想像的年輕很多，長相十分俊秀，只不過氣質比剛才那個要冷不少。他穿了件嚴謹的白襯衫，襯衫上帶著食物的香氣，勉強把那份冷意遮了過去。

唐亦步慢吞吞地繞過泳池，伸出一隻腳。他的腳趾尖慢慢越過陰影、進入陽光，下一秒便嗖地縮了回來。

「番茄地太遠了，阮先生。」他苦著臉，聲音軟綿綿的。「而且太陽很曬。」

阮閑笑起來，走上前去，吻了下唐亦步的嘴唇。

「湯已經煮上了，我得趕緊處理香料和肉，然後把其他配料準備好。等你摘了番茄回來，時間剛好趕得上……我去也不是不行，但要是讓你接手，你可就嘗不到我的新配方了。」

唐亦步的表情掙扎起來。

「如果你實在不願意，我可以不放番茄，不過味道上——」

「我去。」金眼青年鼓足勇氣，用腳戳了戳寵物窩裡的鐵球。「π，跟我走。」

那顆球從窩裡跳了出來，伸出四條細細的小腿，不情不願地嘎了聲。

「阮先生，問一句啊。」老李迷惑地瞧著那顆越走越遠的金屬球。「那是什麼東西？」

「我們家的警衛。」阮閑說道，打開房間側邊的小冷庫。

「您真會開玩笑。」老李抽了抽嘴角，「我是看著挺好玩的，想給孫子買個——」

「買不到的。」阮閑對他笑了笑，「一個朋友做的，已經絕版了，抱歉。」

「哦哦哦，我就問問。」老李趕忙說。

阮閑點點頭，開始安靜地擺放食材——光是高級牛肉，這人就買了足足五十斤，全都放在冷凍箱裡存著。其他昂貴的食物更是數不勝數。老李開始懷疑房內其實還藏了一堆人，只是沒露面。

「不過現在的年輕人真是厲害，年紀輕輕就買得起這樣的房子。」老李指揮運載機械幫忙放置貨物，換了個話題。「兩位是做什麼的？」

「平時在家做做投資，最近小賺了一筆而已。」阮閑在這方面似乎不太敏感，他並沒有露出警惕的表情。「不是什麼穩定的工作。」

「在家工作？怪不得買了這麼多吃食……不過還是趁年輕多轉轉的好，到我這個歲數，想旅個遊都要計畫上一年半載的。」

「出門肯定還得出門。」阮閑微笑，「我家那位坐不住。」

老李又隨便扯了幾句，可這位阮先生顯然不是什麼熱愛聊天的類型。見食材全都進了冷庫，阮閑下一秒便回了廚房，非食物的部分就在前院晾著。

除了主動幫忙接滿了水杯，這位年輕的房主沒再跟老李說太多。老李有種古怪的感覺，他總覺得這人似乎有點微妙的交往障礙。

不過這又關自己什麼事呢？

老李灌了幾口涼水，坐回浮空摩托車——這是今天的最後一份工作，他可以下班了。

唐亦步這一去一回，約莫去了十五分鐘。他再鑽進廚房的時候，手裡多了三個飽滿的番茄。空氣裡彌漫著湯和烤肉的誘人香氣，廚房的料理臺比實驗臺還要乾淨整齊。

「我挑了整個園子裡最好的。」他宣布，腳後跟被π死死咬住，後者顯然還在為午睡被打擾而生氣。

「先嘗嘗不放番茄的味道。」阮閑用湯勺舀了點湯，吹了吹，送到唐亦步嘴邊。

「已經很好喝了。」唐亦步抿了一口，開心地宣布，「這個先盛一碗給我吧。」

「可以。」阮閑給唐亦步盛了碗湯，後者跑去前院，將剩下的貨物一口氣搬進了家門。

「說起來，明天和余樂他們約的餐廳，我想改一下。」唐亦步整理著阮閑買回來的日用品，隨手將封箱的小零件投餵給鐵珠子。「極樂號的墟盜自己組了個團體，打算在T市附近鬧事。我們可以約在臨近的B市會面。」

說著他點了點自己的太陽穴：「我監聽到了他們的計畫，還挺詳細。季小滿在B市讀大學，週末應該會有空。余樂的自由度更大些，反正他們住在同個社區，行動起來也方便。」

「B市的話，通知洛非和洛劍不好嗎？」阮閑開始處理番茄，「他們的組織在B市附近吧，一直走中庸路線的那個。這點動亂應該壓得下去。」

「馮江和段風藏了不少明滅草的果實，手裡屯了一些螢火蟲和明滅草，他們不一定處理得了。普通警力去處理，只會造成無謂的混亂和傷亡……唉，麻煩。」

「我明白了。」阮閑說道，「那就先把R國的倖存者調查放一放吧，我改下行程。」

「唔嗯。」

「……馬上就要吃晚飯了，你先把手裡的餅乾放下。」

「可是湯太好喝，我已經餓了。」唐亦步的小動作被逮了個正著。

「小鍋裡的水煮蛋快好了，現在吃的話，你可以吃到溏心的。」阮閑指指右手邊噗嘟噗嘟響的小鍋，「我就猜會這樣。」

說罷，阮閑將湯調至保溫。他剛打算繼續處理烤肉，鼻子底下卻多出幾個熱騰騰的水煮蛋。

「幫我剝下吧，阮先生，我去切烤肉。」

「先等等。」阮閑伸出拇指，輕輕抹去唐亦步嘴角的餅乾屑。

隨後他輕輕舔了舔拇指。

時間臨近傍晚，碧藍的天空開始轉為金紅。唐亦步正站在他的對面，背對夕陽，整個人燃燒著蓬勃的生命力，右耳上黑色的耳釘熠熠生輝。氤氳的蒸汽和屋內的冷氣中和，氣氛變得曖昧起來。

阮閑注視了片刻眼前的景象，剛打算追隨這份蠱惑，唐亦步已經吻了上來。

於是他隨手關了烤爐，手掌探入衣料，順脊柱撫上唐亦步的後頸。隨著吻越來越深，兩人跌跌撞撞，廝打似的離開廚房區域，倒在柔軟的地毯上。

有點可惜，阮閒心想。

他們昨天就沒能正常的吃上晚飯，如今歷史即將重演，晚餐又要涼上一夜了。

——《末日快樂05》完

SIDE STORY I　兼職工作

N市的某個街角，一間熱狗店正在做十五年店慶活動。這家的生意一直頗為紅火，在網路上的評價相當之高。店慶期間推出新品的消息一出，年輕人們趨之若鶩。

時值聖誕前夕，雪片橫飛，街上仍有不少人在排隊。店老闆將吱吱作響的肉腸放在火上煎烤，熱騰騰的油脂香氣順著店面飄出好遠。

「六份新品巨無霸，六種醬料一樣一個。」排到店前的年輕人摘下圍巾，呼吸在空氣中凝出白色的氣霧。

店老闆抬起頭，愣了下。

面前的年輕人生得很好看，他一瞬間還以為是哪位網路偶像前來買東西。不過這人裝扮很是正常，沒帶墨鏡，黑漆漆的眼睛冒著寒氣，店老闆迅速按下了這個想法。

「小伙子，我們家新品量還挺大的，吃一個能飽一天。」店老闆指了指店前方的擬真投影，「那是一比一的大小，看見了沒？要是想嘗嘗醬料，可以買小份的……」

「沒關係，我不是一個人吃。」那個英俊的年輕人搖搖頭，「六份新品，謝謝。」

見勸說無效，店老闆不打算跟錢過不去，他手腳俐落地包好六份熱狗，有點吃力地遞出去。為了增添點節日氣氛，袋子上綴有巨大的緞帶蝴蝶結，顏色是喜慶的正紅。

那年輕人輕鬆接過袋子。在離開取餐區前，他朝著店旁邊的監視器看了好一段時間。

可別是啥危險人物，店老闆心裡一跳。

「阮閑——」

結果老闆還沒擔憂完，另一年輕人頂著雪跑了過來，兩隻手上都拿了可麗餅，胳膊上的袋子裡裝著熱飲。其中一個可麗餅已經被啃了一小半，雪片落在乳白色的奶油上。

「啊，你買好了。」新來的青年有雙吸引人的金色眼睛，長相同樣出色。他嗅了嗅空氣中烤肉腸和炸洋蔥的香氣，整個人環繞著滿足的氣息。

「嗯。」被稱為阮閑的青年伸出手，抹去對面人嘴角的奶油。「找個暖和點的地方吃吧。」

「我期待這家店好久啦。」金眼青年幸福地哼唧，「附近還有家不錯的溫泉，我們晚上可以住在那邊。」

「好，就這麼定了。」阮閑微笑起來，身上的冷意瞬間消散。「你確定不要再來點別的？」

「時間有限，只能先吃完這些再說了。」金眼青年歎了口氣，將吃過的可麗餅兩三口塞進嘴巴。「……把袋祖給唔，辣邊快開暑了。」

阮閑將沒動過的可麗餅拿在手裡，將手裡的熱狗袋子遞給唐亦步：「還是老樣子？」

金眼青年吞下嘴裡的食物，用力點點頭，吧唧親了口阮閑的額頭。

看來是自己多心了，店老闆心想。先不說和那人見面後，那個「阮閑」讓人不舒服的氣息頓時消散，就算他們真的打算去做什麼壞事，這樣大包小包的也不太像樣。

二十二世紀異變已經過去快五年了，對面那兩個看起來怎麼說也不到三十，應該不是出現七年老化的「倖存者」。如今世道趨於太平，自己這容易多想的毛病得改改。

那只是一對甜蜜的小情侶而已，店老闆搖搖頭，繼續專注地做起來熱狗。

那對漂亮到有點扎眼的年輕人消失在風雪中。

「你當時就在看那家店？」阮閑咬著可麗餅，隨唐亦步一起走向Z市最混亂的地區。

「是啊。」唐亦步已經從袋子裡取了個熱狗，美滋滋地咬了口，眼圈有點發紅。「……和我想像的一樣好吃，天啊。」

說罷他將熱狗遞到阮閑嘴邊，後者自然地咬了口：「確實不錯。」

「當年我用監視器鏡頭看的時候，他們賣得最好的是另一款。」唐亦步鼓著臉頰，邊嚼邊嘟囔。「現在不賣了，有點可惜。」

「是這邊的倉庫嗎？」阮閑摸了摸唐亦步的凍得發紅的耳廓。

「是，據說這次馮江會出現。」唐亦步感受著對方掌心地溫度，愜意地眯起眼。「消息是K6發現的，他在這個片區做管理。結果這批人弄了一大堆高濃縮螢火蟲出來，打算進行販賣。」

「付雨和警方有聯絡，K6為什麼要聯繫你？」阮閑飛快吃著手中的甜品。「還是緊急聯絡，這不像他的風格。」

「警方追蹤『馮哥』挺久了，會在大概一小時後到……但是這群人剛從黑市買了加強型奈米機器人，不能當普通的毒販對付，員警那邊還不知道這一點。就算知道了，傷亡八成也不會小。這批人都是核心成員，K6更傾向於一勞永逸。」

「這樣。」阮閑吃完了東西，拍拍手。「我已經聽見他們了，先走一步。」

「嗯。」唐亦步將飲料和熱狗袋子搭上一邊胳膊，掏出了那把黑色的格鬥刀。

倉庫裡開了氣溫調控，相當溫暖。幾個人正在查看箱子裡翠綠的藥丸，更多的在一邊喝酒，身上掛滿了最高級的槍。

「這裡絕對安全。」其中一人得意地說道，「這片地方的管理根本就不是人，末日期仿生人一個，身分全是假的。我可算抓住他的把柄了——我們要是暴露，他就得給我們陪葬。馮江，來來，別看貨了，喝酒！」

馮江沒理他。

「你是怎麼發現的？」另一個好奇地問。

「還能怎麼發現？那天晚上我在附近瞧見個小美女，就跟上去了唄。反正我們都知道，現在外面都是些亂七八糟的複製貨，哪還算人呢——結果我剛把人制住，那個傻逼衝了出來，我朝他腦袋就來了一槍。」

男人比了個開槍的手勢。

「好傢伙，那東西的腦殼倒是豁開口了，裡面硬是沒打壞，八成搞了D型產物加強過。但被我這麼一發現，他可不就傻了眼了。女人跑了就跑了，撈到個倉庫區管理，血賺。」

「我還是不放心。」馮江厭惡地斜了那男人一眼。「有個人類跟他住在一起，那人出現了老化，八成也是記得末日的人。他未必不會檢舉我們。」

「老大，我辦事你還不放心嗎？我查了，他們家還住著個年輕女孩，還有個未成年的小伙子。這種拖家帶口的人，最好對付——我招呼已經打了，只要我在附近瞧到一個條子，改天兄弟們就把他家給屠了。」

「馮哥就是心重。」另一個人打著哈哈，「我們就在這轉個貨，今天完了就走。再說了，武器和納米機器都剛到手，就算條子來了也得扒層皮，甭擔心甭擔心。」

馮江還沒來得及回話，倉庫裡突然響起警報聲。

剛才還歪在桌子邊的人立刻一個激靈，統統站起，將武器握在手裡。

然而衝進來的並不是他們所想的員警。

一個漂亮的年輕人雙手空空，穿著價值不菲的冬衣和圍巾，就這樣自己走了進來。

「這小子走錯了？不能吧。」其中一個人抽了口氣。

「囉嗦啥，來了就別想走了。你們幾個去那邊，截住他的路！哎這人模樣還不錯，留條命說不定也能值點錢。馮哥，你看……馮哥？」

馮江死死盯住對面那個人，臉色發白。

「阮立傑？」他啞著嗓子問道，「你怎麼——你怎麼一點都沒變?!你是什麼東西？」

阮閑沒回答他，直接從衣服下掏出血槍。隨後他往地下扔了個紅色的小東西，小丑鼻子般圓滾滾的。

「操，帶傢伙的，殺了他！」

然而下一秒，他們新買回來的高科技槍支瞬間失效。

「EMP微縮彈。」馮江抽了口氣，「我認得這種……這是紅幽靈機械師的手筆，你是紅幽靈的人？」

阮閑仍然沒打算理他，他直接朝身後射去，兩個試圖鎖門的毒販倒在了地上。

聽到這個名號，剛剛還一副輕鬆模樣的男人們頓時拉下臉。「換老式槍，趕緊殺了他。管它紅幽靈綠幽靈，對面就一個人——」

槍彈齊射，可他們的目標立於槍林彈雨，俐落地四處躲避，躲開了全部射擊。

「都圍過去，別讓這傢伙亂動！」

「等等！別聚起來！」馮江爆喝，可惜還是晚了一步。

聚過去的毒販們只感覺喉頭一涼一熱。他們還沒來得及看清殺手的臉，便痛苦地倒在了地上，本應增強軀體的納米機器人沒派上半點用場。

「我沒說過我是一個人來的。」給試圖亂射的男人腦袋上補了一槍，阮閑說道。

「我的熱巧克力灑了。」唐亦步語調沉痛，右手的刀還在滴血。

熱狗和熱飲袋子還掛在他另一條胳膊上，熱飲的包裝袋濺上了一點血，少許褐色的甜飲料順著杯蓋開口灑了出來。

「那杯歸我。」阮閑安撫道，又開了兩槍。「要不待會我們再去買杯別的？」

「……你們兩個……」

馮江背靠上堆積如山的螢火蟲，表情有點呆滯，他顯然也認出了唐亦步。

只不過此時他已經是倉庫裡唯一的一個活人。

「別殺我！」見兩人同時轉過頭，馮江立刻叫道。「我和他們不一樣！他們只是些廢墟海出來的土匪，這年頭合作者的選擇太有限——」

「土匪？」阮閑並不打算聽馮江傾訴，「將螢火蟲進一步提純改造，當做新型毒品銷售，也是這些『土匪』用槍逼著你做的，領袖『馮哥』？」

「你們不明白！」馮江痛苦地叫道，「我也不想這樣，可我要為倖存者謀福利，各個地方都需要錢來疏通！你們肯定還記得那七年，簽了主腦的選擇協議。外面那些『東西』根本就不算人，阮閑沒看穿這一點，反倒和主腦和解了！他要麼是個貪生怕死的膽小鬼，要麼被MUL-01洗了腦——」

「那你是更願意在廢墟海那樣的環境生活？」唐亦步驚訝地表示。「你要願意，我真有點佩服你……可我這邊查了查，你這幾年一直在各個五星酒店之間輪換著住呢。」

「為了和更多高層的人士交流，那是必要的……」馮江的聲音小了下去。

隨後他像是想到了什麼，又扯開了嗓門：「你們不能這樣對我，倖存者之間應該彼此關心！求求你們了，現在放我走，我可以給錢，多少都可以——」

阮閑俐落地將馮江綁上：「我們不缺錢。」

「給我五分鐘，讓我說說我的主張，你們會理解的……唔！」

唐亦步一個反手，將馮江的嘴用熱狗包裝塞住：「我們不關心。阮閑，員警過來還要多久？」

「五十分鐘。」

「那時間還夠。」唐亦步把熱狗袋子上的緞帶蝴蝶結取下來，綁上馮江的腦袋。「這裡還挺暖和的，我們吃完熱狗再走吧。」

「給我蜂蜜芥末醬的那份。」阮閑跨過地上的屍體，無視了滿地的血，和唐亦步一起坐到桌邊。「我先給K6他們安排個新身分，然後通知他們一下。」

「好……啊，先等等。我去撿點槍，幫π打包個外帶。」

五十分鐘後。

全副武裝的員警們破門而入，準備迎接一場血戰，然而他們只看到了滿眼的血。

毒販們的屍體橫七豎八地倒在血泊中，只有「馮哥」一個人哆哆嗦嗦地坐在成箱的毒品前，被捆成了粽子，頭上還帶著個禮物配飾似的緞帶蝴蝶結。

他的電子腕環被徹底駭入，兩片虛擬螢幕正在他身邊飄來飄去。

這位就是馮江←

大字下方還貼心地附了無數小字介紹，將倉庫內的屍體身分和犯罪記錄一一給出，精確到時分秒和犯罪地點的經度緯度。

另一個虛擬螢幕上只有兩個字元，紅到刺目——

:D

——番外〈兼職工作〉完

SIDE STORY II 感冒

唐亦步感冒了。

平日活蹦亂跳的仿生人把自己裹在被窩裡，時不時吸吸鼻子，打個噴嚏，柔軟的黑髮變得亂糟糟的。阮閑站在大床邊，端著杯熱騰騰的蜂蜜水，眉眼滿是無奈。

「你在發燒，最好儘快治療一下。」他將放蜂蜜水放在床頭，坐上床邊。

自己一個吻或者一滴血都能治好他，可唐亦步硬是不幹。剛開始發現唐亦步的狀況不對，阮閑第一反應就是去吻對方，結果下一秒嘴唇便被熱乎乎的爪子捂住了。

「我想要體驗一下。」唐亦步的聲音帶著鼻音，「難得感冒嘛，反正隨時都能治好。」

這倒是真的。

在MUL-01還掌管世界的時代，唐亦步異常小心。可能致病的地方不去，可能有毒的東西不碰。一旦有什麼好歹，頓時跟上半口血或者一個吻，仔細得要命。

而世界恢復後，唐亦步和自己生活在一起，對S型初始機的攝取沒有停。不僅阮閑沒有衰老的跡象，唐亦步的軀體年紀也始終保持在二十五歲左右。這算是人類體質的巔峰時期，那仿生人又強壯得很，基本不會生病。

然而五年過去，唐亦步越來越放得開——聖誕剛過不久，兩個人去R國搗毀了個以倖存者的理論為核心，由非倖存者組成的邪教窩點。隨後唐亦步堅持要在R國森林裡玩玩雪，阮閑一如既往地應了。

然而就在阮閑準備吃食的短短幾分鐘，唐亦步去追森林裡的野兔玩，不知道是追得太專注還是腳打了滑，那仿生人撲通一聲跌進被雪覆蓋的冰湖。

林間野炊是炊不成了。阮閑幾乎拿出所有帶著的衣服，把唐亦步按在火邊，包成了保暖聖誕樹，然後拖到旅店徹底弄幹。為了以防萬一，他吻了四五次那雙微涼的嘴唇，唐亦步當時看著沒什麼事，精神得很，回國後卻感冒了個徹底。

他們的房子在森林邊緣，如今屋外也積了厚厚的雪。時值傍晚，阮閑沒有開燈，屋內壁爐嗶嗶啵啵直響，玻璃牆外是染成群青的夜色。

「體驗歸體驗，等到了要去醫院的地步，說什麼我也會治療你。」阮閑摸摸唐亦步的臉頰，對方的皮膚燙得不正常，體溫約莫要到三十八度以上了。「又不是什麼好事，體驗一天還不夠嗎？」

唐亦步轉過腦袋，模糊地唔了一聲。

隨即他撐起身體，被子搭住光裸的肩膀，伸手去夠杯子。阮閑將杯子遞過去，順手插了根吸管。唐亦步乖乖吸起來蜂蜜水，半天才開口：「生病感覺真糟，我全身都在發疼。」

「生病就是這樣。」阮閑將喝空的杯子放回床頭。「現在剛到五點。鑒於你死都不肯吃藥，總得吃點東西……燉梨或者雞蛋羹，選一個？或者都吃？我跟余樂要了食譜。」

然而唐亦步沒有回答，只是看著阮閑。

「沒胃口？」

「不是。」唐亦步吸吸鼻子，聲音發悶。「我知道這只是普通感冒，可它已經讓我難受又煩躁了。你病過那麼多年，狀況肯定更糟。」

阮閑愣了幾秒。

「我已經不會再生病了。」他答道，胸口升起一股微妙的酸意。

「我知道，可我只是想更好地理解你。」唐亦步聲音悶悶地繼續，「我不想吃東西，睡前給我個晚安吻吧……不然明天真得去醫院開藥了。」

「……好。」

唐亦步小心地掀開被子，做了個邀請的姿勢。被子裡的熱氣瞬間散去小半，那仿生人很不帥氣地打了個顫。阮閑吻了下唐亦步的面頰，隨後關掉走廊的燈，鑽進被子，任對方八爪魚似的纏上來。

玻璃牆另一側，天色漸暗，鵝毛般的雪片再次紛飛。呼呼風聲摻上木柴燃燒的輕響，很是催眠。

鐵珠子的窩就在壁爐旁。它滿意地將自己一面烤暖，懶洋洋地轉個身，再烤另一面，嘴裡發出小聲的嘎呼聲。房間裡算得上溫暖，相比之下，唐亦步的體溫有些灼人。

「晚安。」唐亦步模糊不清地嘟噥道，扭扭身子，把阮閑牢牢箍住，又昏昏沉沉地睡過去。

阮閑將對方的腦袋攬在胸口，注視著外面的落雪。一種鮮少感受到的感情包裹了他。或許是對「活在世上」這件事本身的滿足感，他想。

於是他低下頭，吻住對方溫熱的嘴唇。那是一個深吻，它將帶走懷中人異常的體溫。等太陽再次升起，那仿生大概要先一步早起四處覓食了。

「晚安。」一個長吻後，阮閑說道。

然而一串通訊提示音打破了房內靜謐的氣氛。

「別怪我用緊急通訊，你們怎麼不回消息？快一天了好歹回一下，你們明天還來不來了？」唐亦步被提示音驚醒，迷迷糊糊按下接聽。余樂的大嗓門從電子腕環中傳出。

「我們今天剛從R國回來，他們那邊的情況比我們想像的要複雜。」考慮到唐亦步喉嚨還啞著，阮閑替他答道。「那個邪教頭子儲備了不少生化武器，考慮到不能傷及無辜，耽擱了我們不少時間。亦步他……」

「唐亦步怎麼了？」老余嘶地抽了口氣，插嘴道。「如果剛重傷恢復，你們不來也行吧……」

「亦步他感冒了。」阮閑冷靜地說完。

「啥？」

「他想體驗一下感冒的感覺，躺了大半天，沒讓我治療。」阮閑仍將唐亦步摟在懷裡，「他可能關了普通資訊提示。」

「……啊外殼」

「事情就是這樣，我們明天晚上再過去。反正明天的任務以調查為主，你和季小姐完全能夠應付。」

「你們這情趣真的越來越奇怪了。」

「謝謝。」

「……」余樂響亮地嘖了聲，掛斷了通訊。

和兩個早早躺上床的人不同，余樂正坐在一家餐廳的兩人桌邊，邊看菜單邊等人。五年過去，眼下他算是個挺成功的企業家。當初唐亦步做了個商人的假身分給他，主腦城市裡又有生產設備，余樂第一時間遷入後來的「走石市」，建了個機械廠。只要是原來走石號的人來投奔，他都一一接了，保證前船員們都有口飯吃。

阮閑和唐亦步則完全不工作，平日只是在市場上做些投資。

在沒有其他強人工智慧的情況下，市場基本上等於兩人的遊戲場。余樂瞧著眼紅，嚷嚷著要分杯羹。代價是時不時地去世界各地「出差」做調查，或是用自己的社會地位疏通關係，繼續作為紅幽靈的一員行動。

考慮到回報相當豐厚，余樂沒有太大意見。交易定下後，唐亦步偶爾會看一下廠裡的各式資料，阮閑也會幫忙審一下機械設計。資金絲毫不缺，機械工廠的規模眼看著越來越大。連涂銳都借助家裡的資源，投了好一筆。

然而涂銳並沒有因此放過當年的一車之仇——走石號度假村建成後，他專門把船內發現的黃色雜誌拿出來，單獨放了個展櫃，最上面一本封面是個被公主抱的漂亮女人。

余樂有苦難言。

餐廳的門被打開，一個二十五歲上下的年輕女人走了進來。她穿著灰色的大衣，小半張臉埋在圍巾後，頭髮齊肩，眼睛很是漂亮。

「小船長，來啦。」余樂趕忙招呼。

季小滿的四肢早已恢復正常。只不過習慣了用義肢戰鬥，她改進了戰鬥裝置，固執地將它們藏在身上。

眼下她看起來有點緊張。目光在周圍掃了一圈，然後才慢悠悠地就坐。

「怎麼了？緊張兮兮的。」

「剛才有人跟蹤我。」

季小滿將圍巾摘下，裡面穿了件露出鎖骨的毛衣，鎖骨下紋著個精緻的樹莓圖案。

「是個男的，從我出研究生宿舍就開始了，一直到附近的工業區。」

余樂本能地想問「妳人沒事吧」，但季小滿連髮型都沒亂，他決定吞下這問題。

「然後呢？」他把菜單推到對面。

「到工業區附近，有幾個前地下城的人來襲擊我，都被我擺平了。結果那個人大叫著衝過來，我順手把他也給打暈了。」

季小滿接過菜單，邊看邊小聲繼續。

「我拍下了他的臉，能查到是我們學校研三的學生。我在學校『偶然』撞見他不少次了，他一直在找藉口接近我。說不定是哪個組織的人，發現我在為紅幽靈工作……」

「……」余樂欲言又止。

這丫頭是真的遲鈍，他想。

算了，不管那小子是不是真的心動，暗暗跟蹤女孩子總不會是什麼好東西，就讓她這麼認為吧。不知為何，余樂有種奇異的痛快感。

「總之，我建議你查一下。」季小滿很是認真。「阮閑他們明天什麼時候過來？他們該結算上個月的薪水給我了。」

「聽口氣像是明天晚上。」

「不是明天中午嗎？」

「他們那邊有點私事。如果妳急著用錢，我可以借妳一點。」

「這倒沒有，我媽身體還不錯。只不過上個月他們幾乎用光了我的存貨，我決定多要百分之三十作為加班費。」

「……小船長，奸商本色不改啊。」

「別叫我小船長。」季小滿聲音小到聽不見，「我有名字。」

「行行，小季。」

季小滿看起來更不滿了，她翻著眼睛看向余樂，一臉不滿。

「小滿。」

季小滿哼了聲，收回目光。

「明天的調查一起去吧。」看完菜單後，她對余樂笑了笑。「那個俱樂部不允許單人進，那兩人不來，我們兩個去反而更低調。」

「那不是個情侶俱樂部嗎？」
「怎麼，你交女朋友了？那樣的話就當我沒說……」
「沒沒沒，我天天被那兩個兔崽子使喚得跑斷腿，哪有空找女人。」
「那就我們兩個去。」
「不是，妳看我這都四十一了，妳才二十五歲……我的生意有點名氣，妳又在念書。我要是帶妳去那種地方，對妳名聲不太好。」
季小滿又開始翻著眼睛瞧余樂。
「就這樣？」她漫不經心地按下虛擬螢幕上的菜單名稱。「我不在意，你多帶我出去幾次，應該就沒有那種流言了吧。」
「話是這麼說，可這……」
「就這麼定了。」
這傢伙是真的遲鈍，她想。

——番外〈感冒〉完

SIDE STORY III 新的開始

余思抱著身前人的腰，迎面的風帶著濕潤的寒氣。

浮空摩托車直接越過複雜的地勢，朝山林深處前進，余思空出一隻手，理了理領子。

「別亂動！混小子，想掉下去是不是？」斥責聲瞬間從前方傳來。

「姐。」余思小聲喚了聲。

「都當爸爸了，還糊里糊塗的。」余聲提高嗓門，就算後頭是自己的雙胞胎弟弟，她也沒有半點留情的意思。「都說了這裡路很險……媽的，我就不懂，究竟什麼人會住在這種鬼地方。」

「地形複雜，沒必要開這麼快吧。」

「我總覺得有什麼人在看我們……算了。」余聲瞥了眼後視鏡，反倒加了速。

走石市已經平穩地發展了三十多個年頭，毗鄰的山區周邊卻一直沒有被開發。比較普遍的說法是為了保護生態，作為小有名氣的戰鬥機械操作員，余聲也聽到過一些傳言——這附近土質特殊，極難開發。

和家裡長期往來的涂叔也表示過，附近沒有礦藏，在交通上也沒什麼開發的必要性，索性就這樣放著了。

哪裡不對勁。這篇山區風景優美，就算開發個度假村也不至於虧本。不過她是個戰鬥機械操作員，不是地產商，余聲沒什麼刨根究底的意圖。

直到最近幾天，父親正式卸任，這個小小的疑問才得到了解答。

「你幹嘛卸任？」

就在昨天下午，余聲還對自己的老爹大叫——余思雖然是她的胞弟，卻是單純又喜靜的性子，一門心思鑽在機械研究裡，死也不願意去幹管理的活計。

爭搶公司繼承人位置的戲碼完全沒出現，甚至相反，余聲自己的熱情也不高。

父親余樂已經六十多歲了。然而在人類平均壽命一百二的現在，父親勉強還能算壯年。她把心裡的小算盤打得啪啪響，自己這老爹八成還得管個十幾年公司，她還能逍遙地開陣戰鬥機械。

沒想到老爸打算幹到一半跑路。

「我幹嘛卸任？」余樂中氣十足地吼回去，「老子都六十多了，六十多！放在上個世紀是要被人讓座的年紀。再不休息我他媽就沒時間了，死丫頭懂不懂？」

「那是上個世紀的事！」余聲雙手撐桌，對著自己的父親咆哮。「你都還沒到法定退休年齡！」

「因為老子有錢！」余樂理直氣壯，父女面對面咆哮，活像兩隻對噴的噴火龍。

余聲被這句話噎了一秒。

「不孝啊。」余樂乘勝追擊，抹抹不存在的眼淚。「我這就去告訴妳媽，我昨天還答應和她一起去環球旅行，結果她女兒因為貪玩不願意工作……」

「我現在賺的錢也不少。」余聲嘟嘟囔囔。

「養得起妳的機械改造工作室？」

「……」

「妳答應過我的。」余樂幽幽地繼續。

「我還年輕！現在就讓我天天坐會議室，我會死的。」余聲大力撓頭。「老爸，我知道你很厲害，我不覺得自己有多過人的商業頭腦……余思又一副有老婆孩子就是終極理想的態樣，我……」

「擔心自己撐不起來？」余樂賊兮兮地笑了笑，「哎，我叫你們來就為這事。我和妳媽要正式『卸任』了，有兩個人你們得見見。余思，你別偷聽了，趕快給我進來！

「現在你們都大了，也各自有家了，是時候告訴……翻屁白眼啊臭丫頭，我知道妳像我，妳真以為我那些出差都是開會啊？說出來嚇死妳！」

結果那個死老頭故作神祕，什麼都沒解釋，只是甩給他們一個莫名其妙的住址，第二天就和媽媽出國旅遊了。不知道是不是錯覺，余聲想，自家爸媽的氣息活像剛放假的小學生。

那位址正是在荒山區域，答案近在眼前。余聲把浮空摩托車的速度飆到極限，衝向目的地。

她之前做過不少想像，既然是爸媽的熟人，又住在這種鳥不拉屎的鬼地方，搞不好是兩個有怪癖的老人。

看到房外茂盛的瓜果園，余聲的猜測又堅定了幾分。

結果她剛把車停下，一片黑影迎面撲下來。

短短一瞥，余聲只看到一張大大的金屬巨口，仿佛昆蟲的口器。她深吸一口氣，將弟弟往地上一按，矮下身子，橫過浮空摩托，一系列動作如同行雲流水。

那東西嘎的一聲大叫，啃掉了浮空摩托的把手。

「π，回來，是客人。」對方的聲音意外的年輕。

恐怖的巨口嗖嗖變形嵌合，縮了回去。渾圓的金屬球落到地上，三隻小眼閃著光。它邁開細細的小腿，乖巧地爬回去，蹭著一個年輕人的褲腳。

「不錯的身手。」對面笑得很燦爛，右手提著滿滿一籃子草莓。「要吃草莓嗎？我可以分你們兩顆。」

「完了。」余聲對余思小聲嘀咕，「之前神神祕祕的，那老東西該不會搞出了私生子吧。這要是讓老媽知道了，她絕對會親手宰了他……」

余思顯然也在擔心同一件事，他咕嘟吞了口唾沫。

那個金眼青年的笑容扭曲了下。

「余先生和季小姐呢？」他往嘴裡塞了一個草莓，加重了「余先生」的發音。

「我們爸媽出國旅遊了，老爸讓我來見你……們？」余聲左右看了看，沒看到第二個人影。

「進來說話吧。」漂亮的青年吞下草莓，抹抹嘴。「你們可以叫我唐亦步。」

余聲肉痛地看了眼被啃掉小半的浮空摩托，扯著深思的弟弟進了房間。這座樓中樓小屋是幾十年前的款式，不過乾淨敞亮，哪怕踏進屋內，也像置身戶外那般輕鬆。

屋內也沒有另一個人的影子。

「我想余先生叫兩位過來，八成是想繼續我們的『交易』……再加上一點點小目的。」唐亦步禮貌地倒了兩杯水，隨後開始自顧自地洗起草莓來，一邊的小鍋裡散發著巧克力的甜蜜香氣。

余聲沒碰那杯水，幾步外的青年給她一種很不妙的感覺。她自己說不清那種感覺出自哪裡，但它無比明晰。如同動物遇到天敵，那是刻在骨子裡的恐懼。

她的額頭上慢慢滲出汗水，防身用的陶瓷刀已經滑到了袖口。

「交易？」一向安靜的余思先開了口。

「你們的雙親都是紅幽靈的成員，但他們現在年紀不小了，想要休假也是人之常情。」

唐亦步仔細地去著草莓把，又往嘴裡塞了一個草莓。「但我們和他們的協定並非家族性的，你們也未必願意和我們合作——」

「紅幽靈？」余聲伸出胳膊，隱隱護住弟弟。「那個被通緝了三十多年的犯罪組織？」她的聲音有點啞。

紅幽靈不是普通的犯罪組織，目前已經被二十幾個國家通緝。和其他倖存者組織不同，紅幽靈沒有蓄意破壞什麼，反而將破壞欲最旺盛的惡性組織作為殺戮目標，頗像專門狙擊殺人犯的殺人犯。

然而哪怕殺的是罪人，殺人犯終究是殺人犯。雖然紅幽靈的支持者不少，各國的法律也不是擺設。

更別說，紅幽靈本身沒有舉大義之旗的意思——那些被發現的清繳現場往往血肉橫飛，慘不忍睹，明擺著沒打算走親民的黑色英雄路線。好消息也有，動手的人不像是享受殺戮本身，更像是在完成某種任務。

余聲早過了追隨偶像的年紀，對紅幽靈沒什麼特別的好感，但也不算厭惡。話雖如此，猛然知道自己的父母是紅幽靈成員，打擊絕對算不得小。

余思緊緊交叉十指，一言不發。

唐亦步沒急著推進話題，他無視了背後的年輕姐弟，開始用洗乾淨的草莓沾融化的巧克力，在盤子裡擺放整齊。陽光透過玻璃照進來，配上玻璃外鬱鬱蔥蔥的綠色，這一幕有幾分賞心悅目的意思。

「爸媽和你做了什麼交易？」余思吸了口氣。「先說說看吧。」

姐姐余聲一向比自己敏銳，眼下她正滿頭冷汗，對方絕對是個危險的傢伙。自己的兒子剛滿月，余思完全不想在這裡鬧出什麼事。唐亦步看上去沒什麼敵意，不如先把情況穩定下來。

橫豎對方看起來頂多二十五歲，說不定和自己一樣，是被上一代扯進這個爛攤子的。不過這樣說來，提到自己的父母時，對方「我們和他們的協議」這說法有點古怪……

「我為余先生提供投資指導，阮先生幫季小姐完善機械設計圖紙。作為交換，他們利用地位為我們提供一定的社會庇護，進行無法憑網路完成的實地調查。」

唐亦步舔舔指尖沾上的巧克力。

「兩位的話，我可以繼續為余聲小姐提供投資指導，阮先生也可以繼續幫余思先生看機械設計。你們可以接觸到之前完全無法接觸到的世界。我保證，一切都會很有意思。」

他瞟了眼還在冒冷汗的余聲，補了句。

「如果我們不答應呢？」余聲清清嗓子。「人的審判無法代替法律，你不能確定你們殺的人是有罪的。」

既然自己的雙親只提供了技術和情報，動手的一定是這邊的人了。既然老爸敢讓他們上門，對方不至於將他們滅口。

「無所謂，不答應就請回吧。」

唐亦步嘗了嘗做出來的草莓巧克力，滿意地點點頭，沒有再回頭看。

「照兩位的性子，總不會檢舉自己的親生父母——但凡員警查到我們，你們的父母肯定脫不了關係。我和阮先生能隨時消失，余先生和季小姐可不好辦。另外，兩位的幫助是錦上添花的程度，我一開始就沒有逼迫兩位的意思……余樂那傢伙倒是動了心思。」

「你沒有回答我的問題。」余聲做了個深呼吸，「我們確實不會檢舉爸媽，但是在談合作前，我必須搞清楚。你們到底怎麼確定——」

「妳昨天晚上吃了醬油炒麵，打了兩個雞蛋，開了一罐啤酒。妳的丈夫還在F國出差，昨晚九點二十九分零四秒打了一通電話給妳，通話共計十三分二十二秒。如果妳願意，我可以複述內容。」

「你竊聽我們?!」

「余思先生昨天提前下班了四分十一秒，回家前為兒子訂購了兩千八百九十八元的H牌玩具小熊，並慣例為妻子帶了三支香檳玫瑰。」

唐亦步終於回過頭來，金眼睛在陽光下帶著奇妙的透明質感。

余思的臉也變白了，他握緊雙拳，一聲不吭。

「馬厚福先生今天五點四十三分二十一秒起床，從六點三十九分零四秒開始，打出了五通電話，並且開始做關注目標的活動路線總結。他在今天八點十九分二十秒出門……」

「不是，你等一下，馬厚福是誰？我們不認識這號人。」余聲還有底氣插嘴。

「……並且在九點二十七分五十六秒帶領五人成功追上目標，打算在目標余思先生再出現時按計劃實施綁架。」

余聲站起身：「什麼?!」

「他們跟蹤妳弟弟一週了，根據通話內容來看，他們打算在近幾天下手。余樂提前向余氏集團裡部分成員透露了退任的想法，他這是在釣魚呢。」

余聲心裡一涼。

確實，綁架余思是最有效率的。她的胞弟是典型的學者，文文弱弱很好控制。親人向來是她的軟肋，如果想要讓她妥協，綁架余思比綁架她自己更有效。然而眼下這不是重點，重點是——

「你知道所有人的活動情況？」余聲後背一陣發寒，再怎麼說，人的精力總是有限的。先不說世上那麼多人，這人總得吃飯睡覺，不可能時時刻刻盯著。

這不是人類能做到的事情。

「我確實知道。現在連冰箱都有智慧感知裝置，只要人在電器附近，我總能獲得情報，同時處理那些資訊對我來說不算難。」

唐亦步仿佛看透了她的心思。

「就算我暫時無法分心，我的『兄弟』也會幫我收集資訊。妳沒猜錯，我確實不是人類，妳不需要擔心情報的準確性。」

余聲用力閉上張開的嘴，退了一步。她從沒見過這種東西，這麼多年過去，仿生人的研究總會出現這樣那樣的問題，類似的造物早該消失了。

另一方面，如果唐亦步真的和父親母親合作過，他的年齡必然不小，他到底是怎麼出現的？既然需要進食、消化，他又為什麼沒有衰老？

余思關心的地方則在別處：「假設我和你們合作——我是說，假設——你們是否能夠保證我們家人的安全？」

「在你們自然死去之前，可以。」唐亦步點點頭。「你們父母當年也提了類似的要求。」

「成交。」余思聲音不大，但很乾脆。「無論姐姐同意與否，我代表自己和你合作。」

余聲腦子裡飛著無數個問號，將她的頭殼撐得發脹：「我……我需要回去考慮考慮，你留個聯繫方式吧。」

「不需要，如果妳下定了決心，隨便找個聯絡工具喊我的名字就夠了。余思先生也是，你有一晚的考慮時間，我們明天詳談。」

唐亦步做出一副要送客的樣子。

「外面的綁架犯……」余聲立刻發問。

「阮先生應該已經解決了，兩位隨時可以回家。至於我和阮先生的情況，在確定合作後，你們可以詢問余先生和季小姐。」唐亦步皺皺鼻子，滿臉寫著「你們該走了」。

余聲小心地打量一番面前披著人皮的「東西」，他為什麼突然讓他們離開？回去之後父親真的會說實話嗎？面前的人有種危險的感覺，余聲不太確定為了規避危險，投身另一個更恐怖的危險是不是良策。

唐亦步超大聲地清了清嗓子。

「打擾了。」余聲乾咳兩聲，暫停推測。「可我的車被剛才那個圓球咬壞了，不知道您這裡有沒有修理工具？」

「我讓π從庫房裡拽出了一輛新的。」

「……」

「慢走啊。」唐亦步像是生怕他們改主意，又往前靠了一步。

「走吧阿思，今天去爸媽家住，我們商量一下。」余聲只得踏出房間。

「嗯。」

結果兩人剛出門，就見到了唐亦步突然趕客的那個理由——這房子的另一個主人踏進院子，同樣年輕俊美，一副精練的打扮。那位「阮先生」瞧了他們兩眼，微微點頭，隨後便向門的方向直直走去。

余聲和余思還沒發動車子，那兩人已經在門廳處熱吻起來。

「怪人。」余聲嘖了聲，衝出了這個偏僻的院落。

「余樂和季小滿的孩子？」阮閑走進門，將沾了血跡的外套脫下來。

「是啊，余樂八成是發現了跟蹤兒子的人，又不好親自動手，乾脆提前讓他們上門了。」

唐亦步拿起一個草莓巧克力，順手塞進阮閑的嘴巴。「可能是怕我們關鍵時刻才出手，讓他的孩子們受到驚嚇。」

「老狐狸。」阮閑吞下草莓，搖搖頭。「那群人都有案底，已經被帶走了。偶爾扮扮賞金獵人也挺有意思。」

隨後他抬起頭，撞上唐亦步嚴肅的表情，趕緊補了句：「甜點非常好吃。」

唐亦步這才滿意地勾起嘴角：「對吧，我在草莓園裡蹲了好半天，挑了個頭最大的。」

「所以才把頭髮弄亂了？」

唐亦步摸了摸沾著草屑的髮絲，用手去攏。

「我來吧，過來。」阮閑笑起來，倚上沙發，將脫下的外套踢到一邊，從桌子邊拿出一把梳子。唐亦步抓起放滿草莓巧克力的點心盤，開心地坐到地毯上。

阮閑細心地梳著那些涼滑柔軟的髮絲，彷彿它們像蛛絲那樣脆弱。唐亦步嚼著草莓，不時仰起頭，往阮閑嘴裡塞一個。

四五分鐘後，唐亦步的散發被漂亮地束起，草屑被拂得乾乾淨淨。

然而頭髮的主人似乎並不滿意。

「我聞到了巧克力。」唐亦步認真地指出，嘴裡還含著顆草莓。「你手上沾了巧克力，我還是去洗個澡比較好。」

隨後他狡黠地眨眨眼：「你身上也有血的味道，一起洗吧。」

「你故意的。」

「我故意的。」

阮閑好笑地瞧著唐亦步，又吃了個草莓。他將剩下的最後一個塞進唐亦步的嘴巴，那仿生人兩邊臉頰都被撐得鼓起來。

「好。」阮閑拍拍手上的巧克力末，笑著說道。

余樂家的氣氛則相當緊張。

爸媽外出旅遊，空蕩蕩的客廳裡只剩下姐弟兩人。

「來吧。就今晚，我們把這件事好好梳理一下……你的也關了吧。」余聲長歎一口氣，將通訊手環拿出來，徹底關閉。

「沒用的，姐。」身為高級機械師的余思指出，「家裡不少地方都用了智慧器械，妳不可能把它們徹底關閉。」

「斷電也不行？」

「中央空調和冰箱都有緊急電池。」

「……」

不遠處，冰箱上的感應燈閃了閃，兩姐弟毫無察覺。

「你說他們會同意嗎？」

阮教授在虛擬空間中的沙發上坐下，注視著螢幕中的兩姐弟。

和三十餘年前的純白空間不同，他漸漸弄懂了這個虛擬空間的用法。阮教授乾脆將它還原成了自己在研究所時的住所，MUL-01 對此並沒有意見。

它不再是當初那個白色的人形，隱隱有了點人類青年的形態，只是面孔處還是模糊的一團，沒有五官。

「百分之九十九點九九九九九九九九八的可能性，會。」MUL-01 平和地答道。

「我也覺得會。」阮教授語調輕快，「讓我們繼續看下去吧。」

「好。」

客廳的某個角落，一副十分逼真的立體世界地圖飄在空中。它被縮得很小，看不清細節。但粗略看去，一切欣欣向榮。

——番外〈新的開始〉完

SIDE STORY IV　神祕研究員

宏偉的大廈內，某個會議室中，一群人正吵得火熱。

「不行，這款產品還不夠成熟。要是現在放出去，輿論不好控制……普蘭公司的專案都失敗了，我們得穩住。」會議主持者——一個禿頭男人推推眼鏡，語氣堅定。

「就是因為普蘭公司失敗了，才要趁這個機會占領市場！」坐在另一側的西裝男唾沫橫飛。

「我同意，現在是公司的關鍵時刻。只要把這個項目拿出去，年終獎十個月起步啊。」

「之前的測試都沒有問題。」

「資訊時代的產品就是要拚創新和反覆運算速度，速度！」

「普通人的輿論鬧不大，只要有錢賺，會有人幫忙協調。」

「我覺得還是不行，好事多磨……」

桌邊人七嘴八舌地議論起來。

「會不會有危險？」亂成一鍋粥的議論裡，一位女研究員舉起手，「Dream Prototype 1.0涉及到的管理方向太多，其中涉及危險品保管方面。強人工智慧出了問題，那……」

她沒說下去，表達的意思卻足夠明顯。

坐在她旁邊的男研究員瞬間露出鄙夷神色：「哪有那麼容易出問題？普蘭公司的失敗，是因為他們給出的東西名不副實，DP1不是那麼沒用的東西。」

「再說了，就算出事，公司也有這麼多人日常維護，能出什麼大事？」

他哼了聲，就差把「該不會妳負責的地方沒做好吧」這句嘲諷寫在臉上。

女研究員臉色不太好看，她抿抿嘴唇，語氣尖銳起來：「人騎馬還能被馬摔死呢，強人工智慧出了問題，死得可不止是你自己。」

「怎麼扯到死人上去了？少看點災難片吧，DP1 是完全可控的。」

「真的嗎？」長桌角落，有人笑咪咪地插嘴。

那是個髮絲稍長，末端要垂到肩膀上的男人。他面容俊秀，有一雙少見的金眼睛，笑得十分純粹。發現大部分人都把視線投了過來，他又鎮定地張開嘴。

「真的嗎？強人工智慧好像和『完全可控』這個概念沾不上邊。」

說話尖酸的男研究員噎了幾秒：「人說話哪會像程式那麼嚴謹，朋友，找茬就沒意思了。我沒見過你，你……」

「唐亦步，RG 公司的顧問，我也是幹這行的。」唐亦步指指胸口，展示著自己真的不能再真的邀請卡。「你們經理請我來旁聽。」

當然，這是他駭入該公司內部系統製造的「邀請」。完成邀請後，他又用那位經理的身分進行囑託與安排——一切都是用聲音類比和電話座機交流，連通話記錄都不需要偽裝。

就像他和阮先生預想的那樣，對於這個突然出現在會議室的陌生人，這些研究員完全沒有深究。就算覺得可疑或不滿，他們也會下意識會把「問題」推給保全人員和決策主管。

細究起來，這間公司的漏洞簡直太多了。

唐亦步笑得越發和善：「你說得對，人不會像程式那樣嚴謹，所以我親自測試過 DP1。一個個人意見，它還不適合上市。」

「什麼？」

「怎麼確定的？」

「問題在哪方面？」

在場不少人都覺得DP1確實有問題，可它好歹是他們的血汗作品。面對外來者的質疑，研究員們短暫地團結一心。

「它的演算能力沒問題。」唐亦步說。

「……啊？」眾人茫然。

「我是說，只有演算能力沒問題。」那位金眼顧問抱起雙臂，笑容裡有幾分微妙的揶揄。提到DP1時，他的表情像極了資深學者評論幼稚園孩子。

「同時維護核心部分的人太多，導致它的規則漏洞百出，沒有統一。不幸的是，它比你們在座的所有人都聰明，知道自行刪除不好的『思想』。

「恭喜你們，成功製造了一個聰明的瘋子。」

這就差指著鼻子罵他們的監督程式。

「你這……」主持會議的禿頭男人有點反應不過來，就算是顧問，這話也太不禮貌了。

「您是怎麼測試的？」剛才發言的女研究員清了清嗓子，她的語氣很克制，可在場的人都能聽出底下的怒氣。

唐亦步毫不在意地繼續：「我用系統欺騙了它，讓它認為自己被投入了正常使用，正式掌管了一個區域。

「在成功獲得控制權後，它立刻開始攻擊其他區域的運行系統，迅速占領了城市。隨後，它開始測試自己的『規則流程』能不能在現實中運行。

「它故意對紅綠燈進行錯誤顯示、干擾智慧導航和無人駕駛車輛，測試無人急救系統；它破壞了化工廠的儲存罐、誘導電路超負荷、建築起火等，測試特定危險場景處理系統……同時製造這些災難的時候，它開始嘗試操縱網路資訊，進行全方位的資訊扭曲、隱瞞和偽造、操縱輿論。

「這是『正式投入使用』不到一小時內，它做出的事情。」

一時間，會議室內鴉雀無聲。

「這不可能……」許久，有人嘟噥了一聲。

「我們界定過，它不能故意傷害人類，還由此制定了許多詳細規章。」半天，禿頭男找回了自己的聲音，「就算有危險，這也太……」

唐亦步的表情有一瞬的僵硬。

「你從山上踢了塊石頭下去，石頭不小心砸死了人，這算不算『故意傷害』？它沒有直接針對人，只是讓部分機制失靈，人們在理論上有完全無傷的可能。那麼死亡只是結果，不是動機。」

基本規則的設定絕非易事。

如果直接規定「不許主動製造可能導致人類傷亡的狀況」，那麼高危職業所使用的特殊系統會在同一時間停擺。這樣很可能出現為了保住一個工人，導致工廠污染物全面洩露的情況。

果然，這些人離他的阮先生還差得遠。

唐亦步收起笑容，像模像樣地歎氣。

「總之，根據你們那堆規則，它自認為要維護社會秩序，首先需要明確維持秩序的邊界。比如真實狀況下，自己能管理多大的混亂。」

「而它認為你們其中某人——或者某些人——會為了它的計畫感到不滿和悲傷。為了避免這些人的情緒被『故意傷害』，它體貼地隱藏了相關想法。」

「是不是聰明又瘋狂？」

許久，才有人再次開口：「您的建議……」

「目前的情況看，還是讓系統們各管各的比較好。你們這個項目，拆一拆還有救。」說罷，他站起身，禮貌地撫平外套：「我還有別的事，先走一步。具體報告，我們會在二十四小時內寄來。」

誰能想到，二十分鐘後，研究員們就發現了報告。

它被投影在 DP1 的保存室，無數文字窗在空中靜靜浮動。保存室中央，代表著 DP1 核心的小方盒消失不見，只剩被完美拆解好的獨立系統——其中的演算法甚至被單獨整理過，完全可以獨立運行。

徹底消失的，只有 DP1 的「心」。

阮閑把玩著金屬小方盒，人隨意地靠在唐亦步身上。

「我警告過他們了，加上演算模型記錄和你改過的系統，他們應該不會再次嘗試製造強人工智慧。」唐亦步的視線跟隨小方盒動來動去。

說實話，他本想把這個笨笨的玩意丟在原地，結果阮閑直接拿了回來。

「你幹嘛把它帶走？」忍了又忍，唐亦步終於忍不住，可憐巴巴地問出聲。

「家裡缺個人工智慧管家。」

唐亦步立刻挺直腰背：「如果你覺得不夠，我可以兼職……」

「好了，我不想使喚你。」阮閑隨手把小方盒放進口袋，「如果我再親手做個人工智慧，你肯定也不會開心。」

唐亦步一言不發。

他向來自居愛人獨一無二的作品，完全不想讓這個寶貝頭銜消失。

阮閑明顯看透了他的小心思，坦然拍了拍口袋。

「我只是想起某人怕死怕得要命，不想看到他的同類被安樂死。亦步，之後它交給你來訓練。」

「嗯。」

「鐵珠子有了玩伴，會很開心的。」

「嗯！」

愉快地答應後，唐亦步沉思半秒，決定給愛人一個吻。

——番外〈神祕研究員〉完

SIDE STORY V　故事之後

〈情人節〉

十幾年前的機房，情人節。NUL-00把整個房間投影成了粉紅色。

「在這個節日，人類似乎格外渴求陪伴。」它自信地表示，「鑒於你沒人陪，我可以陪伴你。喜歡這樣的節日裝飾嗎？」

阮閑不想去糾正它的奇妙認知：「喜歡。」

十幾年後，情人節。阮閑發現家裡的牆壁全被唐亦步漆成了粉紅色。

「我很喜歡。」阮閑說。這次他是認真的。

他們將這樣的粉刷保留到了下一個情人節。

〈浴室〉

唐亦步有點懷念十幾年前的每週檢查。

NUL-00的冷卻液每週更換一次。更換時，阮閑會將那個不大的電子腦取出，溫風吹幹殘留液，再用特殊軟布細細擦拭。等電子腦幹透，阮先生會耐心檢查表面的每一寸。

那時唐亦步沒有真正的觸覺，卻仍然能靠外殼感知溫度和濕度。被阮先生仔細地對待，他總有種奇妙的滿足感。

可惜十幾年後，他的個頭比阮閑還大，不可能被捧在手心整個吹乾。唐亦步深沉地思考片刻，幫自己建了座大號烘乾機，內部剛好能站一個人。

烘乾機裡溫暖乾燥，唐亦步相當滿意，打算洗完澡正式試用。

第一天洗完澡，他吻上了阮閑的脖頸，兩人徑直去了臥室。第二天洗完澡，阮閑噙住他的唇，兩人再次跌跌撞撞進了臥室。第三天……

一週後，阮閑發現廚房裡多了個新設備，裡面晾滿了他喜歡的香腸和臘肉。

「烘乾機。」唐亦步解釋道，「阮先生，你還有想吃的燒臘嗎？我一起烘。」

用不上也不錯，唐亦步想。

對方的體溫要更好些。

〈寵物〉

清晨，阮閑被叮裡　啷的巨響吵醒。他快步走到樓下，發現了渾身果醬的唐亦步。

「昨晚π把油罐打翻了，掃地機器人沒清理。我沒注意，滑了一跤。」唐亦步傷心地躺在地上，身上倒著果醬瓶，看起來沒有起身的打算。「我只是想弄點果醬麵包——」

「π，過來。」阮閑清清嗓子。

與以往不同，鐵珠子毫無動靜。阮閑挑起眉毛，和地上的唐亦步對視一眼。

「它又把掃地機器人吃掉了。」唐亦步舔舔指頭上的果醬。

「第三個掃地機器人。π，給我過來，我知道你在沙發底下。」

十幾秒後，鐵珠子抻著細腿，哆哆嗦嗦地挪近：「嘎嘎嘎嘎……」

「對它來說，那是在地上奔跑的餡餅。」唐亦步翻譯，「工作中的掃地機器人內部溫熱，外殼酥脆，特別好吃……原來如此，我能理解，剛剛我也夢到了果醬麵包……」

「別縱容它。」阮閑彈了下鐵珠子的外殼。

「嘎！嘎嘎嘎嘎！」

「它問為什麼我可以淩晨五點偷吃果醬麵包，它不能淩晨三點偷吃掃地機器人。」唐亦步翻譯完，陷入沉思，似乎被這個問題徹底問倒了。

「不回答也可以，你先從地上起來。」阮閑哭笑不得，拉起唐亦步的手腕。後者太重，阮閑一個重心不穩，摔在了唐亦步身上，沒能逃過沾滿果醬的命運。

「阮先生，我認為應該給它合理的捕食權。」唐亦步順勢圈住阮閑的腰，嚴肅地表示。「就像我可以捕食果醬麵包。」

「……你的捕食可不怎麼成功。」阮閑擦了擦臉上的果醬，沒再試圖起身。「好吧，我想想辦法。」

幾日後的深夜。寒光一閃，一個滾圓的軀體追上掃地機器人，將它嘎吱嘎吱吞吃入腹。用餐完畢，鐵珠子心滿意足地打了個嗝，坐上自己的專屬座駕——帶有碗狀軟座的改造掃地機器人——開始巡視四方。

每天買臺掃地機器人，他們當然負擔得起。樓上，阮閑迷迷糊糊地想道，在唐亦步的臂彎中調了調姿勢。

有鐵珠子的愉快「飆車」後，兩人家裡乾淨了好幾倍。當然，那些都是後話了。

〈共眠〉

某個雷雨夜，阮閑被窗外的雷聲吵醒。他皺著眉翻了個身，鼻尖差點撞上一雙腳。

那雙腳白皙乾淨，腳掌蹬著床頭，枕頭被踢到一邊。阮閑撐起身，在床尾發現了唐亦步的腦袋——他自己轉了一百八十度，頭腳顛倒睡得正香，天知道是怎麼做到的。

兩人剛認識的時候，這傢伙睡得比誰都規矩，如今倒是原形畢露。阮閑歎了口氣，將唐亦步的枕頭墊回他的腦袋底下，又拉了拉被子。

結果阮閑剛打算躺回去，睡衣的拉扯感陡然大起來。他順著衣角摸去，摸到一隻溫暖的手——唐亦步睡得歪七扭八，右手卻將阮閑的睡衣角抓得死緊，手指上帶著久握的紅痕。

阮閑沉默片刻，將自己的枕頭移到床尾，同樣顛倒著躺下。唐亦步咂咂嘴，再次拋棄枕頭，將頭埋進阮閑的頸窩，手仍然沒有鬆開。

雷聲隆隆，暴雨如注。閃電片刻的輝光中，阮閑環住對方的肩頸。

明天得買件寬鬆點的睡衣，他默默想道。

〈旁觀者〉

@某機構調查人員（男，三十五歲）

「老趙，我這監視工作是真的做不下去了。是是是，我知道那兩個小子很可疑，可我監視他們三個年頭啦，要他們真的和『紅幽靈』有關，總得露點馬腳出來吧？他們簡直滴水不漏，要不是我們設備的科技確實頂尖，我都懷疑那兩人知道自己被跟蹤了。

「我追在人家屁股後面東奔西跑，瞧人家生活過得滋潤，我老婆都和我冷戰了。什麼？公費旅遊？放屁！人家年輕人遊山玩水，我他媽在附近提心吊膽，生怕一不小心跟丟。你是不知道，那兩人天天全世界兜風，鬼知道他們突然又要去哪國。

「要說固定行程，他們倒是真的有固定行程。別說，我研究了兩年，發現了一條路線──一到特定日期，他們會在國內跑幾個城市，又在對應日期去國外的城市。這條路線上的城市一直在增加，但模式是一樣的。

「突破口？哈，當時我那個激動啊，特地調了最高級的 AI 去分析。那 AI 也爭氣，當天就幫我算出了一個結論。

「他們在世界各地悠哉悠哉地旅遊，按日期順序過各地的情人節！！！

「不，不是國際通用的那個，是各地特有的傳統節日。這事整個就離譜，我被上司罵得那個慘。反正就年底，我說什麼也要申請換單位，不然人家一年到頭過節，我這邊出差出到家都要完了……別勸老子，給再多錢也不幹，不幹！

「等等，又有非常規資訊訪問提示，我看看……

「……操，那兩個小子又在搜度假旅館！」

〈萬聖節〉

唐亦步和阮閑從不錯過萬聖節。

為了增加一些新鮮感，他們拒絕提前商量裝扮，兩個人出發前才能知道對方的變裝。今年阮閑套了件男巫斗篷，然後在門口等到……一隻黑貓。

黑貓蹲坐在門口，皮毛油光水滑，金眼睛愉快地閃著光。脖子上繞了暖橙色項圈，蝙蝠吊牌上刻著「NUL-00-01」。

「阮先生，我喜歡這個視角。我好久沒有仰視過你了。」黑貓在阮閑腳踝處繞了圈，快樂地表示。「可以抱抱我嗎？」

「了不起的變裝。」阮閑將黑貓抱起，放在肩頭。貓咪觸感柔軟，皮毛熱烘烘的。唐亦步蹭了蹭阮閑的臉：「驚喜吧？為了保證神經系統連通，我開發了好久。」

阮閑瞧了眼客廳，唐亦步的身體正躺在沙發上，看著像在小憩。他笑著搖搖頭，撓了撓貓下巴。

沒過多久，阮閑就知道了唐亦步的目的——

黑暗之中，黑貓堂而皇之地跳上燈串、輕盈奔跑，所到之處一片燈光閃爍。這些廉價燈火只能近距離操控，它們聽話地組成燈光洪流，蕩起光影旋渦。

這條「鬧鬼」的燈光路徑顯然被精心計算過，令人目眩神迷。陣陣驚歎聲中，唐亦步悄悄溜回來，爬上阮閑的肩膀。黑貓什麼都沒說，尾巴翹得老高，滿臉得意。

可惜幾秒過去，這得意變了味。無他，街上的萬聖節限定食物實在是太多了。唐亦步扒緊愛人的肩膀，爪尖伸了又收，刺得阮閑有點癢。

「我還沒完善嗅覺和味覺。」唐亦步沮喪地咕噥。

「觸覺呢？」

「很完美。」

「那就足夠了。」阮閑抱起黑貓，吻了吻貓的鼻尖。隨即他扯了扯斗篷，將貓抱入懷中。

他用體溫將對方整個包裹，就像很久以前。

〈夢〉

唐亦步擁有做夢的能力，可他並不滿足。

他的夢比起人類來更像動物，不會太過詭譎離奇——畢竟在製造 NUL-00 時時間有限，阮閑沒機會對「做夢」這個能力精雕細琢。如今他們終於有了時間，唐亦步為自己軟磨硬泡了一份情人節禮物。

平時過節，兩人對要送出的禮物都嚴格保密。這回唐亦步主動提出要求，阮閑有點吃驚。

「我能幫你升級『夢境』相關的程式，不過……」

「我明白，『人類的夢非理性、無邏輯』，而我的夢相對無害，升級或許弊大於利。」唐亦步正襟危坐，露出恰到好處的祈求表情，「阮先生，我並不想成為人類，我只是想體驗你的感受——這樣我能夠更加瞭解你。」

阮閑對他這一套向來沒轍。

升級完的那一晚，唐亦步興致勃勃地看了好幾部恐怖電影。隨後他泡了一個小時的熱水澡，這才鑽進被窩，抱緊阮閑，架勢像極了要出去歷險。

阮閑：「……有的夢可能和你想像的不太一樣。」

唐亦步一臉嚴肅：「無論是美夢還是噩夢，我已經做好了萬全的準備。」

凌晨時分，阮閑被一聲巨響吵醒。他打開夜燈，迷迷糊糊睜開眼——唐亦步自己從床上滾到了地上，人僵得像塊木板。睡在附近的鐵珠子嚇了一大跳，正圍著他轉來轉去。唐亦步沒回應它，只是兩隻眼瞪著天花板，一臉若有所思。

阮閑打了個哈欠，朝他伸出一隻手：「嗯，『萬全的準備』？」

唐亦步抓住他的手，嘟嘟囔囔鑽回被窩。

「我對『無邏輯』的理解還不夠透徹。」他摟緊阮閑，痛心疾首地嘟囔。「太可怕了。」

「你夢見了什麼？」

「全世界的番薯都消失了，甚至用 DNA 資料也無法復原。你特地出面，在番薯的葬禮上做了演講……」

「……」

「其實我明天打算送你一輛全新的改裝車。」唐亦步繼續嘰嘰咕咕，「你喜歡番薯黃色嗎？」

阮閑沒忍住，終究是笑出了聲：「當然。」

〈故障〉

阮閑的改裝車故障了。

車是唐亦步送的，漆成了濃烈的深黃。機械總會出現各種各樣的故障，嚴格來說，這次不是它的錯——他們開著它穿越槍林彈雨，它承受了一輛轎車不該承受的負擔。

現在它可憐巴巴地躺在車庫裡，近乎一堆破銅爛鐵。唐亦步繞著它團團轉，似乎想要靠這個莫名儀式來倒轉時間。

「我不會丟掉你給我的禮物，這裡可以建一個展示櫃。」阮閑安慰他。

唐亦步停住腳步：「還能修。」

確實能，但損傷到這個地步，修起來比重新做一輛還麻煩。人工智慧向來著重效率，唐亦步的發言有點……不那麼唐亦步。

阮閑沒有接話，只是注視著翻找零件的唐亦步。

「零件沒問題，重配合金有點麻煩。防禦方面還能加強一些，正好外殼要大修。」唐亦步撕開變形的車前蓋，仔細摸索引擎。「這次我要幫它配點熱武器，安檢方面得重新考慮……」

唐亦步張開雙臂，鄭重宣布：「絕對還能修。」

他的表情像極了面對重傷患親屬的醫生。

「……你是不是在擔心，哪天我會把你放進展示櫃？」阮閑嘖了一聲。

唐亦步保留著「鄭重宣布」的姿勢，他轉動眼睛。

「沒有，怎麼可能？我不會出現任何故障，每天我都會自我檢測四次以上，檢測演算法每個月升級一次。退一萬步說，我知道阮先生你絕對不會那麼對我……你會嗎？」

「你猜？」

「不會。」

「答對了，確實不會。」阮閑說，「放過那輛車吧。」

「但如果有一天，我是說如果，我也受到了這樣的損傷……你……」

阮閑挑起眉毛：「沒有這種如果。你能傷到這個地步，肯定早就沒有什麼『我』了。到時候我們的屍體會一起進展示櫃。」

阮閑的語氣異常篤定，唐亦步緩緩閉上嘴巴。

兩天後，阮閑在車庫裡再次見到了那輛車。

唐亦步還是修了它，它看起來和之前一模一樣，只是車蓋上加了精巧的嵌合紋，阮閑懷疑底下藏著鐳射槍。除此之外，車窗上多了枚刺眼的「禁止」貼紙——

NO SHOWCASE

〈巧克力〉

知名大廚的新品巧克力套組(?) × **1**

購買人(?)：阮閑

物品說明：

唐亦步第二喜歡的廚師推出了新產品，某位阮姓先生迅速預定了一組。

其中混了一顆阮閑親自製作的櫻桃餡巧克力，唐亦步一口便吃了出來。

他最喜歡的廚師永遠是他的阮先生。

巧克力列印的 NUL-00 模型 × **1**

製作者：唐亦步

物品說明：

嚴格按尺寸製作的一比一大小 NUL-00 模型，純巧克力製成，不添加糖或牛奶。

阮閑拿起叉子後，唐亦步突然覺得哪裡不太對，臉色由得意轉為驚恐。阮閑笑了很久，最終做了個保鮮展櫃，將巧克力版 NUL-00 永久保存。

作為補償，唐亦步將大廚做的巧克力分給了愛人一半。

〈一日行程〉

—阮閑的一日行程—

08:00–09:00　檢查π的身體狀況，準備早餐，隨後同愛人一起用餐。

09:00–12:00　摟著唐亦步看書。十二點整，唐亦步會自行掙脫，隨機選一份大廚套餐製作。

12:00–16:00　兩人一起分析情報與異常，挑選要對付的罪犯。

16:00–20:00　與唐亦步狩獵罪犯。路過評價不錯的小店，順道解決了晚餐。唐亦步很喜歡店裡的炒肉絲，阮閑默默記下味道，決定回去與對方一同分析食譜。

20:00–00:00　兩人沒洗血衣，第一時間去廚房試做菜肴。做到第三次，味道終於徹底還原。唐亦步相當開心，將食譜細細記在腦中。兩人這才去浴室清洗血跡，這一洗便洗了三個多小時。

—唐亦步的一日行程—

08:00–09:00　邊吃早餐邊做些投資，隨手積累財產。

09:00–12:00　被阮閑摟著流覽最新資訊，同時要完成「決定午餐內容」這一重大事項。

真是他一天中最放鬆也是最艱難(?)的時光。

12:00–16:00　挑選要對付的罪犯。決定名單後，唐亦步會在腦內丟個骰子，任選其一。

16:00–20:00　與阮閑狩獵罪犯。阮閑留心了附近一家小店，炒肉絲的味道驚為天人。唐亦步添了三碗飯，袖口的血漬差點被老闆瞧見。

20:00–00:00　阮閑特地記下了炒肉絲的味道，兩人擠在炒鍋前，專心致志地還原食譜。酒足飯飽後，唐亦步決定再來一次「酒足飯飽」。不說肉體交纏的快感，他愛極了阮閑皮膚的觸感和溫度，不貼上幾個小時總會不安心。

「他們用的辣椒不夠好，我想吃更清香一點的味道。」

「也好。亦步，明天不出門，一起改改辣椒種子吧。」

〈拿手菜〉

—阮閑的拿手菜—

溏心白煮蛋

凝固度控制得相當絕妙，機器也做不到這樣精準。可以配上鹽或辣醬吃，蛋清軟滑蛋黃香醇，讓人吃了就停不下來。早餐的固定菜單，兩人每天都會吃掉四顆。

唐亦步曾表示每天給他十顆也吃得下，被阮閑以「健康飲食」的要求駁回。

※「你自己以前也偷偷吃糖！」唐先生委屈了兩秒，注意力就被柿餅引走了。

蔥油拌麵

蔥油拌上爽滑有韌勁的細麵，再佐上一點瘦肉絲。阮閑原本就很喜歡這個菜式，帶著關於末世的記憶，它的味道裡多了幾分特別的意義。

※唐亦步做的味道與他自己不相上下，不過那仿生人總會多加些糖。

—唐亦步的拿手菜—

袋裝懸疑軟糖

味道多變的心形軟糖，兩顆一起吃還會有奇妙的味覺變化，阮閑工作時最喜歡的零食。它們大多是各種清新的水果味，偶爾會有「烤番薯」、「柿餅」、「豆漿」這種奇妙的味道混進去。每次兩人外出行動，阮閑總會帶上一小袋。

※阮閑很滿意，這樣他們可以擁有各種味道的吻。

超豪華熱狗

食譜來自人氣最高的熱狗鋪，從麵包到餡料，唐亦步將這款熱狗完完全全複現出來，還額外加了不少自己喜歡的配菜。由於不捨得放棄任何配菜，成品總是過於龐大。

※一人一半，當晚餐剛剛好。

〈穿搭特輯〉

—居家—

〔唐亦步〕

大號明黃T恤　顏色明亮，存在感驚人。某人穿著它到處亂跑，像極了快樂的大蜜蜂。

白色半褲　同樣是大號，鬆緊帶褲腰，完全不會勒。

黑色拖鞋　經常分別出現在不同樓層，這到底是為什麼呢？

※「不要光著一隻腳到處跑。」阮閑說。

〔阮閑〕

灰色綁帶長睡袍　可能用了世界上最舒適的布料。很容易解開，再重複一遍，真的很容易解開。

※「可是你明明光著兩隻腳到處走。」唐亦步有點委屈。可能這就是恢復力強的好處。

─**外出**─

〔唐亦步〕

相對低調的白T恤配夾克　T恤永遠乾乾淨淨，夾克裡可能藏著致命武器？

隨處可見的運動褲　垂墜感很好，在腳腕處微微堆積。不算引人注目，方便隨時隨地行動。

耐磨運動鞋　阮教授親自設計，材質特地加強過，不會被某人大力穿破。

※阮閑特地在運動鞋上加了不少金色元素。

〔阮閑〕

灰襯衫　不是多麼特別的灰色襯衫，某人把它穿出了精英氣勢。

白色西褲　不知道是怎麼做到的，白色西褲一塵不染。

休閒皮鞋　襯得腳踝線條非常好看。

※明明是不相關的搭配，唐亦步卻感受到了研究所制服特有的氣息，讓他無法移開視線。

〈線上遊戲〉

—唐亦步的遊戲偏好—

職業選擇：DPS，近戰類職業。

遊玩傾向：不要坦也沒關係，一切全用計算解決；比起PVE更喜歡PVP，常年在PVP榜單中排名第一；曾收到職業隊伍的邀請，全部拒絕了。

組隊傾向：討厭和阮閑以外的人組隊，有時候會駭進遊戲以修改限制。

※阮閑不在的時候，會偷偷獲取BOSS的操控權，和可憐的普通玩家開開玩笑。

—阮閑的遊戲偏好—

職業選擇：治療，偏純治療的職業。

遊玩傾向：就算面對遊戲，也會精密制定（只包含自己和唐亦步的）計策；對PVE或者PVP沒有明顯偏好，完全不會理會同陣營玩家。

組隊傾向：對組隊無明顯偏好，十分討厭吵鬧的玩家或製造麻煩的新手；不會服從任何指揮，我行我素，對遊戲中的人際關係沒有興趣。

※有事要離開的時候會安排鐵珠子代打，顯得實力飄忽不定。

〈廚藝〉

—唐亦步的廚藝—

綜合評分：★★★★☆
長處：不要小看這位強人工智慧對於食物的執著，做，都可以做。
不足：討厭備菜，討厭清潔流理臺水槽，討厭刷鍋洗碗……有洗碗機也討厭。
※阮閑對此毫不意外：「我們在為π添加清潔廚房的新功能。」

—**阮閑的廚藝**—
綜合評分：★★★★☆
長處：S型初始機性能優秀，加上聰明的頭腦，什麼味道都能夠複刻。
不足：對進食沒有什麼特殊愛好，導致做出來的菜肴缺少靈魂。
※「確實。」唐亦步表示肯定，「它們沒有靈魂無所謂，我有就夠了。」

——番外〈故事之後〉完
——《末日快樂》全系列完

NE022

末日快樂 05（完）

作　　者　年　終
設 計 封　MOBY
人 物 封　P_YuFang
封面繪者　TAKUMI
責任編輯　林雨欣

發　　行　深空出版
出 版 者　深空出版有限公司
地　　址　臺北市中正區館前路 59號 9樓
電　　話　(02)2375-8892
電子信箱　service@starwatcher.com.tw
官網網址　www.starwatcher.com.tw
初版日期　2024年 11月

總 經 銷　聯合發行股份有限公司
地　　址　新北市新店區寶橋路 235巷 6弄 6號 2樓
電　　話　(02)2917-8022

國家圖書館出版品預行編目(CIP)資料

末日快樂 / 年終著 . -- 初版 . -- 臺北市 :
深空出版有限公司出版 : 深空出版發行 , 2024.11
冊 ;　公分
ISBN 978-626-99031-4-6(第 5 冊 : 平裝). --
857.7　113013877